高橋茅香子 訳

女から生まれる

アドリエンヌ・リッチ 著

晶文社

女から
生まれる

目次

装丁

鈴木千佳子

ふたりの祖母
メアリ・グレイヴリとハッティー・ライスに。
その人生に思いをめぐらせながら――

*

女たちのからだを
古めかしい不必要な絆からときはなすために
働いている活動家たちに
一九八六年の十周年版を捧げる

はじめに

1

地球上の人間はすべて女から生まれる。すべての男とすべての女がただひとつ共有する否定することのできない経験は、女のからだのなかで成長しつつ数ヵ月を過ごすことだ。人間の子供はほかの哺乳類よりはるかに長い期間、大人の手によって育てられなければならないし、人間社会では分業が確立されて長く、女が子供に乳をやって育てるだけでなく、ほとんど全面的に育児の責任をとるようになっているため、たいていの人間が女を通して初めての愛と失望を、力と優しさを知る。

この経験は生涯を通じて、死ぬときですら、胸に刻まれている。しかしふしぎなことにこれまで、その経験を理解し、利用するのに役立つ材料が欠けていた。母性というものの性格や意味についてより、私たちが吸う空気や旅する海について知っていることのほうがはるかに多い。ジェンダーによる分業では、文化をつくったりそれについて語ったりするのは、つまり文化の名づけ親となるのは、母親から生まれた息子たちだった。「生命そのものを女に依存した」という考えは男の精神に強く作用し、たえず男の脳裏から去らないのが事実だと示唆するものは多い。「女から生まれた」という事実をなんとか消化し、それを償い、あるいは否定しようと男はたえず努力している。

女もまた女から生まれる。けれども女は父権制の文化をつくることも伝えることもなかったから、その事実が文化に影響があったかどうかほとんど知らない。女は一生のうちに子供を産む者としての役割を果たすことが重要なのだとされてきた。「子供を産めない」とか「子供がいない」などという言葉は、それ以上のアイデンティティを否定するものとして使われてきた。「父親ではない」という言葉は社会的カテゴリーのどんな分野にも存在しない。

肉体的に母親であるという事実ははっきり目に見えるし、ドラマチックでもあるから、男が自分たちも生殖に役割を果たしていることを認めるにはしばらく時間がかかった。「父性」は意味として核心がなく、とらえどころがないままだ。「父親になること」とは子供をこしらえること、卵子を受胎させる精液を提供することである。「母親になること」とは継続的な存在を意味する。少なくとも九ヵ月、多くの場合数年にわたる期間がある。まず妊娠と出産という強烈な肉体的、精神的儀式を通過し、つぎに、本能によってではなく知識として育てることを学びながら、母性がつくられる。

男は情熱にかられたりレイプをして子供をつくり、消えてしまうこともできる。子供やその母親について考える必要もないし、二度と会わなくてもいい。そういう状況になったとき、その母親はさまざまの心痛む、社会的に重い選択に立ち向かう。妊娠中絶、自殺、捨て子、幼児殺し、「庶子」というレッテルをはられた子供を育てること。たいてい貧しく、いずれにしても法の外に置かれる。属する社会によっては、同族の男たちに殺されることもある。どんな選択をしようとも彼女のからだはもう取りもどすことのできない変化をとげるし、心は二度と同じであることはなく、女としての将来はそのできごとによってかたちづくられてしまう。

私たちのほとんどは、母親か、あるいは愛情、必要性、金銭などで生みの母親のかわりとなった女によって育てられた。歴史はじまって以来、女たちは互いに助けあって子供を産み、育ててきた。子供たちを優しく面倒をみるという意味では、女はほとんど誰もが母親だった。姉妹としてだったり、おば、看護婦、教師、養母、継母など、立場はさまざまだ。種族、村、大家族、ある目的をもった女だけのネットワークなどは、「母親業」をする過程に、子供も年寄りも未婚の娘も子供を産まない女もすべてとりこんだ。小さな子供の頃、父親に重要な役割を果たしてもらった者ですら、病気のときにずっとついていてくれたとか、ご飯を食べさせてくれた、からだを洗ってくれたというような手のかかる仕事を父親にしてもらった記憶はほとんどない。おぼえているのは、事件があったときとか、遠出、お仕置き、特別な場合などだ。私たちほとんどの者にとって子供時代の継続性と安定性を与えてくれたのは女だし——もっとも疎外や拒否も経験するが——、子供時代の最初の感覚や、もっとも初期の社会的体験も、女の手、目、からだ、声などと結びついている。

2

この本を通じて、母性には二つのちがった意味があり、一方がもう一方に重なっていることを明確にしたい。ひとつはいかなる女ももつもので、生殖能力あるいは子供との「潜在的な関係」であり、もうひとつはその潜在能力つまりすべての女は男の支配下にあるものだと保証するための「制度」である。この制度は、社会的にも政治的にも、きわめて多様な仕組みのなかで基調としての役目を果たしてきた。それは人類の半分以上に自分自身の人生にかんする決定権を使わせず、男を本当の意味での父性の責任から免除してきた。生活上の「私」と「公」のあいだに危険な分裂をつくり、人間らしい選択や可能性を化石化してしまう。もっとも基本的であると同時に当惑する矛盾なのだが、この制度のために肉体にのみとらわれることになった女は、肉体をうとましく思うようになってしまった。歴史上のある時点では、またはある文化背景では、女を母親としてとらえるという概念は、あらゆる女を尊敬ときには畏敬する作用を果たし、ある民族もしくは部族の生活のなかで女たちに権利を与える働きもした。しかし記録された歴史の「主流」として私たちが知るかぎりでは、制度としての母性は女の潜在能力を孤立させ、その価値をおとしめてきた。

母性の力には二面ある。生命を産み育てる生物学的能力もしくは潜在能力と、女神崇拝から女に支配されることを恐れてか、男によって授けられた魔術的な力とである。父権制以前の強い女たちが実際にどんな力をもっていたのかという点については、多くを知らされていない。推測、憧憬、神話、幻想、類似があるだけだ。それに比べて私たちがはるかによく知っているのは、父権制にあっては女の可能性がいかに母性という名のもとに文字通り抹殺されてきたかということである。過去、女の多くはいやおうなく母親とならされ、それよりもはるかに多くの女たちがこの世に生命をもたらしつつ自分の生命を失ってきた。

女たちは自分自身を肉体にしばりつけることによって管理されている。スーザン・グリフィン（一九四三年〜。哲学者）は、彼女の初期の、すでに古典となっているエッセイでこう指摘した。「レイプは一種のマス・テロリズムだ。なぜならレイプの被害者は無差別に拾いあげられるのだから。それなのに男優位を公言する人々は女がみだらだったり、おかしな時間におかしな場所にいるからレイプされるのだと言いつのる。要するに女が、どうぞご自由に、と言っているかのようにふるまうからだと言う。…レイプされる恐れから、女は、夜、外を出歩けない。家にしばられることになる。挑発的だと思われたくないばかりに女は受け身になり、控え目になる」*(1)。グリフィンの分析をその後さらに発展させたのはスーザン・ブラウンミラー（一九三五年〜。ジャーナリスト）だった。彼女は、強制や契約によって取り決められた母性は、本来、ほかの男から思いつきで暴力をふるわれることにたいして、女が「保護者」（そして所有者）となった男に支払う代価だったのではないかと言う*(2)。レイプがテロリズムなら、母性は刑に相当する隷属だった。そうであっていいはずはない。

この本は家族制度を攻撃するものではないし、父権制のもとに定義され、限定されてさえいなければ、母性を攻撃するものでもない。また育児を国に管理させる集団組織を要求するものでもない。父権制における集団育児には目的が二つあった。ひとつは経済の発展途上や戦時中に大量の女性労働力をかりたてるためであり、もうひとつは将来の市民を教化するためだった。*(3) 女のエネルギーを解放して文化の本流に投入するためとか、型にはまった男女の性別イメージを変える手段として考えられたことは決してなかった。

3

母性について本を書きたいのは、この分野がフェミニストの論理のなかで絶対欠かせないものでありながら、まだ比較的未開拓だからだと、自分なりに納得していた。でも私がこのテーマを選んだのではない。もうずっと昔からこのテーマが私を選んでいたのだ。

この本は私自身の過去に根ざし、私が幼い子供だった時代や青春時代、親から独立したとき、詩人という職業を選んだときなどを掘りおこしても、なお埋もれたままだった私の人生のいろいろな部分と絡みあっている。結婚、精神的離婚、死といった過程を通って、私は逃げも隠れもできない中年の時期に達した。過去をたどるのは厄介で、思いちがいもあれば、実際のできごとをまちがった名で呼んでいることもある。けれども長いこと私は、妊娠、出産、そして子供たちにかかりきりだったあの頃にもどる旅を避けていた。なぜならそれは、考えまいと決めてずっと心から退けておきたかった苦痛と怒りにもどることを意味するからだった。かつて訪れたなかでも、私にとってどこよりも苦痛にみち、理解できず、不合理だとしか思えない場所、誤った名で仕かけられたさまざまなタブーで取りかこまれた場所へあえてもどっていかれるほど自分が強くなり、子供たちへの私の愛が矛盾にみちたものでなくなったと思えるようになるまで、母性についての本を書こうとは考えられなかった。

本を書きはじめたときはまだ、このことがよくわかっていなかった。わかっていたのはただ、女たちの生活にとって欠かせない、悲しみの最中にあってもみたしてくれる、人生の意義に達する鍵のように考えられる何かを私はすでに生きぬいてきたということだけだった。しかも不安、肉体の疲労、怒り、自責、退屈、そして自分自身のなかの分裂以外ほとんどおぼえていなかった。私が子供たちに激しい愛情を感じ、子供たちのからだにも心にも喜びを見いだし、私自身は子供たちのすべてを自分を抜きにして愛しているわけではないのに子供たちは私を愛しつづけてくれるという驚きを感じる、そういうときに、私の心のなかの分裂はいっそう鋭くなるのだった。

この種の本を自伝的でなく、しばしば「私は」と言わずに書くことはできないと初めから思っていた。けれども私は自分自身の生活に触れるところまでいくのを何ヵ月も遅らせるために、歴史上の調べものや分析に没頭した。しかし苦痛と問題にみちた私の生活そのものがこの本の主題なのだ。いま私は、すすんで私生活をさらけだし、ときには辛い経験を分かちあうことだけが、真に私たちのものといえる世界を求め、女たちが結集して声をあげるようになる道だとますます強く信じている。一方、どんな書き手にもある種の過ちとか独断がある。結局のところ読者がこの瞬間に読んでいるのは書き手の考え方であって、死んだ人々もふくめてほかの人たちの解釈をすべて語ることはできないのだ。

この本はある意味で非難されやすい。私はいくつかの職業領域を侵しているし、タブーも破っている。専門家であるようなふりはせず、必要なときには可能な限り学者の意見をとりいれてきたが、そうしつつも「でもそれは女にとってどうだったのか?」という疑問はたえず私の心のなかにあって、やがて私は、男の学者たち（女の学者も何人か）には知覚のうえで根本的に欠陥があり、「性差別主義」という言葉でいいあらわしてしまうのは安易すぎるのではないかと感じはじめた。それはまさに知的欠陥で、「父系征服主義」とでも名づけていいだろう。つまりつぎのような仮定をするものだ。女は副次的な群であること、「男の世界」が「本当の」世界であること、父権制は文化と同じものであり文化は父権制そのものであること、男にとって歴史上の「偉大」で「解放的」だった時代は女にとってもそうであったこと、「人間」「人類」「子供」「黒人」「両親」「労働者階級」などと言えば、それは女、母親、娘、姉妹、乳母、女の子たちもふくんでおり、たいていは授乳といった特殊な役割にあちこちでちょっと触れるだけですべてを集約できること。大多数の育児理論家、小児科医、精神病医と同じく、「家族と幼年時代」にかんする最近の歴史家たちも男だ。彼らの仕事のなかで母性の問題は、制度として、あるいは大人になりながら子供のままの男の頭のなかで考えることとして、母親業の「様式」が討議されたり批判されたりするときだけ浮かんでくるにすぎない。女たちの言い分がとりあげられることはめったにない（しかしフェミニストの歴史家たちが示しているように、女の言い分も存在するのだ）。母親である女たちの本音は事実上まったく出てこない。それなのにすべて客観的学説としてまかり通っている。

ようやく最近になって、ゲルダ・ラーナー（一九二〇～二〇一三年。歴史作家）、ジョアン・ケリー、キャロル・スミス＝ローゼンバーグといったフェミニストの学者たちが言いはじめたことがある。ラーナーの言葉によれば、「女性史を理解する鍵は、それが人間の大多数の歴史だということを、たとえ辛くとも受け入れるところにある――これまで書かれ、そういうものだと理解されていた歴史は少数派の歴史だ。それらの人々こそ、実は〝副次的な群〟と言っていい」[*4]。

私は、自分自身が西洋文化を基盤として考え、入手できる資料もほとんどがそういう見方をしていることを苦痛をもって意識しながら書いている。なぜ苦痛かというと、その見方によれば、女の文化が男の文化、領域、区分などによっていかに細分化されているかがよくわかるからで、しかも女たちはそこに取りこまれて生きているのだ。けれども現在では、女の文化をいかにひろく研究しても部分的にすぎない。書いている人々誰もが、同じ志をもちながら自分とはちがった種類の教養、背景、手段をもつ誰かが、この無数の半ば埋もれたモザイクのほかの部分をつなぎあわせて、女の顔にかたちづくってくれることを希望し、そうなることを信じている。

謝辞

感謝しなくてはならない人たちが大勢いる。私の三人の息子がいなかったら、この本は存在しなかったかも知れない。まず息子たちと話しはじめたことがスタートだったから、とりわけ彼らの愛情、知性、誠実さは私にとって財産だ。母親として娘として話をきかせてもらった女たちはあまりに数が多くて、全員にお礼を言うのは不可能だ。フィーベ・デマレスとヘレン・スメルザーは、時間、距離、子供、犬、恋人、生活環境など、すべてを越えて、大学院時代から変わらぬ経験と知恵を私と分かちあってくれた。バーバラ・チャールズワース・ゲルピとアルバート・ゲルピは、討論や激励を繰りかえしてさまざまな物の見方を忌憚なく披露してくれた。ジェーン・クーパーの想像力と洞察力は、私の仕事にも生活にもいきいきとした力を与え、私の疲れた心を癒してくれた。ロビン・モーガンとは、この本の計画が出たときから核心をついた会話をかわしてきた。その後もずっと彼女の理性と愛情は私にとって大切なものだ。ジェーン・アルパートは、個人的にとても大変な状況にあったにもかかわらず、私を励まし、批判をしてくれた。メアリ・デイリーは感情的にも知的な面でも仲間でいてくれた。その二つの面を分けることはできない。スーザン・グリフィンはもっとも深い、大切な点を批評してくれた。ティリー・オルセンは、彼女自身の作品と行動を通じて、私たちはもっと冷静に女としての隠れた人生を探り、それを名づける言葉を求めなくてはならないと、厳しく、しかも優しく要求してくれた。カーステン・グリムスタッドとスーザン・レニーは、友情と仕事を通じて、洞察力をもって私の作品を見、貴重な資料と競争する刺激を与えてくれた。ジャニス・レイモンドとは重要な批評家として出会い、友人となった。ケネス・ピッチフォードは第八章に感受性にとんだ批評をしてくれた。リチャード・ハワードは第六章の十七世紀フランスの産婆の言葉を見事な英語にしてくれた。編集者ジョン・ベネディクトは、私が書いたものをていねいに読んで正直に反応してくれたうえ、本の構成を明快にするために数多くの提案をしてくれた。彼は一度ならず適切なときに適切な言葉を使うように言ってくれたし、私たちは一度ならずここに取りあげたテーマについて議論した。そして出版者W・W・ノートンの支持を得られたことは私にとって何よりの幸せだった。

リリー・エングラーは最初から可能なかぎり深く、この本にかかわってくれて、原稿を何度も読みかえし、コメントを寄せてくれた。また第八章で引用したリルケの『ドゥイノの悲歌　第三編』を私のために新たに翻訳してくれた。

この本のすべてにわたって、参考、未発表の作品、印刷物、手紙、激励、相談といったかたちで私は女性たちから助けを得た。会ったことのない女性、ほとんど知らない女性たちも多く、学問の世界の内外から、同じような志をもって仕事をしている女性たちも助けてくれた。いろいろな本を貸してもらったし、仕事を部分的に手伝ってくれる人たちもいて、私は自分がいかに女が仕事をするコミュニティの一部であるかを具体的に感じ、心から感謝している。とくにアルタ、キャスリーン・バリー、エミリ・カルペパー、ナンシー・フラー、リセロット・アーランガー・グロツァー、メアリー・ハウェル、ブリジット・ジョーダン、ジェーン・ラザール、ジェーン・リリエンフェルド、ヘレン・マッケナ、マリアン・オライナー、グレイス・ペイリー、アリス・ロッシ、フロレンス・ラッシュ、ミラ・ショッツ、エリザベス・シャンクリン、パトリシア・トラクスラーに感謝したい。ニューヨーク西九十二丁目ウーマン・ブックスのカリン・ロンドンとファビ・ロメロオークは、文献、書簡、談話などを探してくれた。ロダ・フェアマンとリサ・ジョージは、いろいろな段階で原稿をタイプしてくれただけでなく、読む価値があると私に感じさせてくれた。最後にシモーヌ・ド・ボーヴォワールとシュラミス・ファイアストーンは、フェミニストとしての思想を開拓してくれて、私はつねにこの二人から教えられている。

言うまでもないが、ここに名前をあげていないたくさんの人たちに私は助けられている。また私が感謝を捧げる人たちが、必ずしも私と同じ意見をもち、同じ結論を得ているということではない。この本のすべての責任は私にある。

また当然ながら多くの図書館の助けを得た。ラドクリフ大学のシュレジンガー・ウイメンズ・アーカイヴ、ニューヨーク公共図書館、ニューヨーク医科大学図書館、ニューヨーク精神分析研究所のA・A・ブリル・コレクション、ニューヨーク・ソサエティ図書館、ハーヴァード大学のワイドナー&カウントウェイ図書館、ラトガーズ大学のダグラス・カレッジ図書館など。また、国会図書館音楽部門のジョセフ・ヒッカーソンや友人たちの書庫にも助けられた。イングラム・メリル財団は、調査やタイプなど実費にあてるための奨学金を出してくれた。財団としては私が詩をかくのを援助するほうが好ましかったと思うが、この本も私にとっては同じように重要であることを理解してくれて、感謝している。

最後に、私の人生に母がいなかったとしたら、この本を書いたとは思えない。母は変化すること、生まれかわることをたえず実際に示してくれた。そして私の妹。彼女から、そして彼女とともに、私は姉妹について、娘について、母親について、そして女たちが解放され、それを分かちあい、もう後もどりをしないですむように闘うことについて、これからも学びつづけるだろう。

ニューヨーク・シティ 一九七六年二月

1

怒りと愛と

……わかるということはつねに上昇の動きである。ゆえに理解はつねに具体性をともなわなければならない（決して洞穴から逃れるのではなく、洞穴から出てくるのだ）。

シモーヌ・ヴェイユ

『雑記帳第一巻・三巻』

1

日記からの抜粋

◆一九六〇年十一月

子供たちにはどうしようもなく悩まされる。よくある矛盾にみちた悩みだ。神経がささくれだつような思いや苦々しい後悔と喜びにあふれた愛情や満足感、その両方が激しくいれかわる。ときにはわれながらこの罪のない小さな存在にたいして抱くさまざまな感情をもてあまして、自分が利己的で狭量な怪物のように思えてくる。子供たちの声に私の神経はいらだち、たえまない要求をきいてやれないことが情けなくなって絶望的になる。ただじっと辛抱強く耳を傾けてやればいいだけなのに、それもできないときなど、こういう宿命さえのろいたくなる。自分には決して適していない役目を引き受けるはめになった宿命だ。怒りを心にためこんで力がなくなってしまうこともある。死ななくては互いに自由になれないと思うときさえある。そういうとき私は子供を産めない女をうらやましく思う。それが残念だと言いながら自分の自由な生活を楽しめるのだから。*(1)

といってもたいていは、子供たちの頼りなさや、どうしようもないかわいらしさに、とろけてしまいそうになる。子供たちのためらうことなく愛し信頼しつづける能力、忠実さ、節度、無防備さ。私は子供たちを愛している。それでも悩むのは、愛しているからこそ、ひどい、どうしようもないことを感じるからだ。

◆一九六一年四月

子供たちにたいする喜びあふれる愛で息がつまりそうになることがある。この小さな、じっとしていることのない者たちに感じる理屈ぬきの喜び、ただの甘えであっても子供たちから愛されているという感じ、私もまったく場ちがいで怒りっぽいだけの母親ではないという感じ(本当はそうなのだけれど)——そういう思いにつつまれるような気がして。

◆一九六五年五月

子供とともに、子供を思って、子供を向こうにまわして、悩む。母親として、あるいは利己的に、あるいは神経質に、ときには無力感にとらわれて、ときには知恵を授かるような幻想をもって。でもいつどこでも、心身ともに、その子供と自分は一体だ。子供は自分の一部なのだから。

愛と憎しみの波にさらわれる。子供が子供であることにすら嫉妬する。子供の成長への期待と不安。子供のすべてに縛りつけられている責任から逃れたいという願望。

誰かに子供を非難されたり攻撃されたりすると、自分の子を守る動物のように子供をかばう、あの奇妙に原始的な反応。でも誰よりひどく子供を攻撃しているのは私!

◆一九六五年九月

怒りをしずめること。子供への怒り。どうしたら激しい気持ちを抑えて、愛情だけをそそいでやれるのだろう?　怒ることの疲労。意志の勝利を得るには高価な代償がいる。あまりに高価な。

◆一九六六年三月

ひとは怪物になることがあるのだろう、女ではなく。感情的に追いつめられて、愛とか母親らしさ、他人のことを喜ぶ気持ちといった当たり前の、心にひびく柔らかな感情を忘れてしまうのだ……

思いつくままに。まず、「本来の」母親というのは、小さな子供たちと一日じゅう一緒にいて、子供たちのペースに合わせて生活することに満足でき、それ以上の人格はもたないものだということ。母親と子供だけでずっと家にいることを当然だと考えなくてはならないこと。母親の愛というのは、まったく自我がないものであること。というより、あってはいけないものであること。

子供と母親は互いに「悩み」の種になっていること。私は「無条件」に愛することができるという母親のステレオタイプ化にうんざりしていた。また母親というものをイメージとしてとらえるとき、その表現がかたちであろうと文字であろうと、まったく単純にひとつしかないことにも。そういうイメージに決してあてはまらない部分が自分にあるとしたら、その部分は異常で、怪物のようなものなのだろうか？　でもいまは二十一歳になる長男が私のこの文章を見て言った。「ぼくたちをいつでも愛していなくてはならないと思いこんでいたみたいだね。でもどんな瞬間でも相手を愛しているなんていう人間関係はないよ」。その通りだ。私は彼に説明しようとした。でも女は、とりわけ母親は、そんなふうに愛すると思われてきたのだと。

五〇年代から六〇年代初めによくあったことを私は思い出す。私が本をとりあげたり、手紙を書きはじめたり、それどころか誰かと電話で話していて私の声がちょっと真剣になったり声に感情がこもったりすると、もういけない。子供（あるいは子供たち）は自分だけの世界で夢中になっていたのに、私が子供と関係のない世界にすべりこもうとするのを察知してとんできて、私の手をひっぱったり、助けを求めたり、タイプライターのキーに触ったりするのだった。そうすると私は、そんなふうに邪魔をして、ほんの十五分も思うようにならない生活を自分にさせる子供をうとましく感じた。怒りがこみあげてくる。自分を取りもどすすべはまったくないと感じ、それでは不公平だと思う。私にとって必要なことはいつも子供にとって必要なことと秤《はかり》にかけられて、しかもいつも私が負けるのだ。十五分でいいから自分ひとりでいられたら、静かな時間がもてたら、子供たちから離れていられたら、その後はもっとずっとたくさん愛せるのに、と私はいつも思うのだった。ほんの数分でも！　でも私と子供のあいだには見えない糸がぴんと張られていて、私がちょっとでも動いて――からだだけでのことでなく、気持ちの上でも――そのしっかりと区切られた私たちの世界から別の領域にいこうとすると、その糸が切れて子供はまったく見放されたかのように感じるらしかった。まるで私の胎盤が子供に酸素を供給することを拒否しはじめるかのように。多くの女たち同様、私はじっと我慢して子供たちの父親が仕事から帰ってくるのを待った。そうすれば家のなかにもうひとり大人がいることによって、少なくとも一、二時間は母親と子供のまわりに張りめぐらされた囲いがゆるんで、緊張がやわらぐだろうから。

この囲いが、私たちの住むこの磁場のような世界が、当然の現象ではないなどとは思ってもみなかった。

理性だけ働かせればみぬけたことかも知れない。けれども自分自身が母親として投げこまれた当時、その情感にあふれ、ずっしりとした伝統に支えられたかたちは、潮の干満のように抵抗できないものに思えた。この小宇宙のなかに私と子供たちは私たちだけの情感にみちた小さな巣をつくり、天気が悪かったり誰かが病気だったりすると、子供たちの父親以外はほかの大人にまったく会うことなく何日も過ごした。こういうかたちができていたために、子供は私が離れていくように見えるとすぐ、何か頼むことを見つける必要にせまられるのだった。子供はあたたかさ、優しさ、つづくこと、確かさなどが私という人間のなかに自分だけのためにしっかりとあることを、たえず確かめていたのだ。世界でただひとり私だけが自分の母親で――息子にとってはもっと漫然と女で――特別な存在だと思うからこそ、ほかの誰にもみたしてもらえないような要求をかぎりなくつきつけてきたのだろう。ほかの誰かが朝から晩まで、ときには真夜中でも、まったく無条件に愛しつづけることができないかぎり。

2

一九七五年のある晩のこと、私の家の居間に何人かの女性詩人たちが集まった。何人かには子供がいて、ひとりは連れてきていた。子供たちは隣の部屋で遊んだり、眠ったりしていた。私たちは詩について語っていたが、幼児殺しの話になり、ある地方で八人の子供をもつ母親が三番目の子供を産んだときからひどい憂鬱症にかかって、つい最近、郊外の家の庭で末の二人の首をしめたという話になった。私たちのなかで彼女のせっぱつまった状況を他人事とは思えないという数人が、彼女の行為を伝えた報道陣や彼女を扱ったその地域の精神衛生機関の態度にたいする抗議文を、地方紙にあてて書いていた。その部屋で子供のいる女はみな、詩人はみな、彼女に共感できた。私たちは彼女の話がきっかけで堰《せき》をきったようにこみあげてきた怒りを語りはじめた。自分の子供たちに激しい怒りを感じるときがあることを話した。それは怒りを発散させてくれるものが何もない、誰もいないからなのだ、と。私たちは女独特の、ときにはためらいがちな、ときには高ぶった、ときには機知にとんだ飾り気のない調子や言葉で話した。それまでは共通の仕事である詩を中心に会っていた女たちが、認めたくないが否定もできない怒りという、もうひとつの共通項を見つけたのだった。それがいま初めて言葉で話され、文字で記されて、タブーが解き放たれつつある。母性がかぶっていた仮面が壊れつつあるのだ。

何世紀もの長いあいだ、こういう感情については誰も話さなかった。私は、家族中心で消費志向の、一九五〇年代フロイト流アメリカの母親のひとりとなった。夫は生まれてくるであろう子供たちについて熱心に話した。義理の両親は孫の誕生を心待ちにしていた。私は、私が何をしたいのか、私が何を選べるのかあるいは選べないのか、まったくわかっていなかった。私にわかっていたのはただ、子供をもつことが大人の女を完成させるものだと考えられ、自分が「ほかの女たちと同じ」だと証明するということだけだった。

「ほかの女たちと同じ」であることは、私にとっては長いあいだの問題だった。十三、四歳の頃から、私は自分がただ女らしい役を演じているだけだと感じていた。十六歳の頃、私の指はほとんどいつもインクで汚れていた。その年代にふさわしい口紅やハイヒールも私にはぎごちない扮装をするようなものだった。一九四五年の私は真剣に詩を書いていて、夢はジャーナリストとして戦後のヨーロッパに行き、爆撃をうけた都市の廃墟のなかで眠り、ナチス崩壊後の文明の再生を記録することだった。でも一方では、ほかの女の子たちと同じように私も口紅をもっとうまくつけようとしたり、すぐよれよれになるストッキングの線をまっすぐにしたり、「男の子たち」

の話をして何時間もすごしたりした。私の人生にはすでに二つの別々な部分があった。しかし詩をかくことや旅行をして楽しむ夢のほうが現実的だと思えた。自分が「本当の女」になるにはまだまだだと思っていたし、とくに子供に出会うとどうしていいかわからなかった。男はだまされて私が本当に「女らしい」と思ってくれたり、思うふりをしてくれることがあると感じていたようだ。でも子供は矢を射るように私を見透かすのではないかと思った。役割を演じているというこの感じは、それが生きていくうえに必要な役割だとわかっていても、一種奇妙な罪の意識を生んだ。

　結婚したつぎの日の自分について、とてもはっきりした記憶がある。私は床を掃除していた。たぶん本当は床を掃く必要はなかったのだろう。私はきっとほかに何をしたらいいのかわからなかっただけなのだ。でも床を掃除しながら考えた。「これで私も女。これが昔からしてきたこと。これが女たちがいつもしてきたことだから」。私はなにか古式ゆたかな、あまりに慣れしたしんでいて改めて問うこともないようなかたちをなぞっている気がした。これが女たちがいつもしてきたことなのだ。

　妊娠して、人の目にもはっきりそうとわかるようになると、私は大人になってから初めて罪深い思いをせずにいられた。道で出会う見知らぬ人たちからさえ許されているという雰囲気が私をすっぽりと包みこみ、疑問や不安、気づかいなどとはまったく無関係だった。これが女たちがいつもしてきたことだった。

最初の息子を産む二日前、とつぜん私は発疹にみまわれ、とりあえず麻疹だと診断された。そして出産の始まりを待つために伝染病棟に入れられた。私は初めてとても不安を感じ、こんな「失敗」をしたからだで産むことを、まだ生まれる前の子供に申しわけなく思った。私の部屋の近くには小児麻痺患者の部屋もあった。必ず病院の上着とマスクをつけなければ誰も私の部屋にははいれなかった。妊娠してから少しは自分の状態を意のままにしていると感じた時期があったとしても、私はそのときはもう完全に産科医に依存していた。彼はからだの大きな、力強い、父親のような人で、いつも楽天的で確信にみち、私の頰をつねるのが好きだった。私はずっと健康な妊娠状態を過ごしてきていたが、それは鎮静剤をのんでいるか、夢遊病者になったような感じだった。裁縫のクラスにはいって、みっともない、ひどいカットの妊婦服をつくった。一度も着なかったけれど。赤ん坊の部屋のカーテンをつくり、ベビー服をそろえ、その数ヵ月まえまでの私という女をできるかぎり打ち消そうとした。私の二冊目の詩集が印刷にはいっていたけれども、もう詩を書くのはやめて、家事の雑誌とか育児書以外、本もほとんど読まなかった。世間から自分がたんに妊娠している女として見られているのを意識し、自分自身でもそう見るほうが気楽で、面倒でないように思っていた。子供が生まれた後で、私の「発疹」は妊娠へのアレルギー反応だったと診断された。

二年たたないうちに私はまた妊娠し、ノートにこう書いている。

◆一九五六年十一月

妊娠初期の激しい倦怠感のせいか、それとももっと根本的なことのためか、自分でもわからないが、最近の私は、詩を読んでも、書いても、退屈に思うか何も感じないかどちらかでしかない。とりわけ自分の詩や私と同時代の詩人がつくったものにたいしてはそうだ。原稿依頼の手紙を受け取ったり、私の「仕事」を誰かがほのめかしたりすると、そういうことを書く、あるいは書いた人に、責任を感じたりかかわったりしたくない、と強く感じてしまうのだ。

ものを書く生活に本当の休みがとれるとしたら、ほかのいつよりもいまがいちばんいい。私は自分にも自分の仕事にもすっかりうんざりしている。

私の夫は思いやりのある気持ちの優しい男性で、子供をほしがり、五〇年代の学問を職業とする世界ではめずらしく喜んで「手伝って」くれる人だった。ただこの「手伝い」が好意であることははっきりしていた。一家のなかでは彼の仕事が、彼の職業生活が、本当の仕事だった。事実、何年ものあいだそのことが私たちのあいだで話題になったことすらなかった。物書きとして私ががんばっていることは一種の贅沢で、私の変わった癖なのだと自分で納得していた。私の仕事がお金になることはほとんどなかった。むしろ私が一週間に数時間書きたいために、家事ヘルパーを雇うお金がかかった。一九五八年三月に私はこう書いている。「夫は私が頼むことをなんでもきいてくれようとするのだけれど、いつも責任は私が自分でとらなければならない」。私が憂鬱でも、激しい怒りを感じても、束縛されているという思いで悩むときも、夫は私を愛しているからその重荷を我慢して受けとめてくれていると思いこんでいた。それほどの重荷を負わせながらも夫に愛されるのを感謝すらしていた。

けれど私は、自分の生活の焦点を定めようともがいていた。それまでには一度も本当に詩に身を捧げたこともなければ、自分の存在そのものを管理したこともなかった。ケンブリッジの借家生活、子供たちでいっぱいの裏庭、毎日毎日の洗濯、夜中の目覚め、きれぎれの平和、きれぎれの考えごと、ばかげたディナー・パーティ。そういうパーティでは、若い妻たちが、高学歴をもつ女性たちもふくめて一様に、子供たちのことや夫たちの昇進に全身全霊で夢中になっていて、なんの努力もしていない様子をよそおいながらフランス料理を食べ、とりわけこの世界で女の象徴となっていたまったく真剣さを欠く様子で、インテリ風ボストンの心地よさを再現しようとしていた。当時はそういうことすべてを分析する余裕などなかったが、私には自分自身の生活をなんとかつくりなおさなければならないとわかっていた。そのとき私にわかっていなかったのは、そういう知的なコミュニティにおける女性も、当時のほかの多くの中流コミュニティにおける女性たち同様、優雅でひまのあるヴィクトリア朝風貴婦人や一家のエンジェルといった役割を果たす一方、ヴィクトリア朝風料理人、皿洗い、洗濯女、家庭教師、乳母などの役も果たすことを期待されているという事実だった。私はただ自分がなにか大切でないものに捕らわれている気がして、生活から余分なものを取りはらい、本質に迫りたいと必死で願っていた。

◆一九五八年六月

この数ヵ月というもの私のなかでは苛立ちがもつれにもつれて深い怒りにまでなっている。社会に、そして自分にたいする苦い思いと幻滅感。世間にぶつかり、手にあまって身をひく。確かなものがあったとして、何がそうだっただろうか。私の生活をつくりなおそうと試みたことか、時の過ぎゆくままに流されまいとしたことか……

私がたてた計画は、たやすく手がつけられるものではない。筋道をたてられるほどはっきりしたものでもない。秩序だった思考と精神、独特の表現、整理された日常、もっとも効果的に機能する自分自身——私がなしとげたいと願っているのは主にそういうことだ。これまでのところとりあえずはじめたのは、時間をいままでより無駄にしないこと。仕事をことわったのは、たいていこのためだ。

一九五八年七月にはまた妊娠していた。私にとって三番目の、そして最後と決めた新しい生命は、私にとって一種の転換となった。自分のからだを管理できなかったことはわかっていた。三人目の子供をもとうとは思っていなかったから。もう一度妊娠してもうひとり子供をもつことがからだや心にどういうことを意味するか、私は以前よりずっとよく知っていた。でも私は中絶しようとは思わなかった。ある意味で三番目の息子は上の二人の息子より積極的に選ばれたといえる。彼をみごもったことを知ったのは、もう夜中に歩きまわることをしなくなってからだった。

◆一九五八年八月（バーモント）

のぼったばかりの太陽の光が家の山側の東窓に差しこむなかで、これを書いている。五時半に赤ん坊と一緒に起き、お乳を呑ませ、朝食をとった。ひどい憂鬱に悩まされることも、からだの疲労を感じることもない数少ない朝だ。

……子供をもうひとりすすんでもとうとは思わなかったことは、自分で認めざるをえない。私は遠からずまた自由になって、肉体的にそれほど疲れはてず、多少なりとも知的で創造的な生活をする時期が訪れるのを待ちかまえていた。……いま、私にできるのは唯一、現在の生活で可能なかぎり、いやそれよりもっと厳しくたえまなく仕事をすることだけだ。もうひとり子供をもつということは、この状態がさらに数年つづくことを意味する――私の年齢でこれからの数年はとても大切で、簡単に片づけられることではない。

しかしなぜか私は、それを本能とよぶのか人間の宿命とよぶのか知らないが、何かの力に動かされたこの避けられない状態を私自身の一部とみなしている。押し流され、沈滞し、精神的に死ぬことにたいして、新たな武器をとって闘おうとするような気持ちはない。（なぜなら私がたえず恐れていたのは本当は死なのだ。私が全人生をかけて生みだそうと闘ってきた個性がまだほとんどかたちをつけないままに死にいたることだ。つまり認識できる自主的な自己を、詩における、生活における創造を達成できないことだ。）

もっと努力が必要なら、努力しよう。もっと深い絶望をくぐり抜けなければならないのなら、私は正確にそれをとらえ、それをくぐり抜けることもできると思う。

そう言いながらも、予期せぬふしぎな感覚で、私たちは自分の子供の誕生を心から待ちのぞんでいる。

三番目の子供の誕生を私自身の臨終の宣言のように考えず、「死と闘うもうひとつの武器」としてとらえて考えるには、もちろん、精神的な余裕だけでなく経済的余裕も必要だった。私のからだは周期的に関節炎にみまわれるほかは健康だ。妊娠中の注意は十分だった。栄養がたりない生活もしていなかった。子供たちはみな十分に食べ、衣服をつけ、新鮮な空気を吸うこともわかっていた。事実、それ以外の状況など考えもしなかった。しかし一面で私は、その肉体的限界を越えたところで子供たちの生活を受け入れたり拒絶したりしながら、自分の生活をなんとか手に入れようとしていることがわかっていた。といってもそれ以上には、はっきりわかっていることはほとんどなかった。私はそれまで私自身を生もうとしていたのだ、そしてぼんやりとながらも厳然と、妊娠や分娩すらその過程として利用する決意をしていた。

三人目の子供が生まれる前に、私はもうそれ以上子供はもたないと決め、不妊の手術をうけることにした（この手術で女のからだから取りさられるものは何もない。排卵と生理はつづく。それなのにこの言葉は女の本質的な部分を取りさるとか燃やしてしまうという意味をもっている。それではまるで「石女《うまずめ》」という古い言葉が永遠に欠陥のある女をさすようなものだ）。夫はこの私の決意に賛成しながらも、そうすることによって私が「女らしくない」と感じるようになるのではないだろうか、とたずねた。手術を受けるには、すでに三人子供を生んでいることと、もうこれ以上子供はほしくない理由を述べた書類を、夫のサインをもらったうえで、その種の手術を許可する医者の委員会に出さなければならなかった。私はそれまで何年間かリウマチ性関節炎にかかっていたので、それを理由に私のケースを審査する男性ばかりの委員会を納得させることができた。私自身の判断などというだけでは許可されなかっただろう。子供が生まれてから二十四時間たって手術から目覚めたとき、若い看護婦が私のカルテをちらっと見て冷たく言いはなった。「卵巣をとったのですね」。

最初の産児制限改革運動者だった偉大なマーガレット・サンガー（一八七九〜一九六六年）は言っている。二十世紀初めに避妊にかんして教えを請いたいと手紙をよこした何百人という女性たちは、一様にいまいる自分の子供たちにとってよりよい母親でいられるための健康と強さをほしいと語り、妊娠の不安なしに夫たちに肉体的な愛情を示したいと望んでいた。母性を拒否する女はなく、安楽な生活を求めるだけの女もいなかった。これらの女たちはたいてい貧しく、まだ十代という若さの女も多く、みな数人の子供をもっていた。彼女たちはただ、これからずっと仕え、育てていく自分の家族たちに、これ以上「ちゃんと」やってやれないのではないかと感じていただけだ。しかし女のからだがどう使われるべきか、女たちがいつか最終通告するだろうという兆しにたいする強い不安はつねにあったし、現在もある。あたかも母親として苦しむこととか女と母親を基本的に同一視することが、人間社会の感情的基盤として非常に重要だから、そういう苦しみをやわらげたり、同一視しないようにすることは、あくまで阻止しなければならないかのようだ。そういうことを疑問に思うことすら拒絶されるというわけだ。

3

「軍に協力していらっしゃるの《ヴ・トラヴァイエ・プール・ラルメー・マダム》？」あるフランス人女性が、ベトナム戦争初期に私にこう聞いた。私に息子が三人いると知って。

◆一九六五年四月

怒り、疲労、意気沮喪。とつぜんあふれる涙。現在と永遠にたいするみたされない思い……

とてつもなく複雑な関係があることを考えると身がすくむ思い。たとえばいちばん上の息子にたいする私の拒否と怒り、私の肉体面の生活、暴力反対主義、セックス（たんなる肉体の欲望でなく、もっとも幅ひろい意味で）——そこに相互の関連性があって、もし目で見ることができるなら、それを活用し、私自身を取りもどし、明るく情熱的に機能できるようにするだろう。けれども私は暗くはりめぐらされた網の目のなかを手探りで出たり入ったりしている。

私は泣いて、泣いて、無力感がガン細胞のようにからだじゅうにひろがっていくのを感じる。

◆一九六五年八月　午前三時半

もっと断固として生活に秩序をもたせる必要性。

盲目的な怒りの無意味さを認識すること。

つきあいを限ること。

仕事やひとりでいることを大切にするために、子供たちの学校時間をもっと有効に使うこと。

自分のライフスタイルが壊されるのを拒否すること。

無駄を少なくする。
　詩にもっと、もっと取りくむこと。

よくこう聞かれた。「お子さんについての詩は書かないのですか？」私の世代の男性詩人たちは、自分の子供、とくに娘について詩を書いた。私にとって詩は、私が誰の母親でもないところに、私が私自身であるところに存在する。

悪いときと良いときとは、私にとって不可分だ。思い出すのは、お乳をふくませているとき子供の大きく見開いた目が私の目をじっと見つめ、私たちが互いに結ばれていることを感じるあの瞬間だ。私たちは口と乳房とだけでなく、互いに見つめあうことで結ばれていた。しっかりと見つめるあの濃青の目の深さ、静かさ、情熱、張った乳房を吸われる快感を私は思い出す。過食という罪の意識をもちながら食べる喜び以外、肉体的喜びはほかにまったくないときだった。そして、私は闘いの感覚を思い出す。誰も決して選びとったわけではない戦場で、好むと好まざるとにかかわらず、見物人でありながら同時に意志と意志がぶつかりあう終わりのない抗争を演じる役者でもある、あの感覚。それが七歳以下の子供を三人もっていたときの私だった。しかし同時に思い出すのは、子供ひとりひとりのほっそりとしたからだつき、ばねのような柔らかさ、優しさであり、男のからだは逞しくなければならないとはまだ教えられていない少年の美しさである。さらに思い出すのは、何かの理由でバスルームへひとりで入ることができたときのつかのまの心の安らぎだ。思い出すのは、それでなくとも睡眠不足なのに、夜中に必死で目をさまして、子供の夜泣きにこたえ、毛布をかけてやり、お腹をなだめるため哺乳瓶にお湯をいれてあたため、寝ぼけている子供をトイレにつれていったこと。すっかり目がさめてしまって自分のベッドにもどり、妨げられた眠りからつぎの日はまた辛いものになるだろうとわかっているため、怒りをこらえ、でもその夜ももう一度子供は目をさますだろうし、お湯をほしがるだろうと考え、なぜ叱られるのかわけのわからない子供たちを、私は疲れのために叱るだろうと思って憂鬱になったこと。そしてもう二度と夢をみることはないだろうと考えたのを思い出す。(夢を見て眠ることが何年も許されないとしたら、若い母親は意識下の心理をどこに発散するのだろうか?)

もう何年も私は子供たちの最初の十年をふりかえってみるのを避けていた。その時期の写真を見ると、マタニティ・ドレスを着た若い女がほほえんでいたり、半ば裸の赤ん坊の上に身をかがめていたりする。だんだんそのほほえみがなくなり、何かに耳を傾けているような、心そこにあらずといったメランコリックな顔つきになる。そのうち息子たちが成長するにつれて私も自分の生き方を変えはじめ、私たちはお互いに対等に話しはじめた。私たちは私の離婚を、息子たちの父親の自殺をともに生きぬいた。私たちは生きのこり、強い絆でしっかりと結ばれた四人の個性ある人間になった。私はいつも息子たちに真実を話すように努め、彼らがひとりひとり独立していくことは、私にとっても新たな自由を意味した。私たちは互いに別々の望みがあっても信じあっていたので、息子たちはかなり若くして自立し、未知のことにも心をひらく人間となった。息子たちが私の怒りや私の自責をのりこえ、そのうえで私の愛情と彼らお互いの愛情を信頼するなら、それだけで彼らは強いと私は本能的に考えた。彼らの人生はこれまでたやすいものではなかったし、今後もそうだろう。けれども彼らの存在そのものが私にとっては宝物だ。彼らのバイタリティ、ユーモア、知性、優しさ、人生への愛は宝石であり、彼らひとりひとりの生命力が私のからだのそこここに流れこんでいる。彼らの戦争のような子供時代と、私の戦争のような母親時代とから、私たちがどうやって自分自身とお互いとを認識しあえるようになったのか、私にもわからない。その相互認識はおそらく、母親とその胸に抱かれた赤ん坊がじっと見つめあったときからずっとそこにあり、それが社会的、伝統的環境に育まれたものなのだろう。しかし私にはわかっている。長いあいだ自分は母親になるべきではなかったと思っていたことを。自分自身の欲求を激しく感じ、それをいつもはっきりと表していたので、自分はカーリー（ヒンズー教・シヴァ神の妃で創造と破壊の女神）であり、メデア（ギリシア伝説の魔法使い）であり、自分が産んだ子をむさぼり喰う雌豚であり、女であることから逃れようとする女らしくない女であり、ニーチェよぶところの怪物なのだと思っていたことを。いまでも古い日記を読みかえして、あれこれ思い出しながら私が感じるのは、悲しみと怒りだ。でもその対象はもはや私自身でも子供たちでもない。私が悲しく思うのは、その頃自分を無駄にしたことであり、怒りを感じるのは、母と子の関係が本来ならまさに愛を生みだし、育むものであるはずなのに、中途半端に分断されてしまったことなのだ。

一九七〇年代の春も浅いある日、私は道で若い女の友人に会っている。彼女は赤ん坊を明るい色の木綿のひもで押さえて胸に抱いている。子供は顔を母親のブラウスにぴったりおしつけ、小さな手でその布地をぎゅっとつかんでいる。「いくつ?」と私は聞く。「ちょうど二週間」と母親はいう。こんなふうに小さな、生まれたての子供をまた自分のからだに抱きしめたいという思いが激しく胸につきあげてくるのを感じて、私はとまどう。赤ん坊は、母親の子宮のなかでまるまっていたように、母親の二つの乳房のあいだにすっかり落ちつき、丸くなって眠っている。もうひとり三歳の子供をもつその若い母親は、この完全無垢の新しい生命に接することがどんなにうれしいか、でもその純粋な喜びをあっというまに忘れてしまうと話す。そして私は思い出と嫉妬にすっぽりとくるまれながら、彼女と別れる。でも私にはほかのこともわかっている。その若い母親の生活は生やさしいものではないことを。四歳にみたない子供を二人もつには数学者のような頭脳をもっていなければならないこと。その瞬間も彼女は自分ではない者の生きるリズムに合わせて生きていること——生まれたばかりの子供は時間ごとに泣き、三歳の子供もさまざまな要求をもち、夫にもこたえなければならない。私が住んでいる建物でも、女たちはそれぞれひとりで子供を育てている。洗濯をして、公園へ三輪車をおしていき、夫の帰宅を待って、個々の家族単位で毎日毎日を生きている。赤ん坊をつれた母親たちのたまり場もあるし、子供たちの遊び場もあって、若い父親は週末に乳母車を押していたりするが、育児はいまだにひとりひとりの女がそれぞれ受けもたなければならない責任だ。生まれて二週間しかたっていない赤ん坊を胸に抱きしめる感覚がもてるのはうらやましい。けれども小さな子供たちがぎっしり詰まってやかましいエレベーター、赤ん坊が這いまわる洗濯場、冬のアパートで部屋に閉じこめられた七、八歳の子供たちがいらいらするのをなだめ、子供時代に必要なしつけまでひとりですることを思うと、ちっともうらやましくない。

4

しかしこれは、人間として当たり前の状況だといわれるだろう。苦しみと喜びが、焦燥と成功とが交互に訪れて当然なのだと。十五年、あるいは十八年前だったら私も自分に同じことを言いきかせただろう。けれども母性を父権制にはめこむことは、レイプや売春、奴隷などと同じように決して「人間的」ではない。（人間として当然だというようなことを声高に言う者は、たいてい性、人種、労役などのいかなる意味においても抑圧とは無関係だ。）

征服と隷属、戦争と条約締結、探険と領土拡張の歴史のなかでは、母親が口にされることはない。しかし母性にも歴史はある。思想もある。種族意識や国家意識よりも、もっと根本的なものだ。表面上は個人的なものでしかない母親としての私個人の痛み、階級や肌の色に関係なく私の周辺にいる、あるいは私の前にいた母親たちひとりひとりの、表面上は個人的でしかない痛み、どんな全体主義的な制度にも、どんな社会主義的革命にも存在する、女たちの生殖能力におよぼされる男たちの規制、避妊や出産、中絶、産科学、婦人科学、体外妊娠の実験などへの男たちによる法的、技術的な抑制――これらすべてが父権制にとって必要なのだ。母親でない女たちを否定的に、あるいは疑わしく見ることもそうである。

父権制の神話、ドリーム・シンボリズム、神学、言語、すべてを通じて二つの考え方が並行して存在する。ひとつは女のからだが不純で、堕落したもので、排出物や出血の場所であり、男らしさにとって危険で、精神的にも肉体的にも男が汚染される原因となり、いうなれば「悪魔への道」であるという考え方だ。もうひとつは母親としての女は慈悲にみち、神聖で、清く、性を感じさせず、すべてを育むものだから、肉体的に母親となる可能性をもっていることが――出血したりいろいろ謎を秘めている同じ肉体だというのに――女が生きる唯一の目的であり、正当な理由だという考え方である。この二つの考え方は、もっとも自立している女にも、誰よりも自由に人生を選びとっているように見える女にも、深く浸透している。

それぞれが矛盾した純潔を求めている二つの考え方を維持するために、男たちは想像力をめぐらして、女たちを、良いか悪いか、出産できるかできないか、純潔かそうでないか、という極論で分けたり、見たり、女たちに自分自身をそのように見させたりしなければならなかった。ヴィクトリア朝時代の、性を感じさせない天使のような妻も、娼婦も、この二重の考え方からつくりだされた制度でしかない。女たちの実際の感受性とはまったく関係なく、すべて男が女を支配するという経験からできたものだ。この種の考え方が政治的にも経済的にも好都合なのは、まさに性差別と人種差別がひとつになったときで、本当に恥ずべきことだ。社会歴史学者A・W・コルホーンは、ムラート（白人と黒人の第一代混血児）のほうが奴隷として役に立つという理由で意図的に彼らをふやすために、白人の農園主の息子たちに黒人の女をレイプするよう奨励することがあったと書いている。そして女について十九世紀半ばの南部の作家二人が書いたものを引用している。

「奴隷制で白人が負うべき重荷でもっとも負担になったのは、強い性本能をもち、しかも性的な良心のないアフリカの女を、自宅の、自分の部屋のすぐそばに置いておくことだった」

「奴隷制にあって高潔な白人文明を脅かしたのは、もっとも抵抗力のない部分に狡猾に影響を与える好色な混血女だった。白人上流階級の母親や妻たちが厳しく守る純潔のみが、人種の純潔さが将来も保たれることを約束していた」*(2)

レイプによってつくられる母性は卑しめられるだけではない。レイプされた女は犯罪者にされてしまう。脅威を与える者とみなされるのだ。しかし、まさに性的良心がないために、経済的な利益をもたらすムラートの子供たちをふやそうとした白人の男の部屋に黒人の女を呼びよせたのは誰だったのか？　「純潔な」白人の母親や妻も、「強い性本能」をもたないと考えられていたのであれば、白人の農園主にレイプされなかったかとたずねられてもよかったのではないか？　アメリカの南部でも、ほかのどこででもそうだったように、子供をつくることは経済的に必要だった。黒人でも白人でも、母親はその目的のための手段だったのだ。「純潔」な女も「好色」な女も、いわゆる奥様も奴隷の女も、おだてられて卵を抱く動物にさせられた女も、叱られたり罰をうけたりする下女も、誰ひとりとして、女としての肉体を（つまりは女としての精神を）壊して本当の自分自身を手に入れた者はいない。それなのに弱い者の目に見えるのは、目前の利益だけのことが多く、私たちもまた、ただ壊しつづけることに加担してきてしまった。

5

育児や幼児心理について書かれたものはたいてい、個性を形成する過程は本質的に、よくもわるくも、片方あるいは両方の定められた親を映して子供が演じるドラマであるという考えにたっている。自分がまだ完成した状態にないと思っているときに、どんなに説得されても、私は自分が母親だと自覚し、私も定められたひとりなのだと容認する心構えはもてなかっただろう。私が読んだ育児書の中で闊歩している、冷静でゆるぎのない自信にみちた女性は、私とはまったく似ても似つかぬ宇宙飛行士のように思えた。私のからだのなかに長いことといて、いまは私の腕に抱かれてお乳を吸っている生き物と私とのあいだにすでに存在する関係の強さにたいして、心構えをもたせてくれたものはまったくなかった。妊娠中も育児中も女がたえず言われるのは、聖母マリアの優しさをまねて楽な気持ちでいるようにということだ。誰も決して言ってくれないのは、最初の子供を産むときの精神的な危機感、自分自身の母親にいだいていて長いこと埋もれていた感情の起伏、力がみなぎるのを感じつつ無力感にとらわれるという複雑な感覚、一方では囚われたような思いがありながら、もう一方では肉体的にも精神的にも新しい可能性に接する思い、興奮したりとまどったり疲労したりしてしまう高ぶった感覚、などだ。本当に小さく頼りなげで、しっかりとまるくなっている生き物に、自分の一部でありながらそうでもない生き物に、魅了されるふしぎさ——恋におちたばかりの日々のように抵抗できないふしぎさを話してくれる人はいない。

子供を世話する母親は、ごく初めから、たえずさまざまな対話をしている。現実に、子供が泣くのを聞くと胸が乳で張るのを感じ、子供が初めて乳を吸うと膣が収縮して正常な大きさにもどり、やがて子供の口が乳首をまさぐると、その子供がいた子宮に官能的な波がはしるようになる。子供は眠っているときでも乳の匂いをかぎつけると乳首を探しはじめる。

子供が自分の存在を初めて感知するのは、母親がとる態度や表情からだ。母親のまなざし、微笑み、さすってくれる手などに子供は最初のメッセージを読みとる。「あなたはここにいるのよ！」と。そのときに母親も自分自身の存在を改めて発見している。母親はこの自分ではない存在と目に見えない絆でしっかりと結びついていて、それははるか昔の幼児期の自分自身と母親との結びつき以外、ほかの誰とももつことのできない関係となっている。そして母親もまた、その一対一の強い関係から逃れて本当の自分自身を新たに取りもどすために必死にならずにはいられないのだ。

子供を育む行為は、性行為のように緊張にみちて痛みをともない、過不足とか罪といった負目の感情をもつ。あるいは肉体的に甘美で、心も慰められるような経験をして優しい官能に浸ることができるのも、性行為に似ている。しかし恋人たちが性行為の後に離れて、また別々の個人にならずにはいられないように、母親は子供から自分を引きはなし、子供も母親を引きはなさないではいられない。育児にかんする心理学では、子供のために「子供を引きはなす」ことを強調する。けれども母親は自分自身のために子供をはなすことが必要なのであって、どちらかといえばむしろそのほうが強い。

母性をある特定の子供あるいは子供たちとの強い相互関係だととらえる場合、それは女が生きる過程のほんの一部分でしかない。一生を通じて女を定義づけるものではない。四十代半ばの主婦は冗談まじりに言うかも知れない。「母親でいなかったら失業者みたいだわ」。実際、社会的に見た場合、ひとたび母親だった私たちは、そのままずっと母親でいないとしたら、何なのだろう。「切りはなす」という過程は、そうしなければ私たちが責められるだけなのだが、父権制文化の果実に抵抗する行為となる。でも子供たちを切りはなすだけでは十分ではない。私たちは取りもどす自分というものをもっていなくてはならない。

子供を産み、育てたということは、父権制が女らしさと定義するものが生理学と結びつくことをしたということだ。でも同時に、それは自分のからだと感情を強く経験することでもある。私たちは肉体的な変化を経験するだけでなく、性格も変わるのを感じる。私たちの内面に「生まれつき」あると思われる資質――忍耐、自己犠牲、そして人間を社会の一員とするための日常のこまかな雑事を喜んで果てしなく繰りかえすこと――を、私たちは苦痛をともなった自制をしたり良心を麻痺させたりして、初めて知る。私たちはまた、自分でも驚くことに、それまでまったく知らなかったほど強く、激しく、愛情と暴力の両方の感情につつまれる。（著名な無抵抗主義者で、母親でもある女性が、最近、壇上でこう言った。「もし私の子供に手をかける人間がいたら、殺します」。）

これらの、またこれと似た経験は、たやすく無視できるものではない。要求ばかりがたえまなくつづく育児に歯をくいしばる女たちなのに、子供たちがだんだん自立していくことを認めたがらず、緊急の事態に耳をそばだて、自分が必要になるのではないかと用心して家にいなければならないと思うのは、ちょっとふしぎだ。子供は成長する。必ずしもなだらかな上り坂をゆっくりと上がっていくとはかぎらず、ジグザグ歩きだったり、天気のように変わりやすい要求をつぎつぎと出すが、必ず成長していく。教養的な「基準」などまさに微力で、八歳とか十歳の女の子であろうと男の子であろうと、その子について、将来どんな重荷を背負うことになるのか、その子がどんな苦境、孤独、苦しみ、飢えに遭遇するのか判断することなどとてもできない。人がたえず思い知らされるのは、人間の存在は一筋の線にほかならず、それは思春期という迷路の前に長くのびているということだ。なぜなら六歳の人間もひとりの人間なのだから。

ひとつの部族の文化、あるいは封建社会の文化のなかでは、六歳になれば子供も重要な義務を負わされていた。現代の文化ではそれがない。けれども子供と一緒に家にいる女たちは変わらず、たいした仕事はしていないと思われている。母親としての本能から動いているだけで、男なら決してしないような雑用をし、自分のしていることの意味などほとんど気にもとめないと考えられている。だから子供と母親は同じように見くびられているわけだ。労働力を提供して収入のある大人の男たちと女たちだけが「生産して」いると考えられているからである。

母親と子供のあいだの力関係は、しばしば父権制社会における力関係を反映しているにすぎない。つまり「お前のために何がいいか私にはわかっているのだから、これをしなさい」ということと、「私の言うことをきいて、これをしなさい」ということとはほとんどちがわない。無力な女たちはいつも、自分の人間としての意志に力をもたせ、社会が自分たちに背負わせてきたものをそこに返す手段として、母親業を使ってきた。それはか細い手段だが、深く根をはっている。子供の腕をつかんで部屋をつっきりからだを洗わせたり、だましたり、折檻したり、いやがる食べ物を「もうひと口」食べるように脅したりすることは、いわゆる文化的伝統にのっとった「良い母親」として子供を育てるだけではすまないことを示している。このように扱われている子供は、ごみとか食べ物とかごく日常的なことだけのために動く以外ほかの行動は一切制限されてい

る女によって振りまわされ、つくりかえられさえしているというのが現実の姿だ。*(3)

6

初めて妊娠した二十六歳の若い女のからだを思い出してみる。妊娠について生理的な知識をもつことをきらい、同時に知的な生活や仕事もきらったあの時期を。いまにして、母性という制度によって——事実によってではなく——私の本当のからだ、私の本当の心から自分がたくみに遠ざけられていたことがわかる。人間社会の基盤として受けとめられているこの制度は、ある限られた見方、将来への限られた期待しか私にもたせてくれなかった。それは産婦人科の待合室にあるパンフレットや昔に読んだ小説、義母の教え、生みの母の記憶、ラファエロの聖母像、ミケランジェロのピエタ(キリストの遺体を抱いて嘆き悲しむ聖母マリア)、そしてまた妊娠している女はみたされた静かさをもっているとか、あるいはごく単純に待っているものなのだという一般的な考えによって、いつのまにかかたちづくられていた。女はつねに待つものと考えられてきた。求婚されるのを待ち、月経があるように、あるいはないようにと恐れながら待ち、男が戦争や仕事からもどってくるのを待ち、子供が成長するのを待ち、つぎの子供が生まれるのを待ち、月経の終わるのを待つ。

妊娠したとき私は、この待つという女の運命とされる状態を、一切の活動的な生活をこばむことによって切りぬけた。直接に何かをからだで経験することをやめ、読み、考え、書く生活とも没交渉になった。乗る飛行機が数時間遅れてしまった旅行者が、空港で、ふだんだったら決して読まない雑誌のページを繰り、何の興味もない物が並んだ店先を眺めたりするように、私は外面上は何事もない静かさに、内面は深い退屈に身をまかせていた。退屈がたんに不安を隠す仮面だとしても、私はひとりの女として、聖母マリアの安らかさのもとにひそむ不安を暴きたてるよりは、この上なく退屈しているほうがいいことをとっくに知っていた。けれども私のからだは、とうとう私に真実をつきつけてきた。妊娠アレルギーになったのだ。

この本を通じて明らかになってくるが、クリトリス、乳房、子宮、ヴァギナから発する強いひろがりのある官能、月と同じ周期をもつ月経、女のからだに起こりうる懐胎と生命の結実といった女の生理は、私たちがこれまで気づいていたよりもはるかに根本的な意味をもつものだと、私は考えはじめた。父権制のもとでは女の生理はそれ自体の狭い範囲でだけ考えられていた。フェミニストの思想はそのために女の生理から目をそらしていた。これからは女のからだを宿命とみるより根源とみるようになると私は思う。人間としての一生を完全に生きるには、自分のからだを自分で支配するだけでは足りない（もちろんそれは絶対に必要なことだが）。自分のからだの調和と共鳴、自然界の秩序との結びつき、知性を支える肉体的基盤を、私たちは自覚しなくてはならない。

生命を産む女の能力にたいして、男は昔から、絶えることなく、羨望と畏敬と恐れを抱いていて、それは女のそのほかの一切の創作力にたいする憎悪というかたちを繰りかえしとってきた。

女は母親業に専念するように言われてきただけでなく、知的、あるいは感覚的創作をすることには不適任であり、そう思うことすら恥ずべきで、それは「男のように」なろうとしたり大人の女の「本当の」仕事である出産や育児から逃れようとする試みにほかならないと言われつづけてきた。「男のように考える」ことは、肉体的な罠から逃れようとする女たちにとって称賛ともなれば牢獄ともなった。多くの知的、創造的な女性たちが、自分はまず「人間」であって、たまたま女であったにすぎないと主張し、自分の肉体やほかの女たちとの結びつきを過小評価してきたのも無理はない。女にとって肉体はあまりに多くの問題をはらんでいて、いっそそれをふりきって、実体のない精神だけで動くほうがたやすく思えることが多かった。

しかし肉体をさけるこういった反応は、私たちがどう選んで使おうとも母性の機能に限られることなく女の生理に本来そなわった、文化的にゆがめられたものとは反対の、本当の力を新たに問いただそうとする方向に変わっていっている。

この本を通じて語る私自身の話は、ひとつの話にすぎない。最後に私が手にいれたのは、ひとりの女としてできるかぎり、そして可能なかぎりほかの女たちとともに、心とからだのあいだの分裂を癒そうという決意だった。もう二度とあんなふうに精神的にも肉体的にも自分自身を失うのはよそうという決意でもあった。ゆっくりとではあったけれどもようやくわかったのは、「私」の母親経験のパラドックスだった。つまりほかの多くの母親たちとはちがった経験でありながら、決して特殊なものではなかったということだ。自分が特別だという幻想を捨てて初めて、私は女としてどんな本物の人生でも願うことができるはずなのだ。

2

「聖なる職業」

1

マーガレット・サンガーの『束縛された母性』（一九二八年）に、不安なしに夫と性行為ができて、母親と妻の両方の義務を果たせるように避妊をするにはどうしたらいいかと忠告を求める女性からの手紙が引用されている。女性はこう書いている。「私は激しくはありませんけれど、しなければならない程度には交渉をもとうと努めています。自然にふるまいながら、自分の役割を果たすように。だって若い女なら誰でも想像するようなこととあまりにちがうのですから」[*(1)]。制度化された母性の歴史と制度化された異性愛（この場合は結婚）の歴史は、両方の制度の要求をみたすことだけを考えていた普通の女の、半世紀も昔のこの言葉に集約されている。「自然にふるまいながら、自分の役割を果たすように」――女たちに要求される、できるはずのないこの矛盾。恥じいる母から娘に伝えられるどんな企みが、愛や家庭や女としての願いを失うどんな恐れが、彼女に、私たちすべての女に、オーガズムがあるふりをすることを教えたのだろう？「若い女なら誰でも想像すること」――それはこの制度がロマンスというかたちで、特別の経験として約束していた以上のことだろうか？　彼女にとってはそうだったのだろうか？　彼女は自分自身にも欲求があり、優しさを求め、おそらくはあるかたちでの接触を求め、性交や生殖のためのからだとしてだけでなく扱われることを求めていると気づいていただろうか？　マーガレット・サンガーに手紙を書き、自分のからだの使い方に控え目なコントロールを授けてもらおうとした勇気を彼女に与えたものは何だったのだろう？　いまいる彼女の子供たちの願いだろうか？　夫の要求か？　か細く、あふれる彼女自身の声か？　その全部かも知れない。何世代にもわたって、女たちが勇気をふるうのは子供や夫のためで、それから他人のため、そして最後にようやく自分のためだったから。

母性の制度は、子供を産み、育てることと同一ではないし、異性愛の制度が親しさとか性的な愛情と同一ではないことも当然である。いずれの制度にもさまざまな規定や条件があり、そのなかで取捨選択がある。それらは「実体」ではないが、私たちの生活の状況をかたちづくってきた。最近の女性史の学者たちは、男によってつくられた社会制度や規定は、いずれにしても女たちの本当の生活を説明するとはかぎらないと、ようやく理解するようになった。だが普遍的に知れわたっている制度は、いずれも結局は私たちの経験に深くかかわり、それを表現する言葉にすら影響を与えている。母性の経験と性の経験はどちらも男性の関心に添うように伝わってきた。制度を脅かすような行為、たとえば婚外出産、中絶、女性の同性愛などは規律からはずれた、ときには犯罪行為だと考えられる。

制度化された異性愛は、何世紀ものあいだ、女は危険で、みだらで、肉欲の権化だと言ってきた。つぎに女は「情熱がなく」て、かたくなで、性的に受け身だと言った。いまは西洋では女は「官能的」で「性的に解放されて」いると言い、中国では女は革命に献身した禁欲の塊だと言う。

そしてどこの国でも女と女との愛情が現実にあるのを否定する。制度化された母性は、女たちに知性よりも母親としての「本能」を、自己能力の達成よりも無私を、自己の創造よりも他人とのかかわりを要求する。母性はその子供が「合法」であるかぎり「神聖」だ——つまり、その子供が、母親を法的に支配する父親の名前を名のるかぎり。一九一四年の社会主義の小冊子によれば、母性は「女性の最高かつもっとも神聖な使命」である。*(2) 一九一〇年に、ある南部の人種差別主義の歴史家は「女性は家庭を表し、家庭はあらゆる制度の基礎であり、社会を支えるものだ」と言っている。*(3)

もっと最近になると、この論争をイギリスの批評家スチュアート・ハンプシャー（一九一四～二〇〇四年）がこうすすめている。彼は現在の「解放された女」をイプセンの取りみだして自滅的なヒロイン、ヘッダ・ガブラー（母性も拒絶した）と同一視して、つぎのように悲観的に予言する。

> 啓発されて、もてる力を活用しきっていないととつぜん意識した精神は、尊厳をもつために必要な要素である伝統的なしきたり、共有する過去の記憶、将来への精神的決意を腐食し、漂白してしまう。ごく当たり前のたおやかな情感は消えうせ、起伏にとんだ感情や愛情はまったく失われる。なぜ家族を守っていくのか？ つまりなぜ種を守っていくのか？ ——頭をもたげてきた、このような新しい女性の懐疑的な理論ほど、すべてを破壊するものはない。*(4)

父権制は、種の保存と育成のために必要な苦痛や自己否定を女に引き受けるよう要求するだけでなく、種の多数を占める女が基本的になんの疑問ももたず、啓発されないままでいることを要求するものだったといえよう。女性の意識が「活用されていない」からこそ、道徳や家族の精神生活が成り立っている。五十年も百年も、あるいはそれ以上昔にまでさかのぼる先人たちと同じように、ハンプシャーは、女たちが自分自身の生涯を選びはじめると社会が脅かされるように考える。母性や異性愛が制度として確立されていなければ、父権制は存続できない。だからそれらの制度は、ある特定の個人だけに、ときとところによって「かわりの生活様式」を許す以外は、疑問をもつことも認められない原理として、「自然」そのものとして扱われなければならないのだ。

2

「聖なる職業」にも、もちろん完全に現実にそくした面があった。アメリカに移住してきた一般的な家族には十二歳から二十五歳までの子供がいた。娘は二十五歳にもなると「オールド・メイド」と呼ばれ、嘲笑されないまでも非難の的となった。経済的に自立する道はまったくなく、通常は親族とともに住んで、家事や子供の世話を手伝わざるをえなかった。*(5) ほかの「職業」につく方法はなかった。一八五〇年代から六〇年代に子供時代を過ごしたあるイギリスの職業女性はこう書いている。「私は母の七番目の子供で、私のあとにも七人生まれた。全部で十四人の子供がいて、母は完全に奴隷でしかなかった。ほとんどいつも子供がお腹のなかにいるか、子供を胸に抱いていた。子供が八人だったとき、いちばん上がまだひとりでは学校に行く支度ができないくらい小さかったのだから」*(6)。アメリカの奴隷制のもとでは、

……農場主が女たちに子供を産むよう命令するのが普通だった。百人ほど奴隷がいたカロライナのある農園では、農園主が子供を産まなければ体罰を課すと女たち全員を脅した。女たちは水田（三十センチから六十センチの深さの水のなか）で働かなければならないあいだはできないと言った。罵ったり脅したりした後、農園主は女たちに子供ができそうになったら監督の妻に言うように、そうしたら土の上の仕事に変えるから、と言った。*(7)

白人開拓者の家族の母親も黒人の女の奴隷も、経済上の完全な生産力として、毎日働いていた。黒人の女たちはしばしば背中に子供をくくりつけて畑で働いた。昔は女たちは欠くことのできない生産者として仕事を分担しながら子供を産み育てて、しかもそれで当然のこととされていた。しかし十九世紀になると「働く母親」に反対する声があがり、今度は「家にいる母親」を称える

ようになる。こういう声は技術が肉体労働を全体的に軽減し、家族の規模が小さくなりはじめると同時に最高潮に達する。過去一五〇年間には、女はすべての時間を母親でいることにあてるという考えが根づき、「家族」が一種、宗教的な強迫観念にまでなっている。

一八三〇年代には、アメリカでは、男たちの画一的な声（この場合はアメリカン・トラクト・ソサイエティ）が合唱をはじめた。つぎのように……

> 母親は将来の世代の幸福に絶大な影響力をもっている。それは他のあらゆる手段を合わせてもかなわないほど強い。……わが国が敬虔で国を愛する母親たちでみちるとき、徳の高い愛国的な男たちで国がみちることになる。神の加護のもとに世界を救う力は母親の唇から発せられるのでなくてはならない。はじめに罪を犯した女は、その償いとして地上で主要な役割を果たさねばならない。われら罪深い者を義務と幸福に連れもどす神の御使いは、ほかでもない、母の力である。（傍点、引用者）

母親はイブの罪の重さ（つまり最初の違法者、汚された者、汚した者として）を負い、そのために男の救済という重さも背負うことを期待される。失敗を防ぐため、恐ろしい例をあげて警告を与えられる。

バイロンの人並みはずれた罪の土台を敷いたのは、その母親だった。……この詩人の犯罪が世界じゅうの呪いに値するとしたら、母親が息子の若い心に同国人に呪われるような熱情をはぐくんだのだということを世界は忘れてはならない。[*(8)]

しかし女たちの声も唱和するようになる。マリア・マッキントッシュは一八五〇年に理想的な妻、母親をこう書いている。

夫が妻の顔を見るときは……変わることなく、その晴れやかな表情に神の至福を見る。「心にけがれのないものは幸いなり」。子供たちは地上における完全な愛の姿として母親をあがめる。彼らは母親の訓示よりもその態度から、自分だけのためでなく人々のために、自分の内なる神のために、生きていくべきことを学ぶ。母親は、彼らに国を愛し、その進歩のために自らを捧げることを教えた[*(9)]……

母親が父権制のために役立つことは確かだ。ひとりの人格で宗教、社会的良心、国家主義を示す。制度化された母性はほかのすべての制度を復活し、よみがえらせる。

しかし十九世紀の「家庭にいる母親」は、よくある短所をとがめられて悩んだようだ。たとえば短気である。

……母親が自分を抑えることもできないのに、子供を抑えられるだろうか？……母親は自分自身をコントロールし、自分自身の激情を抑えることを学ばなければならない。子供たちに従順と落ち着きの実例を示さなければならない。……子供が悪いことをしたときは、母親は悲しみ、子供にその悲しみを見せるがいい。静かに落ち着いてその場に必要な規律を使うがいい。しかし決して怒りの感情を見せてはいけない。怒りの言葉を発してはいけない。*(10)

これは男性専門家の言葉だ。リディア・マリア・チャイルド（一八〇二〜一八八〇年。奴隷解放論者、女性解放論者）の『母親の本』（一八三一年）はこう忠告する。

自分の感情を抑えるのはむずかしいと言うのですか？　ひとつだけ決して失敗しない方法があります。祈ることです。……怒りがこみあげるたびに、悲しいことがあるたびに祈るひまはないと、きっと言うでしょう。時間は必要ありません。心のなかで大声で「神よ、この気持ちを抑えられるようお助けください」と言うことは、どこで何をしていてもできるでしょう。ひたすら心をこめて、荒れ狂う海に向かって「安らぎを！　静かに！」と言えば、その声があなたの悩める魂に静けさをもたらします。*(11)

母親たちへのそのような忠告は、女の怒りが一般的にどんなふうに考えられていたか教えてくれる。『若草物語』のなかで、マミーは「短気」の「王様」である娘ジョーにこう言う。

私はほとんど毎日のように怒っているわ、ジョー。でもそれを表に出さないことを学んだの。でも怒りを感じないでいることを学びたいと思っているわ。そうなるにはあと四十年かかるかも知れないけれど。*(12)

私の少女時代にも同じように教えられたことを思い出す。私の「短気」は、外の世界でのできごとにたいする反応ではなく、心のなかの暗い、邪悪なしみだった。私の子供時代の怒りは、よく「癇癪」だとほのめかされ、その言葉で私は大人の世界をある種の、たとえば悪魔がとりついたもののように感じた。のちに、若い母親として自分の怒りが爆発するのを、子供たちに「悪い例」となるのではないかと罪深く感じたのをおぼえている。「短気」は、自分がかっとなるような出来事とはなんの関係もなく、性格の欠陥だと私の子供たちにも教えるべきなのだろうかと迷った。母親の愛情は無条件で、途切れることのないものだと考えられている。愛情と怒りは共存できないとも。女の怒りは母性という制度を脅かすのだ。

3

十九世紀と二十世紀の理想の母親と子供は、ともに家庭に閉じこめられていた。女たちは母性に限定され、家庭は、賃金労働、闘争、野心、攻撃、権力の「男の世界」から切りはなされ、「私的な」ことは「公けな」「政治的な」ことから切りはなされた——人間の長い歴史のなかではつい最近の変化である。しかし理想の力も現実の力も強いものだ。唯一の目的にのみそうことはできるはずがない。

こういう考え方はどのようにはじまったのだろう？　どういう目的のために？

初期の開拓生活から工場が生産の中心として発展する頃まで、家庭は避難場所ではなかった。残酷な「外の世界」から逃げこむところでもなければ、余暇を楽しむところでもなかった。家庭は世界の一部であり、仕事の中心で、生きるのに必要な単位だった。そのなかで女も男も手伝いのできる年齢に達したばかりの子供たちもみな、季節ごとにはてしなくつづく仕事を受けもった。食物をつくり、収穫し、加工し、動物の皮や芦、粘土、染料、脂、香草などを加工して物や衣服をつくり、醸造し、石鹼や蠟燭をつくり、赤ん坊の世話をしたり病人の看護をし、さらにそれらの技術や能力を若い人々に伝えた。女が子供の面倒をみる以外、何もすることがなくひとりでいるなどということは、滅多になかった。*[13] 女たちも子供たちも忙しく、活力ある社会集団の一部だった。仕事は厳しく、困難で、肉体的にも疲れることが多かったが、多種多様で、全員が参加するのが普通だった。出産や妊娠による死亡率や幼児の生命が失われる率はきわめて高く、女たちの寿命も短かったから、栄養失調や飢餓、伝染病などでたえず脅かされる生活を美化して語るのはいきすぎだろう。けれどもたんに母親でいることや個人的な避難場所として家庭を守ることが、女たちの主要な仕事であることはなかったし、そんなことは不可能だった。また母親と子供だけが隔離されて孤立した関係にあることもなかった。

ウィスコンシンの開拓地では、開拓者である母親たちは宿屋の主人であり、学校の教師であり、薬屋であり、その一方でたいてい十人から十五人の子供をもって、生きるために必要な最小単位としての家庭をきりもりしていた。そして通りかかる旅人を迎え、食事をさせ、部屋をととのえた。母親は「野生の草や実、樹皮、花、根を集めた。……それらを……乾燥し、分類した……緊急の場合に使えるように……。ときには外科医ともなった……切れてぶらぶらになった指をつなぎあわせたり、足から錆びた釘を抜いたり、傷を洗った……こうして家族の怪我の手当てをした」[*(14)]。母親であることの本当に辛い重荷は肉体的なものだった。たえまなく妊娠する辛さ、たえず子供を産み、育てる負担だ。

十九世紀になって西洋では、家庭、仕事、女、生産と女との関係などについての考えが決定的に変わった。ごく初期の工場は事実上、農家が織物とか鉄、ガラス、日常品などを仲介人に売るためにつくった場所だった。仲介人は製品のための市場と同時に原料を供給する役割を果たした。[*(15)]

女たちは鍛冶工場でも男たちとともに働き、醸造工場をほぼ独占した。とくに織物業はつねに女たちに依存していた。イギリスではすでに十四世紀にさかのぼって女たちが家族のためだけでなく商売のために織物をしていた。

家で手織りをしていた女たちは、動力機による競争によってしだいに工場にかりだされていった。労働時間を制限する法律はなかった。女たちは十二時間働き、それから帰って家事をするという重荷を背負った。一八四四年にイギリスの工場監督がつぎのような報告をしている。「夜間や長期に雇う人間の大多数は女だ。女のほうが男よりも労働力が安く、厳しい肉体労働をさせるのにも男より簡単に勧誘できる」*(16)。

それらの女たちは家に小さな子供を置いてきていた。ときには六、七歳の娘とか祖母がみたり、雇われた近所の子供が世話することもあった。年とった女がお金をとって赤ん坊や幼児の面倒を家でみることもあった。まだ離乳をしていない赤ん坊は母乳のかわりに水っぽい粥とか「パップ」(パンがゆ)が与えられた。余裕のある母親は牛乳を買った。静かにしているようにアヘンチンキを飲まされる子供もいた。育児の世界から仕事場が分離されたことはこのように即座に子供と母親の両方に不都合と苦労を生みだした。

女たちは、夫が稼ぐごくわずかな賃金を補う必要から働いていた。そして彼女たちの賃金のほうがさらに安かったので、女が働くことは男の労働者にとっては脅威だともみなされた。女たちの仕事は「家庭」を破壊し、父権制的結婚を壊すものであることは明らかだった。夫が経済的に妻の稼ぎに依存しているような気になるだけでなく、女たちが経済的な理由から結婚することがなくなることもありうると考えられた。*(17) 子供の幸福を考える人道主義的な配慮、父権制の尊厳が失われる恐れ——その二つの力がひとつになって圧力となり、子供と女の労働を規制する法律ができて、「家庭と家事に専念することが真の女の世界である」という主張が通った。

それ以前には、このように定義づけられた家庭は存在しなかった。これは産業革命が創造したものであり、神から与えられたものの力をかりた理想であって、理念としてのその力は今日も消えることなく残っている。歴史上初めて、女の生産性（生殖力は別として）が「時間の浪費、財産の浪費、道徳の浪費、健康と生命の浪費」だとみなされたのだ。女たちは、家にいないことは子供たちをおろそかにするだけではないと警告された。快適な巣をつくれなければ、夫たちは居酒屋へいってしまうだろう。夫と子供の安泰が女たちの真の使命となった。男には子供の世話をしたり家を守る使命などないから、解決法はただひとつ、女たちを工場から取りもどすことだった。

工場で働く母親をもつ子供たちの生活にかんして公けに意見が述べられるようになるにつれ、保育施設をつくる努力がされるようになった。しかしヴィクトリア朝、エドワード朝のイギリスでは、二十世紀のアメリカと同じように、国が育児の手助けをすることは、「神聖な家庭やつつましやかに隔離されている個人生活」を乱すものだという理由で反対されていた。「……家庭は立憲政府を支える基本単位であり、人の称賛と羨望の的となるべきものだ。ゆえに、いかなる法律もこの神聖な領域を侵すことはなかった。いかに貧しい夫と妻であっても、どんな仕事や厳しい拘束に従事していても、家に帰ればそこには自分の王国を、安らぎを、多くの疲れをいやす慰めを見つけた」*(18)。

一九一五年にイギリスの女性共同ギルドは、肉体労働者の妻たちが、母親であり家庭における労働者でもある自分たちの生活について書いた手紙を一冊の本にした。彼女たちの生活は、仕事と闘いの苛酷な現実から隔離され守られた場所であるという理想の家庭生活とは正反対のものだった。平均して五人から十一人の子供がいて、妊娠時に必要な休養と栄養がとれないため流産も何度か経験している。「十分な食事をとらなければならないときに節約して無理をするのです。労働者階級の家庭では、節約するとしたらそれは夫でも子供でもなく母親で、残り物を食事にして、『肉のついていない骨をしゃぶって』すませるのです」*(19)。これらの手紙にもっともひんぱんに書かれているのは、たえまなく出産する不安と肉体的消耗についてである。多くの母親が自分の主義に反して、またときには夫の反対にあいながらも、中絶するための薬をのみ、しかもそれはたいてい効果がなく、生まれてきた子供が病弱だったりすると、そのためだと非難された。けれども不健康と精神的緊張と疲労について書きながらも、彼女たちはすばらしい精神の弾力性、なんとかやっていこうという意志、不公平な状況をみとおす前向きの姿勢をみせている。

——母親になったばかりの頃、私は女がこういう時期の苦労をするのは当たり前で、大騒ぎ——

をせずにちゃんとやろうと思っていました。……私にはどちらがつらいとも言えません――やりくりに心もからだもくたびれ、不安でいっぱいのまま子供を育て、しかも貯えももうわずかしかないのにもうひとり産むことを考えるのと、なんとかお産をすませ、家事をむりしてやった末、結局は生活も何もかもが大変になるほかの病気になるのと。*(20)

若い女が、結婚や妊娠にたいしてまったくなんの準備もないという無知のために、どれほど傷つくかということも、大勢が書いている。また妊娠中や出産直後に性行為を求める夫たちの鈍感さについて書いている手紙も多い。

妊娠しているあいだ動物の雄は雌から完全に離れています。人間の場合はそうではありません。女は妊娠していないときとまったく同じように男の犠牲となります。……女は気分がすぐれなくても、そう言ってはいけません。女が言うことをきかないと、男はありとあらゆる方法で女を罰しますから。*(21)

私はこの出産で夫を責めはしません（この筆者はすでに七人の子供をもち、二回流産している）。私が病気だったため夫は十ヵ月辛抱強く待ってくれて、もう大丈夫だと思ったので私は義務を果たしたのです。これ以上家族を増やせないとなると、よく夫の側に不実があることを知っていますから……妊娠の問題をとりあげてくれてよかったと思います。女も人間としての理想をもっていて、男たちを満足させるための道具として存在するのではなく、もっと高いものに憧れているということを男たちに知らせるべきです。*(22)

女たちは人生のほとんどの時期を妊娠していただけではなく、一方で重労働をしていた。床をみがき、水がめを運び、アイロンをかけ、石炭や薪を集めてきて料理をつくった。医者の命令にそむいて、流産から回復しないうちにベッドでアイロンをかけたり、パン粉を練る女もいた。*(23) 夫たちの性的な欲望や中絶への反対を恨みながらも女たちは、終日、一生懸命働いてきた夫たちに家でさらにいやな思いをさせまいと気をつかった。

あてにならないのに、夫に私の痛みの叫びを聞かせようとは思いませんが、陣痛はいつも我慢できるとはかぎりません。ここでも助けてくれたのは医者で、お腹にさしこみがきたらすぐ夫に飲ませるように眠り薬をくれました。それで夫が寝ているのとは別の部屋で私は陣痛をこらえ、本当に元気な男の子を産み、その子を心の喜びとしているのです。*(24)

けれども女たちにとって仕事から家に帰ってくるという安らぎはなかった。

家のなかでも外でも、現実はつねに理想とくいちがった。一八六〇年のアメリカでは百万人の女が雇用されていた。南北戦争の終わり頃には、ニューヨーク・シティだけで七万五千人の女が働いていた。一九七三年のアメリカ合衆国国勢調査によると、六歳以下の子供をもつ六百万人以上の母親が、フルタイムの仕事をもっていた。*(25) 誰でも利用できる無料保育施設などなく、毎日、子供を家に置いて生計を得ることを工夫しなければならなかった女なら誰でも、不安、罪の意識、心配、経済的負担、緊急の事態などに直面した。これらの数字はそれを示している。いかに非現実的とはいえ、家にいる母親のイメージは、収入を得ようとする母親たちの生活につきまとい、非難の目を向けさせる。しかしそれはまた、女たちだけでなく男たちにとっても危険な原型となった——日ましに無情で非人間的になっていく世界で天使のような愛と慈悲をたたえる母親、「客観的」「合理的」な判断を求める男の論理に支配された社会で、女らしい影響を与える感情的な要素としての母親、戦争や野蛮な競争にみち、人間の弱さを軽蔑する世界で、精神的な価値と優しさのシンボルであり、副産物である母親。

4

子供をもった女にかかる肉体的、精神的責任は、あらゆる社会的な負担のなかでもっとも重く、奴隷制度や肉体労働とも比べることはできない。なぜなら女とその子供との感情的なきずなは、強制労働者にはない弱味をもつからである。労働者はボスや主人を憎むことも恐れることもできるし、仕事を嫌うこともできる。反抗を夢みることも、ボスになるのを夢みることもできる。子供をもつ女ははるかに複雑で、破壊的な感情にとらわれる。愛情と怒りは同時に存在することができるからだ。しかし母親が怒ることは子供にむかって怒っているようにとられ、それが子供を「愛して」いないことになる恐れがある。人間らしい必要性をみたすにはあまりに不備な社会では、子供にやってやれないことを悲しんでも、それが母親の罪の意識とか苦悩だと解釈される。ある女性グループがこの精神的負担を「無力な責任[*(26)]」と呼んだ。多くの母親たちが、母親としての役目を果たしながら生計をたてるための仕事をつづけてきたし、いまもしているが、それよりもはるかに重い負担だ。少なくともある地域では、財政的、政治的圧迫が貧困と失業の背後にあるとされている。しかし万一、母親が子供を「見捨て」れば、母親の人格そのものが、女としての地位が、問題視されるのだ。

事実がどうあろうとも、[*(27)]母親は「子供とともにいる」ことがいまだに当然とされている。子供の健康に、着る服に、学校での行儀に、成績に、成長に、すべてに責任があるとされるのは、結局、母親だ。母親が唯一の大人として父親の役目も果している家族でも、子供が安直な保育園やひどい学校で一日を過ごさなければならない理由は、誰でもない母親にあると思われる。母親自身が自分の手の届かない環境――栄養不足、ねずみ、鉛入りペンキ公害、麻薬、交通、人種差別など――と必死になって取りくんでいるときですら、社会の目には母親自身がその子供の環境なのだ。労働者は組合をつくってストライキもできる。家庭にいる母親たちは互いにばらばらで、それぞれが子供たちと情のきずなで結ばれている。私たちのワイルドキャット・ストライキ（個別の抵抗）は、肉体的あるいは精神的衰弱というかたちをとることがもっとも多かった。

個々の家庭が孤立することは、母親たちがいっそう無力になることを意味しただけでなく、母親たちにこのうえない寂しさをもたらした。家と家がくっつきあった路地で子供を育てることと、戦後のロンドンの新しい高層アパートで育てることのちがいについて、イースト・ロンドンの女性グループがハンナ・ギャブロン（一九三六〜一九六五年。社会学者）と語っている。近所というものがなくなり、玄関前の立ち話やたくさんの目が子供たちが遊ぶのを見ている共同広場がなくなったという。[*(28)]一九五〇年代のマサチューセッツ州ケンブリッジでは、結婚した大学院生たちが何組か、「レイン」といわれる似通った家が並ぶ道沿いに住んでいた。そこでは子供たちは共通の中庭で遊び、母親は子供を一時間だけ近所に預けることもできた。だから子供たちは互いの家を行ったり来たりし、母親たちもお互いに気軽で、ばったり出会ったときにおしゃべりをするような楽しみをもっていた。学問の分野で身分が一段高くなると、彼らは郊外に移り、以前より小さな家に住んだ。それから大きな一軒家に住むようになって、夫の物質的な成功とともに「家庭」がほかの家庭からどんどん離れていった。新しいアパートに移った労働者階級の母親たちも、新しい豊かさにつつまれた学者の妻たちも、一様に何かを失った。それまでよりもいっそう、家にしばられた孤独な女になった。

イギリスのマルキストでフェミニストのリー・サンダーズ・カマーは、核家族——妻、夫、子供たちの小さな孤立化した単位——にたいする古典的なマルキスト的批判を繰りかえす。核家族の労働の分業によれば、男が主人であり唯一の稼ぎ手で、女は主婦、母親、消費者の役割を受けもち、男と子供を情緒的に支える。「家族」は、事実上、「母親」を意味し、母親は育児の主要な担い手であり、夫が仕事からもちかえることのあるフラストレーションや怒り（しばしば家庭内暴力のかたちをとる）をなだめる。彼女自身の怒りは許されない。妻の仕事が、工場や炭鉱にもどるために家で必要とする慰めや優しさを、毎日、夫に与えることだからだ。カマーはこの労働の分業を資本主義が要求するものだと考える。しかしなぜ資本主義は当然のように、精神的救い主の役を女だけが引き受けるべきだと要求するのだろうか？　なぜ決して男でなく女が子供を育て、家事をするべきだと要求するのだろう？　本当に資本主義と関係があるのだろうか？　エリ・ザレツキーが指摘するように、資本主義より歴史の古い、社会主義のもとでも生きのこっている制度——つまり父権制とはどれだけ関係があるだろう？[*29]

まず男の子の女への依存、自分のからだから新しい生命を生みだし胸から乳を与える女たちの見方、男にとっての女の必要性（生命を産む者としても感情的にも）——これらの要素から芽をふいた制度を変えようとするなら、まずそれらを認めなくてはならない。父権制社会主義のもとでは、なんらかの意味で母性という制度が改革されていて、女たちが子供を産み育てる役割と、開発途上の経済に必要なフルタイムの労働者の役割との両方に従事（事実上は女たちが過去ずっとしてきたように）することを認める。しかし保育センター、子供のためのキャンプ、学校などは便利ではあるが、働く女たちのきってもきれない「二重役割」を根本的に改革するものではない。いずこの社会主義国でも労働分配が定着したからといって、多数の男たちが育児に加わるようになったということはない。マルクス主義の社会でも毛沢東主義の社会でも、母性も異性愛もいぜんとして制度化されている。異性間の結婚や家庭が、人間にとって「正常な」状態だとみなされ、新しい社会の基盤とされている。中国ではレズビアニズムは存在しないといわれ、キューバではホモセクシュアルは政治犯罪者として扱われる。*(30) 産児制限は経済的、軍事的、統計学的圧力のいかんによって、女に許されることもあれば許されないこともある。中国では「革命のための」新しい産児制限法を試みる実験台に女たちが使われた。*(31) 男による女のからだの支配には、どんな革命もまったくおこなわれていない。女のからだが父権制が築かれる基盤となっているのだ。

3

父親たちの王国

1

歴史上初めて、いま、父権制の正当性は説明できるものではないという認識がひろまりつつある。必然性がない、一過性のものだ、男性による通文化の総括的な女性支配はもはや否定もされないが、擁護もされない——そういったことが認められつつある。このことを認識するとき、私たちはあらゆる力関係の中心にある絶対的なものをつきやぶる。それは欲望、暴力、所有、恐怖、意識的な願望、無意識の敵意、感情、合理化がもつれあったものであり、社会的、政治的形態を支える性差別的下部構造である。いま私たちは初めて、父親たちの王国にあって周囲を見まわし、処置を講ずる余裕をもったのだ。私たちが見るのは、記録にある文明が一度も積極的に挑戦したことがなく、あまりに普遍的であたかも自然の法則であるかのように見えていたひとつの制度である。*(1)

父権制は父親たちの権力そのものだ。家族を基盤とする社会、思想、政治の制度で、それによって男たちが——強制したり直接圧力をかけたりして、あるいは儀式、伝統、法律、言語、習慣、礼儀、教育、労働の分担を通じて——女はどういう役割を果たすべきか、果たしてはいけないかを決める。この制度では女はどんな場合でも男の下につくことになっている。このことは必ずしも権力をもつ女はいないということではない。また既存の文化のなかでは、女はある種の力をもてないという意味でもない。たとえば母系のクロー族（スー族に属するアメリカ・インディアン）の女たちは儀式や祭で名誉ある役割を果たすが、月経のあいだは外の社会との接触や神聖な物に触れることを禁じられる。ある特定の文化現象を同じようにおこなっても、女と男ではその意味がまったく異なる。「北アフリカのトワレグ族にみられるように男がベールをつけるときは、その遮蔽が個人の地位と力を強調するが、プルダ（女性用ベール）をつけても女にとってはそういう意味にならない」。意味は異なるが、どの文化にも、「結局は男女を分ける線がひかれている」*(2)。

また父権制は、息子にたいして父親の威力がまだあることを意味するものでもない。父と息子の力関係は、封建社会やヴィクトリア朝時代の家族制度でそうだったように、かつては文化的にまったく疑問の余地のないものだった。ドイツの精神分析学者アレクサンダー・ミッチャーリッヒ（一九〇八〜一九八二年）は、工業化や大量生産、労働の専門化などの圧迫のもとでこの父親と息子の関係が衰退していったことをたどり、「仕事」が家庭の外に出て社会がより複雑に細分化されていくにつれ、父親は家庭でほとんど存在感がなくなり、以前の事実上の権威を失った、と言っている。しかしミッチャーリッヒが指摘するように、「われわれの社会において父権制を構成する要素はふしぎな考え方と密接に関連している。父親と息子、神と人間、支配する者とされる者との関係を、全能と無能との関係だととらえ、それを社会組織に当然の原則とみなす考えである」。この全能と無能の関係は男と女のあいだにとくにはっきり存在する。そして教育、社会組織、また私たち自身の「ふしぎな考え方」にいまだにその父権的イメージがはっきりと焼きつけられている*(3)。

父親の力はあらゆることに浸透しているため、これまでそれを把握することはむずかしかった。それを実現しようとすると、その言葉にまで影響がおよんでくる。ひろく散らばりながら、具体的だ。象徴的で、しかも事実そのもの。普遍的で、しかもところによって表現がさまざまで、その普遍性があいまいになる。女は、父権制のもとで、プルダに隠れて生活もすれば、トラックの運転もする。キブツで子供を育てもすれば、父親のいない家族で唯一の生計を支える身でいることもあるし、あるいは赤ん坊を背負って中絶法制定に反対するデモに参加することもある。中国の村落で「裸足の医者」として働きもすれば、ニューイングランドのレズビアンのコミューンで生きることもある。世襲で、あるいは選挙で人を治める地位につくこともあれば、億万長者夫人の下着を洗うこともある。ベルベル族の村の土壁の内側で夫に朝のコーヒーをいれもするし、学者たちの行進に加わることもある。身分や地位がどうあろうと、経済的にどんな階級の出身であろうと、性的な好みがどうであろうと、女は父親たちの権力のもとに生きている。特権や影響力をもてるにしても、それは父権制が喜んで同意する範囲内にとどまっている。それも男に認めてもらう代価を支払うかぎりにおいてである。この力は法律や習慣よりはるかに強い。社会学者ブリギッテ・ベルジャーの言葉によれば、「現在にいたるまで、基本的には男性の考え方や感じ方が社会や文化の解釈を支配してきた——解釈をするのが男性であっても女性であっても。……基本的に男性の仮定が知的にも精神的にも歴史全体を形成してきた」。*(4)

血族関係や財産相続を母親の系統でたどる母系社会や、夫が妻の母親の家や村に移り住む、妻の家族を中心とする社会は、西洋になじみ深い父系家族の変形として存在する。父系家族は同じように父系の世襲で、妻が夫の家に住み、父親の名前を名のらない子供は「庶子」となる。しかしこういう変形もたんに男に地位と財産を譲る方法がちがうというだけのことだ。女に多くの身分と尊厳を与え、一夫多妻の可能性を減らすことはあるかも知れない。しかし決して「母権制」と混同してはならない。また、アンジェラ・デイヴィス（一九四四年〜。活動家）が言うように、家族の長である黒人の女性に「母権」があるという言葉を使うこともできない。外の社会では無力で抑圧されているのだから*(5)。

母系世襲の集団では、女が子供の世話の責任をもつ。子供ひとりひとりに責任をもつ女がいて、それをほかの女たちが分かちあうこともある。成人した男は女と子供の上に立つ権限を与えられる。結婚は同じ世襲集団内での異族結婚（母方の家族外での結婚）でなければならない。デイヴィッド・シュナイダーは男女の力関係をきわめて明白にしている。つまり「社会のごく少数の女に特別な条件が資格として与えられる以外は」、女と子供は男の権限の下にある。「母系世襲集団のなかで最高の権威をもつ地位は……通常、男によって占められる身分に帰属する*(6)」。

父系による序列より母系のほうが女にとって有利になることは実際にはわずかだ。母親と子供たちのあいだにある感情的きずなは、母系世襲集団から子供を引きはなそうとする父親の血縁集団から圧力をかけられる。とくに息子の場合、「父親と子供のあいだの経済的協力と財産の譲渡」が、母親の感情的、心理的権威を弱めるうえに絶対的な効果をもたらす。その逆が父系社会にあることはない。なぜなら母親は気持ちのうえでどんなに強く子供と結ばれていても、父親の権利がもつ力（男の系列で世襲し相続すること）以上に関係を超える力をもつことはないからだ。[*(7)]「母権」とか「母親の権利」、「女性支配」あるいは「女天下」などという言葉は、あいまいに、しばしば混同して使われがちだ。ロバート・ブリフォールト[*(8)]（一八七六〜一九四八年。フランスの外科医）は、原始社会における母権制はたんに今の父権制で権威をもつ性が男ではなく女にあっただけではないとことばをつくしている。彼はまず「女性支配」という言葉を、女が財産によって経済的支配力をもてるような状態をさすものとする。母権を認める要素は、どんな社会ででも、機能の面から生まれると彼は指摘する。つまり子供を懐胎し、出産し、育て、教育する母親としての機能だ。また、原始社会では、現在では家庭外の男の世界のものとなっている多くの活動や権威がこの機能にともなっていたとも指摘している。ブリフォールトがいう母権社会は、父権社会で男が女を支配するように女が男を支配する組織をつくり維持するというよりも、女の創造力が普及し、女が有機的な権威をもつ社会だ。そこでは女がその社会の本質となる活動面に実態としても魔術的にも深くかかわり、女の権威を認める一種の自由な空気があると言う。このように彼は母権を自然の機能だとみなす。母親とその子供たちを中心とした生活に、農業、手工業、発明を統合することにより、女はさまざまな創造的、生産的役割をもつことになるだろうという。[*(9)]ブリフォールトの考えによれば、男が経済的支配力を確立し、以前は女の領域だと考えられていた魔術的な力を奪うことによって、これらの機能面から生じた秩序に抵抗するとき父権が発達する。つまり「女性支配」は、父権と同じように、力や経済的圧力を通じて権力をもつことを意味し、ひとつの集団がもうひとつの集団よりも経済的に有利になり所有権を独占できるようにならなければ存在しえないと考えるのだ。*(10)

父権社会の核となっているのは、財産の概念と自分の財産が生物学上の子孫に譲渡されるのを見届けたいという願望から発生した、個々の家族という単位である。シモーヌ・ド・ボーヴォワール（一九〇八〜一九八六年。哲学者）はこの願望を永遠の生命への願望と結びつけている。深い意味で、と彼女は言う――「所有する者は自分の存在をその財産に移行し、転換する。そして自分の生命そのものより財産を大切にする。財産は所有者だった人間のいつかは尽きる生命の限界を超えて、肉体がなくなっても存在しつづける。魂が物となって永遠に地上にとどまる。しかしこうして生きのびるのも財産が所有者の手にあるから考えられることで、さらには自分を映すとみなすことのできる自分のものである個人に所有されるのでなければ、それが死を超えて自分だとは言えない」*(11)。やがて人間の意識に決定的な瞬間がやってくる。女を受胎させるのは月でもなければ春の雨でも死者の精霊でもない、男自身なのだということを男が発見するときだ。女がからだのなかに育み、産む子供は男自身の子供で、その子供が自分が死んだときに祈りと捧げ物で神の機嫌をとることによって精神的に、また、自分から家督を受けとることによって具体的に、自分を永遠の存在とすることができる、と発見するときだ。この性的な役割と財産の所有と死を超越する願望とが重なったところから、私たちがよく知っている制度、つまり現在の父権制による家族制度が発達した。そこにそなわっているのは、ペニスの超生理的な作用、ジェンダーによる労働の分担、感情的、肉体的、物質的な所有欲、死にいたるまで一夫一婦制を理想とする結婚（妻の不義には厳しい罰を与える結婚）、婚姻以外で生まれた子供を「庶出」とすること、女の経済的他力依存、妻の無報酬による家事労働、男の力への女と子供の従属、異性愛が果たす役割の銘記と継続などである。

もとにもどろう。父権制の価値はさまざまなかたちや組み合わせでどこの社会にも存在する。夫がトーラー（ユダヤ教のおしえ）を学べるように妻が外の世界とかかわって生計を稼ぐユダヤ正教の家庭にも、夫婦とも職業をもち、家事は使用人にやらせ子供には家庭教師をつける、西洋や東洋の上流家庭にもある。女が名義上「世帯主」である家庭にもある。なぜなら、自分の家庭内では母権的で夫と同等の役割を果たす妻であっても、子供が生まれて数年もたてば必ず母親としてその子供たちを父権制の教育、法律、宗教、性規制のもとにおかなくてはならない。事実、反抗したり「不適応」になることなく、きちんとそれらの制度に順応するように子供を育て、彼ら自身が大人になったときにはそれを引き継いでいくよう準備してやるのが母親の務めだとされている。父権制は母親が保守的な影響力をもつことに依存しているのだ。子供がごく幼くて、母子の関係がまだ二人だけのものであるような頃から、母親はその将来の大人に父権制の価値を認めるよう教えていかなくてはならない。また儀式や伝統を通じても、父権制は、母親がある時期に子供、とくに息子を自分の世界から手放すよう確立してきた。母性の保守性を強め、さらにその保守性を男の権力再生のためのエネルギーに変換させるような原型的な母親のイメージを、父権制がつくってきたことは確かだ。

　このようにしてつくられたイメージや、それが人間関係全体に意味することについては、まだ語られていないことが多い。女たちは母親と娘の両方を経験してきたにもかかわらず、この問題についてほとんど書いていない。母性を文字やかたちで表したものの大部分が、個々のあるいは集団としての男の意識を通じて伝えられている。[*12] 女は自分のからだのなかで子供がそだっているとわかった瞬間から、その新しい存在にかんする既存の理論、理想、原型、さまざまな記述などの力に屈伏してしまう。そのほとんどいずれもほかの女たちが生みだしたものではなく（伝えるのはほかの女たちであっても）、彼女が初めて女であることを、つまり潜在的に母親になることを自覚したときから、目には見えなくとも彼女の周辺に漂っていたものだ。イメージを形成したり考え方をつむいだりする多くの混沌としたもののなかから、私たちは、拾いだす価値があるのは何なのか知らなければならない。たとえそれが、歴史のなかで無視できない思想、つまり父親たちの権力を支えるために母親たち自身から無理やり奪いとってきた状態を、さらに深く理解するだけのことになっても。

2

フェミニストである哲学者メアリ・デイリー（一九二八〜二〇一〇年）が言うように、女たちはある種の疑問を投げかけはじめているが、それは父権を支持する考えのなかでは疑問とするまでもないと断言されていたものだ。より多くを知る人間としての男性を、女性からも知識の対象としての自然からも切りはなす支配的男性文化は、[*13] ある種の知的両極性を展開し、いまだに女たちの想像力を曇らせる力をもっている。その文化基準によって評価される質からいささかでもはずれたものは、否定される。「理性」が健全で法に合った考え方、つまり「本当の思考」として確立していて、それとはちがう、直観的で五感を超える詩的な知識は「理性的でない」というレッテルを貼られる。その「理性的でない」とされるものがふくむものにじっと耳を傾けてみると、それらが実に意味が深いことがわかる。私たちは「ヒステリー」（この病気は子宮のなかで起こると思われていたことがあった）の付帯的意味に耳をすまし、「狂気」（あらゆる「理性的な男」が納得するある種の考え方をもたないこと）、無作為、かたちのない混沌とした状態が意味することを聞きとる。技術的な理由づけがすでになされていることとは関係のないかたちとか言葉、方式を見つけだそうと努力する必要はない。しかも「理性的」という言葉は、かかわりを持ちたくないものはすべて理性的でないものとしてほうむり、理性自身にもふくまれている超現実的な要素や非直系のものを認めようとも消化しようともせずに、理性的でなければまったく関係ないと言いきってしまう。この過ちひとつだけでも、私たちが理解している以上に、父権的な考え方――とくに科学的、哲学的思考――を不完全なものとしてきたといえよう。

さらに基本的なちがいは、「外部」と「内部」とを分けることだろう。そういう見方を端的に表現しているものがフロイトの著書『否定論』にある。

> もっとも古い言語、つまり本能を衝動的に口述するだけの言語では、二者択一はこう表現される。「自分はあれを食べたい、あるいは、自分はそれを吐きだしたい」。それがもう一段階すすむと「自分はこれを自分のなかに入れたい、そしてあれを自分の外に出しておきたい」となる。要するに、自分の内側か外側かなのである……（本来の快楽欲求の見地から考えれば）、悪いこと、我欲にそぐわないこと、外部のことは、とにかく同一なのである。[*14]

女のからだの持ち主として、この記述には躊躇する。我の範囲は、「内部」とか「外部」といった言葉で定義できるほど大まかなものではないと思う。私は自分自身が四方を壁で囲まれた都市で、ある種の使者は受け入れるが、ほかの使者は寄せつけないなどということは考えられない。この問題ははるかに複雑で多岐にわたっている。女はレイプされることもある。意志に反してペニスによってヴァギナを貫かれたり、無理にそれを口に入れられたりする。その場合ペニスは外からの侵入者だ。異性として愛しあうときは、ペニスをすすんで受け入れたり、手で自分のヴァギナに入れることもある。たんなる「性交」ではないセックスをするときは、しばしば、互いに貫通するという強い感覚があり、肉体的な欲望と精神的な欲望がひとりの人間をもうひとりの人間のなかに送りこみ、からだとからだのあいだの境をあいまいにして、肉体という壁をとかす感じをもたせる。ほかの女性たちのオーガズムを自分自身のもののように感じるのは、人間を結ぶ経験のなかでも、もっとも強烈なもののひとつだ。そのようなとき、私の「内部」とか私の「外部」とか分けることは決してできない。自己性欲を感じるときですら、どちらかといえば外部にあたるクリトリスがその脈打つ信号をヴァギナに伝え、それから見ることも触れることもできない子宮へと伝えていく。また、妊娠しているときも、私は体験上、胎児をフロイトの言葉が示すところの内在的なものだとは決して感じなかった。むしろ私のなかにある、私のある部分が、時がたつにつれ、日がたつにつれて離れていって、私とは別の、それ自身の存在をもっていくように感じた。妊娠初期の三ヵ月が過ぎて胎児が動くときは、私自身のからだが恐ろしい震えを起こしたように思え、やがてそれが私のなかに閉じこめられた存在の動きとなってきた。しかしどちらの感覚も私自身の感覚であり、私自身の肉体的、精神的空間を感じさせるものだった。

当然のことながら、自分のからだのなかの子供がたんに外部から入れられたほかの別のからだのように感じられるときもある。つまり侵入者としてである（しかし、ニール・ニュートン

（一九二三〜一九九三年）は専攻論文「母親の感情」のなかで妊娠中の吐き気をいろいろ調べているが、それによると吐き気は妊娠自体への嫌悪感とは関係なく、妊娠中のさまざまな状況――たとえばしばしば望まないセックスをするとか、オーガズムがないといった――と関係があるという*[15]。けれどもレイプされた場合でも、暴力によってつくられた生命の芽生えとはいえ、それを外部から入れられたものではなく内部から生まれたものだと受けとめることはしばしばあるようだ。もちろん、胎児はその両者が結合したものだ。私たちは卵子が精子に出会うことがあろうとなかろうと排卵する。九ヵ月間私のおなかのなかにいる子供は、私だとは言いきれないし、私ではないとも言えない。「内部の空間」といった感覚で存在するどころか、女は「内部」と「外部」の両方に強くも弱くも反応している。私たちにとってはその両方が両極端にあるものではなく、つながっているものだからだ。

　私たちの知的活動は肯定と否定の両端の中間でなされることが多く、その両端の二重性を拒否することが従来のフェミニスト思想の底流となっていた*[16]。そして両極端を拒否することによって私たちは何世紀ものあいだ、否定的に定義されてきたことすべての存在をあらためて肯定する。女だけでなく、「触れてはいけないもの」とか「男らしくないもの」「白人でないもの」「読み書きのできないもの」などの存在である。これらはすべて「見えない」。私たちはいやおうなく本質的な二分法に、力のある者と力のない者を分けることの問題に直面しなければならない。

　権力という言葉はそれ自体重要でもあれば、父権制のもとでの根本的な関係を示すものでもある。母親を支配することによって、男は自分の子供を所有していることを確認する。子供たちを支配することによって、男は自分の家督の存在と自分の死後に魂が無事に落ち着くことを確認する。だからはるか昔から男の人格そのものが権力に依存しているようにみえるのかも知れない。それもきわめて特別な意味での権力――女と子供たちをはじめとする、ほかの人々を従える権力だ。人間の所有権はひろがっていく。原始的な結婚や決められた結婚から、持参金目当ての契約結婚へ、そしてもっと近代的な「愛のため」と言いながら経済的に妻が夫に依存する結婚へと、封建制度、奴隷や農奴の制度を通じてひろがっていく。力のある者（たいていは男）が力のない者のためにものごとを決定する。健康な者が病人のために、壮年が年寄りのために、「正常な」者が「狂った」者のために、教育のある者が無学の者のために、上流にいる者が底辺にいる者のために。

　男が最初に権力を得たのは母親としての女にたいしてだったかもしれないが、この権力は性的奴隷状態というかたちで社会全体にひろがった。植民地の人々を、征服者は、弱いとか女々しい、自己統治できない、無知、文化をもたない、生産力がない、理性がない、文明を必要としている、などと決めつける。その一方、神秘的だとか肉体的だとか大地と強く結びついているなどとも言う。原始の母のイメージだ。しかし征服された者たちがこのように見られているといっても、本当の意味で見られたのではない。

　他者にたいして権力をもつということは、その権力者が複雑な人間性を理解するうえで一種の近道を与えられることだ。力のない者たちの心の奥底まで察する必要がないし、無言の語りかけもふくめて、いろいろな言葉で話されることに耳を傾ける必要もない。植民地主義は本来この近道によって存在するものだ——でなければ大勢のなかにほんの少数で生活し、ほとんど何も理解しないでいることがどうしてできよう？

こういった状態が力のない者の心理に与える効果については、多くのことが書かれており、それらの書き手は男性だったり性差別主義者だったりするかもしれないが、すべて女性に当てはまることばかりである。*[17] 無力は倦怠や自己否定、罪の意識、憂鬱につながりやすい。また無力であるためにある種の心理的敏感さ、鋭敏さをもち、圧政者を警戒して観察することに熟達してくる。「心理的に脅かされること」が生きのびる道具にもなる。力をもつ者はつねに近道を通って自分の意志を貫いたり権力を手に入れることができるからそのような洞察力をもつ必要がないし、事実、力のない者の気持ちをあまり深く知ることはかえって危険でさえある。南部の白人たちは、黒人たちの市民権闘争が繰りひろげられた数年間でさえ、「うちのニグロたち」は自分の境遇にすっかり満足しているという姿勢を保っていた。同様の論理で、ひとりよがりの夫は少なくとも自分の妻は「解放された女」だと断言し、その一方で男の精神分析者や哲学者たちは、女について想像だけの確証もない理論をふりかざす。*[18] 力のある者は、他人の人間としての現実を知っていても、それを抑えたり否定したりするという危険をたえずおかしているのかも知れない。権力は他人の、ひいては自分の本質について一種の意図した無知、精神的愚かさを生みだすものらしい。

この性質を表現するいろいろな言葉がある。「超然」「客観性」「健全」などだ。あたかも他人の存在を認めることはパニックやヒステリーへの水門を開くことでもあるかのようだ。E・M・フォースター（一八七九〜一九七〇年。小説家）は、その小説『ハワーズ・エンド』（一九一〇年）のなかでこの性質を人格化して、実業家ウィルコックス氏とその息子の性格に表している。この二人にとって人間的であることはとるにたらない、むしろ危険なものでしかない。

……ヘンリーには、彼の妻がいくらいつものことだと思ってみても慣れることのできない性格がひとつあった。鈍重なことである。とにかくものごとに気がつかなくて、それはどうにもならないことだった。……どんなにつまらない会話にもある微妙なあやとか、道しるべ、対立、限りのない展望などにまったく気がまわらない。一度……彼の妻がそのことでたしなめたことがあった。彼は当惑して、笑いながら「わたしは集中することが何より大切だと思っている。そんなつまらないことに自分の力を無駄づかいするつもりはないよ」と言った。「無駄づかいではないわ」と妻は抗議した。「力のおよぶ範囲をひろげることですわ」。しかし彼はこう答えた。「そうだろうとも。でもわたしには自分の力を集中することが大事なのだよ」。*(19)

ウィルコックス氏は、第一次世界大戦前すでに、不規則な都市のひろがり、投機的な資本主義、奇妙に抽象化した階級制度などによって失墜しつつある英国で、富をもち、地位を築き、帝国主義を守る男性として権力をもっている。この小説のなかでは、男性が女性を蔑視しながら慇懃無礼であることが上流階級の抑圧となっており、ウィルコックスとその息子が数えきれないほど例を示してくれる。彼は家族の長でもあり、家のしきたりにかんする独裁者としても権力がある。といっても最初の妻の財産を自分の家のものにしておくという名目で、彼女の遺言を握りつぶす程度のことだ。彼の息子は、やはり家族の名誉と財産を守るという名のもとに、殺人をおかす。嘘、威信、そして何よりも人間らしさが要求するものを徹底的に拒否することが、ウィルコックスの世界の特徴である。ウィルコックス氏の二度目の妻となるマーガレットとその妹ヘレンは、この二人の男たちがからっぽの人間で、内面に「混乱と空虚さ」を隠していることをみぬく。しかし男性のこの力は思想の力に由来するものだ。伝統やときには宗教のかたちで内面化している構造である。

一神論は、ひとつの神の本質的な属性を全能とするものだ。その神はバビロンやニネヴェを粉砕することができ、エジプトに疫病や大火の災をもたらすことも、海を分かつこともできる。しかし神の力は、まごうことなく、人間が考えだした力である。罰せられることを恐れて神に従うのも、どんな競争をしても勝利をおさめるのはその神だと確信して他の神々（しばしば女神）を拒否するのも、人間の心である。神は自らを「父」と呼ぶ——しかし忘れてならないのは、父とはたんにひとりの女（ときにはひとり以上のこともあるが）とその子供を所有し支配する男のことだ。父親に権威がそなわっているという思想は、父なる神に由来するものではない。家族を支配するものとしての父親の地位を獲得する過程で、父なる神がつくりだされるのだ。神の言葉は規律となり、神に力ありという思想はいかなるかたちでそれを示すよりも重要なものとなる。さらに内在的になって「良心」「伝統」「精神的規律」などとなってくる。*[20]

　力についての思想がこうして思想の力になり、力にかんするあらゆる考え方に作用する。東洋でも西洋でも、性愛は誰かを征服する力、あるいは誰かの力に屈伏することだと了解されている。アラブの伝統では、人に恋することを魔力に囚われることだとする。*[21] 西洋でも恋する者を「魅せられた」とか「惑わされた」などという――つまり囚われて、無力となる。繰りかえすが、他人に責任をもつこと、他人を純粋に人間として知ることは必要ではない。父権が主張する言葉は二分法をとる。ひとりの人間が力をもてば、ほかの者は無力でなくてはならないのだ。

　だから女たちが完全な人間性を要求しはじめるとき、力の意味が問題のひとつとなる。無力から抜けだして、女たちはどこへいこうとしているのか？　父権と同じような意味で――ほかの人間を支配し、権威をもつという意味で――多くの女たちが自分に力があると感じたのは、ゆいいつ母親としてだった。とはいいながら、母親であることすらゆがめられ、男の支配に操られてきた。そのことをこれから展開していきたいと思う。

　昔の母親というものはマナ（超自然力）にみちており、その点はジョゼフ・キャンベル（一九〇四～一九八七年。神話学者）やエーリッヒ・ノイマン（一九〇五～一九六〇年。心理学者）といった著作家たちの作品にくわしく描かれている。しかし子供の無力さはどんな母親にもある種のささやかな力を与える——女たちがほしい力ではないかも知れないが、ほかのことではまったく無力であることをかろうじて補うものではある。母親の権力は、まず第一に食べものと暖を与えるか差しひかえるか、つまり生存そのものを与えるかやめるかにある。[*22] ほかのどんな状況でも、女がそのように文字通り生死にかかわる力をもつことはない（カトリーヌ・ド・メディシスのような絶対的支配者や強制収容所の女看守のように、ごくまれな例外を除いて[*23]）。そのときだけ、よくもわるくも母親の生命が子供の生命ともっとも密接につながり、よくもわるくも子供は生まれて初めてのいろいろな感触を知るのである。ボーヴォワールにつぎのような言葉がある。「女が恐れられるのは母親としてだった。母になることによって女はかたちを変えられたり、束縛されたりする[*24]」。母親に力があるという考え方は当たり前のこととなってしまった。女がかたちを変えられ、束縛されたとき、その子宮は——この力の究極的な源泉は——長い歴史を通じて私たちを裏切るものとなり、それ自体、無力の源泉となってしまった。

3

わずかな期間、母親として子供に支配力をおよぼす以外に——それも男の介入のもとに——女は影響のある「力」というものを二つのかたちで経験するが、その二つとも否定的に認識されてきた。ひとつは肉体的にも、経済的にも、また制度としても女たちにおよぼされる男の力だ。それはほかの男たちに権力をおよぼそうとする男の必死の闘いを誇示し、人間関係や感性の価値を暗黙のうちに犠牲にして求める支配力だ。ほかの支配される側の人々と同じように、女たちも男の意志を操縦したりたぶらかしたりすることを、あるいは取りこんで自分のものとすることをおぼえた。男はときにこれを女がもつ「力」だとみなしたが、実はそれは、寵愛を得るためにへつらう高級売春婦の「力」と同じであり、文字通り生きのびるために使う子供の「力」とも同じもので、自分にたいしても自分の感情をあざむく、ときには従属する側の人間の「力」である。

女も「力」をもてる可能性は、歴史的に、感傷主義と神秘化によってあいまいにされてきた。一八三〇年代にグリムケ姉妹（一七九二〜一八七三年。奴隷制廃止論者）が、奴隷制に反対する人々を前にして話しはじめたとき、彼女たちは人前で演壇に立つことを女に禁じていた慣習を破ることになった。二人にたいして組合教会から届いた牧師の手紙はこういうものだった。

女性がもつ適切なる義務と感化については、新約聖書にはっきりと述べられています。それらの義務や感化は控え目で個人的なものですが、偉大なる力の源泉となるものです。男の厳しい理論におよぼされる、柔らかく穏やかで従順な影響力は社会で十分に活用され、その効果は数多の事例に見ることができます。女性の力は、神が女性を守るためにと与えてくださった弱さを自覚することから生まれる、依存の気持ちそのものにあります。

しかし社会を改革するという男性がもつべき主義主張を女性がもとうとするなら……それは女性を守るために神が与えてくださった力を放棄することになります。それはきわめて不自然なことです[*25]……。（傍点、引用者）

オリーヴ・シュライナー（一八五五～一九二〇年。作家）が小説『アフリカ農場物語』（一八八三年）のなかで女主人公のリンドールに言わせたのは、まさにそのような考えにたいするものだったといえよう。友人ウォルドの「力のある女もいるさ」という言葉に、リンドールは激しく言いかえす。

「力ですって！　ほかの人間が力を持つべきかどうか、男がきかれることってある？　男は生まれつき力をもっているわ。水の源をとめて淀んだ沼地にもできれば、流れるままにまかせて働かせることもできる。でも水があるかどうかなんて聞きやしない。必ずあるのだから。そして動かせるのだから。いつも良いためとはかぎらず、隠れて悪いことに使われることもね。でもとにかく動かせるでしょう……力ですって」、彼女はとつぜん小さな手で手すりを強く叩いて言った。「そうよ、私たちにも力はあるわ。女は力を使って山にトンネルを掘ったり、病気を治したり、法律やお金をつくったり、無関係なことをしたりしないで、男に使うの。男が私たちの品物で、商品で、活動するための材料よ……。私たちは法律も科学も芸術も勉強するようにはなっていないから、男を勉

――強するのよ。あなたたち男にだって生まれつきの強さなんてないのに……」[26]――

数行ではあるがオリーヴ・シュライナーはこの章のなかで、力についていささか変わった定義をしている――だがそれもほんの数行だけだ。彼女が描くリンドールは強烈なエネルギーをもつ女性で、そのエネルギーを注ぎこむ理念として教育や「無関係なこと」を追いもとめている。そしてそのエネルギーが「女にふさわしい義務をおこない、影響を与える」ことにしかはけ口を認められないならば、自分はまさしく好ましくない人間であることを知る。女たちは何世紀ものあいだ、行動したり創造したいという衝動をもつことを、まるで鬼でも飼うことのように感じてきた。しかしそれ以上に男が女のそのような衝動を悪魔的なものとみなし、罰してきたのだ。アン・ハッチンソンの場合はひとつの例にすぎない。[27]

女にたいする男の支配力を別としても、また女のなかにも否定されはばまれる何かがあることを私たち自身が見分けていることを別としても、女たちも、男が精神の表現として創造するもののなかに、言葉の本来の意味（できる、能力のあるという）での男の力強さを感じてきた。音楽のうねりに、建築に見られる空間の調和に、絵画のふりそそぐような光に、知的に構築されたものの統一性や力強さに、女たちがもつものとはちがう、外の世界に向けて発散させることを許されたエゴがもつ表現のエネルギーとしての力強さを、私たちは経験してきた。私たちはしばしば暴力というかたちで女や子供たちに直接ふりかざされる男たちの横暴を経験してはきたが、一方で、人間の向上心のひとつのあらわれとして、女がもつものとはちがう、別の力強さを認めた。そしてその種の力を私たちも共有したいとしばしば切望してきた（私の高校の同期生のなかでもっとも優秀な女子学生が、将来の希望としてこう書いている。「立派な男と結婚すること」）。ほとんどの女にとって、男の力となんらかのかたちでつながることが、その力を直接共有するためにはもっとも早道だった。とるにたらないくだらない状態ででも、とにかく男の力につながっていなければ、女はまったく保護されず、無防備に生きるよりなかった。ほとんどの女にとって、力という概念は男性あるいは腕力と固くつながっていた。たいていはその両方と関連していた。

しかし一方で私たちは、もっと本能的に、無意識に、女が力をもっているという男たちの幻想も経験してきた。男たちのはるか昔の幼児時代に根ざす幻想であり、神話によって生成された歴史に根ざす幻想である。こういった男たちの幻想は、それが根ざすところがどこにあろうとも非常に遠まわしに表現されるので、ほとんどの女たちにとってはっきりと目に見えるものではなかった。何世紀も私たちが経験してきたのは、女に力のあることが明らかなときの男の憎しみだった。独立した強い女は、珍しい動物ででもあるかのように女らしくなく、かたくなで、去勢された、邪悪な、危険な存在と決めつけられた。母親としての女は「いばっている」と恐れられ、頼りなく従順で「女らしい」女が好まれた。*(28) しかし男のどこか意識下の深いところではすべての女が恐れや憎しみの対象にあるのかも知れないということは、何人かのフロイト以後の学者たち*(29)が書くものを通じて、ごくゆっくりとではあるが、私たちの認識にはいってくるようになった。そしていま私たち女はそれに抵抗している。カレン・ホーナイ（一八八五〜一九五二年。精神科医）はこう言っている。

男がひそかに女を恐れているという事実がほとんど認識されていず、関心もひいていないということは、膨大な量にのぼる明白な証拠があることを考えるとき、本当に驚くべきことではないだろうか。それは自分でも驚くほどのことで、女自身がこれまで長いあいだそれを見過ごしてこられたということはもっと驚くべきことだろう。*(30)

男がもつこの恐れを女が認めたくないと思う背後には、「不安と自尊心の欠如」があると彼女は言う。たしかに不安はある。自分が心地よい、人を脅かしたりしない存在でありたいとどんなに願っても、自分とはなんの関係もないような抽象的な存在としての女がもつ恐れられる面が、ある程度は自分にもあると自覚し、自分もそういう対象となる不安だ。政治や社会において男は女に絶大な支配力をおよぼしているのだから、仲間や雇い主が自分を恐れていることもあると考えるのは落ち着かない。もし女が主人ではなく兄弟とか恋人とか対等な相手を見つけたいと思ったら、この恐れにどう対処したらいいのだろう？　もし女に本来そなわっている力が恐れられるべきものなら、それは敵意にみちて破壊的な、人を支配しようとする悪意をともなったものだということになる。そして力の概念そのものについて女も偏見をもつようになる。女への恐れにもどろう。とりあえずいま、繰りかえさなければならないのは、女が力にかんして昔から経験してきたことは三重の否定だということだ。女は男の力を抑圧として経験してきた。女自身のヴァイタリティや自立心を、男を脅かすものとして経験してきた。そして、「女らしく」従順にふるまうときですら、女は潜在的に破壊性をもっているという男の幻想を意識させられてきた。

J・J・バッハオーフェン（一八一五〜一八八七年。文化人類学者）、ロバート・ブリフォールト、ジョゼフ・キャンベル、ロバート・グレイヴス（一八九五〜一九八五年。詩人）、ヘレン・ダイナー、ジェーン・ハリスン（一八五〇〜一九二八年。古典学者）などの作品にふたたび高まった関心、エリザベス・グールド・デイヴィス（一九一〇〜一九七四年。司書）の『第一の性』によって喚起された反応、ジェーン・アルパートの『母権』といったフェミニスト理論に基づく著作などには、父権制はある意味で退化であり、力を用いる女はそれを男とはちがった方向で、つまりそれをふりかざしたり暴力や破壊とは結びつけたりすることなく使うという信念を立証しようとする面があったといえる。いわゆる「母権論争」は直接これを追求したところから起きたもので、初期のフェミニスト思想には欠かせないものだった「生物学」を否定する反応を再検討する触媒としての役目を果たした。

ひろく読まれている女性理論家といえばヘレン・ダイナー（最初の本がドイツで出版されたのは一九二〇年代後半）とエリザベス・グールド・デイヴィス（一九七〇年代に著作が多い）だが、二人ともそれ以前の著作家たち、とくにJ・J・バッハオーフェンとロバート・ブリフォールトをよく引きあいに出して、女を生命そのものの源泉とするうえでも、また女を自然の周期や移り変わりに男よりも深くかかわらせるうえでも、父権制が生まれる以前に女の力の源泉となっていたのは女の生理だったと論陣をはっている。この作家たちが描く先史文明は女を中心とするものだ。女は母親であったり、家族の長であったり、神であったりする。古い神話に現れる偉大なる女神たちは、ティアマット、リア、アイシス、イシュタール、アスタルテ、シビリー、デミーテル、エフェサスのダイアナ、そのほか多くの名前でよばれており、永遠に生命を与え、死もふくむ自然の掟をつかさどる。

ダイナーやデイヴィスにとって、母親たる女は当然のこととして女権政治をつくりあげた。女に深い尊敬がはらわれ、女を長とする社会である。シモーヌ・ド・ボーヴォワールやシュラミス・ファイアストーン（一九四五〜二〇一二年。ラディカル・フェミニスト）をはじめとするほかの著作家たちは、「母権的」秩序も「女権的」秩序もかつて存在したことはないと断定し、女の母親としての機能は抑圧の原因となっただけだと単純明快に述べている。結論はともかく、母性の概念と力の概念とのあいだには密接な相関関係がある。

たとえば社会学者のフィリップ・スレイター（一九二七〜二〇一三年）は、後に父権制にとってかわられはしたが、ギリシャに初期母権文化があったことを実際に証拠としてあげている。もっとも彼も「原始的な母権制が個体発生した実例はどこにでもあり」、神話や民間伝承に「多く言い伝えとして残ることがある」ので、他の文化でも同様に母権から父権に力が移行していったと考えることには躊躇している。言葉を変えると（実はこれはフロイトの考え方なのだが）、男女を問わず誰でもいちどは、とくにごく幼いときに、母親の支配力のもとで生きていたわけで、この事実だけでも、原型的な力のある女というものの夢、伝説、神話などが再現される理由となる。女に支配される黄金時代についても同じだ。*(31) たとえ黄金とまではいかなくても、そのような時代がどこかに存在したかどうかわからないし、また自分よりも大きくて強い女のからだとの触れあいや女のあたたかさとか慈愛、優しさとの関係が過去にあったことの個人的な思い出あるいは懐かしさは、幼いときにしっかりと刻みこまれていて、誰もが忘れずにいるのかどうかわからない。しかし社会一般に欠如していて私生活では女が非常に抑制されながら使ってきた、情愛にみちた女の力に本来あるべきさまざまな可能性とはいったい何かという、新たな懸念がいま、生まれている。*(32)

4

父権制の歴史についてはまだ書かれていない――男の歴史ではなく、かたちづくられ、発展し、独特の表現をともない、自己破壊的であることがわかった父権の歴史である。しかし最近の歴史の動きのなかで、四、五件この点で関係あると思われるものがある。ひとつは六〇年代のいわゆる性革命で、女性解放と一致すると単純に考えられるものだ。「ピル」が女性を妊娠の恐怖から、つまりは男女の別を設けた二重基準から解き放し、セックスの面で女を男と対等にしたと信じる人々もいる。いろいろな理由からこれらのことは実現されなかった。女が自由になって自分なりのセックスを見いだすことにはならず、女のセックスとはこういうものだろうという男の考えにしたがってふるまうように期待され、考え方は変わったとはいえ、中身はヴィクトリア朝時代の妻とまったく同じだった。しかも「ピル」自体が機械的で、男中心に考案されたもので、最近はひどい副作用があることもわかっている。*(33) けれども性にかんする態度が開放的になったこと、婚前や婚外のセックスがふえたこと、離婚率が高くなったこと、核家族の希薄さが当たり前になったこと――それらのことが父権の理論と実践とのあいだにある矛盾を新たに認識させることになった。*(34)

またエコロジー(生態学)運動や人口増加ゼロをめざす動きも関連する。たしかにこれらの動きは女性を重要視したために起こったものではない。飢饉や人口過剰などの問題を引きおこしたとされる、工業社会の無駄や地球上の資源の不公平な配分や独占を指弾するために起こったものである。エコロジーの視点で分析するなかで工業的に発展した社会のさまざまな価値が改めて検討され、気まぐれな浪費や目さきの利潤追求を問題視するだけでなく、しだいに失われていく生活を守ることの大切さ、変化にみちた多様性の尊重、天然資源の保存などの価値が認識されている。この分析には、父権制度以前の価値を改めて認めるものと考えてもいい部分がある。しかしこれらの動きが何よりも強く意図しているのは出生率の減少だ。そしてできれば、生物学的に母親となることを願っている女たちに罪の意識をうえつけるようなプロパガンダによって、それを達成しようとしているところがある。

そのうえ、これらの動きのなかでは、女たちが自分で自分のからだをコントロールすることなどまったく重要視されていない。一九七四年にブカレストで開かれた国際世界人口会議にかんして、あるイギリスのフェミニストはこう報告している。

夫婦や家族（決して女性ではなく）は何年間に何人の子供をもつか決める権利をもつべきだ、と口さきでは言っていながら、この権利をさまざまな経済面での必要性より優先させることは決してない。資本主義であろうと社会主義であろうと、過去五十年にわたる先進国の歴史をざっと見るだけでも、労働力や兵隊の必要性に合わせて出産するよう要求されるのは女だということがわかる。出生率の増加や減少に経済が合わせなくてはならないことは決してないのだ。*(35)

それとは対照的に黒人のナショナリスト運動は、避妊や中絶は「ジェノサイド」（集団虐殺）で、生きのびるための黒人闘争をつづける子供を産もうとしない女は、罪の意識をもたなくてはならないと断言した。しかし黒人の女たちはしだいにこのレトリックを拒むようになり、「ありとあらゆる層の若い女たち皆にピルを捨てるよう呼びかける無責任で浅はかな行為」を批判した。ピルは女たちにある種の決定する意志を与えるもので、アメリカで、アメリカ文化のなかで生きている多くの女たちにとって唯一の意志表示となるという理由からだ*(36)（これはもちろん、ピルの致命的な副作用がひろく知られる前に書かれたものだ）。地域のオーガナイザーであり母親でもあるジャニス・モリスはこう言っている。「黒人の女は、妊娠しているときも子供が生まれてからも、どうすることがその子にとっていちばん良いことなのか、ひとりで考え、責任をすべて負わなければならないことがほとんどなの。だから女が男に『この赤ん坊は産まない』って言えば、それはもう、誰もどうすることができない、その女だけの問題なのよね」。*(37)

出生率をのばすものであろうと減らすものであろうと、これらの運動で、女の状態を根底において考えられたものはひとつもない。いずれも女に産めとか産むなとか、どういう状況で子供を「つくれ」とか命令するものばかりだ――父権制がつねに命令するように。*(38) 社会学者ジェシー・バーナード（一九〇三～一九九六年）がまさにこう書いている。

アメリカで母性が政治問題として真剣にとりあげられたのは一九六〇年代後半になってからだ。ほかの多くの問題と同じように、母性についても、明確に注意深く考えぬかれて問題提起されたわけではなく、エコロジーや環境保護、「雑多な福祉」のひとつなどがなんとなくまとまったなかから出てきた感じがある。しかも「反出生増」的な傾向をおびていた。女にあまりたくさんの子供を産ませないようにするにはどうするか、という問題として出てきたのだ。エコロジストたちは何百万もの人間が酸素不足で窒息するようなイメージを与えて脅し、とくに中流階級の女たちを攻撃した。敵意にみちた改革者たちは、女たち――とくに黒人の女たちが大勢の子供をかかえて福祉を当てにしてい

るかのようなイメージを与え、社会保護を受ける女たちを攻撃の的にした。[*39]

歴史の流れのなかで三番目にくるのが技術的な発展である。いまも実験室で進行中の遺伝革命では、すでに「精子バンク」と人工授精に成功し、いまは「クローニング」つまり遺伝学上はつながりのある子供をつくるために母体にもう片方の「親」からの細胞核移植をおこない、選ばれたタイプの再生産を統制することが研究されている。生物学的な母性を人為的な母性にかえることを熱心に考えているシュラミス・ファイアストーンは、人間のタイプ、性別、能力の選択を父親の権利で統御することを想像すると、そのさまざまな可能性は恐ろしいほどだと言う。[*40] もし生物学的な母性が選択されれば（強制的に指示されたり、時代遅れだと決めつけられたりするのでなく）、女を子宮とみなすことや「生物学的宿命」などという考えがふえるのをいっそう防ぎにくくなる。そしてこういう考え方こそ、初めから父権制の構造を支えてきたのだ。

5

一九五〇年代半ばにデニス・ド・ルージュモンとかエーリッヒ・ノイマンといった少数の男性著作家たちが、それぞれの立場で、非人間性と自己破壊を根源とする文明がノイマン呼ぶところの「女性的」なものを否定していることを認め、「女性的本質」の復活を求めはじめた。[*41] カール・スターンはユダヤ人でカトリックに変わったフロイト説学者だが、その著書『女から飛躍して』で、デカルトにはじまる科学的な知識様式は、直観、精神論、詩などと結びついた「女性的」知性の様式を否定するものだと見ている。そして「両性具有の謎は……（現代の）歴史的危機に現れている」と述べている。*(42) さらに最近になると、哲学者のヘルベルト・マルクーゼから詩人のロバート・ブライにいたる作家たちが、「女性的」（マルクーゼはこれを「男性の女性化」と呼ぶ）なものへもどることが種の進歩におけるつぎの段階だと提言している。*(43) しかしこの「女性的本質」というものは、「両性具有」と同じように、彼らにとっても抽象的でわかりにくく、実際の女たちのあいだに高まった期待や意識とはほとんど関係ないものにとどまっている。事実、マルクーゼとブライは、サンシモン主義（国家社会主義）者たちやシェリーにたとえてもいいだろう。彼らも女性の大切さを理論で主張していながら、しばしば無意識のうちに父権制にとらわれた偏狭さを示した。*(44)

フィリップ・スレイターは女を社会の周辺に位置するものとみなしている。だから「社会を感情的に解放するにはより良い位置にいる」というが、女が実際に立ちあがって父権制に反抗することなどありえないと言っているので、それがどういう意味なのかはわからない。彼は、アメリカ人の意識下にある「暴君的父親という概念」は実際の父親像からもっと抽象的な権威、空想上の父親、あるいはテクノロジーそのものに置きかえられていると注釈し、それについて論じるなかで、この形態の本当の名前は父権制という人間の存在にきわめて危険なもので、その影響はあえて述べたくないと語る。*[45]

これらの著作家たちは誰も、「女性的なものへもどること」が実際には男の側に苦痛や不安をともない、そのため強硬な抵抗にあう可能性がありうるとは言っていない。ファイアストーン、ミレット、デイリーなどは作品のなかで父権制の性質と限界を力強く分析することはない。しかし父権制は娘たちをおとしめ、虐げながら、同時に、それほど明白にではないにしても、息子たちをも切りすてたという感覚がはっきりと読みとれる。

そのような感覚は、そうとは自覚されなくても、少なくとも一九六〇年代の「活動」には多くみられた——人種差別の暴力やベトナム戦争をあからさまに拒否した底には、根深い性差別があったが。軍隊に従事することを拒否し、その決意への罰として刑務所に入れられたり逃亡したりした男たちは、権威主義、軍国主義、国家主義、そして「男らしくすること」といった父権制のステレオタイプにたいしてはっきりと反感を示した。（男がユニセックスの服装をしたり、おしゃれをして優しげにふるまったり、髪を長くするといった「カウンター・カルチャー」は、外面的な表現だった。男の特権や男の至上主義をこの現代においてみずから誇示したり、隠したりするさまざまな服装についてはもっと書かれてもいい）。平和運動は性差別主義をあからさまにさらしたが（「ノーと言う男たちに女の子たちはイエスよ《CHICKS SAY YES TO MEN WHO SAY NO》」）、暴力、スーパー・テクノロジー、帝国主義などの価値からのめざめを表現した。六〇年代の学生のラディカリズムは、若い者は父親たちに反発してエディプス・コンプレックス的な怒りを「行動で示す」だけだという非難をうけることが多かった。事実、「カウンター・カルチャー」(たしかにそのほとんどはまもなく、何でもひっくるめてしまういわゆる大きな文化に吸収されてしまった)は、しばしば、父権制の特徴である役割あるいは力に依存する権威を無意識的に批判するものだった。権威主義的な教育にたいしてもつかのまの抵抗はあった。教師は初めて役割としてよりも人間として自分を正当化するよう求められ、従順さは学問に反するものだとみなされた。教育における力関係を疑問視することの姿勢は、しばしば攻撃的で、反知性的、破壊的となり、授業をする個々の教師の人間性を抹殺するという点では完全に男性的だった。しかしそれもまた勉学の過程にある学生の人間性を抹殺することへの、「たんなる頭数」でしかないことへの、知識の貯蔵庫でしかないことへの、一種の本能的な抵抗から生まれたものだ。

しかしこういった蔓のようにからまった反マスキュリニズム(男性化)は、どの理論からも完全に脱落し、SDS(アメリカの左翼学生団体)やウェザーメンのマッチョ美学あるいは男同士の活動に簡単に屈して、女を性的に利用し、父権制的革命という理論をうけついだ。一九七〇年代半ばに、スーザン・ソンタグ(一九三三〜二〇〇四年。作家、批評家)いうところのナチズムの好色性、つまりファシストの美学崇拝というかたちでひとつの反応がはっきりと姿を表した。*(46) このようなナチスの突撃隊員の勲章に魅惑された行為が、女の側の意識がしだいに変わり新しい自己定義が生まれたことと並行して起きたことは、決して偶然ではないと思う。ナチズムは、女にかんして、また女がどこに属するかについて明確な、まちがいようのない政治的公式をもっていた。女は、男たちの母親であり、キンダー（子供）、キルヒェ（教会）、クッヒェ（台所）だった。二十世紀のほかのいかなる組織ともくらべられないほど、ナチズムは人種的に「純粋な」女の健康なからだを息子たちや英雄たちを産み育てるものとしてあがめた。

6

二十世紀半ばのフェミニズムの波は、先駆者たちの運動よりもはるかに深く、ひろくいきわたった。父権制そのものと同じように、父権制に反対する女たちの活動の範囲や影響も、把握するのがむずかしい。数多くの組織やグループ、徒党があり、そのいくつかだけで活動を明らかにすることはできない。それらの活動はそれぞれの国でそれぞれ異なる発展段階にあり、地域の実生活に根ざしたレベルのもの、公私さまざまなコミュニケーションのネットワーク、分析や理論から生まれた団体、「人間」であるとは何を意味するのかを道徳、心理、哲学の各面からつきつめて再評価するものなど、いろいろだ。しかしこれらの活動は、現在のかたちをとってから十年にみたないにもかかわらず、自分ではフェミニストだなどとは思っていないあらゆる年齢の、あらゆる所得水準の女たちにも、価値、関係、自己認識について決定的な変化をもたらした。女たちに数々の新しい選択の機会を与えた。その多くは私的でとるにたらないもののように見えるが、そのひとつひとつが何千も集まって、新しい物の見方を生みだす助けとなった。十九世紀初期の婦人参政権論者で作家で伝道者だったエリザベス・オークス＝スミス（一八〇六〜一八九三年）は、一八五二年にこう主張した。「私たちがめざしているのは現在の社会状態を完全にくつがえすこと、つまり現存する社会的な取り決めを壊滅すること以下では決してないのです。それを私たちは本当に理解しているでしょうか」。一九七〇年代にはシュラミス・ファイアストーンがこう答えていた。「女の本質を『私的』な後退に集中させるよりも……それを改めてまき散らしたいのです――初めて底から社会をつくりあげるために」。一九七三年、メアリ・デイリーはつづけた。「ラディカルなフェミニズムだけが『究極の主張』として行動することができます。なぜなら数多の革命的な主張のなかで、フェミニズムだけが抑圧の基本的なモデルでもあり原因でもある性差別を摘発し、序列もなく、抑圧的でもない社会を求めることに向かって人間の意識を解放するからです」[*47]。

現代の西洋の思想を形成した二人の巨人マルクスとフロイトが、あたかも暗黙のうちに協議したかのように、何世紀ものあいだ「人間」を精神／肉体、心理的／政治的というように二分化させてきた過程を完結させたところで、シモーヌ・ド・ボーヴォワールが、一九四九年に、「女を発見する」うえで効果のある現象学的アプローチを試みた。

そこで……私たちは同じ理由からフロイトの性一元論もエンゲルスの経済一元論も否定する。精神分析学者は女のすべての社会的要求を「男性的抗議」という現象として解釈するだろう。その反対にマルキストにとっては、女という性は、多かれ少なかれ遠まわ

しに複雑な言い方でその経済状況を表現しているものにすぎない。しかし「ブルジョワ」と「プロレタリア」という分類と同じように、「クリトリス」と「ヴァギナ」という分類だけでは具体的な女を包括するには不十分だ。人類の経済の歴史を支えるものがあるのと同じように、個々のドラマにはすべて、私たちが人間の生活とよぶ特殊な形態を完全に理解できるような基盤が存在するのだ。*(48)

男性が中心となる知的構造は、女性の意識をとりいれていないために全体性に欠け、不完全である。「第二」の性が「他者であること」を当然としているため、それらの構造は本質的に知的欠陥のうえにたっている。つまり女を本当に解放するということは、考えそのものを変えることを意味する。これまで無意識、従属的、感情的などと言われていたものを、理論的、合理的、知的などという言葉とふたたび結びつけることを意味する。E・M・フォースターの言葉にあるように「平凡と情熱を結びつける」ことを意味する。そして最後にこういう二分法をなくすことを意味する。花嫁として売られる女、あるいは「石女」で男の地位を高める息子を産むことができないために退けられる女にとっては、経済と性別、律法主義と魔術、階級制度と個人の不安、物々交換と欲望などは共存していて決して分けられない。これらのことが別々に考えられるのは、父権的なカテゴリーの外側、あるいは父権制を否定するところでしかありえない。

ボーヴォワールは女の解放を、一九四九年にはまだ、社会主義が私有財産と父権的家族制度を廃止し女性を男性と経済的に対等にすると約束するかぎりにおいて、社会主義革命の結果もたらされるであろう多くの解放のひとつとしてのみ見ていた。彼女はその後、経験や分析を重ねて、もう少し前進した。*(49) しかしラディカルなフェミニズムがいま語っているのは、「フェミニスト革命」であり「二分化以降」の社会であって、新しいタイプの人間をつくりだすことだ。

7

二つの光景を想像してほしい。一つ――アパラチアとか辺鄙なニューハンプシャーの小さな村はずれのタール紙の小屋に四人の子供をもつ十八歳の母親が住んでいて、初潮がすでに最後の月経となって、いままた五人目の子供がお腹にいる。脚は静脈瘤で青く、腹壁はいつも膨張していて、胸はもうだらりと下がっているし、歯はカルシウム不足からぼろぼろだ。印刷物などを読む知識はもたず、時間に追われ、日に追われて生活している。夜は子供たちの泣き声で寸断され、たくさんの口で彼女に吸いつく生命をささえるだけで、彼女はへとへとに疲れきっている。避妊をしたり出産前に医者にかかれば生き方をコントロールできるのだろうが、そういうことは一度もしたことがなく、彼女自身が十一人の子供のひとりとして生まれたために、そういう知識もない。十三歳で最初の子供をみごもって以来、いつもお腹に子供がいた。夫にレイプされても、彼女はそれをレイプだとは思わないが、記憶のどこか遠くに、十二歳の頃の不安、好奇心、力、ほのかな望みが漂っている。母親とはちがった人生をたどれるのではないかと、ぼんやり想像したこともかすかにおぼえている。彼女の時間の感覚はあいまいだ。これ以外の人生がありえようとは想像もつかない。ときどき鏡をのぞきこむと、だんだん母親に似てくるのがわかる。

二つ――ある実験室を想像してほしい。そこでは歴代でもっとも権力をもつといわれる男たちが、非常に繊細で緻密な仕事をしている。選ばれた人間の組織から採った細胞で、新種の同一の胎児を複数つくろうとしている。胎児たちはすでに準備されたアイデンティティをもって生まれてくることになっている。なぜならその胎児たちは新しい世代の父権制を踏襲するよう、いまの世代の資質――とくに合理的な才能、抽象化の天分、「仕事」上の問題を「私用」と分ける能力など――を永続させるように、いまの世代の父権制によって選ばれてくるのだから。女も特定の身体的特質をそなえるように培養されていて、二つのタイプに分けられる。ひとつのタイプは、一定の男たちに性的興奮を起こさせることができる。子供をつくるためではなく、肉体的に父親になれなくなった後は性的不能が大きな関心事となるからだ。もうひとつのタイプは特別な目的に適した精神力をもつもので、たとえば「人工」宇宙飛行は、小柄なからだ、適応力、肉体的な忍耐力とともに人間関係にたいする感情や願望があまり強くないことを要求する。新しい男たちは母親の愛とか母親の支配といった面倒なこととは関係ない。そして新しい女たちは、もはや性の役割分担によるフラストレーションを感じることはない。ジャンヌ・ダルク、エリザベス一世、メアリ・ウルストンクラフト、アン・ハッチンソン、ソジョナー・トゥルース、ジョージ・エリオット、エンマ・ゴールドマン、マーガレット・サンガー、ガートルード・スタイン、エミリ・ディキンソン――このタイプが大量複写するために選ばれたことはなく、これからも決してないだろう。男によって選ばれ、男とともに働くエリート女性たちは、社会を機能させるうえで知的な貢献をするように利用されるだけでなく、必要なだけの数の女をつくる可能性を保証する細胞核の提供者として利用される。つまり数でいえばはるかに少ないが、ある一定の才能をもつ女であれば、男と同様に高く評価されるという宣伝となる。

この二つの光景はどちらもまったくの空想ではない。父権的社会主義に根ざす革命がおこなわれれば、タール紙の小屋はなくなるかもしれないが、男中心の社会機能までなくなるとは誰が保証できるだろう？　なぜなら男がどんな社会規律を考えて、いかに理論的に「女性解放」をとなえたところで、いかに性差別に終止符を打ちたいと良心的に願ったところで、男はしょせん男が主体性をもち、恐れを知らず、願いをかなえられるひそやかな洞穴に住んでいるのだ。その影の世界までひきずりだすことに耐えられる男は少ない。なぜならいかに男自身を裏切ることがあっても、いかに男たち同士を分けへだてることがあっても、父権制はやはり男の秩序であり、男の特権を守るものだからである。男たちは性差別や制度化された女性蔑視の問題に真剣に立ち向かわなくてもすむように守られている。母性は神聖であって女の犠牲的精神は手段だという考えが、男がつくった規律のなかで女がきわめて低く見られていることと矛盾しているように、父権制の芯は非常にあいまいであるという事実に負う面も多い。

4

母親

至上なるもの

原始的な男にとって、女は……弱く、ふしぎな力をもち、抑圧されていて、しかも恐るべき存在だ。男にない出産能力を女はもち、その力を男は完全に理解できない……その力は世界じゅうのどこの男をも恐れでみたすと思われる。男の女にたいする態度は、またおそらくはもっとおだやかであろうが、女の男にたいする態度は、現代でも本質的に不可思議だ。

ジェーン・ハリスン
『ギリシャ宗教の社会的起源にかんする考察』

1

女としての私たちと過去との関係はつねに問題をはらんでいた。私たちはいかなる文化にあっても、強迫観念の（同時に抑圧の）かたまりだった。私たちはつねに人類の少なくとも半分を、それどころかいまや多数を構成している。ところが文字で記されたもののなかに、私たちはほとんど現れてこない。この「大いなる沈黙」に直面したとき、私たちがたどるべき道は明らかに二つあった。ひとつは私たちを拒む法律や規律をつぶさに調べあげ、私たちを抑圧するものを分析することだった。もうひとつはその沈黙を破った女たちを探しだすことだった。彼女たちはしばしば罰せられたり、誤解されたりし、彼女たちの作品は無視されたり、発禁になったりした。それでも彼女たちは、力と勇気と自分で決定する意志をもちつづけた。彼女たちは、ひとことで言えば、手本であった。

記録もされずに消えていった大多数の女たちの人生を探るとき、長い歴史を通じて女たちの頭脳や才能が無駄にされたことを見るとき、一握りの女たちではなくほとんどの女たちがもてる能力を最大限に使った先史時代の思想は非常に感動的ですらある。そしていま、希望をつなぐのは、歴史学よりも人類学だ。人間の社会が均一性と同じように多様性を包含することを認めるようになり、非西洋社会が、西洋文化とは異なる宗教をもつ進歩の遅れた未発達なものとしてではなく、その社会自身の価値をもつものとして研究されはじめると、西洋文化の父系父権制家族は、それまで考えられていたように絶対的なものでも不可欠なものでもないと考えられはじめた。父親の権利ではなく母親の権利が当たり前のこととして存在する文化、母系や母権制が役割をもつ文化、女があらゆる面で活動し、参加することを奨励される文化があった先史文明について考えられるようになりはじめた。つまり女がまったくちがったかたちで世の中に存在することができると考えることができるようになった。もし私たちがさまざまな人格のなかでも「受け身で」「従順で」「理性的でない」面にのみ、「生まれつき」しばられていなければ、そしてそういう「生まれつきの性格」は事実上、制度や文化によって決められていたのだとしたら、「母性」に要求される犠牲的精神や自己犠牲は、母親の力を認める時代つまり母権制とは、まったく逆のものとして見ることができるだろう。*(1)

過去をはっきりと確認したいという欲求、つまり女の力がどういう歴史をたどってきたかを知りたいという願望は、実証を強く必要とする。もし過去に女が強かったことがあるなら、先例となる。もし女を中心とする生活が力の源泉となっていたことがかつてあったとしたら、現在にいたるようなかたちをとっている必要はない。女が無力の源泉であることはないのだ。いかなる歴史的論議も確かな結論は出せなかったこと、歴史が男によって男のために書かれてきたこと、未来を正当化するために過去へもどる必要はないと信じていることなどの理由で、多くの女たちが母権制についての過去の理論を度外視し、現在と未来にのみ注目している。しかし自分たち自身を新しくつくりなおす必要があると信じて、書かれた歴史の遺物に好奇心をもつ女たちもいる——すでになされたことの証拠としてではなく、夢みる者の記録帳のように、不完全にではあってもしばしば思いがけなく強く、いまも抱きつづけている妄想や否定や想像の過程を描きだすものとして。私自身も継続性を信じているので、どこで「過去」が終わり、どこで「現在」がはじまるのか判然としない。私たちが過去とよぶものは、保守的であれと教えるにちがいないと仮定する必要はない。女にとって時をうしろにさかのぼって真剣に探ってみることは、非常にラディカルだと思うのだ。ただ限界があることははっきり知っている必要がある。

エリザベス・グールド・デイヴィスのように、古代のアルカディア人の母権社会の存在を自然発生したものだとする著作家たちもいる。このような論議の発端は、ロバート・グレイヴス（一八九五〜一九八五年）の『白い女神たち』は別として、主に二人の著作家が書いたものにあることが多い。J・J・バッハオーフェン（一八一五〜一八八七年）とロバート・ブリフォールトだ。[*(2)] バッハオーフェンの作品は、一九二九年にドイツで出版されて一九六五年に初めて英訳されたヘレン・ダイナー（一八七四〜一九四八年）の『母親たちとアマゾンたち』で使われている。[*(3)] ダイナーはバッハオーフェンの作品を全部読んでいたと思うが、注釈をつけていないので、一九二六年に出されたドイツ語の要約版を使ったただけかも知れないということを忘れてはならない。彼女は序文でバッハオーフェンとブリフォールトの両方に献辞をしている。

ダイナーやデイヴィスを読むと、バッハオーフェンは女の力を称賛していたという印象を抱きがちだ。「母権制」の時代をあらゆる文化が一度は通過する一般的な段階のひとつとして考えただけでなく、運がよければまた繰りかえすことのできる黄金時代、つまり失われたユートピアとして彼は考えていたと思ってしまう。しかし、マンハイムが訳したバッハオーフェンのいくつかの部分を注意深く読むと、そこから受ける印象はちがったものになる。ヴィクトリア朝時代のほかの著作家たちと同じように、バッハオーフェンも女については感傷的な一般論を当然としている。彼にとって女の本質とは「賢さや外面的な自由よりも予言的な感情に特徴がある。理性よりも感情に動かされやすい。つねにさまざまなことに心をくだき、女特有の奇妙な、目的のない苦労をしている……逆上と反省のあいだを、情欲と貞操のあいだをさまよう」（傍点は引用者）。*(4) 彼が神話にその軌跡をたどろうとする男と女のあいだの葛藤では、「観念の領域は男に属し、実生活の領域は女に属する」。「実生活のもつ流動性は母権と似ている。父権は光の部分に相当する超現実的な不滅性をたたえている」。*(5) 母親が権利をもつ状況は地球上でたとえれば沼の生活（バッハオーフェンが乱婚のたとえとするもの）から一歩進んだ農耕で表される。それはそれとして進んだ状況なのだ。しかし本質的にはさらに高いところにある父権への踏み台である。

この点で母権制の確立は文明への一歩前進を示すものだ……女は神格化された母性の威厳で、優位にある男の力の悪用に対抗する……初歩の段階にある男たちが乱暴であればあるほど、女の抑制力がいっそう必要になる……母権制は人間、とくに男を教育するう

えで必要だ。子供がまず母親によって躾けられるように、男という人種もまず女によって躾けられる。男は統治する前に仕えなければならない。男がもって生まれた力を手なずけ、それを穏和な道具へと導くのは女の仕事である。*(6)（傍点は引用者）

アマゾニズムの理想化もバッハオーフェンはさっさと片づけている。彼の歴史観によれば、古代には二通りの母権制と交互に二通りのアマゾニズムがあったという。乱婚と雑婚の時期はアマゾニズムのうちでも、女たちが性を利用されることに抵抗し、男たちの暴力には武器をとって防衛した時期と重なっている。しかしこういう初期のアマゾニズムは、プルターク英雄伝で語られバッハオーフェンが解釈した神話によれば、やがて母親たちが一種の精神的勝利をもってつぶしてしまう。母権制は女たちが「天職」として受けとめるものと見なされ、一夫一婦制結婚と切りはなせなくなる。それは「婚姻状態にある母権制」であって、バッハオーフェンはそれを批判してアマゾニズムは女らしさを曲解し、「女の力を不自然に誇張するもの」だとみなした。*(7)

バッハオーフェンはこう言う。「デミトリアス（ギリシャの古代都市）の母権制は品があり……厳しい規律をふまえ……高い徳をそなえており、理想の範囲を越えなかったとはいえ、それなりに確立されて秩序をもった存在だった」。それがディオニュソス（ギリシャ神話の酒神）もしくはアフロディテ（ギリシャ神話の女神）の母権制に移っていき、「極端から極端にはしり、女にとって中庸を守ることがいかにむずかしいか」*(8)を示す頽廃ぶりを見せることになった。しかし、高い徳をそなえていたデミトリアスの母権制にしても、やはり地上の沼、つまり物質や肉体にしばられ、父権の「解放」や「昇華」、父権制の勝利とは性質を異にしていた（むしろ解放されることに反対ですらあった）。バッハオーフェンにとってこれらの対象はつねに弁証法的に苦労するところで、彼はまったく男性的な視点からそれを見ている。「母親であることは男の肉体面と関係することで、男にとっては動物と共有できる唯一の面である。父親の精神面は父親だけに付属するものだ。だから男は地上の絆から解き放たれて、宇宙はるか遠くへと眼をあげる」（傍点は引用者）[*9]。しかし母権制の絆を断つことによって男は女の品や地位をおとし、新たなアマゾニズムを台頭させる。ディオニュソスが増長した結果のようなもので、バッハオーフェンの見方によればそれは男に抑えられ、その後の世界を啓発する父権制を生むことになった。

バッハオーフェンはいくつかの段階に分けて述べている──プルタルコス、ストラボン、ヘロドトス、オウィディウス、ギリシャの劇作家たちなどによって原典に実際に取りこまれ伝えられた神話。そのような神話を生みだした古代の意識。バッハオーフェン自身がもつ十九世紀ドイツの、しばしば矛盾する男性的意識[*10]。夜、窓に映る一枚の絵を見ているような気にさせられる。ときにバッハオーフェンの記述に明確さが欠けていることがあって非常に気になるため、それをマンハイムの訳が断片的な抜粋をしているせいにしてしまいたくなる。

最高に好意的に考えれば、バッハオーフェンはときどき自分の意見ではなく神話に集約された意見を語っているのかも知れない。たとえば女は「飽くことを知らず血に餓えている」と言っている。アイスキュロスとアポロドロスが語っている、トラキアの女たちと一緒に住んだことを非難して、レムノスの女たちがひとりを残してそのほか全部の男たちを虐殺した話である。女をこう総括する理由として（ほかのところでは女を貞節だとか秩序と調和がもたらすものとして見ているのに）、彼はエウリピデスの『イオン』と『メデア』を引用している。バッハオーフェンが女を客観的に記述するものとして男性の神話や詩をとりいれているのか、それともたんにある時代にある種の男たちがどのように女を見ていたかを述べているのか、箇所によってちがうはずだが判然としない。ひとつだけはっきりしていることがある。バッハオーフェン自身は将来、母権制になることをまったく望んでいず、過去の母権制の思想にも、また女の存在自体にも、愛憎両方を抱いていることである。

2

一九二七年に出版されたロバート・ブリフォールトの三巻からなる『母親たち』は、孤独と怒りと苦悩にみちた心を描いた作品だ。彼はこの本のなかで、人間の歴史における社会化の基本は「女性の機能と結びついた本能の働きにその根源を探ることができる。男性の機能とではない」*(11)と断言した。そして父権制のもとにある家族は本質的に社会性がないと考えた。「個人主義的な男性と彼に従属する人々で成りたっているものを家族と言っているにすぎない。社会の単位として家族と言っているものは、男の傲慢で個人的な本能で動かされている個体にすぎない。それは社会をつくるものではなく、むしろ否定するものだ」。真の社会的結びつきは「原始の母親が、自らつくった集団を自然に生物学的に支配する」ところから生まれ、「その集団は母親の魔術的な資質と力を畏怖している」。そのような社会的結びつきは「原始的な生殖の神秘と、同族でつくられた理想的な集団に与えられる共通の血、共通の食による原始的な聖礼によって」できた。*(12)

この自然の支配と結びつきによるさまざまな状況をたどったブリフォールトは、ほぼ二百ページにぎっちりと印刷されたビブリオグラフィをまとめた。彼が書いた三巻にはおびただしい注釈がついており、その仕事は学者らしい簡潔さをそなえながら、たんに一、二の例をひくだけで記述するというようなものではない。要約ではないブリフォールト書（要約版は二種ある。彼自身によるものとG・ラットレイ・テイラー（一九一一～一九八一年。作家）によるもの）は、その著作が書かれた時代にいたるまでに歴史、伝説、人類学が、女についてどういうことを述べていたか関心をもつ者にとって、知識の宝庫である。ブリフォールトの結論がどうあろうと、私たちがその結論にいかに異論をとなえたいと思おうと、女が文明に与えた影響について、さまざまなパターンや詳細な部分まで発掘した彼の熱心さには感謝せずにいられない。たしかに、膨大な量の資料を消化して要約し、それらの関係を探るという特殊な才気を発揮する領域から離れるとき、彼は道徳的な方向に向きを変える。たとえば本の最後で彼は結婚について、男とは異なる女の知性について、女が文明を救済することの必要性について、（彼の言葉をかりれば、男女間の対立を「刺激する」ことなく）気ままに解釈している。けれども最後の章では彼が父権制を深く憂慮していることが感じとれる。「われわれは父権的な規律がすでに効力を失った父権制的社会に生きている……権力、精力、野心、知性といった、闘争的な男なら興味をもつさまざまなことが、もはや自己の完成を成就することにつながらず、男たちは自ら人間らしい社会を築きあげることもできない」。ブリフォールトが望むのは、母権制（この言葉を彼は本の最初では非常に厳格に定義していながら、最後のほうになるとかなりいい加減に使っている）にもどることではなく、「新しいかたちの結婚」をめざす動きであり、「母親の愛があり、男と女が互いに慈しみあうなかで、組織的で建設的な知性によって達成したものが霧のなかへ溶けこんでいく」ような状態だ。

それはおそらくブリフォールト自身のヴィジョンの霧のなかへということだろう。知性と母性的愛他主義の両方を、共存するものとして見ることのできる明快なヴィジョンのなかへということではないにちがいない。そうすると、女が考え、分析し、建設し、創造し、自分の子供にかぎらず育てる能力を生まれつきもっていることを肯定することになるからだ。

3

バッハオーフェンが昔の神話や歴史的記録の断片を集める十九世紀半ばのドイツの父権的神話作家だとしたら、エリザベス・グールド・デイヴィスは現代で最初のフェミニスト神話作家だった。『母権』が出てから一一〇年後に出版された『第一の性』は、ときに正確さを欠き、偏見があり、専門的でない――しかしこれらの欠点もこの本を消すことがない。またデイヴィスは東洋、植民地になる以前のアフリカ、アメリカなどの女の力にかんする神話とか伝説は調べもしなければ、それらに触れてもいないので、その作品は無意識とはいえかなり偏狭で、西洋文明という小さな範囲に限定されている。伝統に厳しく、オーソドックスな定義で真面目に知識を積みかさねている学者的なフェミニストたちを、彼女の著作がとまどわせたことはまちがいない。しかしこの本が与えた衝撃は大きく、まずそのタイトルが印象的だ。その学問的な欠陥を列挙するのは簡単であり、事実、そうされてきた。*(13) たとえばデイヴィスは、引用しながら省略した部分については触れなかったり、引用文の言いまわしを勝手に変えたりするというひどい癖があった。しかしほかの「専門的」な歴史でも、女にかんする記述はまったく非学問的だ。デイヴィスがしたのは、灰をかきたてて埋もれていた火の粉をまき散らすかのように、神話、歴史、考古学、文学などの山という資料を発掘することだった。彼女は征服された民族の語り部の役をひきうけ、彼らの過去を語り、彼らの母親たちがかつて女王であり女神であり、強く勇気のある指導者だったことを思い出させた。推理、噂の断片、記憶、願望などに事実をまぜあわせ、昔の詩人が叙事詩や民族歌にうたったことを散文で表そうと試みた。これまで知られてきたものとはちがう状況を女たちの目の前に描きだし、現代の女たちがほかの生き方もあることを考えるよう、想像力をかきたてようと試みた。

シモーヌ・ド・ボーヴォワールやヘレン・ダイナーとちがって、デイヴィスは著書に膨大な注釈をつけ、博士論文のように読まれ、批評されてもいいような印象を与えた。だから学者に「専門的な」研究作品として受けとられるには不足しているが、目ざめつつあるフェミニストならば、聖書がかつてそうだったように、過去を文学的に解釈するものとして彼女の主張に魅了されることもあるだろう（しかし彼女のビブリオグラフィはそれ自体、記録として非常に価値がある）。ゆるぎない事実の記録者としてよりも、記憶や想像の媒介者、あるいは挫折した空論家としてとらえれば、彼女の著作の業績をはるかに高く評価することができる。

デイヴィスが断片をつなぎあわせた母権制の神話は立証できないが、決して完全には反証をあげることもできないにちがいない。しかし女性の抑圧された状態を詳細にえがく数多くの作品とちがって、デイヴィスの本は初めて逆のイメージをつくりだしたものとして際立っている――そして、ぜひつけ加えたいのは、アカデミックな歴史家や人類学者によって軽く片づけられるものでは決してないということだ。*[14]

かつて実際に、ある文化の普遍的傾向として「母権制の」時代が存在したことはないと主張するフェミニストの人類学者がいるが、彼らも必ずしも母権制という思想を「異常な」あるいは「ばからしい」ものとして片づけてはいないことは注目に値する。古典的な人類学者ジェーン・ハリスンが言ったように、神話は想像から「明快に」生まれてくるようなものではなく（そういうものが何かあるとして）、環境への反応、つまり心と外部の世界とのあいだの相互作用である。*[15]

神話は要求、願望を表す。そして神話はつねに蓄積され、ふえていく。女神や英雄の姿は変わりつづけ、外部の状況の変化に合わせる。デイヴィスの本が結論として、女性だけが物心両面のヴィジョンをもつと言っていると理解すれば、また精神的、政治的秩序を女性がつくっているあいだに男性は玩具のような的はずれの実用新案をいじりまわすことにとどまる世界をデイヴィスが予知しているのだとすれば、それは父権制の純粋な産物である男性指導者たちの顔、テレビでクローズアップされる顔への、力強く想像力にみちた反応だ。それらの顔はますます信用を失い、ますます責任あるヴィジョンを伝えなくなり、ますますコミュニティを統治することができなくなり、ますます技術面で人間らしい生活を破壊し、品位をおとすようになっている。デイヴィスは多くの女たちに、安らぎの場所ではないにしても、女の力がもつ可能性と本性について考えるきっかけを提供した。フェミニストの願望への足がかりになるものだ。

4

「本当に普遍的な母権制といえるものがかつてあっただろうか？」という疑問は、結論を得られないままに、過去にかんするほかの、おそらくはより触媒的な疑問まで消してしまうように思える。それで私は、ある種の女性中心の信仰や女性中心の社会組織を分かちもった時代の人間文化を語るには、ガイノセントリック（女性中心的）という言葉を使う。世界じゅうのいたるところに、女がさまざまな局面で——とくに母親として——崇拝されていた時代があったことを示す考古学的証拠がある。女神崇拝が一般的だった時代、尊敬される強い女性像を神話が描いた時代についても同じだ。先史時代の器物には女性が主要な力として描かれているのが見られる。つくったのが女の手か男の手かはさておき、それらの象徴は女性固有の重要性、女性のもつ意義の深さ、必要かつ神聖なもののまさに中心にあるべき女の存在を十分に意識した態度を表現するものだ。*[16] 描かれた女は、私たちがほとんど忘れかけている美しさをもっている。あるいは醜いと決めつけられてしまった美しさをもつ。そのからだには重量感があり、内面的な深さ、心の安らぎ、調和がある。彼女はほほえんでいない。その表情は内面を見つめ、恍惚としている。ときにその両方の目は空中をひしと見つめて燃えているようだ。多くの場合、胸に、あるいは膝に子供を抱いているが、その男の子に心を奪われている様子はない（息子を世界の中心とする「処女の祈り」が生まれるのはもっと後のことだ）。とくに若くはなく、むしろ年齢不詳だ。子供に乳をふくませているときも、エフェソスのダイアナ像のようにたくさんの乳房をもつものとして描かれているときも、自分自身に没頭している。ときに牙があったり、棍棒を振りまわしたり、ときには蛇を腰にまいていたりする。しかしもっとも優しい風情のときですら、古代の女神は崇拝者たちにおもねてはいない。彼女が存在するのは男を甘言でだましたり元気づけるためではなく、自分自身を主張するためだ。

　そのような象徴で表されることによって当の女自身はどう感じていたのか、ちょっと想像してみよう。それらの象徴は、少なくとも無味乾燥だとかとるにたらないなどとはいえない状況を女に取りもどし、重要な神秘の世界にたずさわる感覚を与えることによって、女を精神的に正当化したことはまちがいない（現代社会で女を象徴するものには、そういうことがない）。ピエタにはできなかったことであり、古代エジプト・アマルナの聖家族の優美な女王もできなかったことだ。この家族像では太陽神が父親の威厳をもって息子の頭に手をおいて立ち、女王はあくまで配偶者であることにとどまる。父権制以前の女神崇拝の象徴にはひとつ、はっきりしていることがあった。力も畏怖も中心になることも、決して特権や奇跡によって女に与えられたものではなく、生まれつき女たちのもので、女が主たる存在なのだ、と告げたことである。とにかく男が初めて描かれるのは子供の姿としてであって、しばしば小さく頼りなげで、横になったまま腕に抱かれていたり、女神の膝にすわっていたり、その胸にすがっていたりする。*(17)

ところで、新石器、プレ・コロンビア、キプロス、キクラデス、ミノア、先王朝エジプトの時代のこれらの像は、その時代に女が自分自身をどう考えていたかを示すものではないという議論も成りたつ。男の手になる作品であり、男と大地や自然との関係を男の感覚でとらえたものを象徴的なかたちにしたものだ、とも言える。ユング理論派の精神分析学者エーリッヒ・ノイマン（一九〇五―一九六〇）はこの見方をとる。彼はまず、つぎの三つの特徴をもつ関係を構成する。（1）「子供と母親の関係。母親が与えるのは食事……」（2）「人間が大地や自然にもっとも依存する時代」（3）「我と意識の無意識への依存」*(18)。そして、ノイマンによれば、「食を与える者としての女性はどこにいても尊敬される自然の規律となり、男はそれに喜びかつ苦しみながら依存する。母子像がたえず新しい題材として選ばれるのは、母親に頼る幼な子と同じように無心に自然に依存する、男の永遠につづく経験からである」（傍点、引用者）*[19]。要するに、ここでも女は耐え、与える者として甘んじ、男は種類のちがった創造物、つまり芸術作品としての像に、女について、また女との関連における男自身についての男のヴィジョンを表現するだけだ*[20]。

　しかしノイマンが書いていたのは、最古の文化の時代設定についてそれまでの考えを変えるできごとがある前のことだった。近東での最近の考古学的発掘はイスラエルのジェリコ、トルコのアナトリアなどでおこなわれているが、新石器時代と推定されるイラク、イラン、シリア、パレスチナなどの文化よりも二千年、あるいはそれ以上も以前に小アジアに文化が存在していたことを示した。その文化は「第一新石器」ともいうべき祈禱文化を証明するもので、小像や「後年の偉大な母親つまり女神の神話体系のための基本的モチーフを事実上すべて、見事に陳列した、象徴的に飾られた礼拝堂」*[21]が発掘された。アナトリアの町チャタル・フユックの発掘に活躍した考古学者ジェームズ・メルラートは、女神像は、そこで発見されたそのほかの美術品同様、女の手によるものだと信じている。

> とくに注目したいのは……小像、立像、漆喰レリーフ、壁画のいずれにも性別が完全に欠落していることだ。生殖器がまったく表現されていず、陰茎や陰門の描写もない。後

期旧石器や新石器およびアナトリア外の新石器以降の文化にはこれらの描写がしばしばあったことを考えると、いっそう興味深い。いっけん謎にみちたこの疑問も、きわめて簡単に答えが得られそうだ。なぜなら人の手でつくるものに性が強調されるのは、つねに男の衝動や欲望と関連があるからだ。新石器時代の女たちが新石器の宗教を生みだしたと考えれば、性別の欠落は簡単に説明がつく。そして別の象徴がつくられたわけで、胸やへそ、妊娠が女の本質を表し、角や角のある動物の頭が男を表した。*(22)

この仮説を間接的に支持するのはブリフォールトとノイマンである。ノイマンは数多くの例をひいて、深い尊敬の念をはらわれる壺の製作は女がはじめたこと、男には禁じられていて、神聖な作業だと見なされていたこと、「壺の製作は女にとって、子供をつくるのと同等に創作的な活動だった……壺を製作することで女は基礎的な創作力を経験する……原始の時代には神聖な容器がいかに重要な役割を果たしていたか、とくに魔術をおこなう道具としていかに大事だったかはわかっている。この魔術の関連で、女性の変身する特質が変化の象徴としての容器と結びついて」*(23)いることなどを示している。ブリフォールトは乳房のかたちをした壺をズーニー族の女たちが実際につくっていることを記述している。さらに「壺をつくることは、原始社会の多くの作業がそうであるように……儀式的、宗教的な性格をもち……壺を偉大なる母と同一視することは、原始宗教に深く根ざすものとして世界じゅうにひろく見られる」*(24)と述べている。

壺をつくる女たちは、たんに容器をつくるというだけではなくて、自分自身を象徴するもの、血を生命と乳に変えるもの、生命の器をつくり、そうすることによって表現し、祝福し、絶対不可欠の力を所有する創作者としての経験に具体的なかたちを与えていた、と言えなくはない。女の生物学的な寄与なくして、種族の未来であり後継者である子供は生まれてくることがない。女の工夫と技術なくして、人の手でつくるもっとも神聖な物である壺あるいは容器は存在しなかったであろう。

壺、器、瓶、水差しなどは飾りでもたんなる物入れでもなかった。油や穀物を長期間にわたって貯蔵し、生の食物を加工することを可能にするものだった。ときには死者の骨や灰を収納するためにも使われた。苦心して壺をつくり技術を高めていくことは、潜在的に生活を改良し安定させることで、それは原油を精製し核エネルギーを生みだす科学技術の時代に、無限の力を発揮してそれを制御する、複雑で革新的なことにたとえてもいいだろう。しかしこういった比較は実は成りたたない。壺をつくる者と壺との関係には親密な連帯感があったが、現代の科学技術にはそれが欠けているからだ。

女の「内面」の意味と価値についてエリック・エリクソン（一九〇二〜一九九四年。発達心理学者）が考察（ケイト・ミレットがユーモアをこめて詳細に分析した）しているように、愚弄するとまではいかなくとも否定的な反応をうけることなしに「容器」と結びつけて女について語ることはむずかしい。*(25) 古くさい連想がなだれのように押しよせる。女は「受けとる」もので、電気でいえば「コンセント」だ。

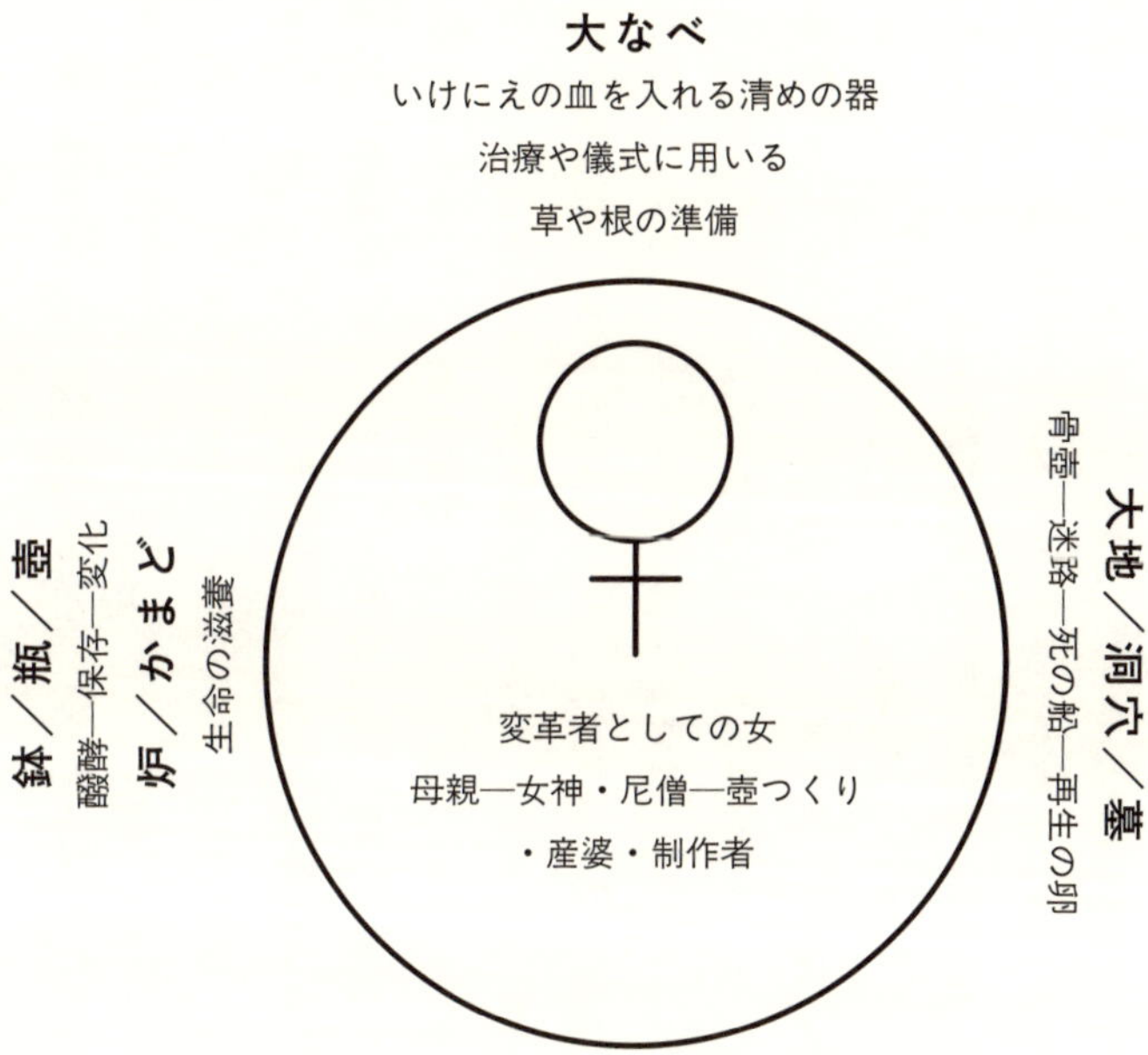
大なべ
いけにえの血を入れる清めの器
治療や儀式に用いる
草や根の準備
変革者としての女
母親—女神・尼僧—壺つくり
・産婆・制作者
大地／洞穴／墓
骨壺—迷路—死の船—再生の卵
鉢／瓶／壺
醱酵—保存—変化
炉／かまど
生命の滋養

女の子は「本能的」にドールハウスで遊びたがり、男の子はそうではない。女の居場所は家のなかの「奥の方」だ。女を分析すると、被虐的で忍耐強く平和を好む。その意味で、母性的であることは倫理として当然だ。子供のない女は「未完成」で「不毛」で「空っぽ」だ、などなど。女を分析して男が得る、そういった結論に私自身は非常に強い反発を感じていたので、長いあいだ、胸や腹を強調した原始の母親／女神の像を見るたびに、嫌悪感をもつか、強い矛盾を感じていた。だから父権的な視点で得た結論をのりこえて、それらの像の姿態や表情を、まったく女性的ではない、力や全体性と結びつけるには、長い時間がかかった。つまり女固有の社会機能を決めるものとして「内部」について語るのではなく、原始的な連想の数々について語るのだと考えれば、女性と容器の連想の敷衍《ふえん》が理解できる（もうひとつ、容器という言葉はもともと決して「受け身」の入れ物をさすものではないことを、忘れてはならない。変形させる力のあるものという意味をもち、能動的で強力なものである）。前頁の図が参考になる。

　このように生命の継続のために必要とされてかたちを変えることは、原始の表現にしたがえば、女が力を行使することだった。ノイマンによれば、「魔術用の大なべとか壺は、つねに女のマナや尼僧、後には魔女の手にある」[*26]。原始宗教では、永遠を求める瞑想ではなく生きのびるための闘争を推進力とした。それは日々の要求とかかわりあわなくてはならないことで、ブリフォールトが言うように、「理論ではなく、実行」だった。これらの要求をみたすのが女たちだった。ブリフォールトはさらに、現代のような性による不平等は父権制以前の社会には見られなかったと示唆している。父権制社会になって発展した官僚的な力関係も存在しなかったという。*(27) つまり他者を支配する力ではなくかたちを変える力が、真に意味のある本質的な力とされ、父権制以前の社会では女がそれを自覚していた。

5

長いあいだ、性行為と妊娠との関係は認識されていなかった。ジークムント・フロイトは『トーテムとタブー』で、オットー・ランクは『心理学をこえて』で、ブロニスラフ・マリノフスキーは『未開人の性生活』で、この事実に注目し、それをたんなる無知のためではなく、父親の役目を意識的に拒否するものだとしている。拒否することによって男たちは、女を妊娠させるのは、部族のトーテム動物に象徴される死者の精霊だと信じることができた。ランクはここに二つの推進力がはたらいていると示唆した。つまり個人が不滅であることの願望（たとえば後世に生まれかわるというかたちで）と、部族が生きのびる責任を個人の男以外の誰か——つまりトーテム動物——にゆだねる制度をもつことの願望である。*(20) マリノフスキーが発見したのは、処女が妊娠できず、女のヴァギナは妊娠する前に開いていなくてはならないのを、トロブリアンド諸島の人々は知っているということだった。しかし彼らは、妊娠するのは完全に人間のかたちをした子供の精霊が、部族の別の精霊によって女の頭の上に置かれ、それからそのからだに導きいれられるのだと、主張した。[*(29)] もちろん最後には、子供にたいする母親の肉体的な、目に見える関係のほうが、不明瞭な父親との関係よりもはるかに確実なものとされるのはやむをえない。しかもその父親の関係が実現するのは、ひとえに母親によっている。

父権制以前の生活において陰茎（男根）は、その後に男性中心の文化で得たものとはまったく異なる意味をもっていた。それ自体が崇拝されることはなかったし、自然発生的に力をもつものと見られることもなかった。雄牛、雌牛、豚、三日月、蛇、月型の斧、女神の膝に抱かれた幼子などと同様に、女神に仕えるものとして存在した。葉の茂った木は陰茎ではない。女を象徴する。「木は産み、変わり、育てる。木の葉や枝はそのなかに〝とりいれられ〟、そこに依存する」。木は同じくとりいれた、その木だけの精霊を住まわせている。聖なる森は女神を祀っている。ノイマンは、葉や自然の根がついていない柱のような変形をした木を、陰茎つまり父権の象徴として見る。あるいはさかさまになって根を上にした俗界の木、つまり「自然でない象徴」（父権制は自然の事実を逆転する）として見る。[*(30)] 父権制以前の陰茎崇拝は、女が受胎する道具として祀ったもので、男が自分たちの「男らしさ」や個人の父性を祀ったものではない。偉大なる母は個々の夫を認めず、認めたのは（女神の）配偶者となるべき息子たちだけだった。

父権制以前の女性中心の時代には、妻であることより母性が優先していた。母親としての関係や地位は、妻としての地位よりもはるかに重要だった。バーバラ・シーマンが示唆するように、原始の人々は出産行為を現在よりもはるかに深い畏怖の気持ちをもって見ていたにちがいない。[*(31)]

いまでも出産は、当事者にも周囲の人々にも特別に強い感情をかきたてる。女は自らのからだから男をつくり、女をつくり、継続していく存在をつくりだした。神聖化された女は、あらゆる物が植えられ、実を結び、とりいれられる源泉だった。子供を産もうと産むまいと、女は壺をつくり機を織ることによって、たんなる物というだけではない、芸術であり魔術である最初の作品を生んだ。それらの物は、草の葉や根について知識をもち、子供たちの怪我や病を治すという人類最初の科学的行為の結実でもあった。*(32)

生物学的な母性をもつ女は、出産以外のこれらの活動でみられるように、たんに物をつくり生活を安定させるだけの存在ではなかった。ここでも変える役目を果たしていた。月経の血は子供になるものだと信じられていて（いまでもこう考えられることがある──私の母は知的好奇心があってよく読書をし、医者の妻でもあったが、私に月経は「生まれなかった子供」だと言っていたのを思い出す）、母乳になるものだとも思われていた。現代では多くの女たちが自分の意志とは関係なく起こる受動的な機能として経験していることが、かつては変革する力とみなされ、これまでに見てきたように、生まれ変わりをはじめとしてさまざまな変化をもたらすものとされていた。壺とか容器が女のからだと関連づけられるとして、繊維を糸に変えることは生死を超越する力と結びつけられた。自分のからだから糸を出す蜘蛛、迷宮への道しるべを与えるアリアドネ、生命の糸を切り、さらにそれを紡ぐ運命の三女神やノルヌ、あるいは昔の糸紡ぎの女たち──皆、変化をもたらすものだった。

女はただ産むだけではなかった。生まれた子供が生きていくことを可能にした。母乳が最初の食物ではあったが、母親の配慮はその一対一の関係をこえるものだった。ブリフォールトは初期の労働分担を狩猟が発達して生まれたものと見る。多くの例をあげて、文字使用を知る以前の社会には非常に狩猟にすぐれた女がいたことを示し、「男女それぞれの力とか素質や……女性が肉体的に劣るということ」からではなく、「役割上の必要」から「女を子供の世話にしばりつけ、家を留守にして獲物を追いかけることを禁じて」男だけが狩りにいくというパターンが、だんだん当たり前になったと結論づける。*(33) 人間はほかのどんな動物よりも長いあいだ母親の（あるいは大人の）世話を必要とし、子供を安全に効果的に育てられるような状況をつくるなかで、女が子供を教育し、農業や地域で創案者となり、ときには言語を維持する者となった。*(34)

6

新しい生命を懐胎し、産み、育てる可能性をもつ女のからだは、長いあいだ、矛盾にみちた場所だった。力をはらみながら、極度に弱い部分もあるところだった。神聖な身でもあり、悪の化身でもあった。二面価値を無数にふくみ、それらのために女は文化や定義が必要な集合的行為をするには不適任だとされた。こういう人生のパターンが初期の労働分担の基礎となった。しかし、ブルーノ・ベッテルハイムが示したように、男たちはあらゆる場面で、女のからだがもつ力をまね、とりいれ、魔術をもってしても分かちもとうと試みてきた。[*35] 高度に発達した（そして高度に疑わしい）技術をもつ近代の産科学は、スザンヌ・アームズ（一九四五〜。作家）が言う「女から出産の過程を奪いとり、それをしだいに自分のものだと言おうとする男の企み」の終わりのほうの段階にすぎない。「人工過剰」はいま、地球的な問題とみなされている。しかし地球全部にいきわたるように食料を生産して配分する新しい方法を見つけるよりも、女（主に黒人や第三世界の）を妊娠させないようにして出生を制限することに、はるかに大きな関心が寄せられている。ここには西洋の資本主義だけでなく、女の生殖能力を支配しようとする男の欲求がはたらいている。

ジョセフ・キャンベルは原始神話体系を研究するなかで、神話（および詩）にたいする非常に活発な反応を、動物の行動を研究する学者が共通して認めた一定の徴候への生物学的反応と比較している（鷹の木の模型か実物の影を、生まれたばかりのひよこのかごの上にかざすと、ひよこたちは隠れ場を求めて大騒ぎする。カモメや、そのほかの鳥の模型とか影ではそうはならない。人間の幼児は人間の顔に似たマスクには反応するが、そのマスクはある特徴をそなえていなければならず、さもないとなんの反応も引きおこさない）。彼が同一視するのは人間が幼いうちに心に刷りこまれたこと――まだ羊水に浮かんでいた胎児の頃の天上の至福、最初の息をつくときの闘いと喉がつまる恐怖、母親の乳首を吸う喜び、母親がいないときに感じる見すてられた思い――であり、それは際限なく記憶によみがえり、求められ、あるいは回避される。そして神話や詩や芸術はそれを力強く反響させ、ふたたび経験させてくれる。彼はさらにつぎのように認めている。「月経の血への恐れや月経期間中の女を隔離すること、出産の儀式、人間の生産力と関連づけられたあらゆる魔術の知識などが示しているのは、人間の想像力がもっとも強くはたらくのがこれらの分野だということだ……女への恐れや母性の神秘は、男にとって、自然界そのものの神秘や恐怖よりもはるかに深く心に刻みこまれている」[*(36)]。

たしかに、出産に関連する女の周期、それが神秘的に対応する月の周期、ときに男から求められながら望まない性攻撃から身を守りたいという女の気持ちなどと、性欲を抑制される男の反応とのあいだには、はるか昔からさまざまな関係がもつれあっていた。ここにさらにほかの関係がはいってくる――妊娠中は月経から逃れられること、妊娠の終わりを告げる閉経、妊娠しているか、あるいは妊娠するかなど、もっとも無知な女でも知っている月経を通じての自分のからだについての知識などである。

一般的に月経のタブー（女が性行為もふくめて日常の活動をひかえること）は、人間の歴史の最初からあったタブーだと考えられているようだ。専門家たちの意見がちがうのは最初に決めたのは女か男かという点である。ブリフォールトはこう見る。「もともと女が男の性本能を拒否してつくったもの……禁止することで女が男を拒絶する……」。彼の研究によれば月経と出産のいずれのタブーも、禁則をつくるのは女で、女の自己隔離は男にそういうときの女は「危険な作用」[*(37)]をおよぼしているように思わせる。C・G・ハートレイは、歴史も浅い頃、利己的で社会性がなく横暴だった男たちが女たちに社会行動のきまりをつくらせたのだと主張する[*(38)]。ノイマンは

「女がタブーを課すことで男を飼いならし、それが人類最初の文化となった」[*(39)]と言う。彼の考えによれば、性にかんする儀式の最初は男の成人式ではなくて、初潮をめぐる儀式である。最初のタブーは女によって男に課された月経のタブーであり、エクソガミー（異族結婚）は、女がごく近くに住む男たちによる性の利己的利用を避けるために、近親姦をタブーとすることではじまった。現代の女性が「不快」なことととする体験も、父権制以前の女たちは神聖な神秘のひとつとして解釈していたこともありうる。

ユング派の心理学者エスター・ハーディングはこう述べている。

原始的なコミュニティでは、女の生活はすべてからだの周期の定期的な変化を中心として動いている。家で働き、地域で近所の人たちとつきあい、夫との結婚生活を営む時期が、隔離される時期と交互に訪れる。女は定期的にひとりになるよう義務づけられている。料理をしたり、畑の世話をしたり、外を歩いたりすることはできない。日常の仕事はいっさいしてはいけない。たったひとりで、自分の内面を見つめていなくてはならない。人類学者たちは基本的に、個人の心理よりも部族の習慣に関心をもち、それらの習慣が女たちにどのような影響を与えるかたずねたことがなかった。だが、定期的に隔離されることが必然的に女と生き方との関連に深い影響を与えていたことはまちがいない。[*(40)]

ハーディングもベッテルハイムも、男がおこなう成人の儀式は――それには隔離、清め、断食、「瞑想」がふくまれる――内面深くそなわった力を成就しようとする試みであり、女はそれを定期的におとずれる月経と出産の際の隔離で成就してきたと提唱している。ハーディングは、現代の女も、主観性を探り、自分のもっとも深い部分のリズムにさらに近く生きるときとして月経期を使う必要があるかも知れず、それは月経が気分的な病や悪魔的なものを感じるときだからではなく、うまく使えば、内面を見つめる源となりうるからだ、と述べている。

メアリ・ダグラス（一九二一～二〇〇七年。文化人類学者）は、けがれとタブーを研究した『汚穢と禁忌』のなかで、男の支配が当然とされ、女が完全に暴力で服従させられているところでは（中央オーストラリアの砂漠に住むワルビリ族のように）、月経のタブーは存在しないと指摘している。月経のタブーは女から危険が発散すると感じた男が、自分自身を守るために計算する男本位のものだというのが、彼女の意見だ。*(41) マーガレット・ミード（一九〇一～一九七八年。文化人類学者）をはじめとする何人かの著作家たちは、月経のタブーは男が血にたいしてもつ原始的な恐れからつくったものだと考えてきた。しかし、ポーラ・ワイデガーが『月経期と閉経期』で述べているように、「もし血がマナの源であるとしたら、なぜ男は、しかも男だけが、月経の血を精神的な意味で他の血と同一視することになるのだろう？　血にたいする女の態度をそれほどちがったものにするのは何なのか？　……原始の人々も、繰りかえし現れる自然のできごとについて知ることができないほど進歩をはばまれてはいない……女は誰でも人生のごく早い段階で月経の血について学ぶのだから、男も誰でもそうであってよいはずだ」*(42)。

　実際に女がタブーの創始者であろうとなかろうと、月経のタブーが存在するという事実だけでも、よくもわるくも、力を中途半端にしか理解していないことを意味する。つまり女を恐れ、母性を神秘とすることだ。私はこう言いたい——もし最初に月経のタブーをつくったのが女だとしたら、それが女自身が神聖な神秘性をもっと考えたからにせよ、男を支配し社会化する必要性からにせよ、このタブーそのものが女に儀式のカリスマ性を与え、女が当然もっている力を増強したにちがいない。女が男から意図的に身をひくことは、ほとんどの場合、潜在的に危険な、あるいは敵意ある行動と見られ、陰謀、裏切り、不必要でグロテスクなことと見られており、かたや女を男のグループから除外することは、お定まりの理屈で説明される。僧職、ダイニング・クラブ、釣り旅行、学術委員会、マフィアの集会——どのようなグループにもそれが言える。女たちが自らを隔離することは（レズビアンのグループはもちろん、ほかにもアン・ハッチンソンを中心としてつくられたグループや、一八四八年のフランス革命における女の政治グループ、現代の女性の地位や意識をたかめるためのグループのように）、今日でも男にとって脅威だとみられる。ましてや魔術に重きをおいた文化では、それは恐ろしい意味を増すものだっただろう。

　月経の周期も、父権的思想が悪意ある不都合なものとみなし、悪いほうに解釈して女に経験させるもののひとつだ。その考えに適応して、事実、女も自分をけがれたものとみる。女が肉体を嫌悪する傾向（男が女のからだにたいしてもつ嫌悪の情を女に植えつけたもの）は、不必要に強調されている。宗教的なタブーは「先進」社会でも女に課されている。*[43] 無意識のうちに月経の血への恐怖がしみこんだ男は、女に、月経の期間はけがれたときであって邪悪な霊が訪れ、肉体がいとわしいときだと思わせようとする。男はしばしば精液を崇高なものとし、ロマンチックに描きながら（私が知っているある男性はそのにおいを栗の花の香にたとえた）、一方では月経の血を不自然でいやなものとおとしめる（別のある男性は私に、月経中の女と性交渉をもつことは自分にはいやではないが、「かんじんな」ペニスが反応しないと言った）。

現在は月経中や月経直前はゆううつになり、不安におちいったり、カッとなりやすいことが認められている。分泌液の維持とホルモンの変化もそれにあずかっているのかも知れないが、深層心理や文化的要因も関係ある。父権制のもとでは、月経のはじまりは必ず誇りと恥（そして不安）の矛盾した感情をともなう。若い女性はときに激しい反感や嫌悪を経験する。同じように不安と安堵の矛盾した感情が閉経のはじまりにもみられる。母親になると決めつけられた女にとって、閉経は、望まぬ妊娠についに終わりを告げるものであり、一方では女として（母親になるべき）、性的な存在として、機能をもつ者としての終わりをも意味する。

月経の血にたいする男の態度は別として、月経のある数十年は、女が、実際はともかく潜在的に、母親となれる年月である。父権制のもとでは、ごく最近まで（しかも大変な思いをしなければ）子供を産む母親は自分自身でいることはできなかった。古代の厳然たる意味でのヴァージンであることはできなかった。結婚せずに母親となる女は教会や社会からこのうえなく厳しく痛罵されたし、いまでもその選択を罰する経済的、社会的な圧力は重くのしかかる。女には月経があると意識するとき、潜在的であれ公然とであれ気持ちのどこかで、それと関連して妊娠できたり、制度としての母性があることに強い矛盾を感じる。

7

父権制的宗教は宇宙のすみずみにまで女の存在を認めた。一般的に月が自然崇拝の最初の対象だったとされ、その位相が月経の周期と対応するところから、古代から月と女は結びつけて考えられた。ハーディングによれば、母たる月は、本来の言葉の意味通りのヴァージンだった――凌辱されていない少女という意味ではなく、自分自身に属する女という意味である。エスキモーの言葉によれば、「決して夫をもたない女」である。多くの恋人をもち、多くの息子をもち、ひとり息子はしばしば成長して恋人のひとりとなる。ときには月自身が女性を表し、セレーネー、アルテミス、ルナといった女神となる。ときには月は受胎させるものとなり、偉大なる母を（そしてすべての女を）懐胎させる男性的源ともなる。しかしそれでも、基本的にはハーディングの言葉で「女の神秘」とよぶものと結びついている。言葉をかえれば、女性であろうと男性であろうと、月の神は終始、「自分の意志をもつ」ヴァージン―母親―女神と関連してきた。その母性から地球の肥沃に、植物に、収穫に、季節の周期に、人間と自然の対話に、力がそそがれる。*(44)

しかし月は、かつては宇宙を支配すると思われた女の存在の一面でしかない。父権的な思想はすべてを女性化した。女のからだから人間の子供が生まれるように、地球という子宮から草木や食物が生まれてきた。母親を表す言葉と泥（土、泥砂、惑星を構成する物質、「男」をつくった土）が非常に似ていることはいくつもの言語にみられる。ムッター、マードレ、マーテル、マテリア、ムーデル、モッダーなど。「母なる大地」という言葉はいまも通用する。もっとも現代では、暗示的に、古風で感傷的な響きをもつが。

冬になると植物は地球という子宮のなかへもどっていく。人間のからだも死ぬことによってその子宮へもどり、再生を待つ。古代中東の墓は、魂がふたたび生まれてこられるように、意図的に母親のからだに似せて、迷路やらせんが女のからだの内部を表すように設計された。G・レイチェル・レヴィは、このような設計は新石器時代の母親の象徴であった洞穴に起源があると述べている。[*45] ここに見られるのは、いまも父権的思想に強く残っている、母親の概念と死の概念とを関連づけようとする事例のひとつだ。

女の月経のように月の引力に反応して干満する海、人間の生命が芽ばえる羊水に呼応する海、表面では船（女として擬人化される）をはしらせながら、その深みで水夫たちの命を奪い、怪物たちを隠している海——自然を女性化するとき、その海は地球と月の中間に位置する。人間の視点から見ると、月には手が届かないが、海には近づける。海は不安定で脅威となるが、地球はそうではない。海は日々、新しい生命を誕生させるが、生命を飲みこむこともある。海は月のように変わりやすいが、定期的ではない。不滅で永遠の存在である。海を耕したり、そこに植物を植えることはできない。不毛の塩田だが、陸の動植物とはまったくちがった、滋養にみちた独自の生命を自然発生させる。水にはかならず偉大なる女神がまつられている。「光の神たちを乗せた帆船がたゆとう天上の海、陸地を円形にとりかこむ生命の源である海。水、川、泉、池、そして雨もすべて海にそそぐ*(46)」。

月はときに男の神と見なされ、女と地球を懐胎させるものだった。しかし女性中心の汎神論では空自体が女性で、太陽と月はその息子だと考えられた。ノイマンが引用する多くの文化や神話では、「女性である空は固定した、変わることのない要素である」。エジプト、アステカ、ヴェーダ、バビロニアにそれがみられる。女性の本質である「偉大なる母」は、もともと闇と光のいずれにも人格化され、深い水底にも、また空の高さにもたとえられた。父権的な宇宙創造説が発展するようになって初めて、女がたんに「地上の」神々に限定されるようになり、闇や無意識や眠りによって表されるようになったのだ。

5

飼い
ならされた
母性

……聖書よりも以前に、世界創造の神話がペルシャにある。その神話では女が世界を創造する。女は男にはない、生まれつき女にだけそなわった創造力でそれをなしとげる。女は数多くの息子を産む。息子たちは、このまねることのできない行為におおいに困惑し、恐れる。息子たちはこう考える。「命を与えることができるなら、命を奪うことができないことはないだろう」。そして、女のこの神秘的な能力を恐れ、その逆の可能性を恐れて、息子たちは彼女を殺す。

フリーダ・フロム＝ライヒマン
『女の性的快楽の否定について』

1

フリードリッヒ・エンゲルス（一八二〇～一八九五年。社会思想家）は、母系制がとだえて父親が権利をもったのは、私有財産制と奴隷制のはじまりと一致すると見ている。女は経済的に依存するがために結婚や売春を強制されるというのが彼の見方で、私有財産制をやめ、男が経済的に女の上に立つことがなくなれば性的解放は果たされると予言した。エンゲルスにとって（その後に数世代もつづくマルキストたちにとっても）、女の抑圧は単純に経済的な要因によるもので、経済的に解決できると考えた。いかに性の平等に移行するか考えようとする私たちの気持ちを落胆させる。

資本主義的生産の敗北が必至となったのちに男女の関係がどうなるか、現時点で推量できることは主として否定的なことばかりで、大方は何が失われるかということに限定される。しかし新しくなることは何だろう？　その答えは新しい世代が台頭してくるときに得られるものだ。生まれてから一度も金や社会的な力関係で女を屈伏させたことなどない男たちの世代、真の愛情以外の思惑から男に身をまかせることなどまったく知らない女たちの世代、経済的な心配のために恋人に身をまかせるのを拒否することなど知らない女たちの世代だ。こういう人々が多くなったとき、今日では誰もが当然だと考えて

いることがほとんど気にならなくなるだろう。つまり彼らは彼ら自身の慣習をつくり、それにふさわしい個人の慣習についての世論をつくるだろう。それで終りだ。*(1)

カレン・ホーナイは「(男女間には闘いがあるという事実を）あいまいにすることは、男の得になるのです。そして男が持論を強調するために、女もその論を支持するようになったのです」と言う。その本当の意味をこのエンゲルスの言葉がよく説明している。非常によく考えて言葉を選んだ評論『両性間の不信』のなかでホーナイは、すべての男が女にたいして抱いている恨みや不安について語っている。「意識的に女性と前向きの関係をもち、女性を人間として尊敬している男性も例外ではない」と彼女は言う。*(2) エンゲルスは、物質主義にもとづく分析と男性的な偏見で、経済的な解決があやまった意識を払拭し、性について新しい考えを生みだし、過去にあったさまざまな病を未来から一掃すると考える。しかし彼にわかっていないのは、男の至上主義を認める性政治学をつくるのは、買う男と買われる女との関係だけでなく、いやたぶんそれ以上に、母親対息子と母親対娘との関係だということだ。世界規模で女性の意識が高まっている空気のもとでさえ、社会主義的、革命的活動にみられる圧倒的な偏見は男性側にあり、男のリーダーシップや支配力には基本的に手を触れないままにしておきたいという願望を反映している。*(3) エリ・ザレツキーは、急進的なフェミニズムによる社会主義への挑戦に少なくとも応えようと試みた。彼はボルシェヴィキ革命についてつぎのように認めている。

経済的発展による革命は、女性を抑圧する主要な部分については手をつけなかった。男性至上主義という心理的、社会的遺産は、女性が産業界に参加することになってもほとんど変わらなかった。一方、家族のきずなが強まって、母性を高めるといった伝統的な父権制的理想の復活に拍車がかかった。

また、マルキシズムは異性愛を「自然な」状況とし、家族のなかで伝統的な役割分担をおこなうことを当然とした、とザレツキーは述べる。*(4) しかし、十九世紀の男性の知性が生んだ二つの創造物、心理分析とマルキシズムを結びつけようとする努力は無駄のようだ。問題は、認められていながら隠されている男の女にたいする態度というよりも、「家族」にあるからだ。女は男にとって人間以上であり、以下である。脅威的に必要であり、必然的に脅威だ。女はたんに「搾取される働き手」*(5) であるだけではないし、たんなる「他者」でもない。女は何よりまず母親であって、男をのみこんで暗い洞穴にもどさないように、あるいは男をじっとみつめて石にしてしまわないように、男がしっかりと所有し、服従させるべき存在なのだ。

この事実を否定する父権制を正当化するのは、もちろん、左派とは関係ない。人類学者ロビン・フォックスは、血族関係の仕組みにかんする小冊子のなかで、面白みのない文章で「基本的な女性の機能」について述べている。社会のあらゆるきずなの礎である人間のきずなのなかでも、本質的なのは母親と子供を結ぶものだと認めた後、彼はさらに、直立した二足動物である人間が、ほかの動物よりも長く子宮外懐胎を要求される結果、いかに長いあいだ女は子供を産み、育てることに専心することが必要か――しかも「その間にまた妊娠することもあるだろう」――という事実を解説する。フォックスによれば、そのために、能力を奪われた母親たちを「保護し」なければならないというシステムが必要になった。エンゲルスが男性支配を私有財産の所有から発生すると見るところを、フォックスはこの「保護する」役割から自然発生すると見て、こう述べている。「獲物を追い、敵と闘い、決定するのは男たちだった」（傍点、引用者）[*6]。どこまで保護するグループに決定をゆだねなければならないかという問題は別として、事実、決定するということは――初期の社会においてその概念がもっていたであろう意味がどうあろうと――元来、母親の役割から切りはなすことはできなかったはずだ。フォックスは昔の男性について（ついでながら彼自身についても）かなり古典的なイメージをもっていて、権力よりも「保護すること」を重要視している。よくあるレトリックだ。しかし、一般的に男も女も当然のこととして受けとめている、あらゆる労働の「自然」な分担が、女の子供を育てる機能から発していると考えるべきだとしたら、初期の父権制的神話（たとえばイブ）から中世の魔女虐殺や幼女殺し、そして現代のレイプにかんする法律、義母にまつわる悪い冗談、そしてサディステックなポルノグラフィーにいたるまで、女にかんする法律や伝統、禁則などが、つねに「保護的」というよりも敵意にみち、男を防御するものだったという事実を、どう解釈すればいいのだろう？

ポスト・フロイト心理学の主題のひとつは、男が文化に貢献するのは、男に欠けていて母性だけがもつ絶対的な創造力を補える方法はそれしかないということである。ブルーノ・ベッテルハイムは、男子の成人の儀式を、この女の力への男の深い嫉妬がつのったものだと分析した。*(7) ホーナイは、そのほかのあらゆる分野で男性が支配しているにもかかわらず、男の羨望と恨みの残滓は、母性の軽視（私はそれを「切り下げ」とよんでいる）や女性蔑視が一般的な文明において男根中心の思想（「ペニス羨望」といった考え方もふくめて）として表現されている、と示唆する。*(8)

新しい生命を生みだす女の力にたいする非常に古くからの恨みのほかに、男の生殖器に影響する力を女がもっているという恐れも、ホーナイは指摘している。自然にそなわった力をもち、しかも妖婦の魅力によって男の性的エネルギーを消耗する女は、男にとって脅威となる存在なのだ。「女は精霊と通じあい、男を痛めるために使うことのできる魔力をもつ、神秘的な存在だ。だから男は、女を服従させることによって、その力から自分を守らなければならない」（男が、「合理的」で反主観的であればあるほど、これらの魔術的な考えに無意識のうちに隷属していることが多いということはありうる）。「母親らしくあること」は性的な魅力（妖婦）と「母性」（力のある女神）から派生するもので、「面倒見がよく、利己的でなく、犠牲的な」かたちでなら受け入れられる。だから十四世紀には、聖母マリアが崇拝される一方で、生きている女が魔女として残忍に火で焼かれたのだ。

2

ジョセフ・キャンベルは、先史時代からの女神像あるいは「偉大なる母」の普遍性をたどって、つぎのように断言している。「人類史のもっとも初期の段階から、女の魔術的な力と神秘が宇宙そのものに劣らず驚異だったことには、なんの疑いもない。このことが女にきわめて大きな力を与え、その力を破り、支配し、完全に手中に収めることが男の側の主な関心事のひとつとなった」。[*(9)] 彼は、農業よりも狩猟のほうが重要視されたこと、オーリニャック文化期（紀元前三万年頃）の末に女性像がみられなくなったことの二つを、女の本質的な力にたいして男の自己主張がおこってきたことと関連づけている。彼の考えでは、女性像は「ホモ・サピエンスによる最初の崇拝の対象だった。しかし人間の魔術や儀式、具現化はヴァギナ崇拝から男根崇拝へと変化し、本質的に植物を起源とする神話から動物を起源とする神話へと変化した」。

G・レイチェル・レヴィは、説得力のある見事な具体例をあげて、新石器時代の意識を再現している。彼女の結論は決して独断で得たものではなく、オーリニャック文化期の洞穴を実際に自分で探検し、多種多様の先史時代の遺物や壁画にあたり、新石器以降の文化に属する建物を調べ、東西ヨーロッパを通じて先史時代に野獣がどのように動いていたか、野草がどのように分布していたかを研究したことにもとづいている。生命を与える基本が統一されたこと——洞穴に具現化された女、そして洞穴のなかに見出された女神文化の小像――が狩猟をする人々の存在を示すと彼女は示唆する。動物を馴らして飼いはじめ、農業が進歩して初めて、「時の動き」を意識するようになったと考える。たとえば季節の周期、星の回転、動物の懐胎や誕生や死、収穫などだ。「時の動き」をとらえるごとく初期の感覚が数の関係、均衡、周期的な対称の感覚を生み、それがひいては壺をつくるという進歩を可能にした。[*(10)] しかしこの「知的革命」に必然的にともなった副産物は、二元性への意識が高まったことだった――究極的に二つに分かれるという、のちに父権的意識の基盤となるべき物の見方だった。

ものごとの周期的な変化（生があれば死があり、死があれば再生があり、潮には干満があり、冬があれば夏があり、満月があれば欠けた月がある）を認めることは、その過程にも持続にも陽と陰の両面を認めることだ。もっとも過程の段階ではものごとが純粋に「陽」なのか「陰」なのか決められない場合がある。レヴィによれば、父権的意識はまず、女性的に感じられるものを本質的に統一することではじまるという。それが力の自覚へと発展するが、なお女性の存在によって統制される。「二元性の意識が高まるなかで、母親は、つねに男がもどっていく大地、あらゆる生命が発生する大地としての不動の基本的な地位を保った……新石器時代の考古学的遺物には男神文化はまったく発見されない……女のもつ力がオーリニャック文化期彫像の最も大切なテーマだった[*(11)]」。

死ですら時の動きのひとつであり、生まれかわり、再生へとつながる周期のひとつだ。つまり偉大なる母の「陰」あるいは「裏」の面も、生命を与える慈悲にみちた面から切りはなされることなく、ごく初期の頃から認識されていた。そして母親像には死、暴力、流血、破壊力といった「悪い」半面も潜在的につねにあり、それを完全に切りはなせば、たとえば牙のある血の女神カーリー、人を殺す母親メデア、みだらで悪意にみちた魔女、「去勢された」妻あるいは母親といった別の人格となるのだった。(こう書いているときに、息子が『ナショナル・ジオグラフィック』誌の最新号の表紙を私に見せた。ペルーのインディアンが、豊作を祈って大地の母に捧げるために、一匹の純白のラマを舟にのせてチチカカ湖の島での毎年の儀式へと連れていく写真だった。この儀式は女魔術師によっておこなわれ、ラマの血は「パチャ・ママ」(母なる大地)にそそがれる。*(12) したがって生命を、つまり食物をもたらすことは、はるか古代の頃と同じように、血を流すことや殺すこととつながっていて、それが両方とも偉大なる母とつながっている。そのような習慣は今日ではまれだが、かつては多くみられた)。

女の血は男の血や動物の血とは異なり、「呪い」や月経のタブーの神秘と関連あるだけでなく、処女の凌辱というマナ、誕生というかたちを変える神秘、そして多産(肥沃)そのものと関連がある。つまり女性のさまざまな面から端を発してつながるものが複雑に融合しており、それを図に描くとすれば次頁のようになるのではないだろうか。

ジョセフ・キャンベルが述べるように、「出産とか月経といった自然の神秘は、死そのものと同じようにそのまま説得力をもち、今日も太古の昔と変わらず、宗教的な畏敬の念を抱かせる根

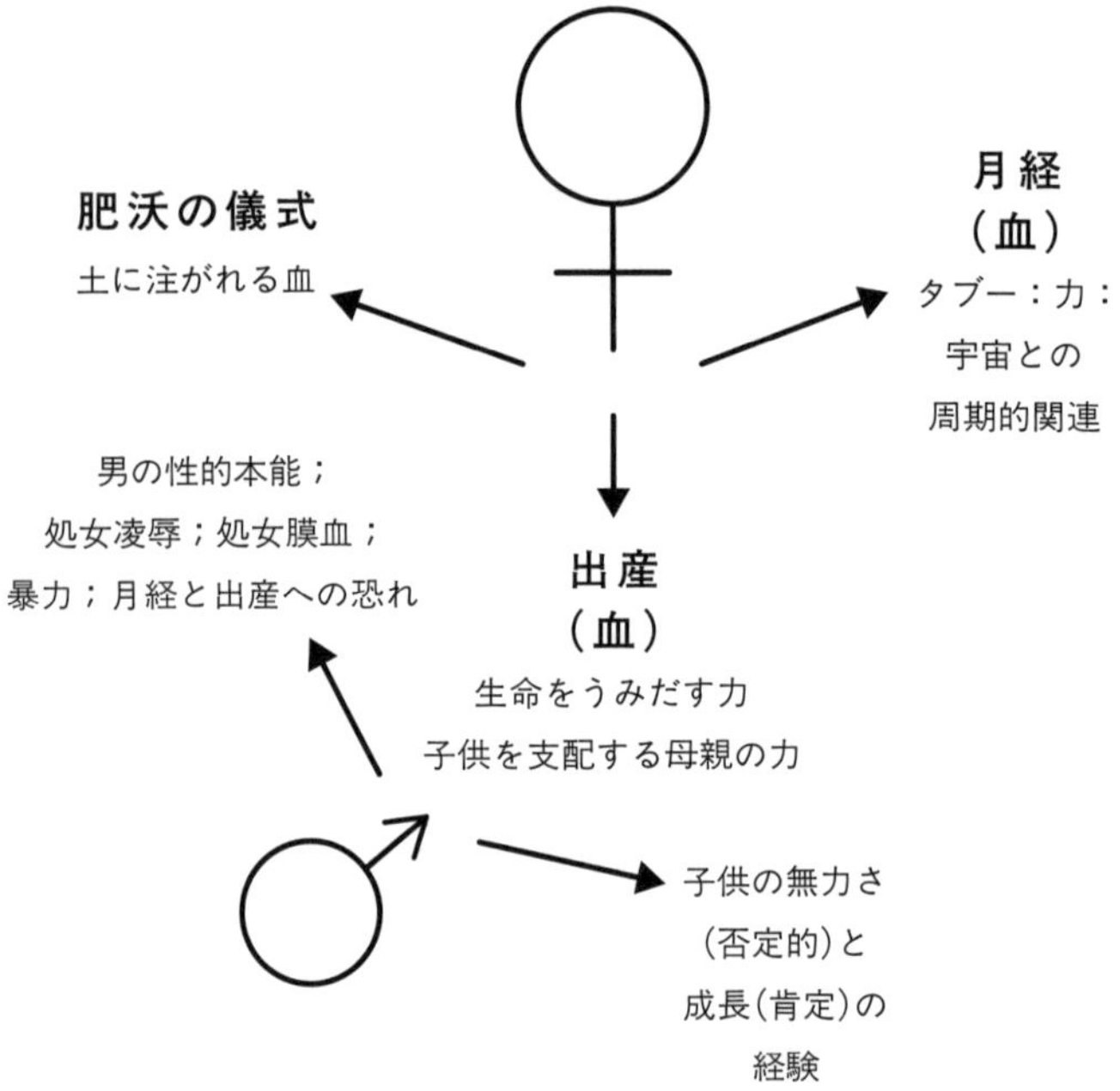
肥沃の儀式
土に注がれる血
月経
（血）
タブー：力：
宇宙との
周期的関連
男の性的本能；
処女凌辱；処女膜血；
暴力；月経と出産への恐れ
出産
（血）
生命をうみだす力
子供を支配する母親の力
子供の無力さ
（否定的）と
成長（肯定）の
経験

源である」[*13]。

よくある英雄神話では、成長した男の子は息子となり恋人となって、母親の手をかりて暴力（殺人とか去勢）をふるう。竜を殺す神話（もうひとつの暴力／流血の神話）は、若者が脅威の母親への恐怖、つまり女にたいする本質的な恐怖をのりこえようとする試練を表す。ミケーネの神話によれば、アポロは後に彼の神殿となるデルフィにはいる前に、雌の竜と闘わなければならなかった[*14]。

新石器時代に三角形が意味したもの、つまりヨーニ——古代、神聖な場所への入口に記された女陰のシンボル——は、女の力にたいする闘いのなかでは、牙のあるカーリーとか蛇の髪の毛をもつメドゥーサの顔となる。「新しい死体の魂に食べ物を与える」情け深い「あの世の牛の女神」も、「河馬、鰐、ライオン、女をひとつにした」妊娠している怪物に姿を変える[*15]。

ノイマンは大人の男のエゴは、「偉大なる母」——その陰性で邪悪な面もふくめて——と創造的な結びつきができるとしている。完全に大人になるには、やがて死そのものとなんらかの創造的な関係をもつことが必要だからだ。女を脅威とみなすのは、いまだに自分自身に確信のない、若いエゴだ。つまり「無意識で自我のない……闇、無、空、底なしの穴」のようなものである。当然のことながらここにある問題は、年代を追って、たとえば二十歳で終わるというものではなく、また人間としての意識がまだ固まらない段階のものだというものでもない。むしろ男の性的特質の一面で、大多数の男は中年からその後までもちつづけるものだ。事実、父権制はおのずから、つねに女たちを否定するという意味で、「竜を殺そう」としている。そして父権制社会における完全な大人になった女は、いまもしばしば若い息子とか恋人だけを見ているのかもしれない。彼らは心のなかのどこかで女の手で去勢されたり、殺されたりするのではないかと恐れながらも、精神的な支えを女に求めている。この恐怖こそ打ち倒さなければならない、本当の竜だ。

3

女はつねに、娘であると同時に母親になる可能性をもつものとして自分自身をとらえているが、妊娠の過程に関係のない男は、まず息子として、そしてずっと後になってはじめて父親として、自分自身を確認する。男がその父性を主張し、そこに立って女や子供たちに権力をおよぼそうとしはじめたときに初めて、女は男が母親の息子としてのそれまでの状態を補う過程——復讐といってもいいのかも知れない——がはじまるのを見る。

父権的一神論は、たんに神の存在を認め、その性を変えただけではなかった。あまねく世界から女の神性をひきはがし、女を神性視するのは、それも不浄な反語で表現するかのように、唯一、例外的に母親として（ただし父権制以前に女がもっていた広範囲のマナはないもの）、あるいは神聖な父親の娘としてだけであった。女は夫もしくは父親の財産で、夫のもとへは「中古品」ではなく無垢の処女としてこなければならない。あるいは儀式的に処女を奪われなければならない。

男は「自分の」子供を確認したいと思えば、その生誕を支配しなければならない。つまりそれは子供の母親を絶対的に所有することを意味する。「嫡出」の問題はおそらく、自分の所有物を自分自身の血統に伝えていきたいという欲望以上に深いものがあるのではないだろうか。男はこう言いたいのだ。「自分にも生殖の力がある——これは私の種子で、私自身がこしらえた子供で、私の本来の力を証明するものだ」。さらに、当然のことながら、子供は将来、世襲財産を受けつぐ存在だ。祈りと供物を捧げることによって、子供は父親の霊が、死後、無事に旅することを保証する。それだけでなく、子供たちは現実の財産でもあって、農耕、漁業、狩猟をし、敵の部族と闘う、すぐれた人手でもある。女は結局は生殖の手段だったので、妻の「不妊」（ごく最近まで「不妊」を宣告されるのは夫ではなく女だけだった）は、呪いですらあった。男は世界に自分を位置づけるために子供を必要とし、とりわけ息子が大切だった。ヤハウェの掟「子を産み、ふやせよ」[*16]は、まったく父権的なものだ。偉大なる母に頼むのではなく、息子にさらに息子をつくるよう命令している言葉なのだ。つまりエンゲルスの有名な言葉で、父権制家族では夫がブルジョワで妻と子供がプロレタリアートだ、というのは正しい。しかし夫と妻は、互いにもう少し何か意味するものをもつ。両者が結びつき、経済的つながりを持続させる何かがある。

　今日でも中東では、神は不妊の妻を不敬罪を犯したとしてとがめると信じられている（夫ではなく、妻に罪があると考えられるのだ）。そして娘を産むことは母親にとってだけでなく、娘当人にとっても災難だと考えられる。ヘブライの学者ラファエル・パタイは、こう言う。「先史時代から十九世紀にいたるまでのアラブ世界にかんする歴史資料から、しばしば父親が娘を、生まれると同時に、あるいは後日、死にいたらしめる決意をしたことはよく知られている。生まれたばかりの娘を死なせるごく普通の方法は、砂漠の砂に埋めることだった」。彼はコーランから、生まれたばかりの娘について自問する父親の言葉を引用している。「侮蔑のなかに生かしておくか、それとも土に埋めるか?」*(17) この質問の残酷さの背景に、前述したようにそれ以前は女が上位にあったという事実があったことを心にとめておかなくてはならない。また、ヤハウィストはアシュタルテ(元来、タニット、アシュラ、イシュタルとも呼ばれる=豊饒、多産の女神)崇拝を蛮力で鎮圧し、あらゆる女神崇拝を「忌まわしい行為」だとして弾圧したという事実も忘れてはならない。*(18)

母親である女神はしだいに評価されなくなり、拒否されるようになる。そして現実の女たちの能力や尊厳もしだいにせばめられていく。父権制社会の男は、「彼の」妻を妊娠させ、妻に「彼の」子供を産ませようとする。女本来の力はしだいに、女が果たすべき仕事として、女がおこなうべき役割としてみられるようになる。アイスキュロスの『エウメニデス』では母権を表すエリニュスが母親殺しの罪をとがめてオレステスに復讐を告げる。しかしアポロは、オレステスが母親を殺したのは父親アガメムノンの死への復讐だったのだから正当な行為だと断言する。そしてこうつづける。

母親はその子供とよばれる者の親ではなく、これから成長していく、蒔かれたばかりの種子を育てる養育者にすぎない。唯一の親は長たる父親である。

父権を表すアテーナーは、母親がいたことを否定する。彼女は父親ゼウスの頭から生まれ、彼女自身がためらうことなく公言するように「ひとりの男」にのみ忠誠を誓う、まさに女の見本としてふるまう。*(19) そして中世の教会は、小さいながらも完全な体型と正常な心をもった小さな人間を、男が女のからだに入れるとした。女のからだはたんに孵化器として働くだけだった。*(20)

神の係累のありかたも変わる。シュメール、ミノス、ミケーネ、フリュギア、クノッソス、シリアなどの女神たちはしばしば、若い神や息子、召使い、あるいは配偶者で表わされることがあった。しかし彼らはつねに女神に従属するものだった。E・O・ジェームズはこれらの若い男の姿を、生殖における男の役目を認める最初のしるしだと考える。しかし長いあいだ若い神は夫というより息子であったし、同等というより一致するものだった。メルラートは、女神の息子の役割を「厳密に従属するもの」と見ている。チャタル・フユックの神殿のひとつで発見された男子像について彼はこう述べている。「おそらく彼は狩猟を表していて、それは新石器文化のチャタル・フユックで独立した男の神が唯一、責任をもてることだったからだ」*(21)。しかし男の神が初めて出現したのは植物の神としてであり、植物の周期が繰りかえされるように、死んで生まれ変わらなければならない。ある意味では、ここでもなお男の神は穀物、果実など実りあるものの母に付属している。のちに、幼い子供とともにいるヴァージンであった母親は、父親と彼の妻と彼の子供たちにとってかわる。レオナルド・パルマーが引用したミケーネの「聖なる三者」は二人の女王とひとりの王からなるが、その一方、エジプトのアマルナの家族のように父親、息子、幼い男の孫で表されたものもある。[*22]母親はもはやヴァージンではなく、つまり「自立した」存在ではない。「夫に依存」し、夫と対等ではない配偶者、夫の所有物である従者であって、夫の家畜と同じようにみなされる。[*23]

女神の評価を下げた例は多い。パタイは、ユダヤの父権的一神論と女神崇拝との葛藤について記述している。黄金の子牛も女神崇拝の名残りのひとつだ（角のある雄牛や雌牛は、世界じゅうのいたるところで、女神にとって神聖な存在となっている）。[*24]彼はエルサレムの寺院で女神アシュラーのために「家」を――たぶん衣服を――織る女たちについて、アシュタルテあるいはアナスのために菓子を焼くことについて、述べている。女の存在を示すなんらかの名残り――ユングならアニマ（男性における抑圧された女性的特性）とよぶであろうもの――は、シェキーナー（地上での神の臨在）の思想に神の「愛し、喜びにみち、母親のような、悩み、苦しむ、漠然とした感情面」として残った（何世代ものユダヤの母親たちを表現するもの？）。女の神は十三世紀にカバラ（ユダヤ教の密教的神知論）が復活したときもマトロニートという名前でふたたび姿を現し、その神は、パタイによれば、独特の自立した存在だったが、ユダヤ教の本流にはさざなみほどの影響も与えなかったようだ。[*25]コーランや旧約聖書で不潔な動物といわれている豚は、女神をいただく宗教では反復の象徴である。クレタでは雌豚は神聖で、ときにはイシスの化身として現れ、アフロディテの祭では生贄となったし、女神デメーテルのエレシウス祭典の象徴だった。「豚肉を食べることが禁じられ、豚が汚いままにおかれているところは、元来、豚が神聖な存在だったところにちがいない」*(26)。

ジェーン・ハリソンは、クレタの母なる大地からギリシャのパンドラ像が伝えられたこと（あらゆる意味で）、パンドラがオリュンポスのすべての神々によって、すべてを与える存在からたんに天賦の才のある美しい少女に変えられてしまったこと、そして誘惑する女として男へと送られたことを記述している。パンドラの有名な「箱」は、開けられて男たちのあいだにありとあらゆる悲しみや悩みをまき散らしたが、元来は母なる大地が葡萄酒、穀物、果実といったあらゆる良き物を入れていた壺だった。ジェーン・ハリソンは、ヘシオドスがこの話をつぎのように語るときの「醜い、悪意にみちた神学的意図」に驚いた。「人はすべて父なる神のためにあり、その神のためにつくられたオリュンポスの神々に偉大な大地の女神はふくまれていない」*(27)。

スレイターは、オリュンポスの神話にはすべて、成熟した母親らしい女への恐怖が浸透していると見る。多くの崇拝をあびる女神アテネは父親ゼウスの頭から生まれ、処女で、子供がなく、前述のように男に忠実であることを誓っている。ヘラは嫉妬深く、競争心のつよい配偶者で、ガイア、レイア、メデア、クリテムネストラといった、破壊したり、危害を加える多くの母親たちのひとりだ。スレイターは、母親としての女への恐怖を五世紀ギリシャの性政治に由来すると理論づけている。女たちは教育を与えられず、金で売られて結婚し、子供をつくるだけの役割しか与えられず、男たちの性的な興味は同性愛にあり、男が知的な友情を求める相手はほかの男か売春婦（通常は外国生まれの女たち）だった。母親たちは息子への恨みと羨望にさいなまされ、欲求不満から、男の子たちがごく幼いうちは過度な支配力をふるっただろうと、彼は考える。息子たちは母親の感情を破壊力をもつ潜在的な敵意として経験し、のちにそれを神話や古典劇で表現したのかも知れない。*(28)

4

太陽崇拝は、つねに月の神（女性、男性を問わず）への崇拝より遅れるが、父権的思想の別の面を表す。古代の人々は月を太陽の光を反映するものとしては見ず、夜の闇のなかでみずから光を放つものとして見た。太陽は昼の光の源というよりは、つねにそこに存在するものだった。

アマルナ期のエジプト美術におけるように、太陽が支配力をもつようになる様が具体的に見られるのは特別だ。太陽神はエジプトの宗教で長く中心にはあったが、もう一方にイシス、ハトル、ヌート、ネフテュスなどで表される強い女神崇拝があった。紀元前十四世紀の王アクナトンは、エジプトの宇宙論を改革して、新しい宗教の唯一の象徴としてアトン、つまり日輪を定めた。アトンをつねにいただく首都テル・エル・アマルナで、王は、光を四方に放つ日輪のなかで、繰りかえし、一神教で太陽中心の父権制的宇宙の神託を擁護する芸術を奨励した。

アマルナ芸術といえば有名なネフェルティティの胸像を思い出しがちだ。しかし現代で人気があるからといって、当時の彼女の重要度を誇張して考えてはならない。事実、アマルナの芸術は、現代のステレオタイプとなっているものとあまり変わらない女性像、家族像の繰りかえしだ。彫像で見るかぎりアクナトンはすでに家長であり神である（アトンの具現）。彼とともにいるのは毅然として優雅な女王ネフェルティティで、女性的で貴族的な美しさをたたえ、父権制以前の女性像よりもはるかに現代の理想に近いものだ。しかし彼女はまごうことなく従属的だ。配偶者であり、王家の一員として威厳と誇りをたたえて描写されてはいても、本質的にはたんなる女にすぎない。ある石碑には、王の家族（アクナトン、ネフェルティティ、三人の娘）が仲むつまじくからだを寄せあう、くつろいだ普段の姿が描かれている。しかし彼らの頭上ではアトンが光を投げかけており、そこが全体の構図の中心となっている。

アトン崇拝を確立するためにアクナトンは、それ以前の多くの神々の像を壊すよう命じ、碑から名前をすべて取りさっただけでなく、「神」という言葉を複数形にすることを禁じた。シリル・アルドレッドが「〝母親〟とか〝真実〟を示す言葉は古い関連から切りはなされた」という事実を参照しているが、それではすべてを伝えていない。「家」とか「町」を表す象形文字は「母」も象徴し、集団的、個人的養育の原則を強調している。*[29]

アイスキュロスの『エウメニデス』では、ギリシャの太陽神アポロが父権を代弁し、自分の母親を否定する女神アテナによって支持されている。アポロは詩と竪琴の神であり、光と木々と治療の技と結びついた自由な妹をもつ双子の兄のひとりだった。ジェーン・ハリソンは、アポロは血止めの芍薬が生える土地の神ビーアンに起源があり、この血止めは東洋で畏敬されるものだったと述べている。しかし彼の妹アルテミスも、女神として地位は低くなったとはいえ、病を治す草木に関係があった。アポロと木々との関係は興味深い。妖精のダフネはアポロに肉体関係をせまられることから逃れるために、月桂樹に姿を変えてしまう。アポロはこの木を自分の象徴とした。そして彼は月桂樹の枝を手にしてデルフィの土地の女神テーミスの神殿を奪いにいった——いつものように途中で女の竜を殺しながら。*(30)

こうしてアポロは偉大なる母親の多くの魅惑的な面を吸収した——月と対になるほどに。木々の母、治療用草木の母、生命を守る母は、男性の神となる。月の女神はその妹となる。スレイターはアポロを「反母権制の人格化、空の神の具現、大地の神々に向かう戦士」とよぶ。「彼は太陽の光であり、公明正大なオリュンポスの神である」*(31)。これはもちろん父権的な「分離」の極端な例だ。ジェーン・ハリソンの言葉によれば、ギリシャ正統派はアポロについて「暗闇を連想させる行為をとることも夢想することも」まったく許さなかっただろう。すべてが単純明快に男性的でなければならなかった。ハーディングは、月崇拝には本能の知恵と自然の法則への尊敬があり、太陽崇拝は自然の力を統治する思想と関係があるという*(32)。実際、アポロは太陽の馬を駆る者として人格化されている。ディオニュソス崇拝の本能過剰にたいする自然の「アポロ的」理性支配、無意識にたいする意識の力、母権にたいする父権の称賛――それらがいっせいにこの神話に表れている。

月崇拝は相対するものの共存を、過程のすべてを許したのに、なぜ太陽は分離の意識をもつようになったのか、興味深い疑問だ。月はたえず姿を変え、さまざまなかたちになるのが人の目にもわかるが、太陽はたったひとつの変わることのないかたちを保つ。人間はさまざまな見方、考え方によってそのいずれか片方に強くひかれるのだろう。太陽崇拝の宗教がおこなわれるようになって以降、あらゆる行事で、偉大なる母は、種々の人格化や表現のなかでしだいに無視されるようになる。完全に忘れさられる部分もあれば、男性に変わる部分もある。そしてこの頃から女自身が父権的な状況のなかで、男性優先の規律のもとに、男の判断をあおぎながら生きていくようになる。

5

男が母親としての女とかかわってきた場は実際には二つある。実際の生活の場と魔術的な場だ。かつて男が女に完全に依存していた時期があった。どの文化においても、男も女も、抱擁について、愛情を表す仕種について、要求がみたされる安らぎについて学ぶのは、必ず女からである。要求が引きのばされる不安や惨めさについてもそうだ。

ブリフォールトは、母親としての感情のほうが異性と連れそう本能よりはるかに早くからあり、最初の愛情は母親と子供の愛情だと確信した。彼は優しい感情を、生物学的にそなわった特性が進化する段階で得た、女の二次的な性的特徴だと考えた。元来、女の連れそったり落ち着きたいという衝動に合わせて男がその性的本能を変化させたのは、男が母親から経験したこの優しさを求める欲求に駆られてのことだった。*(33) マーガレット・ミードによればこうなる。

男にとって、生来の性的衝動と生殖との関係は、知識として得た反応であろう……男の性欲は元来、即座に発散するという目標以上に焦点が合わないもののようだ。男に子供をもちたいとか、本来の衝動に命令し、それを調節し、洗練させて模範的な個人間の関係をもちたいという欲求をいだかせるのは、社会である。*(34)

だから父権制以前の生活では、男の子供は早くから女の生殖する力はマナでみたされていると考えた。聖なるもの、可能性を秘めたもの、創造するものは女として象徴された。存在するために守ったり、生死を律する（女の）力を儀式として認めることにかかわっていないかぎり、父権制以前の男は社会のアウトサイダーのように感じていたにちがいない。ミードはこう述べている。「男の愛（性）にかんする機能はごく小さな男の子にもはっきりわかるものだ――しかし父親になることについてはどうだろう？　これは自分のからだではなく、他人のからだのなかで起こることなのだから」。人類学者レオ・フロベニウスは、アビシニアのある女性が、男と比べて女の生物学的能力がいかに豊かで多様かについて語った言葉を紹介している。「男の生活とからだはいつも同じ……何もわかっていないわ」

父権的な男は、性的なものと感情的なものとがいりまじった欲求不満、盲目的な欲求、腕力、無知、情緒面から切りはなされた知性などをつかって、女自身の有機的存在のありよう、女の畏敬の源泉となるもの、女が生来もつ力などが女にとって逆方向に進む仕組みをつくりだした。ある意味で女の進化がはばまれたのであり、いまとなっては女がそれ以降どう成長したか、想像するすべもない。少なくともいまようやく、それを女たちの手にとってみることができるようになっただけだ。

母親と子供の関係は、人間として本質的な関係である。父権制家族をつくるためには、この基本的な人間の単位に暴力が加えられる。このことはたんに、女が、女のもつ意義、能力のすべてにおいて、飼いならされ、きわめて限定された範囲に閉じこめられたというだけのことではない。ほんの一面である母性に完全に閉じこめておきながらも、まだ男は女を陰に陽に、不信、疑い、蔑視の対象とする。そして女の生殖器、つまり人間の生命の基盤が父権的テクノロジーの主要な攻撃対象となっている。

6

人の手、
鉄の手

1

女たちはどのように出産してきたのか？　誰が、どのように、なぜ、手を貸してくれたのか？これはたんに産婆術や産科学の歴史についての質問ではない。政治的な質問なのだ。月経や陣痛のはじまりを待つ女、妊娠中絶や帝王切開をする台に横たわる女、ペッサリーをさしこむ女、避妊のピルをのむ女——みな、何世紀にもわたって定められてきたことの影響のもとに、それらのことをしている。女の選択は——選択できるとして——法律や職業的倫理、宗教的制裁、倫理的伝統などの範囲内で許されたり、退けられたりする。しかもそれらの規律をつくることから、女は歴史上、つねに除外されてきた。

　ユダヤ・キリスト教では、出産のときの女の苦痛は神が与える罰である（出産の苦痛を罰とする考えはほかの文化にもみられる）。創世記でイブに与えられた罰は、十九世紀になってもまだ文字通りに受けとめられたため、母親は陣痛で苦しむことを当然と思わなければならなかった。そしてさらに重要なことは、ほんの三十年前まで女はまったく受け身で苦しむべきだと思われていたことだ。一五九一年にアグネス・シンプソンという産婆が、アヘンで出産の苦痛をとりのぞこうとしたという罪で火あぶりにされた。*(1)　十九世紀になってようやく陣痛に苦しむ女の意識をやわらげるためにクロロフォルムを使うことが許されたが、それは女を完全に受け身にし、目がさめたときに出産したことがわからないという結果になった。するべきことは絶対に他人がするのでなければならなかった。初期の産婆術の手引では、鉤や鉗子《かんし》を使う医者の「技術」よりも「自然」のほうがすぐれていると言われていた。しかし女がその経過をみずから知り、それを自分自身の性格や知能に、自分自身の直観的、肉体的能力にふさわしく当てはめることは、決して奨励されない。受け身で苦しむ「勇気」をもつことが、分娩する母親に与えられる最大の讃辞なのだ。

私はある仮説をたてて、出産について考えはじめた。男は出産につきそうという役割をしだいに確立していって、元来はまさに女の力やカリスマの源泉だった分野に権力をおよぼそうとしたという仮説だ。けれども多くの理由で——男の産婆や産科医の出現もそのひとつだ——受け身に苦しむことと女の原型的な出産の経験は、まったく同じものとして見られてきた。だから受け身で苦しむことは、女なら誰にとっても「自然」な運命で、ほかのどんな分野でも女が経験して当然のことだった。このことを完全に理解しないうちは、私たちはまだ自分自身を知らず、何世紀もつづいてきた「我慢」することからとびだして、新しい行動に移ることはできない。

驚くほど多くの女たちが——貧しかったり読み書きができない女たちだけではなく、教養ある中流の女たちも——できるだけ何も知らないでいたいという態度で分娩にのぞむ。「医者にまかせて産みたい」と言う。私自身、五〇年代にはそういう女のひとりだった。教養も知性もあり、精神について好奇心をもつ物書きであるはずの私が、からだについての知識は「専門家」のもので、出産は産科医の仕事だと信じこんでいた。そのときも私のどこか一部では受け身でいることに我慢できなかったのだが、私はその一部を「女らしくない」部分だと考え、母親となるには「女らしい女」になろうと努めていた。受け身でいることが必要なら、喜んでその期待に添おうとした。また、私は自分のからだについて疑いぶかく、折り合いがわるかった。のちに、六〇年代半ばに何度か関節炎の手術を受けたが、また自由に歩きたいと思ったら痛い思いをして物理療法を積極的に受けなければならなかった。そのときは「女らしさ」は問題にならなかった。けれども私はその経験を通して、抵抗について、苦しみを行動に変えることについて、自分に起こりつつあることを分析する必要性について、政治的配慮を重ねてみた。私はノートをつけて、手術後の運動をするには強力な決意と意志がいるにもかかわらず、患者を小さな子供かひとつの物に低め、患者から受け身の反応をひきだそうとする病院のやり方を調べた。自分が三人の子供を産んだときにはわかっていなかったが、そのときわかったのは、私は物になることなど決してできないということだった。そして後になってさらにわかったことは、たとえどれほどの苦痛をともなったにせよ、同じ積極性で子供を産むことに取りくめたはずだということだった。

出産の歴史を読もうとするなら、現代の医学者たちが書く産科学の歴史の「行間を読まなければ」ならない。また、女の産婆を支持する人々と反対する人々とのあいだにかわされたパンフレットによる白熱した議論を調べることも必要だ。しかし忘れてならないのは、それを書いた人々は決して利害関係がない人たちではなかったこと、その人々はレトリカルな、また政治的な闘争としてそれにふけっていたこと、私たちがもっとも聞きたい意見の持ち主、つまり母親たちは、いつものことながらまったく耳をかされもしていないことだ。

十八世紀の医者ベンジャミン・ラッシュは、ネイティブ・アメリカンの母親たちについてこう報告している。

自然が彼女たちにとって唯一の産婆だ。陣痛は短く、痛みはほとんどない。産むときは小さな個室で、介添えをする女などひとりもいないことが多い。自分で冷たい水でからだを洗うだけで、数日後には通常の仕事につく。*(2)

2

もちろん、苦しんだり叫んだりせずに子を産み、すぐに日常の仕事をする「原始的な」女を語ることには多くのロマンティックな誇張がある。しかし、素朴な均一文化のもとにあった女たちは、都会の混合文化のなかの女たちよりも短時間で軽い、正常分娩をしたのではないかという医学的な事実もたしかにある。

まず、昔の人間のほうが全体的にからだが小さかった。そして子供も小さいので産みやすい。また、子供と母親は同じからだつきだった。地中海系の骨格の小さい女が北方系の背の高い、骨の太い男と出会い、結婚することなどなかった。だから小さい女が狭い骨盤から骨太の頭の大きい子供を産むことはなかった。また子供を産みはじめるのは、初潮からまもない、十代のうちだった。自分から結婚しようと思う年齢になるのも待たずに出産するため、女が三十にもなれば失ってしまう若い筋力や柔軟さがあった。*(3) クル病による骨盤奇形もほとんどなかった。こういう病気も都会化が進み、屋内での生活が多くなった頃から見られるようになったことだ。分娩のときもひとりでいるため、からだのなかに触れる者はいず、菌に汚染されることもなかった。また本能的に自然な、うずくまる姿勢で分娩をするため、重心が子供を外に出しやすいようにはたらいた。正常な分娩であればすべて、このようにうまくいった。しかし、逆子、双子、早産などの難産は、ほとんどの場合、母親にも子供にも致命的だった。ひとりで分娩する女が難産のときに自分と子供のからだの両方をうまく処理することは不可能だ。

出産の記録をたどると、大多数の出産は今日でも「正常」であって、出産の介助の主な仕事は、分娩の前とその最中に母親と一緒にいて、胎盤を出す手伝いをし、へその緒を切り、新生児の世話をすることだ。だから歴史が記録される以前の出産も、多くの場合、正常だったと考えられる。

父親が父性を認識したときは、おそらく出産に立ちあう男たちもいただろう。原始社会では、身内の女に介助されながら、分娩の椅子に腰かけるように子供の父親の膝の上で分娩した女たちの記録もある。父性が認められる、あるいは理解される以前は、現代のある産科医が言うように、父親が出産の介助をしたということはありえなかったようだ。*(4) 事実、多くの社会で今日でも、妊娠中の女や出産するまぎわの女は身内の女たち以外にはタブーとなっており、男は分娩室にはいれない。[*(5)] 普通は自分の母親、女友だち、親戚の女、あるいは経験のある女たちが出産の介助をしたり、精神的に励ましたりする。そしてこれらの女たちから「経験ある」あるいは「出産を助ける」ことで知られる者がでてくるようになる。[*(6)]

記録された歴史のなかでは、十八世紀まで、出産は女だけの領域だったということに異論をとなえる者はない。それは、女がまず自ら経験することだからという意味では、まったく当然のことだ。しかしごく初期の社会においても、なぜそうでなければならないのかという男の理屈はあった。たとえば、一方では、アテネの産婆はヒポクラテスのような医者よりも女の出産する機能についてははるかによく知っていたと言われる（大いにありうる話だ）。しかしもう一方で、産婆の仕事は男の医者の「権威よりも低かった」とも言われる。後者についてはもちろん、スレイターが示したように、アテネの男が女を、とくに母親を低く見ていたことと関係がある。

アテネの産婆は出産の介助をするだけではなかった。催淫剤や避妊薬を調合し、性にかんして助言を与え、中絶もすすめた。彼女たちはしばしば尼僧をつれてきて、分娩を楽にするように歌わせたり、呪文をとなえさせたりした。医者は中絶の手術をすることを禁じられていた。しかし胎児転位を許可されているのは医者だけだった。[*(7)] そしてこの種の専門化が男の開業医に一種の力を与えたのであり、それは何世紀ものあいだ背景にあって表だってはいなかったが、産婆術の歴史をみると必らずたどることができる。

胎児転位の技術、つまり産道を通っておりてくる胎児を、臀部を下にした位置から頭を先にして楽に出てくるように変える技術は、すでに紀元前一五〇〇年にエジプトにあったが、産婆でも医者でもなく僧侶の手によっておこなわれた。*(8) ギリシャの医者は分娩が非常に困難なときにだけ呼ばれた。胎児転位は腕のいい医者だけがおこなったといわれる。*(9) 産婆術にかんする歴史的な記録を通じて、正常な出産には産婆が立ちあうが、危急の場合は男の医者（あるいは僧侶）が呼ばれなければならなかったと確認されている*(10)（五世紀のギリシャでは女はもちろん医者になれなかった）。しかし胎児転位は外科の手術ではないし、病気の治療でもない。産科にのみ関連ある技術で、正常な分娩の過程と女のからだの内部について熟知していなければできないことだ。もとは産婆から学んだのでないかぎり、胎児転位が医者の手中にあったことは実にふしぎだ。

帝王切開——母親の腹部を切開して子供をとりだすこと——をインドの医者たちやギリシャのヒポクラテスがおこなっていたことは明らかだが、通常は母親の命が犠牲になった（その後、何世紀ものブランクがあって、一五〇〇年にふたたび西欧でおこなわれるようになった。ただし医者ではなく、豚の去勢をする者の手で）。けれども転位や帝王切開ができる以前は、難産で子供を産むのは、おそらく陣痛よりもはるかに苦しいことだっただろう。出産のつきそいが腹部を「しぼったり」（子供がおりてくるように牛の乳をしぼるように腹部を下へ押す）、腹部の胎児の上にあたるところを直接踏んだり、刺激を与えるために母親のからだをきつく布で巻いたりしたという記録が多くの社会に残っている。子宮収縮が弱いときは、妊婦をシーツに包んで「ゆすったり」、木から吊るしたりした。*(11) 何世紀ものあいだ、繰りかえし、鉤を使って胎児をばらばらにして引きだすことがおこなわれた――まさに「破壊的産科学」とよばれるもので、開頭術、胎児切断術、鉤摘出、四肢切断などに細分される手術である。これはヒポクラテスやガレノスが教えた男の医者が専門とするもので、ガレノスはそれを男の領域だと宣言した。*(12)

そのような手術が何度おこなわれようと、それを見たり、実際に受けたり、あるいは話に聞いたりした女の意識にのみ、その痕跡はとどめられた。ごく初期の社会では、出産の過程――この世でもっとも自然な過程――は恐怖を思いおこさせ、特別な罰を受けるという響きをもつものだった。たやすく生まれてこなかった子供は邪悪であるとか悪魔の心をもつとされた社会もあり、非難をあびて殺されることもあった。ときにはそのような子供を宿すことはその母親への裁きだとして、妊婦もともに罰を受けた。

ローマには三種類の産婆がいた。出産を助ける産婆、それを手伝う者、出産がうまくいくように祈りを捧げる尼僧である。二世紀の医者、エフェソスのソラナスは、産婆に与えるための指示をまとめた産科の論文を書いた。*(13) ここでもふしぎに思われるのは、男は正常な出産の介助をすることはなかったのだから、産婆自身に聞かないかぎり出産の知識を得ることはできなかったはずだということだ。しかし女が本を書くことはなかった。学問としての出産の歴史、過去の実際の出産の記録をまとめた専門的な見解は、男による産科の歴史には見られない。男が産婆に影響を与え、支配しようとした中世を過ぎてようやく、この分野の医学での「ヒーロー」が認識されはじめた。また事実、男のなかにも出産中の女たちの生命を救うために闘ったヒーローがいたが、すぐれた産婆たちの名前はほとんど忘れられてしまった。

3

西洋におけるキリスト教の確立も出産に独自の影響を与えた。医学の元祖といわれる二人、ヒポクラテスとガレノスのうち、教会が好んだのはガレノスのほうだった。彼の学問を評価したというより彼の一神論を選んだのだ。ガレノスが手術は医学とは無関係だと教えたため、その後何世紀も手術は学問というより技術としてとどまり、必要とされるのはせいぜい強靱な胃と残忍ともいえる自信の強さだけだった。産科の手術が要求されるときは、「床屋と豚の去勢をする者」*[14]がそれにあたった。中世およびそれ以前は、いずれにしても産婆の仕事は不潔なものと考えられていた。初期キリスト教の教父たちの女嫌いは、女——とくに女の生殖器官——を悪の化身として見て、出産のときはその悪がつきまとうと考え、男には近づくことを禁じ、産婆にはもっとも心にかけるべきことは母親を慰めたり楽にすることではなく、必要なら聖水をかけて子供に洗礼をさずけることだと説得した。*[15]都合のいい二重の考え方があって、産婆は、必要だが卑しい仕事をする者として豚の去勢をする人々と同列にされながら、唯一、牧師にかわって洗礼をさずけることが許された。子供がもし牧師がくるまで生きていられなかったら、呪われたまま死んでしまうかも知れないからだ。

教会は死体の切開を禁じて、解剖の一般的な研究をはばんだり妨害したりしていたので、いずれにしても男の医者は女のからだについてかなり限られた知識しかもてなかったはずだ。だから妊娠、出産、女のからだ、陣痛を促す方法などについての知識は、何世紀にもわたって、すべて女たちが蓄積してきたものだった。十五世紀になってもまだ、絵や銅版画に描かれている出産のつきそいは女だけだ。[*16] 十七世紀になって初めて、男の産婆役が登場する。それはちょうど、何世紀も貧しい人々のあいだで働いてきた者や女に、「職業上の」地位を与えまいと、男が医者という職業を確立し治療術を支配しはじめようというときだった。最初は宮廷の上流階級の女たちのつきそいとして登場する。そして急速に産婆の劣等性を主張し、その名前に汚いもの、無知、迷信などと同じ意味をもたせはじめる。

古典的な小冊子『魔女、産婆、看護婦たち――女治療者たちの歴史』で、バーバラ・エーレンライク（一九四一〜二〇二二年。作家）とディアドリー・イングリッシュ（一九四八年〜。ジャーナリスト）は、このエリート男性の医者という職業のおこりをたどっている。それは魔女狩り、迫害、処刑を何世紀もつづけて女の治療者たちを抑圧したことから生まれた。魔術を使う者として処刑された何百万人ものうち、八十五パーセントが女だった。彼女たちは、男の生殖器を消してしまったとか隣の家の牛を呪い殺したとか、ありとあらゆる考えつくかぎりの罪をきせられた。なかでも占い師や産婆、治療者は魔女狩りにとくに目をつけられた。陣痛のときに痛みどめを処方した罪で罰されたイギリスの産婆がいたことは前に述べた。数多くの産婆たちが、悪魔の指示で「異教の」呪文や護符を使ったとして罰された。アメリカのマサチューセッツ・ベイ・コロニーでは、しばしば産婆たちが疑いの目で見られ、魔術を使うという嫌疑をかけられた。

アン・ハッチンソンの場合は、アメリカ清教徒の産婆がさまざまな段階で脅威として、破壊的な存在として見られていたことを説明する、いい例だ。「すべての信者が聖職者である」という教義や、なによりも個人の意識を神との主要な媒介者とする清教徒の教えは、女にも男にも同じように思想の自由を奨励するように思えるものだった。しかし実際は、男の神学、男の行政が、個々の女の意識や知性と神とのあいだに立ちはだかっていた。神の「知りつくせぬ全能」――とくに処刑と救済の力を解釈する仕事は男にゆだねられていた。そして男が自由に、神と人間との契約にまつわる数々の問題に取りくむためには、女は「世俗的な事物」にあたることに専念しなければならない。つまり家にいて、神学という男の芝生から離れていなければならなかった。神が女の前に現れるのは男を通してだった。ベン・バーカー＝ベンフィールドは、神の意志を知ることができず、その意志の解釈に実際に加わることは男からさえぎられるという、二重の抑圧のもとで生活していた十七世紀のニューイングランドの女たちは不安と焦燥と無力を味わい、なかには幼児殺し、殺人未遂、自殺、そして「激しい絶望感」にかりたてられる女たちもいた、と示唆している。積極的な性格をもちあわせていて、男の制度に果敢に挑戦する女たちもいた。

アン・ハッチンソンは産婆で、考える女であり、「態度は傲慢で激しく、機転がきき、非常に活発、弁舌はさわやかで、男よりも大胆だった」と、決して彼女の賛美者ではなかったウィンスロップ知事が記述している。彼女はボストンで六十人から八十人の女たちを集めて教室を開き、毎週、さまざまな教義について討議をしたり、聖書を解釈したりした。バーカー＝ベンフィールドは、こう書いている。

ハッチンソンは、事実上は女の独擅場である出産という領域にかんして、彼女の教室の規模や構成が示すようなさしせまった必要性があることを明らかにし、それは自分の子供を殺す女がでるほど緊迫したものだと訴えたのだった。女たちが生命の誕生を助けてくれる産婆に顔を向けたことは、精神的な助けが男に限られていたために自分自身も子供も息をころすようにおし隠していたことと非常に対照的だ。……ウィンスロップ知事は、男の神秘的な領域に侵入しようとするハッチンソンの要求と彼女の出産における役割とのあいだには、密接な関係があると考えた。

子供を産むことは、もちろん、性行為と密接な関係がある。そして清教徒の産婆は媚薬を調合し、妻に夫の性欲を支配する力を与えることができると信じられていた（魔女がペニスを取る力をもっているという変形もある）。ジョン・コットンは、「女たちの集まりのけがれた罪」――つまりハッチンソンが女たちを集めて教義について話すこと――を相手を選ばぬ乱交行為につなが

るものだと考えた。もし清教徒の男支配の制度が変わるとしたら、つまりもし女がものを考え、人間と神との関係について規律をつくるようになったら、社会はまったく無秩序となり獣欲にみちることになるだろう、と考えた。だからすでに生命自体にかかわりのある力とおそるべき専門的知識をもつ産婆が、宗教的教義に挑戦したときは、完全に脅威となった。産婆は魔女となった。アン・ハッチンソンだけではない。マサチューセッツ・ベイ・コロニーで最初に処刑されたのは、魔術を使ったとされた産婆マーガレット・ジョーンズだった。またハッチンソンとともに産婆の技術を学んでいたミストレス・ホーキンスという産婆も、「悪魔と親しい」といわれて罰された。*(17)

歴史を通じて明らかなのは、産婆は、女に許されていた数少ない職業のひとつとして、とくに知的で、有能で、自尊心のある女たちの関心をひいたということだ。*(18) 魔女たちが使った多くの治療薬が、たとえ暗示によろうと、「本当に魔法のように」よく効いたと認めて、エーレンライクとイングリッシュは、中世後期の医術者と魔女の治療者との重要なちがいを指摘している。

……魔女は経験主義者だった。信念や教義よりも五感に頼り、試行錯誤や因果応報を信じた。その姿勢は宗教的に受け身ではなく、積極的に疑問を抱くものだった。薬であれ呪文であれ、病気、妊娠、出産などに対処する方法をみつけだす自分の能力を信じていた。つまりその魔術は当時の科学であった。

それと比べて……

中世後期の医術には、教会の教義に反するものは何もなかったし、「科学」として認められるようなものもほとんどなかった。医学生たちは……数年かけてプラトン、アリストテレス、キリスト教学などを学んだ。……学生であるあいだに患者を診ることはまれで、どんな種類の実験も教えられなかった。……大学出の医者は病人に接すると何もできず、迷信に頼るしかなかった。……魔女の治療者が「魔術」を使ったとして処刑されていたときに、医「学」はそういう状態だった。*(19)

無菌状態とか、バクテリア感染、手を洗わないために病気に伝染することなどは、十九世紀後半までまったく知られていなかったので、医術をおこなうどんな場所にも汚れはあった。女蔑視から男が女のからだをけがれたものと見たためでなく、本当の汚れである。陣痛の女とだけしか接触しない産婆は、医者よりも病気のバクテリアをもっていることが少なかった。

しかし出産する女をとりまく女蔑視の空気は、いろいろなかたちをとった。産婆術にかんするラテン語の本"De Partu Hominis"を一五四〇年に英訳した『人間の誕生』には、多くの反論があった。おそらくラテン語を知らない一般の人々も読んだからだろう。しかし翻訳すること自体への反論もあった。

そのようなことが安易にわれわれの大衆的な母国語に訳され……女らしさ……を侮辱することになるのはあまりに不穏だ。それを読んだり、聞いたりした男たちはそれによっていっそう、女たちとともにあることを嫌悪するようになるだろう。若者たちはみな、ロビン・フッドの物語を読むように堂々とそれを読んでいる。[*(20)]（傍点、引用者）

要するに女のからだの特徴について事実を知っても、嫌悪を増すだけだということだ。女、とくに母親の役割にあるときの女の肉体への嫌悪は、男の性質として当然のこととされた。

古代の医者は産婆術を自分の威信にかかわるものと考えた。西暦になってからの男の医術士は出産の部屋にはいって男の地位を下げることを禁じられた。医学の歴史家たちは、繰りかえし、男の産婆あるいは医者が女の産婆ととってかわりさえすれば、産科学は進歩すると断言している。ロンジーはこう述べている。「産科の知識が遅れている状況は、ひとえに女たちがこの分野を完全に独占していた結果である」[*(21)]。またある産科学の歴史家は、無意識につぎのような見方を表している。「おそらく今日でも産科の医術はほかの専門分野よりも低く見られているが、それは元来、女たちの手から奪いとったもので、何世紀ものあいだ男には不適当な職業だと考えられていたからだ」[*(22)]（傍点、引用者）。しかしエーレンライクとイングリッシュが指摘するように、女たちは多くの点で、その時代に応じて、男たちよりも科学的だった。女のからだを男よりもよく知り、しばしば自分自身も経験した肉体的な変化を処置した。前記の歴史家たちの言葉にはないが、当然ながら医者になれたのは男だけだった。

4

産婆の仕事が男の領域に移っていったのは、一六六三年にルイ十四世お気に入りの愛人ルイーズ・ド・ラ・ヴァリエールにつきそったブーシェという名前の宮廷医が最初だったといわれる。男の産婆あるいはアクシェール（産科医）を雇うことは、フランスの上流階級のあいだにあっというまに流行した。ある歴史家は忌憚なくこう言っている。「この分野の技術をもつことで知られた数少ない医者たちには、まもなく、貴族や金持ちが殺到した。とつぜん思いがけない幸運にめぐりあって、彼らはすぐに産科に専念するようになった」。*(23) 彼らが専念したことはもうひとつ。もちろん、金を惜しみなく払ってくれる人々を患者とすることだった。

男の医者たちは、少なくとも五十年間、彼らの特権を利用して、古代から医者には知らされていなかった、魔女や産婆だけの技術の発見につとめた。一五五一年に医者アンブロワーズ・パレが産科の論文を書き、そのなかで胎児転位の技術を再現した。医者たちがまだ胎児転位を知らなかったあいだずっと、実際は産婆たちがそれをしていたのかどうか、決して明らかにはならないだろう。いずれにしてもパレは、のちにフランス語の専門用語が読める者には誰にでもわかるように、論文を書きなおした。[*(24)] 一五九〇年代にマーブルクの医学学会は、枯れた穀物のなかに見つかる菌、麦角の効果を発見した。これはすでに何世紀も魔女や産婆たちが、陣痛を誘発し、弱い子宮収縮を強めるために使っていたものだった。[*(25)] 女の治療者たちは、ずっと以前から、妊娠中の女が軽い麦角中毒になったときの結果を見ていて、ごく少量を使えば麦角が出産に役立つのではないかと考えていた。マーブルクの医者たちがようやく、この「魔女の」治療の効果を認めたわけだ。

男のアクシェールが書く本は一般的に、ロンジーがユーカリウス・ロスリンについて言っていることと同じようだ。「彼の本は主として標準的な文献と、彼が接触した産婆たちから得た情報の断片を集めたものでなっている。彼自身の知識は非常に限られていたので、子宮内の胎児の画として使った木版画はまったくの空想による、まちがったものだった」。[*(26)] 十七世紀になってようやく、血液循環にかんする発見で名高いウィリアム・ハーヴェイが、彼自身による解剖と観察にもとづいて女の生殖器官を記述することができた。

最初の偉大な女の産科開業医は、ルイーズ・ブルジョワだった。「偉大な」という意味は、彼女は診察をしながらほかの女たちに（男たちにも）教え、産科術について三冊の本を書いたことである。彼女自身も母親で、理髪師で外科医の妻だった。夫はアンブロワーズ・パレの教えを受けており、最初の子供が生まれた後に産科術に関心をもったルイーズは、夫とその著名な師との両方に教えを乞うたのだった。産婆として資格を取ったのち、彼女は宮廷とパリの公立病院オテル・デューの両方で実際の場にのぞみ、病院では産婆たちの教育指導をし、外科医たちに産科を教えた。産科術にかんする彼女の本『さまざまな観察』は、一六〇九年に出版され、その後、ひろく翻訳されている。*(27) また彼女が世話をしたマリー・ド・メディシスの分娩についても本を書き、出版している。この本は「マ・フィーユ」(私の娘)、つまり娘か若い産婆にあてて書いた手紙の形式をとっていて、そのなかで彼女は、貧しい家庭にいった産婆は、料金をできるかぎり安くして(「自分では安いと思う料金もそういう人たちには高いと思われるかもしれない」)、まったく料金を払えない人々にもつくさなければいけない、と強調している。彼女の倫理観と職業上の威厳は高かった。

生涯の最後の日まで、学びつづけなさい。学ぶには、いつも謙譲の心を忘れてはなりません。驕りは秘密を知る人たちの心をとらえることはできません。どんな薬を教えられても、あなた自身がその効き目に確信をもち、決して害にはならないことを知ったうえでなければ、貧しい人にも富める人にも、からだに入れるのも上から処置するのでも、断固として使ってはいけません。また自分が知っている薬を医者や産婆たちに隠してはいけません。どんな場合にも同じ薬を使い、しかも効き目を知りたがりながら自分の処置については隠す、にせ医者のように見られないようにしなければいけません。*(28)

この何世紀かのあいだに女たちの生命が無駄に失われたことは、ある程度は避けられなかった。無菌状態の発見と切開による解剖学的知識が十分でなかった時代には、男であれ女であれ、あらゆる原因による死亡率が高かった。しかし妊娠中の女は普通、病気で苦しむことはないと考えれば、実際には多くの死が避けられたはずだ。一方に産婆の薬や手術の進歩にたいする無知があり、もう一方に女のからだや出産にかんする技術面での医者の無知があったが、そのように産婆と医者をわけることは避けられないことではなかった。それは女蔑視が制度化された結果だったからだ。産婆の仕事は「学のある」科学者たちに盗まれるか、あるいは約束ごとというかたちで再現された。さもなければ「異教徒の魔力」とか「おばあさんの話」として片づけられるか、あるいはハーヴェイの友人パーシヴァル・ウィルグビー(一五九六‐一六八五)が、著書『産婆術にかんする考察』*(29)に書いているように、「信用を保ち、無知を隠すためには何でも試さずにはいられない、傲慢な産婆たち」の思いあがった自負として切りすてられた。

何世紀も、「切りすてられる」ような術を女たちにほどこしていた産婆たちの効果的な処置も、エリートたちの医学が職業として発達するとともに出番がなくなった。そして女はその職業からしめだされた。何百万という母親たちの陣痛をなだめ、何百万という子供を産ませてきた女たちの手は、難産のときに医術をほどこすために考案された道具を使うことを拒否され、働く場をうしなった。男の「鉄の手」である鉗子は、急ぐあまり、しばしば正常な妊娠にも、機械的に、無関心に、残酷に使われた。そしていまも使われる。それはしばしば赤ん坊の脳に障害を残し、母親の肉体の繊細な組織に傷をつける。いずれもまったく必要性がない。産科が意味もなく分裂して産婆という職業がなくなったのは、もっとも有能な女の治療者さえ信用せずに追放した、男の偏見と男支配の制度の力によるものにほかならない。*(30)

5

「産科の鉗子は、ほかのどんな道具よりも、産科医の技術を象徴している」*(31)。鉗子の歴史は奇妙で、ある家族の三世代にわたる男たちと、科学的な発明による商品開発と、その発明を男が独占することによってうまく産婆の位置を奪ったことからなる。

それは十六世紀後半にはじまる。ユグノー教徒のウィリアム・チェンバレンが、フランスにおけるカトリック教会の宗教的迫害を逃れるために、イギリスへ移住した。チェンバレンにはたくさんの子供がいて、そのうち二人が男の産婆で、同じピーターという名前だった（国王と同じように、この二人もピーター一世、ピーター二世として知られるようになる）。二人のピーターは押しの強さと、「厚かましさ」と、反体制的な考えで知られ、産婆たちのあいだで非常に有名になった。ピーター二世は、団体としての地位と信用をそなえた産婆たちの協会を組織しようとして、医科大学から正式に非難された。もし産婆たちが組織されていたら、独立した団体となることができたのか、それとも、こちらのほうがありうる話だが、ピーター二世の取りまきにされるだけのことだったのかは判断できない。しかし明らかなのは、二人のピーターとピーター二世の息子（紛らわしいことに、やはりピーターという名）が医科大学と騒動を起こしながら一方では、宮廷で非常に人気があったということだ。ピーター三世はハイデルベルク、パドゥア、オックスフォードで学んで医学博士号をとり、家族の名前に申し分のない名誉を与えた。

チェンバレン一家は、たんに見かけばかりが華々しい存在だったわけではなく、彼らには秘技があった。神秘的な技は難産のときに発揮された。彼らは二人で馬車に乗って到着し、いつも巨大な木彫の箱を持ってきたが、そのなかは誰にも決して見せなかった。出産する女ですら目隠しをされた。そして二人はどんな難産も劇的に成功させた。

ほぼ一世紀にわたって守られた、このチェンバレン家の秘密は、ひと揃いの三つの道具だった。産科用の鉗子、胎児の頭の後ろをつかむためのてこ、異常な場所にいる胎児を産道から引きだすために使う紐である。これらの道具は長い年月、チェンバレン家の成功を支えていたが、皮肉なことに、ピーター三世の息子ヒュー・チェンバレンが、チェンバレン家のもうひとりの男の産婆とともに、その秘密をフランスの有名な産科医フランソワ・マリソーに売ろうとして、テストに失敗した。マリソーはまったく絶望的だと見られる患者を無事に出産させるよう、チェンバレンに要求した。そのときの妊婦は、背骨に炎症をおこして骨盤が変形した小びとで、初めての妊娠だった。*(32) チェンバレンは失敗し、マリソーは法外な値段で売りつけられたその秘密を買うことを断った。

根っから傲慢なチェンバレンはくじけず、マリソーの産科テキストの英訳序文で、この著名なフランス人は「秘技」をもっていないと読者に喚起した。

私の父、兄弟たち、そして私自身（私の知るかぎりヨーロッパではほかに誰もいない）だけが、神の祝福と現代の技術によって、女にも子供にもいかなる偏見ももたず、難産の女たちをぶじ出産させる手段を獲得し、長いあいだそれを使ってきた。ほかの人々は……母子の片方あるいは両方を鉤で、死にいたらせないまでも、危険にさらさざるをえない。*(33)

チェンバレンの言葉には、何千という女や子供の生命をいかに簡単に救うことができるかを知りながら、狭量な自己満足だけのために犠牲にし、「神の祝福と現代の技術」という言葉で表される知識を隠していたことを正当化する姿勢がうかがえる。産科医の技術の象徴でもある鉗子を開発したのは、暴利をむさぼる人間だった。

伝統を守っていたチェンバレン家だが、ついにその秘技をオランダのある開業医に売った。金を受けとり、道具を渡したところで、彼らがその医者をだまして一対の鉗子の片方だけしか渡さなかったことがわかった。ベルギーの理髪師兼外科医ジャン・パルファインは、そのオランダ人が買った部分を見たからか、あるいはチェンバレンの道具についての噂をまとめてか、全部の道具を推測してつくり、それを一七二一年にパリ科学アカデミーに提供した。ハーヴェイ・グラハムはこう書いている。

……それは丸い木の柄がついた、二つの大きなスプーンだった。それは「鉄の手」として知られていて、もちろん、胎児の頭をつかむために考案された残忍な人工の手だった。それは長いあいだ、子供をおろす手術の後、胎児の断片をとりさるために使われていた、大きなスプーンのかたちをしたクイェールから考案されたものだった。大きなちがいは、扁平部分のカーブと柄にあった。それ以前の道具の長い柄はいずれもまっすぐだった。子宮から外陰までの産道は深く曲がっているから、それに合った曲線をもつ道具のほうが、まっすぐのものよりはるかに深くまで、はるかに効果的に内部まで入ることは明らかだった。*(34)

チェンバレン家の鉗子は三世代にわたって密かに独占して完成させたものだったが、その完全なものは、ついに一七七三年、外科医で男の産婆だったエドワード・チャップマンの著書『産科学改善のための小論』で明らかにされた。そのとき以来、鉗子は産科術をおこなうすべての男性に——女性にはほとんど関係がなかったが——手にはいるものとなった。*(35)

チェンバレンの道具がひろく知られるようになると、産婆と外科医が争うようになった。双方の言いぶんには理論的な面と理屈だけの面があるが、それに耳を傾けるまえにいくつかの事実を心にとめておかなくてはならない。外科の処置は内科の処置より低くみられていて、理髪師兼外科医は十分な教育を受けた医者ではなかった。また正反対の二つのステレオタイプにもとらわれないようにしなくてはならない。殺菌した白衣とマスクと手袋をつけた、高い教育を受けて一点の曇りもない清潔な男の産科医と、お守りをいれた袋を持ってぶつぶつ呟いている、汚い百姓のお婆さんの印象だ。内科医、外科医、産婆の誰も感染や無菌状態についてまったく知らなかった。医学博士ジョン・リークは、十八世紀後半に書いた産科術にかんする論文のなかで、出産につきそう者の資格審査について提起している。「ほかの医薬業では普通のことである。そうすれば国じゅうのいたるところに、男女を問わず無知で生半可な知識しかない治療者があふれているようなことがなくなる」[*36]（傍点、引用者）。男の医者の清潔度も、現在の基準からすれば決して高くなかった。普通の医者が普通の産婆よりも良心的だったという証拠もない。外科医や内科医よりも、産婆のほうが正常な出産の実際の処置については、はるかに深い経験があった。しかも同じように大切なことに、産婆は職業としても同性の親愛感からも、産室で落ち着いていたが、男の治療者の場合には、緊急のとき以外は産室にはいることを罪とする女蔑視の伝統が、実際にはもうないにしても、気持ちのなかに残っていた。最後に、寝る姿勢（つまり受け身の姿勢）を、出産する女にとって好ましい姿勢として確立したのは、フランスのジュリアン・クレメントやイギリスのジョン・リークといった男の治療者たちだった。産婆は出産のための椅子を使って上体を立てた姿勢をとらせていた。この姿勢はいまでも西洋文化以外、あるいは西洋医学の影響が濃い文化以外では一般的だ。*(37) そして北アメリカや南アメリカでは、産科関係者たちの反対を押し切って、いま、復活されつつある。*(38)

産婆と外科医の争いのなかで、鉗子は男性を表す武器だった。しかし男たちがすべて同じように熱心に鉗子を使ったわけではない。リークは「患者の身の安全は、ほかのいかなる外科の処置よりも、鉗子を使う者の技術に直接かかっている」と警告した。鉗子を使用するうえでの指示として彼は、無理にこの道具を使うことは膣や膀胱に傷をつける危険があり、二本の恥骨を裂く恐れすらある、と指摘している。*(39) 産婆たちはもっとはっきりと鉗子を使うことに反対し、まもなく多くの産婆が自分たちのやり方を守るために、パンフレットや本を書きはじめた。ドイツのジュスティーヌ・ジーグムンディンやイギリスのサラ・ストーンは、とりわけ、これらの道具の乱用に反対した。ストーンはまた、職業としての産婆術にかんする規則をつくり、数年の教育と見習いを必須とすべきだと要望した。*(40) 一方、チェンバレンの鉗子はほかの人々、とくにフランスのアンドレ・ルヴレーやイギリスのウィリアム・スメリーなどによって改良されていった。二人とも外科医だった。スメリーは、一七六〇年に出版された、オテル・デュー産科大学の卒業生エリザベス・ニヘルによる男の産婆術にたいする細部にわたる激しい攻撃の対象となった。

　ニヘルの『産婆術に関する論文』は、フェミニスト論争の歴史に欠かせないものだ。患者として、専門家として、また出産を介助する天分をもつ女としての、道具の使用に反対する徹底的な論争だ。彼女は自分たちの都合や実験の目的で、鉗子を使って早産させたり、正常な出産の時間を縮めたりする外科医を非難する。彼女自身が道具を使ったことがないという経験の不足を認めながら、その使用にかんするルヴレーはじめ外科医たちの説明を読んだという。オテル・デューでは、毎月、五、六百人が出産しているが、彼女が見習いをしていたあいだ、道具が必要だった例はまったく見なかったと主張する。彼女は手を、女のからだについての知識に導かれて出産を扱う正当な「道具」と見なし、鉗子を、女の術に勝つ手段として男の外科医が死守するものとみなす。

しかし、自分の職業について十分自覚している産婆があまりに少ないと私は思う。この点では……男の産婆たちとほとんど同じレベルにある。ちがいをあげれば……産婆は男の産婆たちほど多くの失敗をすることはない……男の産婆たちには優しさが欠け、軽率に道具を使って仕事をしようとするが、すぐれた産婆の技術や判断のほうが……母親と子供の両方を救ううえで効果的である。もっともつねに優先させるのは当然のことなが

——ら母親だが。[41]（傍点、引用者）——

彼女の論点の主要なものを三つあげてみよう。

1、男が産婆の分野にはいってきた理由は、「安全を優先させるため」ではなかった。だから女が「品位や慎しみを……犠牲にする」価値はない。（この点で彼女はおそらく、彼女の周囲の人々の清教徒的な感情を気にしているのだろう。）

2、男たちは「女に無能力という幻想をあてはめ」、そのうえ「殺人的な道具の必要性を説いて」、この職業への侵入を正当化した。（道具はすべて過去の破壊的な産科学に使われた鉤や扁平な水かきのような刃を連想させて、ある種の後ろめたさを感じさせたようだ。しかし鉗子そのものがしばしば不必要に使われ、慣れない扱いをうけると致命的だったことは、よく知られている。[42]）

3、外科医たち自身は、「あれほど多くの女たち、子供たちの生命やからだ」を実験の材料としてきたにもかかわらず、どの道具がいいかという点については意見を異にする。

ありとあらゆる方面に向かって口論をしかけるからといって、ニヘルがかたくなであるというわけではない。ある種の職業は「当然」、男よりも女に適していると認めている。糸を紡ぐこと、ベッドを調えること、漬物をつくること、ジャムを仕込むこと——そしてそれらのリストの最後に、ごく何気なく、産婆を加えている。女はもちろん剣術の学校をつくるには向いていない、と彼女ははっきり言う。一方、彼女は産婆のための学校オテル・デューの職業意識を非常に誇りとしている。そこでは校長が女で、外科医に講義をするのも女だ。決してその反対のことはない。彼女は男たちが急に産婆術に熱心になったことをきわめて皮肉にとっている。

……男たちは産婆術が金をもたらすことができるものだと発見するなり、その高貴さを声高に言うようになった。……それほど高貴な術が、長いあいだ、高貴な性がおこなう価値がないと思われていたのだ。男らしくない下品なこととされ、男には実行できないことだと言って避けていたとさえ言える。

産婆と対比して外科医の出産の処置がどのようにおこなわれるかを、彼女は実にいきいきと確信をもって述べている。

博識をほこる男たちなのに、不器用このうえない固さ、愛情のかけらもないいい加減さ、見苦しい処置。明らかに無理に修得した技術であり、技術を得たうえでようやく興味をもっていることがわかる処置だ。……（傍点、引用者。この観察はまさにその通りだと思う）

無知だと思われているはずの女の場合には、このうえない快活さ、無理のないたやすさ、手際のよさ、とりわけ心のこもった熱心さ、などがみられる。……女たちが一様に出産のときに互いに感じあう、このうえなく優しい気持ちのなかに、自然なことが驚異的という言葉で表せるとしたら、まさに驚異的とよべるものがある。*(43)

彼女はまた繰りかえし、産婆が女のからだや正常な出産について長く深い経験をもっていて、その点では産婆術を学ぶ男の学生はまったく不利だと述べている。彼女によればスメリーは産科の学生たちに、自分が発明した器械について教えたという。その器械は……

……木の像で妊娠している女を表し、その腹部は皮でできていて、そのなかの、おそらくビールを少しいれた空気袋が子宮を表す。この空気袋はコルクで閉じられている……袋の真ん中に蠟人形がはいっていて、それがさまざまに位置を変える。

一方、彼女は難産となると絶対に外科医を呼ぶべきだと言う。女は男ほど誇りをもたず、たやすく自分の無知を認め、助けを求めるというのが彼女の見方だ。しかし、「産床にある女は元来、早い段階での介助」と何より忍耐を必要とするという。鉗子は、明らかに困難な場合に注意深く使われる道具というより、早く出産させるための策略となったと、彼女は強く主張した。彼女が繰りかえすのは、出産は無理に早めてはいけないこと、自然になすがままにしておくのがいちばんいいことだ。産婆なら手をさしのべて、「生まれつきそなわっていて、それに経験が加わった無数の小さな優しい配慮」で痛みをやわらげることができる。経過への信頼、女のほうがより深く経過を理解し、それにしたがって行動できるという感覚——私たちは最後には彼女を信頼することになる。以前は低級なものとして女にまかせていた分野にとつぜん男たちが降りてきたことへの彼女の怒りと皮肉を、私たちはよく理解できる。

なぜもっとたくさんの産婆たちが鉗子の使い方を学んで、この職業での主導権を守る努力をしなかったのだろうか? すぐれて職業的な産婆たちは、人並み以上に強く、自信のある女たちだったにちがいない。しかし二十世紀の強くて自信のある女たちでさえ、とくに保健や医学の分野では、いまだに偏見や制度上の障害にたいして困難な闘いをつづけているのだ。そして、とくに産婆たちが槍玉にあがった何世紀にもわたる魔女裁判は、十八世紀にはまだごく最近のこととして記憶されていた。おそらく産婆たちは「目立つ」ことや、社会の敵意をかきたてることに注意深かったのだろう。さらに産婆たちは、産科で「破壊的な外科的処置」をする恐ろしさを見ていた——母親のからだから子供をばらばらにして取りだし、母親の恥骨や膣をてこの支点として使い、しばしば永久に癒すことのできない傷をつけるのを。多くの産婆たちが、鉗子はこれらの力まかせに使われる道具を改良したものにすぎないことを、痛切に感じとっていたにちがいない。ニヘル自身も、こう書いている。

少数の、本当にごく少数の産婆が、鉗子が男たちをひきつけた様子に惑わされて……それを使ってみようとした。もちろん少なくとも男たちと同じように器用に扱うことができたが、それを使ってみてすぐにわかったのは、自分自身の手にかわるものとしては無意味であり、危険だということだった。自分の手を使えば、もっと安全に、もっと効果的に、しかも患者に少ししか苦痛を与えずに、手術をおこなうことができると確信した。*(44)

もし鉗子を自由に使うことが女に許されていたら、ニヘルはこれほど決定的にその使用を非難しただろうか？　たぶんしなかっただろう。サラ・ストーンと同じように、彼女もおそらく鉗子を最後に頼るものとして、賢明に、十分に注意深く使うべきだと教えただろう。*(45) 産婆の多様な技術、女らしい器用さをもった「小さな手」、そして自分が世話する女たちへの気持ちの「優しさ」などを彼女が誇りとしていることは、ニヘルや、ニヘルのようなほかの女たちにとって、鉗子が産科という職業のシンボルとは決してならなかっただろうということを示している。*(46)

最後に、産婆と男の産科医との差をはっきり示すことがあった。産婆は出産以前の面倒をみて、助言するだけでなく、陣痛がはじまると妊婦のそばにいて、出産がすむまでつきそった。からだについての処置をするだけでなく、精神的な支えともなった。男が出産に立ちあう場合は、歴史的に、産婆に禁じられている役目（胎児転位、帝王切開、鉗子出産）をするときだけだった。むしろ技師であって、カウンセラーでも、ガイドでも、教師でもなかった。母親と「ともに」仕事をするというより、母親に「ついて」仕事をした。このちがいを医者は現在ももちつづけており、いまは妊娠中の母親をみることはあっても、陣痛の最後の段階まで姿をみせないことが多く、ときには来るのが出産にまにあわないことすらある。しかし産婆（midwifeという言葉は「一緒にいる女」という意味だ）は分娩室で友だちとして、教師として、陣痛のあいだもずっと母親のそばにいる。*(47)

7

十七世紀に産褥中の感染による病気がはびこり、二世紀にわたってつづくことになって、それが直接、産科の仕事につく男をふやす結果となった。（ここでもう一度、消毒、無菌状態、接触感染、バクテリア、バクテリアによる感染などが、まだ知識としてなかったことを思い出そう。医者の手も産婆の手も、バクテリアを運ぶ可能性があった。しかし産婆の手とちがって、内科医や外科医の手はしばしば伝染病を扱い、そのまま出産にのぞむことがあるため、伝染させる機会がはるかに多かった。しかも男の産科医は数多くの出産に立ちあい、鉗子を使うときにだけやってきては、またすぐつぎへ行くことが多い。産婆は一人の妊婦に陣痛がはじまったときから出産の後までつきそい、難産のときなどはそれが数日にわたることもあった）。ヨーロッパの各都市に産科の病院がふえるにしたがって、病気——昔はあまり知られていなかったもの——が流行性伝染病になる確率が高くなっていった。フランスのロンバルディ地方では、ある年、出産をした女はひとり残らず死んだ。一八六六年二月、パリのマテルニティ・オスピタル（慈善的産院）では出産した女の四分の一が死んだ。*(48)

産褥熱は伝染病だと考えられ、「伝染病とは、いまはまだ不可解な、大気を伝わる、天地も変えるもので、ときには国全体にもひろがるもの」*(49)だった。当時はどこの病院もまったく不潔そのものだった。もともと病院は、家庭に医者を呼ぶ余裕のない、貧乏人のためにできたものだ。平均的な中流家庭のあやしげな衛生状態でも、病院に比べればはるかに上等だった。病院には汚れたままのシーツなどが山積みとなり、汚物のはいったバケツはそのまま、使った包帯も放りだされていて、空気は淀み、死体すら放置されていた。十七世紀から十九世紀までの産院は、ほかの病棟と同じか、ときにはもっとひどく、一緒にされているところさえあった。一八六〇年のブダペストのある新しい病院についての報告がある。

> そこでは貧しい、妊娠中の女たちが、ある者は床にひろげられた藁に横たわり、ある者は木のベンチに寝ており、またある者は部屋の片隅にうずくまっていた。誰もが疲れ、憔悴しきっていた……いたるところに汚れたシーツやカバーが散らかり、寝具は古く、まるでぼろきれ同然だった。*(50)

オリヴァー・ウェンデル・ホームズは、一八四〇年代のウィーン産院では、「産褥熱」による死亡率があまりに高いため、その本当の数字をごまかすために、ひとつの棺に女を二人ずつ入れた、と言っている。*(51)

産褥熱は、きわめて重い敗血症の誤称だった。十七世紀に初めて女のからだを解剖し、じかに生殖器を観察した医者ウィリアム・ハーヴェイは、産後の子宮は、「傷口が開いている」状態に似ていると記述している。非常に吸収力があり、感染しやすいということだ。出産に立ちあう者の手から生体組織を冒すものが、出産中の、あるいは出産直後の女の膣に入りこむと、それは致命的となる。しかし何世紀ものあいだ、その病気はイブの呪いによる、不可解な疫病のひとつだと思われていた。女たちは、家で出産するよりも病院で出産するほうがはるかに死に近づきやすいことを知っていた。それでも貧しい女が産科医の助けを必要とするときは、ほとんどの場合、公共の病院で出産させられることになり、それはおそらく、現在でもそうであるように、実験や学習の材料にされるためだった。病院から逃げだす女も多かったし、入院するよりも自殺を選んだ女たちもいた。

その間も病気の潜在的な原因は究明されず、女たちはただ死んでいった――出産のためではなく、出産の過程で決して避けられなくはない急性連鎖状球菌子宮感染のために。そのために死んだなかには、名前のわかっているメアリ・ウルストンクラフト（一七五九～一七九七年。作家）のような著名な女もいれば、私たちがただ努めて想像するしかない才能や影響力を秘めた、何千という女たちがいた。そして死の亡霊は、母性の歴史のなかでかつてなく強く、女たちが受けとめなくてはならない気持ちを、さらに暗く沈ませた。不安、憂鬱、犠牲となる絶望感など、女たちがつねに経験してきたことが、目に見えなくとも妊娠や出産につきまとっていた。

女特有の病気にたいするある種の冷淡さや宿命論的観念は、今日でも男の婦人科医や外科医に見られるが、二百年にわたって、すすんでその先を研究しようとした三人の男たちがぶつかったのも、同じ冷淡さとあからさまな敵意だった。一七九五年にはいちはやく、スコットランドの医者アレクサンダー・ゴードンが、産褥熱は「その前に病気にかかった患者の世話をしてきた治療者や看護人の訪問や出産の介助をうけた女だけがかかる」という見解を発表した。つまりこの病気は不可解な疫病などではなくて、伝染するもの——人と人との接触によって伝わるものだというこことだった。ゴードンの経験を確証する医者もほかにいたが、産褥熱は伝染性らしいとは、婦人科や産科の教科書では触れられないままだった。

それからほぼ五十年後、アメリカの若い医者オリヴァー・ウェンデル・ホームズが、彼自身の経験や報告を受けた事実をもとに感染について詳細な研究をまとめ、ゴードンの見解を確認した。そしてこの病気が医者によって患者から患者へと移されることを、明白に実証してみせた。*(52) 医学界の反応は、医者の手が不潔だという指摘にたいする怒りだった。不潔こそ、医者たちが産婆たちに浴びせかけてきた非難のよりどころだったからだ。ホームズは無責任で煽動的な若造だという誹《そし》りをうけ、攻撃された。彼の「産褥熱の伝染性」にかんする論文は医学の古典となるものだったが、そうなったのは何年も後になってからのことだ。

一八六一年、ウィーンの医者イグナス・フィリップ・ゼンメルヴァイスが激しい思いをこめて書いた本が『産褥熱の病因、概念、予防』だった。ゼンメルヴァイスは、ウィーン産婦人科病院の二つの診療所で、五年にわたって出産や死亡を見てきた（第一診療所には医者と医学生だけ、第二診療所には産婆だけがつめていた）。彼は、文字通りウィーンの裏街で子供を産むような貧しい女たちのほうが、病院の第一診療所で出産する女たちよりも死亡率が低いことに気がついた。そして産褥熱は一般の地域にはびこる伝染病ではなく、病院、それもとくに医者をスタッフとする診療所と関係があると、確信するようになった。ウィーンの貧しい女たちですら、医者のいる診療所で診てもらうよりも産婆に診てもらうほうが助かりやすいと知っていた。「大勢の男たちがいる、よそよそしい感じの第一診療所に行ったあと、第二診療所にかかる許可をもらうために、女たちが両手をしぼり、ひざまずいて頼みこんでいる悲痛な様子を見れば、彼女たちが第一診療所を本当に恐れていることは容易に見てとれた」*(53)。

ゼンメルヴァイスは、女たちの様子と多くの死が気になった。しかし彼の個人的な生活に大きな淵がぽっかりと口を開けるまで、それらの死の原因をつかむことはできなかった。休暇でヴェニスに絵を見にいっていて、彼が留守のときのことだった。親友であり仲間でもあった医者が、死後の解剖の際に指につけた傷がもとで死んだ。ゼンメルヴァイスは、その知らせにすぐもどった。彼はこう書いている。

コレッチカ教授は……リンパ管炎と静脈炎で倒れ……私がヴェニスに行っていて留守のあいだに、両側肋膜炎、心膜炎、腹膜炎、髄膜炎で死んだ。しかも死ぬ数日前には片方の目にも異常が見られた。ヴェニスの財宝の数々を見たことで気持ちがたかぶっていたし、コレッチカ教授の死の知らせをきいて激しく動揺していた私は、コレッチカ教授が死ぬ原因となった病気が、何百人という女たちが出産のときにかかって死ぬのを見てきた病気と同じであることを、どうしても証明したいという、抑えきれない衝動にかられた。*(54)

ゼンメルヴァイスが発見したのは、通常の洗浄だけではとりのぞくことのできない死体の微片が、解剖室から出産する女に移されていた事実だった。コレッチカ教授の手の傷がこれらの微片を解剖用死体からとりいれて血管に毒素として吸収したのと同じように、これらの微片をつけた手が子宮に毒素を運び、致命的な結果をもたらすことが考えられた。ゼンメルヴァイスは、医者や医学生に分娩室にはいるときは必ず塩素石灰で手を洗うよう強制するキャンペーンを起こした。第一診療所での死亡率はまもなく下がり、第二診療所と同じになった。*(55)

ゼンメルヴァイスの発見とほかの医者たちや診療所にたいして投げかけた論争は、激しい敵意に会い、政治的な権力をもつ医者たちは、彼がウィーンでは仕事ができないように圧力をかけた。しかし彼は誰よりも自分自身を厳しく糾弾したのだった。

自分に確信があるからこそ、私はここで告白しなくてはならない。私の失敗ゆえに、あまりに若くして死にいたった患者たちがいかに多かったことか、神のみが知る。私はたいていの産科医よりもずっと多くの解剖用死体を扱ってきた。ほかの医者について同じことを言うのは、ひとえに、何世紀も知られていなかったがために人類にとって悲惨な結果を生んでいた真実に光をあてたいからである。*(56)

彼は強制的にウィーンを去ってブダペストへ行かされ、産科の診療所に仕事を得たが、そこでは「産科の窓のすぐ下に蓋のない下水道があり、そこに病理解剖学……の液状廃物がすべて投げこまれていた」*(57)。このようなひどい環境のもとで働かされ、しかも苦労して集めた発見がどこの国でも拒絶されるという状態に、ずたずたに傷ついたままの彼は、一八六五年、ウィーン精神病院で任務につくことになった。そして赴任する数日前、手術をしているときに手に怪我をし、まもなく死んだ――コレッチカ教授や彼の心を苦しめていた数千の女たちと同じ死だった。二十年後、リスターが外科における無菌法の原則を発表し、パストゥールがバクテリア感染を実証して、ようやく、医者は手を洗うべきだというゼンメルヴァイスの主張が現実に受け入れられることに

なり、ブダペストに彼の銅像が建てられた。*(58) 産褥熱の二百年は終わりに近づきつつあった。そして同時に、麻酔をかけ、技術を駆使して出産させる時代がはじまりつつあった。

7

疎外される出産

1

産婆術や出産のメタファーは、現代の女の運動にかんする記述にもしばしば現れる。たとえば、あるフェミニストのポスターにはこう書いてある。「私は私自身を産む女」*(1)。このようなイメージが与えるのは、苦悩にみち、選ばれた、目的をもつ過程だ。つまり新しいものの創造である。けれどもほとんどの女たちにとって、実際の出産はいかなる選択の余地もなく、意識もないに等しいものだった。歴史以前から、妊娠を知ることは、不安、肉体的苦痛、死、そして一連の迷信や誤った情報、神学的、医学的理論などと結びついてきた――喜んで犠牲になることとか恍惚のうちに成就するといった、女たちはこう感じるべきだと教えられてきたことの実体はそうだった。

ユダヤ人は、陣痛をアダムを誘惑して堕落させたイブの呪いと見た。ローマ人はそれをポイナ・マグナ――「大きな痛み」と呼んだ。しかしポイナという言葉には罪とか罰という意味もある。古代の著作家たちは、繰りかえし繰りかえし、子供を産むことは人生で耐えなくてはならない、もっとも辛い苦痛だと語った。原始社会における「苦痛のない出産」という神話について研究したローレンス・フリードマンとヴェラ・ファーガソンは、一九五〇年に、子供を産むときに苦しみを予期することは、産業革命後の社会におけるのとまったく同じように当然のことだったという結論を下している。マーガレット・ミードはこう言っている。「出産を見ることが許されていようとなかろうと、男たちは、出産はこういうものだろうと思われるかたちで役割を分担する。私は男の伝達者たちが床の上を転げまわり、苦しい出産をすばらしいパントマイムで演じるのを見たことがある。彼らは実際には陣痛で苦しむ女の姿を見たことも聞いたこともないのだ」[*(2)]。ナンシー・フラーとブリジット・ジョーダン（一九三七〜二〇一六年。学者）は、マヤ族の女たちについてフィールド・ワークをした結果、難産も安産も見たが、産婆もつきそいたちも苦痛を当然のこととして予期しており、夫は助けるためでなく「いかに女が苦しむかを見るために」そこにいなければいけないことになっている、と報告している[*(3)]。

　イギリス海峡を泳いでわたろうとか、高い山に登ろうとか企てる女は、自分のからだがその緊張にさらされ、勇気が試され、生命も危険におちいるかも知れないとわかっている。けれどもそのときに心臓や肺、筋肉の機能、神経などに予期されるさまざまな要求をこえてそうしようと思うのは、まず第一に挑戦したいからであって、苦痛を求めているわけではない。知識のあるなしにかかわらず、大多数の女たちは思いがけなく負わされたできごととして子供を産む。神秘的で、ときには冒瀆された、多くはふしぎな、拷問あるいは「最高の経験」として子供を産む。出産を、女自身のからだを知り、からだと折りあう方法として考えたり、女の肉体的、精神的蓄積を発見するものとして考えることなど、めったになかった。

　痛みについて考えることは、愛について考えることと同じようにむずかしい。痛みも愛も人生の初期にさかのぼる事柄や、言葉自体にこめられた文化的姿勢によって重さがちがうからだ。しかも痛みは、愛と同じように、母性というイデオロギーのなかに深く根ざしていて、実際に母親であろうとなかろうと、すべての女たちにとってあまりに深い暗示を秘めているため、私たちがその意味をもっとつぶさに知る必要があるものだ。そうしようとすると、ときに、痛みを知覚——計測できる刺激への反応——と心理的経験との二つに分類することになる。*(4) 感情から感覚を、心からからだを分けることは、女の経験全体を理解しようとするときに、ほとんど無益だ。とくに、無意識でありながら主観的な力にみち、肉体的な感覚としてはあまりに劇的な、出産という機能を理解するうえではまったく役に立たない。

　痛みの経験は、記憶と予想にふちどられた歴史をもち、相対的なものだ。痛みとよぶものの範囲は個人によっても非常にちがい、痛みを経験する状況によっても、当事者の痛みの定義は変わる。文化体系によって痛みの表現は異なる。ロバート・ブリフォールトが引用している例では、マオリ族やアフリカの女たちは、伝統的に、陣痛のときにうめき声をあげなかったという。*(5) 感情をあらわに表現することが許される文化もあれば、そうでない文化もある。出産のときの行為は、その文化全体の表現の様式を反映するものかも知れない。

　しかし陣痛は、女にとってふしぎに原点となるものだ。母親としてでも、あるいはたんに女としてでも、ほかの痛みにみちた経験をするときの原点ともなる。いずれにせよ、出産のときだけでなく、痛みは女たちをとらえ、自我を剝きだしにさせ、さらに悪いことには女の個性とさえなってしまう。この根元的なものをどう考えたらいいのだろう？　肉体的な痛みを疎外感や不安と区別できるだろうか？　創造的な痛みと破壊的な痛みとがあるのだろうか？　そして女たちの苦しみの原因や性質や期間を、誰が、あるいは何が、決めるのか？　文化や社会によって、それぞれ答えはちがう。しかしどこにいても女は生き、子供を産み、苦しむのだ。

　あの驚嘆すべき、神秘的な哲学者であるシモーヌ・ヴェイユ（一九〇九〜一九四三年）は、苦悩と苦痛とを区別している。苦悩も痛みをもつが成長と理解に発展していき、苦痛はなんの目的もなく、無限に長いあいだ抑圧され、重い石をかついで中庭をいったりきたりさせられるだけの奴隷や強制収容所の囚人の状況だという。痛みは求められるべきものではないと、彼女は繰りかえし、不必要な苦痛に身をまかせることに反対する。しかしどうしても避けられないとき、痛みを有益なことに転換することはできる。痛みを経験するだけの範囲を越えて、人生のさまざまな本質や私たち自身の内にひそむ可能性をつかむことに、変えることができる。しかし、繰りかえし繰りかえし、彼女が苦痛と同等視するのは無力、待っている状態、無関係、惰性、他人の意志で動かされるだけの者の「分断された時間」である。[*6]　この洞察は女の状態の多くの部分、とくに出産という経験に光をあてるものだ。

　ヴェイユが強制収容所について抱くイメージは、真の目的や意義をもつ仕事と対照的な強制労働のイメージでもある。出産は一種の強制労働だった。何世紀ものあいだ、ほとんどの女たちは妊娠を避ける手段をもたず、聖書に書かれたイブの呪いの罰を分娩室で受けた。そしてつぎは、十九世紀になって、「陣痛と出産の痛み」をとりのぞく可能性が、女たちに新たな責め苦を生んだ。意識をなくし、感覚は麻痺し、記憶を失い、完全に受け身となる責め苦である。女たちは麻酔を選ぶことができるようになり、最初の頃に麻酔をかけた多くの女たちにとって、それは意識的な、冒険ともいえる選択だった。しかし心理的にも肉体的にも、痛みを避けるということは危険な作用で、痛みを感じる機能を失うだけでなく、自分自身を失うことにもなる。そして出産の場合、痛みは、陣痛のあいだの感覚がどんなものであろうと無差別にはられるレッテルとなり、個々の女によってちがう複雑な肉体的経験を当然のこととしたり、否定したりするレッテルともなった。

2

父権制のもとでは、出産する女は、苦しむことにこそ目的があると言われた。女が存在する目的はその苦しみにあり、彼女が産もうとしている新しい生命（それが男だったらなおさら）が大切なのであり、彼女自身の価値は産むことにあると言われた。女は生殖の手段で、それがなければ国も町もひろがることができず、家系はとだえ、その繁栄は異国人の手にわたってしまうと言われたとき、女は自分のためでなく、それらの目的のために生き、それらの目的を自分の目的でもあると考えた。妊娠している女は、部族とか国のために戦う兵士を、豪農とかブルジョワの家系を継ぐ者を、彼女の父親の信仰にしたがって僧侶かラビとなる者を、あるいはまた新たな生命を産む母親となる者を、産もうとしていると考えればよかった。この父権制的な目的を与えられた女は、毎年でもみごもるたびに、出産することに自分自身を忘れることができ、痛みや苦しみは、この世における彼女の究極の価値と結びつければすむことだったのだろう。同じように彼女は、妊娠や陣痛が、未来のない生命をもたらすことになることもあると知っていたはずだ。育てられない、あるいは生まれると同時に殺される子供、無駄な生命を産むことになることもあると。

十二世紀になって、西洋にロマンティックな恋愛文化が生まれると、出産をめぐってさらに新たな要素がはいり、さまざまな感情や姿勢がもつれあうようになった。宮廷風恋愛は、習俗としては結婚をきわめて正確にあるがままに財産の取り決めだとみなし、感情や強さや生きるエネルギーなどの真の源は情熱的な愛に、ひそやかで、はかない定めの関係にあると考えた。熱情的に愛しあった男の子供を産むことは、その愛がかけがえのないものであることを示した。この男の子供を産むということは、この愛に明白な仕上げをするということだった。私生児は、平凡で義務的な結婚で生まれた子供よりも情熱の強さをうけついで、とくにバイタリティーにとんでいると信じられた。そして禁じられた恋の表れであるだけでなく、女のからだと恋人とが合体したものだとされた。恋人が彼女を捨てても、運命によって二人が別れることになっても、彼女は彼を「彼の」子供のなかに所有しつづける——子供が息子であれば、とくに。「私生」児を誇らしげに、社会の裁きにもかかわらず、みずから選んでもつことは、逆説的に、女が父権制に抵抗するひとつの方法となった。『緋文字』のなかでヘスター・プリンが、彼女自身の「姦婦」というレッテルを刺繍でかざり、娘のパールにどうどうとつけさせたのは、このような挑戦のジェスチャーだ。それでも子供を産むことは苦痛にみち、危険で、選んだことではなかったかも知れない。しかしそれが、本質的に自分の生理を通じて権利を主張せざるをえなかった女による自己主張の行為に、また目的に変えられたのだった。

複数の、あるいはひとりの必要な人間をつくり、女としての宿命をまっとうしようとする意識からはじまって、二十世紀の多くの女たちがもつ母性にたいする矛盾した感情、あるいは母性の拒否にいたるまで、説明できない感情の糸がめんめんとつづいている。二十世紀の教育ある若い女性が、おそらく自分の母親の一生を見るとき、あるいは女は生まれつき子供を産むよう運命づけられているのだときめつける社会で自主性をもとうと努力するとき、選択は二者択一にしかないと感じるのも無理はない。つまり、母性か個性か、母性か創造性か、母性か自由かの二者択一である。ドリス・レッシング（一九一九〜二〇一三年。作家）のヒロイン、マーサ・クエストは……

……すべてをきわめてはっきりと見ていた。若い女なら誰でも最初の子供について考える「赤ちゃんをもつ」というあの言葉は、真実をかくす仮面以外の何ものでもなかった。それは腕に無力な幼児を抱いた聖女マリアのようによそおったイメージだった。それほど魅力的なものはなかった。目に見えなかったのは、誰もが見えないように図っていたのは、二人も三人もの平凡で退屈な小市民をつくる以外、何もしてこなかった中年の女

――の姿だった――世界はそういう小市民ですでにみちあふれているというのに。*(7)――

世界がすでに「みちあふれて」いるからだけでなく、マーサは子供をそれ自体で完結しているものだという概念に抵抗する。彼女は「母性」という感傷的なイメージの向こう側に、母親として定義される女の生涯を、苦々しい明瞭さで見てしまう。「最高の経験」のかわりに、彼女が見てとるのは継続する状況だ。創造的な女にとっては、貧しい生活をしている女にとってと同じように、子供は災難として、「内なる敵」として考えられることもある。コーラ・サンデルの『アルベルタと自由』のなかで、貧乏を余儀なくされている若い女性作家アルベルタが恋人の子供をみごもる。彼女はそのことを、やはりアーティストの友人リーゼルに打ち明ける。

――――――――

「今日やっと、なんとか仕事をやっていかれるって思ったのに」と彼女はなかば自分にいい聞かせるように言った。「とっても書きたくなったの、前とは全然ちがうスタイルで」

「そう」リーゼルは手で払うような仕種をした。「なにかやりとげられそうになると思うと、必ずそうなのよ。必ず邪魔がはいるのよ……」

――――――――

しかし、本能的にでも、精神的にでも、状況を変えてでも、ともかく、その災難に身を処する必要がある。アルベルタは町中で子供たちをつれている母親に注目しはじめる。

ほかに面倒をみてくれる人はいないので、母親たちは朝から晩まで子供にしばられ、その無邪気な荷物のためにほかのすべてを忘れ、すべてを犠牲にするよう強いられていた。アルベルタは抵抗を感じて、こう思った。私はまだ自分のことも何もはじめられないでいるし、まだ何もやれていない。それなのにほかの誰かのことを考えはじめなくてはならないの？　ほかのほうは見ることもできないの？　同時に彼女は、それらの荷物がどんなふうな服装をして、どんなふうにつれて歩かされているのか気にしている自分自身に驚き、本能的に、すっぽりと包まれた小さな顔をひとめ見ようとするのだった……

最後に彼女は、巡回展のテントのなかで子供づれのアフリカの女を見かける。その母親はアルベルタが妊娠しているのに気がついて微笑をうかべ、無言のまま彼女にうなずく。

自分が母親になろうとしていることを、彼女は初めて冷たさも拒絶反応もなく、感じとった。近づきつつある敵は、彼女だけを頼りにする小さなはだかの子供だった。それにたいするとめどもない思いがどっと彼女の心と目に押し寄せてきた……*(8)

この自己防御と母親としての感情とのあいだの葛藤の深さは、最初の苦悩として経験されるものだ。私はそれを経験した。しかもこれは子供を産む苦痛にはいらない程度のものなのだ。最後に、自分自身の母親を破壊的な力として経験したことのある女は——そう責めたことが正しくても正しくなくても——自分もまた母親になることで破壊的になるのかもしれないという可能性を恐れることがある。いずれにしても、妊娠している女の母親は、よくもわるくも、生きていようと死んでいようと、分娩室のなかの強力な亡霊である。

3

世界じゅうのどこででも、妊娠や出産を見るまわりの態度はかなり厳しい。[*(9)] 妊娠している女が当たり前の状態として受けとめられるところはない。夫の性的能力が十分だったことを示すものとして見られることがある。収穫や男たちにとって邪魔なものとして、よこしまな目や悪い影響にさらされやすいものとして、見られることがある。厄介なものとして、治療する力にとりつかれたものとして、見られることがある。[*(10)] このような態度は出産そのもので頂点に達する。正常出産がどういうものであるかという資料や、さまざまな社会において正常分娩のときに母親が実際にどうふるまうかについての記録が不足しているのは、ごく最近まで、女が女の習性を観察することが少なく、異常分娩で男（それも医者、魔術者、僧など）が処置することを許されたとき以外、男の人類学者たちはふつう出産の場に立ちあうことができなかったという事実によるものだ。[*11]

しかし、あらゆる文化体系において、出産する女たちが共通してもつ感情的な反応がある。

ごく初期に「自然」出産を唱えたグラントリー・ディック＝リード（一八九〇〜一九五九年）は、出産に際して不安、緊張、苦痛という動きが一様であることをみつけた。そのなかでは不安がもっとも強い。最初の子供を産む女はまず、未知のことへの不安でいっぱいになる。それまでずっと「いかに女が苦しむか」という話を何度も聞いている。出産に立ちあい、自分の目で見たこともあるかもしれない。とりわけ、自分のからだに強力な、意志とは関係なく収縮する感覚があり、それは何かにとりつかれたような感じだ。過去において、女たちがこの感覚を「収縮」だとはっきり説明されたことは一度もなかった。産婆、外科医、僧、母親たちは、誰もがこれを「痛み」だと言っていた。罰だとさえ言った。機能や肉体にあらわれる過程を具体的に認識するかわりに、女はたんに痛みに冒されていると考えているのかもしれないのだ。[*12]女は苦しむものだと教えこまれてきただけでなく、その過程がはっきりわからないことが、いっそう不安をかきたてる。前述したフリードマンとファーガソンの出産の研究では、苦しむことの不安は「不具になることや死ぬことについての経験的な知識に」由来し、怪物を産むのではないかという恐れもあったという結論を出している。死への恐怖は未知への恐怖と切りはなせない。

多くの文化体系で、妊娠しているあいだもそうだが陣痛で苦しむ女はとくに、悪意あるオカルトの犠牲になりやすいと信じられている。このことと密接な関係にあるのが、出産は病気だと考えることだ。ナイルズ・ニュートンは、パナマのキューナ族を例としてひいている。彼らは「出産をまったく異常なこととみなし、母親は妊娠中、薬師のもとへ日参して薬をもらい、陣痛になると、ずっと投薬をうける」。同じように、アメリカでも、病院での出産はしばしば手術として扱われ、つねに医者が診る。

出産をけがれたものだとする考えもひろくある。インドの村の産婆はふつう、最下層の「不可触賤民」で、ある地方では母親も出産中と産後十日間は「不可触賤民」だと考えられる。同じようにベトナムの女たちは、ほかの人々に不幸をもたらさないために、産後かなり長いあいだ隔離されるという報告がある（一九五一年）。アラペシュの女たちは「排泄用の場所や月経中にはいる小屋、豚小屋」などで出産する。出産後の女を清める儀式は、ユダヤ人、クリスチャン、アラブ人などのほか、コーカサスから南アフリカまでひろく見られる。ニュートンは、（月経のタブーと同じように）産後の「けがれ」は、少なくとも母親を日常の仕事から解放し、母親が赤ん坊との新しい関係を誰にも邪魔されずこころゆくまで楽しむ機会をつくるかもしれないと言う。しかし実際にはそうであっても、そういう犠牲を強要するのはやはり女の肉体への嫌悪である。そして肉体的な自己嫌悪や自分自身のからだについての疑問は、強烈な肉体的経験をするときにもつ気持ちとしては、心地よいものではない。*(13)

最後に、性的罪悪感の痛みがある。文化体系によっては、陣痛がはじまった女に姦通の告白を強要する。*(14) 妊娠や出産が性行為の結果を意味するため、女に妊娠を恥ずかしいものだと思わせ、そのうえ、分娩室で生身をさらすことに罪の意識までもたせる。怪物を産むのではないかという恐れは、シェイラ・キッチンジャー（一九二九〜二〇一五年。自然分娩活動家）が言うように、「深く根をおろした罪の意識の具現化」と関係がある。「少女は、自分のからだのなかから恐ろしい物、つまり彼女自身の悪の生きた証拠を産みだすことによって、自分を罰し、自分の罪を償いたいと願う」*[15]。繰りかえすが、女のなかの性的な罪の意識と肉体的けがれとは切りはなせないもので、世界じゅうのどこの女にとっても、大きな緊張となっている。

　このような否定的な姿勢は、学問のある文化にも、ない文化にも見られ、心身ともに出産を試練とする。女のからだを魔術的な、悪に屈しやすく、悪を発散しやすいもの——つまり不潔で、罪を具現するものとする見方は、深く、ひろくいきわたっている。こういうことを女も心の内深く信じこんでいて、それが無知であることと同じように出産の過程と女とのかかわりに影響を与え、明白な危険を冒させることになっている。現在の西洋文化もこれらの姿勢を多く踏襲しており、それなりに特殊なかたちで出産の過程から女を疎外する結果を生んでいる。

4

　学問のあるなしにかかわらず、いかなる文化体系にあっても、出産の痛みへの恐れは語りつたえや逸話からきているのかもしれない（事実そういうことが多い）。文字に記すことがそれをさらに強調する。十二、三歳の頃、私はいくつかの小説のなかで人が生まれるところを書いた部分を何度も読みかえして、実際にどういうことが起こるのか想像してみた。私にそういうことをはっきり教えてくれる出産の写真類はなかった。けれども愛読書『アンナ・カレーニナ』で、私はキティ・レーヴィンの陣痛をその夫が見ている箇所を見つけた。

……汗ばんだ額に髪がまとわりついた、キティの上気した、苦しみに疲れた顔は、夫のほうへ向けられて、彼の視線を求めていた……

彼女は早口にしゃべって、ほほえんでみせようとした。けれども急にその顔が痛そうにゆがんで、彼女は夫をおしのけた。

「ああ、つらいわ！　死にそうよ……死ぬわ！　あっちへ行って、あっちへ行って！」

彼女は叫んだ。そしてまたさっきと同じ、この世のものとも思えない叫び声が家じゅうに響いた……

彼は隣の部屋に立ったまま、戸口の柱に頭をもたせかけて、これまで聞いたこともない何者かの叫びと呻きを聞いていた。そしてそれがかつてキティだった者の声だということも知っていた……

われを忘れて、彼はまた寝室へ駆けこんだ。彼が最初に見たのは、前よりも厳しい表情を浮かべている産婆の顔だった。キティの顔は見えなかった。さっきまでキティがいたところには何か恐ろしいものがあった――緊張した醜さといい、そこから発せられる響きといい、恐ろしいものだった……恐ろしい叫び声はたえまなく、つぎつぎとおしよせ、やがて恐怖の頂点にまで達したかのように、とつぜんぴたりと止まった……そして彼の耳に静かなざわめきと、布がすれあう音と、あわただしい息づかいが聞こえた。そして彼女の声が、口ごもりながらもいきいきとした優しい幸せにみちた声が、ささやいた。

「すんだわ！」[*16]

『戦争と平和』のなかのリズ皇女の場合は、それほど幸せなものではなかった。

……叫びはやみ、さらに数分が過ぎた。それからとつぜん、恐ろしい悲鳴が寝室から聞こえた――彼女のはずはない、あんなふうに悲鳴をあげることはできないから。アンドリュー皇子は戸口へかけよった。叫びはやみ、赤ん坊が泣く声が聞こえた。

……女がひとり走りでてきて、アンドリュー皇子を見て立ちどまり、入口でためらった。彼は妻の部屋にはいっていった。妻は死んで、横たわっていた。五分前に彼が見た通りの、同じ姿勢だった[*17]……

これらの文章は、もちろん、男によって創作されたものであり、父親としての意識で書かれている。

私は自分が「人生の真実」に目ざめた女であるかのように思っていた。私の母は、友人の多くの母親たちとちがって、まったくヒステリックになどならずに普通の言葉で性行為や妊娠について説明してくれていた。それでも私にとって出産の過程は謎だらけだった。私は、痛みは赤ん坊の頭を膣の狭い口から押しだそうとするから起こるに決まっていると想像した。そんなことをして痛くないはずがあるだろうか？「鉗子」を使う出産について聞いたこともあり、巨大な道具が母親を切り裂いて、子供のからだをつかみだすのを想像した。しかし子供が生まれたとたんに痛みがなくなるのは、どうしてなのだろうか？　それにどうしてリズがあそこで「五分前に彼が見た通りの姿勢で」死んでしまうなどということがありうるのだろう？　何が彼女を殺したのか？　いったい何がとつぜん起こったというのだろう？　そして陣痛の苦しみに耐える女たちがどう変わるか、トルストイの語り口には恐ろしいものがあった。「かつてキティだった者から発せられる響き」……「恐ろしい悲鳴——彼女のはずはない、あんなふうに悲鳴をあげることはできないから」。つまり痛みにとりつかれ、人間が人間でなくなることがあるのだ。

いろいろな小説（パール・バックの『大地』もそのひとつだった）のなかの出産の描写——めったにないが——以外では、私は自分が生まれてくるには長い時間がかかって、母はそれを耐えたことで「英雄」となったことを知っていた。父の書斎で私は、私が生まれるのに立ちあった産科医のウィリアムズが書いた『産科学』という厚い暗赤色の本を盗み見した。そのどこにも子供を産んでいる母親の顔の写真はなかった。あったのは会陰、産道を開けるための切開、私自身のものと似ているような、いないような赤ん坊の頭部によって信じられないほどひろげられた下肢の部分だった。多くの若い女の子たちと同じように、私は自分のからだがそんな激変に耐えるようにできているとは、ただ信じられなかった。

ディック＝リードは、多くの女たちが、自分は痛さからではなく痛さへの恐れから叫ぶと言い、未知への恐怖から逃れるために眠らせてほしいと頼んだと言っている。何世紀ものあいだ、とくに産褥熱が信じられていた長いあいだ、死ぬという幻想があったことは、文字通り、論争の余地のない統計的事実となっている。しかし、母親の死亡率が低い地域や時代にあっても、子供を産むときに自分自身が死ぬかも知れないという幻想を女がもつことは、暗示として正確でもあった。父権制のもとでは、典型的に、母親の生命が子供とひきかえになった。別個の存在としての母親は、自分が産む子供と対決する運命にあるようだ。「良い母親」（苦しいことや怒りを抑えることと暗黙に結びついている）の自己否定的で自己破壊的な役割は、かつては自分自身のための希望、期待、夢をもっていた女や少女の「死」を意味するものだ。とくにそれらの希望や夢がかなえられないままであったときは、なおさらそうである。貧しい女や経済的に自分ひとりでやっていかなくてはならない女にとって、子供が生まれることは、生きのびていくだけのための闘いに新たな責任が加わるのだから、ちがう種類の死を意味することもありうる。

非常に重要だと思われる別種の恐れがある。変化への、変形への、未知への恐れだ。妊娠はそれまでの自分をなくすこととして経験される場合もある。あるヨーロッパの女性が日記にこう書いている。

鏡のなかの私の顔は見知らぬ顔に見えた。私の性格も変わってしまった。それまで経験したことのない子供のように激しい欲望が、子供のような好き嫌いが私をおそった。私は冷たいほど論理的に考えるたちなのに、あの頃、私の理性はぼやけて、どこかへいってしまい、何もできなくなり、泣いてばかりいた。それも私らしくもなく、子供のように泣いていた。私は支離滅裂になり、心がゆれ動いた。自分の意志でそういうゆれる思いをコントロールできたのだろうか？　できたはずだとも思い、とても自分の力のおよぶかぎりではなかったとも思う。私は何もコントロールできなかった。私が私ではなかった。それも男も経験するような短い歓喜の一瞬ではなく、静かに油断なく過ごした九ヵ月ものあいだつづいたのだ……そして子供が生まれた。もはや私自身ではない声が叫ぶのを私は聞いた。*(18)

もちろん、自分を「冷たいほど論理的」だと感じているこの女性が思ったように、すべての女

が妊娠を「押しつけられたもの」だとか「異質なもの」だと感じるわけではない。彼女についていえば、もっとも異質で未知のことに思えたのは、彼女自身のある部分が埋もれてしまったり否定されたことだったのだろう。しかし妊娠や出産は、どの母親の生活にも非常に大きな変化を強いる。生まれてすぐ子供を養子に出さざるをえない女でも、月満ちて出産する過程で、取りかえすことのできない肉体的、精神的変化を経なければならない。母親としての役目をつづける女は、もっとも深いところで、そしてまたもっとも小さなところでも、自分の生活のリズムや優先順位がすっかり変わることを知る。長いあいだ子供を待ちのぞんでいた女は、いろいろ想像して母親となることを期待する。けれどもそういう女でも、よく知っていることから見知らぬ初めてのことへ移らなければならず、それは決して簡単なことではないのだ。

5

男の治療者が鉗子を独占したことは、男だけの医学体制に新たに出産を加えることを決定的にした。一八四二年、ジョージア州の医者がエーテル吸入で痛みをとりさることができるのを発見した。エーテルと亜酸化窒素が急速に歯科にとりいれられた。そしてまもなくオリヴァー・ウェンデル・ホームズが提案した「麻酔」（アネスシージア）という言葉がひろく使われるようになった。一八四七年、スコットランドのジェームズ・シンプソンは出産のときにエーテルを使い、意識がなくとも子宮の収縮はつづくことを示し、ひきつづき陣痛の痛みをとりのぞくのにクロロフォルムを使う実験をおこなった。聖書にもとづく激しい反対が起こった。聖職者たちは麻酔を、「女たちを祝福するために自らを差しだしたサタンの策略であり、やがてそれは社会を硬化させ、困難なときに助けを求める深い真摯な叫びを神から奪うことになるだろう」[*19]と攻撃した。イブの呪いをとりのぞくことは、出産のときに女たちがあげる叫びを父なる神の栄光を称えるものだとする父権制的信仰の基盤を脅かすかに見えた。女たちの苦しみを軽くすることは、社会を「硬化させる」ものだと見られた。あたかも女は「悲しみの聖母」――聖母マリアによって要約される永遠に苦しみ、哀願する母親――でなければ、あとはただ、男を見つめて石に変えるメドゥーサでしかありえないかのように。

この考え方はいまも中絶に反対するレトリックに表現され、一般的にフェミニズムのどんな問題もこれで片づけられる。メアリ・ウルストンクラフトが産後の恐ろしい敗血症で死んだ後、リチャード・ポルヘール卿は「彼女は、女の宿命と、ふしぎに女がかかりやすい病気を示すことによって、男と女のちがいをはっきり示しながら死んでいった」[*20]と満足げに言った。

女らしさを苦しみで特徴づけることは――男によってだけでなく女からも[*21]――母親としての女という概念と結びついていた。女の受動的な苦しみを避けられないものだとする考えは、歴史上、多くのかたちで表れている。イブや聖母マリアもそうであるが、ほかにもヘレーネ・ドイチュ（一八八四～一九八二年。精神医学者）が受け身とマゾヒズムを「正常な」女らしさと結びつけたこともそうだ。中世の女は子供を産むたびにイブが犯した罪を贖っているのだと考えていたとして、十九世紀の中流階級の女は、家のなかの天使、殉教者を演じて、その女らしさを陣痛で苦しむ辛さによって示していたのだろう。オリヴァー・ウェンデル・ホームズはあるレトリックを示してくれている。

母になろうとしている女、あるいは胸に生まれたばかりの幼な子を抱いている女は、どこでその優しい重荷を担っていようと、あるいは痛む手足をのばしていようと、おののく愛情と思いやりの対象であるべきだ。街角の浮浪者ですら、堕落して女を売る者にも約束された母性のしるしがおされていれば、同情する。法の仮借ない罰も……慈悲を求める女のつかのまの願いをこめた言葉には、思いとどまる。祈禱書のおごそかな祈りは人生のたびかさなる試練から女の悲しみを選びだし、危険なときにある女のために嘆願する。*(22)

女の人生の価値は、妊娠しているか、子供を産んだばかりかどうかによるのが普通だった。母親になることを拒む女は、たんに感情的に疑わしく見られるだけでなく、危険な存在でもある。そういう女たちは種の存続を拒むだけではない。母親の苦しみという情感に訴えるものを社会から奪うことになる。一九二〇年代になってもまだ、「女が出産のときに耐える苦しみは、自分の子供に抱く愛情のうち、もっとも強いものだ*(23)」と考えられた。

だからヴィクトリア女王が一八五三年に七番目の子供を産むときに、クロロフォルムによる麻酔をうけたことはラディカルな行為だった。女王の統治のなかで唯一の本当にラディカルな行為だった。そうすることによって女王は聖職権と父権の伝統、それらの女性観のすべてに反対したのだから。女王の影響と威光は強く、その決心が産科で麻酔を受け入れる道を開くことになった。

女のからだが以前にましてタブーとなり、神秘的で、「悩みと不調」を疑われ、愚かな想像をかきたてるもととなったのも、ヴィクトリア朝のことだった。男の婦人科の権威たちは、女のどんな性的反応も病的にとらえ、中流、上流階級の女たちは「女は弱いという神話」にとりつかれた。教育は女の生殖機能を退化させると考えられ、婦人参政権は「州ごとに精神病院を……町ごとに離婚裁判所を」建てるようなものだと考えられた。陰核摘出術や卵巣摘出術が、「憂鬱症」とか「自殺未遂」とか「色情的傾向」などの行為を治すものとして女たちにほどこされた。ヴィクトリア時代のイギリスやアメリカで上流階級の女たちにたいして示された見かけだけの「敬意」は、ほとんどが淑女ぶりを誇張させるためだった。*(24) 陣痛がはじまると、妊婦は仰向けの姿勢で寝かされ、クロロフォルムをかがされて完全に受け身の姿勢になり、それを産科医がまるでマネキンを扱うように処置した。分娩室は手術用の階段教室（劇場）で、出産は医者が主人公の医学劇だった。

二十世紀初めになると、とくに出産のための麻酔が各種つくりだされた。モルヒネとスコポラミンを合わせた「トワイライト・スリープ」は、やがて赤ん坊に有毒であることがわかるまで、ひろく使われた。ソディウム・アミトールとネンブタルは、部分的に鈍痛にするだけで記憶喪失を起こすことがわかった。ネンブタルについてシルヴィア・プラス（一九三二～一九六三年。詩人）の『ベル・ジャー』のヒロインは苦々しくこう言う。「いかにも男がつくりそうな薬の名前だと思ったわ」*(25)。下半身麻酔が発達すると、腰から下が麻痺していても妊婦は意識があり、赤ん坊が生まれるのを見ることができるようになった。シュペルトとガットマッヒャーは、共著『産科実技』のなかで、下半身麻酔は「子宮の緩慢と……母親による自発的ないきみの努力の欠如」をもたらすことによって、陣痛の後半段階をひきのばし、そのため、さもなければ子供はもっとすみやかに道具など使わなくても生まれたところを、鉗子を使うことが必要になったと認めている。（医者が経験不足であれば、とりかえしのつかない損傷を与えられることもあるのは言うまでもない。）

心臓病だったり、結核だったり、以前に帝王切開をしているので母親に力を入れさせないという理由で麻酔が使われる有効な面もある。*(26) しかし女たちはいま、健康な母親が出産中に意識をもちながら産むことに積極的に参加するのを拒まれるとき、その半ば無力になるという状態がどんな精神的影響をもたらすのか、疑問に感じている。女を束縛するために、これほどひどい状態を考えることはできないだろう。この世にまさに新しい生命をもたらそうとしているその瞬間に、寝かされ、仰向けにされ、薬をかがされ、手首をひもで縛りつけられ、脚は大きくひろげられているのだ。「性の自由」と同じように、この「痛みからの解放」は、女自身のものであるからだがもつ可能性から心を切りはなし、女を肉体的に男のほしいままにする。女の従属的な立場はま

ったく変わらないのに、それが進歩だと喧伝されている。*(27)

6

一九四〇年代にディック＝リードは、痛みの感覚は不安や緊張から起こると考え、母親になろうとする女たちに、くつろいで正しく呼吸し、出産の過程のそれぞれの段階を理解し、運動をして筋肉のコントロールをするよう訓練をはじめた。ディック＝リードはまた、出産するまでずっと、落ち着いた頼りになる介助者、とくに産科医につきそわせることを強調した。産科医は、外科医として不必要に介入したり分娩を早めたりするよりも、信頼感と安心感を与えるように行動することを期待された。彼は麻酔をいつでも使用できるように準備はしておくが、決して了解なく女のからだに使ったり、機械的に処方したりしなかった。ディック＝リードの仕事は新しい道を開くものとなり、その診断の多くはいまも有効である。しかし、彼の女にたいする基本姿勢は父権制的である。新しい生命をもたらす女の能力には純粋に畏敬の念を示しながら、「女には生来の依存性があり」、そのため自然に医者に依存すると書いている。そして出産の過程はおのずから「恍惚とした」ものだと考える。「生物学的に、母親になることが女の願望である」という。「変化することが女の特性であり、出産のときほどそれが明白なことはない」と書く。彼の考えでは、出産は女の名誉であり、人生の目的であり、最高の経験だ。不安をとりのぞき、恍惚感を強めれば、出産は「自然に」おこなわれる——つまり事実上、痛みなしに。しかしその状況を支配するのは、やはり男の産科医だ。*(28)

一九三〇年代、四〇年代に、ソ連の産科医たちが出産にパブロフの条件反射理論を応用しはじめた。催眠中や催眠後の状態のときに出産させることがロシアで成功すると、「暗示」を強調するようになり、それが最初の胎児期の訓練の基礎となった。つまり、妊娠中に「複雑な一連の条件反射を与えておくと、それが分娩のときに応用できる。妊娠している女は、子供が読み書きや水泳を習うように、子供を産むことを習う」。痛みへの条件づくりが変わって新しい反射作用が確立した。その方法は「言葉による無痛」と言われる。*(29) パブロフがこう述べていたものだ。

……人間にとって、話すことはほかの刺激と同じように現実的な条件刺激を与える……話すことは、その大人のそれまでの生活すべてを示すもので、内面および外面の双方の刺激と結びつき、その人間の外見にまで影響をおよぼす。内面と外面双方を伝え、その双方にとってかわる。それゆえに通常は実際の刺激によって決定されるようないかなる機能的反応でも起こさせることが可能だ。*(30)

一九五一年、フランスの医者フェルナン・ラマーズ（一八九一〜一九五七年）は、「精神予防法」をとりいれているソ連の産科クリニックを訪れたのち、彼の指導下にある冶金学者組合員のための産科医院を通じてその方法を西洋に紹介した。ラマーズは、ディック＝リードよりもはるかに、陣痛のあらゆる段階で母親の積極的な参加を強調し、それぞれの段階に合わせて正確に調整した呼吸練習をあみだした。ディック＝リードが第二期で「ぼんやりとした意識」をすすめるところで、ラマーズは母親にきちんと目をさまして意識をもたせるようにし、介助者の、あえぐ、いきむ、息を吐きだすといった言葉による指示に応えさせるようにした。しかしスザンヌ・アームズは、ラマーズ法には「女がからだの奥底深くから感じる自然の出産の経験をまったく変えて、気を散らすように調整してしまうという、不幸な副作用がある」と言う。「からだを軍隊のようにコントロール」されることによって、女は「子供を産む自分のからだを見たり、においをかいだりする感覚から切りはなされる。あまりに深くコントロールに……身をまかせて……」*(31)。

イギリスのシェイラ・キッチンジャーの「性心理」法は、もっとひろく女の全存在の文脈として出産という概念をとりいれている。彼女が強調するのは、女は「自分のからだと自分の本能を信頼すること」を学び、分娩にいたる複雑な感情のあやを理解しなければならないことだ。もし母親が「自分を律し、自分をコントロールし、選び、みずから決定し、医者や看護婦と積極的に協力する」力を保つつもりなら、心身両面から出産について学ぶべきだと主張し、出産は産婆に助けられて家でするほうがよいと強くすすめている。

五人の子供の母親としてキッチンジャーは、きっぱりと「陣痛は本当に痛む」と言う。しかしまた、分娩するときに膣が開く感覚的な経験について、痛みがなくはないが、力強く、しばしば爽快なものとして語っている。彼女の女の実態の把握の仕方は、ディック＝リードやラマーズよりはるかにひろいが、予測された出産について書いているほかの人々と同じように、彼女も子供は結婚した夫婦にのみ生まれてくると考えていて、夫は必ず現存し、感情的に頼れるものとして分娩室に必ずいてほしい存在だとしている。そして「子供を産む経験は、女の一生の中心となるべきこと」[*32]だと躊躇することなく言う。

アメリカでは、最近、ディック＝リード、ラマーズ、キッチンジャーの方法をさまざまに組みあわせてとりいれることがひろくおこなわれている。男の産科医や人をないがしろにする病院から離れ、産婆による出産を見なおすことが、「私たちのからだを取りもどそう」といった女の健康管理運動の重要な課題となってきた。六〇年代末に、家での出産をすすめる本が少し出はじめた。若くて美しい妊婦が、裸だったり花模様のドレスを着たりして、地方のコミューンで、ヒッピーふうの土に生きる母といったロマンティシズムをもりあげた華やかな写真で飾られた本だ。出産する多くの女たちが直面する状況——貧困、栄養不足、子供の父親から見すてられる、出産前の世話が不十分、など——は、これらの本では無視されている（ここでもたいてい、若い熱心な父親が出産に立ちあっている）。「予測された」出産も「自然の」出産も、アメリカでは中流階級の現象だった。しかし改革運動者たちも、女の一生の本流は出産の経験と関係があるのではないかと考えている。フランスの産科医ピエール・ヴェレイはこう言う。「正常出産の場合（正常な骨盤があり、体格がよく、心身ともに良い状態にあるとき）、その直前に家族にも金銭面でも社会的にも心配がなければ、痛まずに子供を産むことができる……部屋数が十分ある心地よい家と財政的余裕があり、将来になんの不安もないことが、女が子供を産む最高の状況である」[*33]。ラマーズもこう認めている。「家族にもうひとり子供がふえることは、家が狭かったり父親の収入が十分でない場合、本当に悩みのたねとなる……自分の将来に雲がかかっていれば、母親が子供の将来について憂鬱になるのは当然だ」。シュラミス・ファイアストーンは現代の婦人運動にかんする初期の理論家だが、「自然の」出産について、総体としての女の解放とほとんど関係のない反動的なカウンターカルチャーであるとして、はっきりと疑問を投げかけている。

ファイアストーンは出産をごく単純に、しばしば父権制のもとでそうあったように犠牲的な経験としてだけ見る。「妊娠は野蛮です」と彼女は断言する。「出産は痛みです」。彼女は生物学的な妊娠や出産が、まったく異なる政治的、感情的背景のもとではどうなるか十分に考慮せずに、この狭くて浅い見解で、生物学的母性を切りすててしまっている。彼女の妊娠にたいする態度（「夫の性的欲望が衰えることへの罪の意識や八ヵ月になって鏡の前で流す女の涙」）は、男性のものだ[*34]。結局、ファイアストーンは技術面に熱心になりすぎて、母性と感受性、痛みと女の疎外感との関係を探ることができていない。

理想的には、もちろん、女がいつ、どこで、どんなふうに、どんな環境で子供を産むか選ぶだけでなく、自然分娩にするか、人工的にするかを選べるのがいいのだろう。理想的には、女がジープで国を横断旅行するとか考古学的な発掘をするために、肉体的にも精神的にも調子をととのえたり、持ち物の準備をしたりするのと同じように、もうひとつの生命を産む過程が自由に、知的にすすめられるのがいいのだろう。けれども私は将来、そういう考えが理想としてすすめられるとは思わないし、実現したいとも思わない。その前に私たちは、イブの呪いがあるという魔術的な考え方や、母親としての女を社会的に犠牲になるべきものと考える、暗いイメージについてもっと調べなければならない。そうしなければ、遅かれ早かれ私たち自身がかかえるさまざまな面が表に出てきて、解決をせまるだろう。

7

一九五五年、五七年、五九年に、私は子供を産んだ。三回とも基本的には正常出産で、通常の麻酔をかけた。最初のときは、妊娠にアレルギー反応を起こし、それが麻疹かと疑われたので、病院にかかったのも正当化されるだろう。けれどもつぎの二回の妊娠のときも、私は同じ産科医のところへいき、最初のときとまったく同じように「眠らされ」た。初めて妊娠した当時、私もそうだが私の知っている女たちが大勢、グラントリー・ディック＝リードの『自然分娩』を読んでいた。私は出産が女にとって恍惚となる快楽の経験だという彼の主張に疑問を感じた。思春期の頃はまったく離れていたからだとまた結びつく長い道程を、私はようやく歩きはじめたところだった。それまで私の心とからだはまったく別のところにあり、肉体的な喜びは、セックスもふくめて、悩みのたねだった。私が知った快楽は、言葉に、音楽に、思想に、風景に、会話に、絵にあった。ディック＝リードの本ですら、私はこの産科医が彼の患者が経験していると信じていることよりも、「自然の」出産に彼自身が感じている喜びのほうに共感できた。彼の論理にはぼんやりと関心があったが、自分自身で試してみようという気にはならなかった。子供とか母性とかいったものはよくわけがわからず、とにかく望ましい目標ではあったので、出産は私にとってなんとかやりとげなくてはならないものに思えていた。

　その頃、そしてその後も、ディック＝リード法の変型で出産したとか、試してみたとかいう女たちと話すと、私はよく申しわけない気持ちになった。「ものすごく痛いの。でもそれだけのことはあった」とか「私の一生でいちばん痛くて、恍惚とした経験だった」などと聞かされた。約束された恍惚感は苦痛そのもので、泣いて麻酔をかけてもらったと言う女たちもいた。意志に反して、分娩台の上で麻酔をかけられた女もいた。当時はいまよりもずっと、分娩の仕方についての女の「選択」は、担当の産科医の選択であることが多かった。しかし、分娩のときに目をさましていた女たちにとっては、実際の肉体的経験よりも耐えた痛みのほうがほめられていいものに感じられたようだ。ときどき私は思うのだが、私が三回とも意識のないまま分娩したことは、自分が女として不適格なのではないかと半ば疑っていたことを示すのではないだろうか。「本当の」母親とは「そのあいだずっと目をさましている」人たちなのだろう。いまにして思えば、私が意識ある状態を拒んだこと（私の医者が認め、実施した）も、私の友人たちが痛みを経験してのりこえ（彼女たちの医者が認め、実施した）喜んだことも、もとは同じことだった。つまり私たちはそれぞれの方法で、受け身で苦しむという女の宿命を受け入れようとしたのだ。私たちの誰も、本当にしっかりと経験を把握してはいなかったのだと思う。自分のからだについて無知のままの私たちは、出産（ほかの多くのこともだが）にかんするかぎり、本質的に十九世紀の女たちと同じだった。（しかし当時のヨーロッパの女たちとちがって、私たちは誰も、家で、産婆の手で、子供を産もうとは夢にも思わなかった。アメリカではそれは辺鄙な地方の貧しい人たちが忍ぶ運命だった。）

私たちは、とにかく、男の医学技術の手中にあった。病院の権力重視の雰囲気、出産を医学的に危急のこととする定義、心とからだの分裂などが、無痛であろうとなかろうと、子供を産む私たちをとりまくものだった。唯一の女の存在は看護婦だったが、彼女たちの訓練され、スケジュールにそった動きには女らしい優しさはなかった。（私が三度目の出産をしたとき、「回復室」で目をさました私の手を若い看護女子学生が握っていてくれて、驚きながらもうれしかったことを思い出す。）ほかの女たちが麻酔のかかった状態でうめいていて、骨盤を調べたり注射を打ちにくる以外は「誰もこない」分娩室で、半ば眠り、半ば目のさめた状態で柵のある小さなベッドに横たわっている経験は、疎外された出産を経験する古典的なスタイルだ。閉じこめられ、なんの力もなく、人格を無視される寂しさ、見すてられた思いは、アメリカの病院で子供を産んだことのある女たちが共通してもつ記憶である。

アメリカだけではない。コーラ・サンデル（一八八〇〜一九七四年。ノルウェーの作家）は、十九世紀末にパリの病院で私生児を産もうとしている女主人公アルベルタの気持ちをつづっている。

彼女は神にも男にも見すてられ、バス・タブのなかで首まで水につかってすわっていた。まるで彼女が十分ひとりで自分の面倒をみられるとでもいうかのように、人々はドアを閉めて出ていってしまった。忘れられてしまったらどうしよう？　ベッドにもどる前にまた痛んだら？　おちこむ気持ちをかかえて、彼女はドアを見つめていた。

ああ、来たわ！　彼女はほっと息をついた。

でもそれはただ手が伸びて、椅子の上においてあった彼女の服をつかみ、かわりに白いガウンのようなものを置いただけで、ドアはまた閉じてしまった。彼女は人を呼んだ。誰もこたえない。彼女は逃げるチャンスのない囚人だった。

これから起ころうとしていることは避けられなかった。外は夜の闇がすっぽりと町をおおっている……遠い、遠い別の世界に、彼女の親しい人たちは住んでいる……その人たちは、彼女にとっては昔の生活にそのままいて、助けてくれることができない。その人たちはまた、彼女が素っ気ない白衣につつまれた人々とぴかぴかのタイルの壁だけの仕かけに閉じこめられて、どんなに辛い、寂しい思いをしているか、思ってもみない。この仕かけは彼女をしっかりとつかまえて、放そうとしてくれない——彼女が姿を変えるまで、ひとりが二人になるまで、それとも――。

さまざまな文化体系における出産について研究している人類学者ブリジット・ジョーダンは、アメリカにおける普通の病院での出産について、こう述べている。[*(35)]

……医学的な観点から母にも子にも最善だということで正当化されている、種々の処置を組みあわせる……ほんのいくつかをあげてみても、薬による陣痛の刺激と誘発、通常の鎮静剤および痛み緩和剤の投薬、どんな精神的援助からも妊婦を遠ざけること、外科処置による破水、通常の会陰側切開術、通常の鉗子分娩、分娩のための仰臥の姿勢、など。

出産は「文化体系にそって演出されるイベント」であり、個々の出産にそれぞれちがった面があるにもかかわらず、アメリカではまったく同じ冷酷な方法が繰りかえされている、とジョーダンは言う。たしかに会陰が裂けるのを防ぐために、切開術がほどこされる。しかし、姿勢としてうずくまったり、出産用の椅子にこしかけたり、ユカタン地方でおこなわれているようにハンモックで支えられたりして出産するときよりも、仰臥の姿勢をとって出産するときのほうが、はるかに会陰は裂けやすい。鉗子による出産も、重力で子供を押しだすことができない仰臥の姿勢の

ときのほうが、たびたび必要となる。*(36)

アルゼンチンの医者トゥッチョ・ペルッシは、仰臥の姿勢では胎児が奥へはいってしまい、胎児を下に押しだす収縮が無駄になって、陣痛を不必要に長引かせると指摘し、出産用の椅子にもどるよう主張している。垂直の姿勢では、重力が自然に収縮とともにはたらく。アルゼンチンのロベルト・カルディロ＝バルシアは、それを簡潔に述べている。「足を上にして吊っておくのでもないかぎり……仰臥の姿勢は、陣痛にも分娩にも最悪の姿勢である」。そのうえ、垂直の分娩は、子宮がからだのなかでもっとも太い静脈（大静脈）にのっているために生じる胎児のための酸素の損失を、最小限にとどめるようだ。産科医たちが出産用椅子を使うことに反対する主な理由は、彼らにとって不便に感じられることにあるらしい。*(37)

アメリカでひろく採用されている陣痛の人工的な誘発は、正常分娩のときよりも強くて長い、陣痛と陣痛とのあいだの弛緩が短い収縮をうながす。そのため痛みを和らげる薬を使用することになる。よくあることだが、医学的な技術の進歩は必ずそのつど人工的な問題をともない、そのための人工的な治療を見つけなければならなくなる。これらの不自然に強く長い収縮は、胎児から酸素を奪うことになり、その一方、鎮痛剤は胎児の呼吸作用を阻害する。*(38) もしアメリカでの陣痛の誘発が医学的に必要なときにのみおこなわれるとしたら、出産の約三パーセントしか誘発に頼らなくていい。事実、少なくとも五件に一件の出産が、医者の都合で、なんの生理学上の正当性もなく薬で誘発されたり、薬の刺激を受けたりしている。*(39)

スウェーデンやユカタン地方のように別の文化体系のところでは、女が自分の出産にかんする決定に加わる。ユカタン地方の産婆は、「女は誰でも自分なりのやり方を見つけなければいけない。その決定がどうあろうと、それを助けるのが産婆の仕事だ」[*(40)]と強調する。出産が痛みをともなわないというわけではない。しかし無意味な痛みは避けられるし、出産は「医学上のこと」として扱われず、ひとりひとりの女の性格や体格が信頼され、尊重される。

三十年前、マーガレット・ミードは、『男と女』のなかで、アメリカの病院の産科医たちがひとりの人間の人生の最初の数時間に母子双方に与える暴行について、書いた。[*(41)]一九七二年には国際出産教育協会のドリス・ヘイルが「出産の文化的ひずみ」にかんする報告を出した。そのなかで彼女は、一九七一年と七二年に、先進十六ヵ国のなかでは、アメリカが最高の幼児死亡率（生後一年未満の一千人の幼児のうちで死亡する数）を記録したと指摘した。彼女はまたアメリカの病院の産科で使用されている通常の方法を調査し、それぞれについて記録を調べ、それらを幼児死亡率がとくに低いいくつかの国でとられている処置と比較した。アメリカで通常のこととされている処置のなかで、母子双方に害を与えると彼女が判断したものは、つぎのようになる。

産医学に不都合な情報を外に出さない。
なんの異常もない女もすべて病院で出産させる。
随意に陣痛を誘発する（明瞭な医学上の理由なしに）。

陣痛、分娩のときに母親を家族などの支えから離す。
正常出産の女をベッドにとどめる。
分娩する箇所の毛を剃る。
痛みを止めるために技術的、薬学的方法に医者が頼る。
陣痛の化学的誘発。
医者が来るまで分娩を遅らせる。
分娩の際に母親に仰臥の姿勢をとらせる。
出産にあたり局部あるいは全身麻酔を通常化している。
会陰側切開術の通常化。
母親を生まれたばかりの子供から離す。
母親の最初の授乳を遅らせる。*(42)

ヘイル、シェイラ・キッチンジャー、スザンヌ・アームズたちは、出産の過程をひとりの女の全人生にしっかりと組みこまれた、ひとつの連続したものであると強調して書いてきた。本流から切りはなされたドラマのひとつでもなければ、母親が自分のからだをまったくコントロールできないために他人の手にゆだねる、とつぜんの危機でもない。もちろん出産の途中で本当に医学上の危機が起こることはありうる。しかし分娩そのものは病気でも外科手術でもない。また母と子は、二つのからだに分かれてすぐ、別個の二人として扱われたり、ひとつの建物のなかの別々の場所で、別々の看護人たちに世話されるべきではない。母子はまだひとつに結ばれているべきもので、片方ずつをどんなに手厚く扱っても、二人は一緒でなければ完全ではない。母子の絆の根は、子供が生まれて最初の数時間、数日のふれあいの程度によるかもしれないのだ。

まだ母親の胎盤と（切りはなされていないへその緒で）つながったまま、母親の腹の上に直接おかれた赤ん坊は、乳首を見つけ、初めてそれを吸うという行為をはじめる。乳首をなめられただけで母親の乳房の神経はぴんとはりつめ、赤ん坊が無事に生まれたと子宮に知らせる。子宮は即座に反応してちぢみ、胎盤を出しはじめる。そのあいだにも赤ん坊の吸う行為はその呼吸を刺激し、熱を生む。なにより大切なのは、生まれたばかりの赤ん坊が母親のあたたかなからだに直接触れて安らぎを感じることだ。この確かな瞬間こそ、赤ん坊がこの世に生まれて初めて知るものとなる。*(43)

スザンヌ・アームズは、妊娠、分娩、産後の全過程の神秘性をとりのぞき、改めて人間らしい、女らしいものにしようと提案している。もちろん彼女は、病院だけが出産の痛みをつくりだすと言っているわけではない。しかし病院が、陣痛がはじまった女の緊張を高めるだけの慌ただしいものものしさをもち、「病気や不調」を連想させると指摘する。しかし陣痛が必ず経なければな

らない「通過点」があって、それは子宮の頸部が完全にひろがる第一期と、子供が排出されるあいだにくる。陣痛のこの部分の精神的、肉体的緊張についてアームズは明確に記述している。

この時点で女は、エネルギーをすでにほとんど消耗しながら、胎児を外に出しはじめるために残りの力をふたたび奮いおこさなければならない。しかしそのときに前よりももっと激しい収縮に見舞われ、それがあまりに強烈で早いので、つぎつぎに打ちよせる波のように重なってきて、最高潮に達するとどっと砕けてからだじゅうをふるわせる……とつぜん骨身にまで達する吐き気と寒気におそわれて、女は懇願するような目でいちばん近くにいる職権をもった人間を見つめる。その表情は、分娩に立ちあったことのある者には決して忘れられないものだ。ショックと不信にみちた表情は、この瞬間ほど完全につき放され、ひとりでいたことは決してないと告げる。懇願し、すがりつき、嘆願するような叫びが助けを求める。それは未経験のことへの恐怖を示し、「どうにかして！」「がまんできない！」「助けて！」などと、ドラマティックな力をもった言葉となる。昔のクリスチャンの男だったら妻に聖書を読んできかせ、そうして苦しむことが女の運命なのだとさとしたかもしれない。現在の医者たちは苦痛をとめる薬を注射する。しかしそのどちらの反応も責任がない。昔の女が同じ絶望的な表情を産婆に向けたとき、産婆は正しくその懇願を「手を貸して」「支えて」「こういうふうになるものだと言って」と

――解釈した。産科医はそれを「とめて」「何かして」「そうして」という叫びだと読みとる。*(44)――

彼女はこう正しく観察している。「何世紀ものあいだ、恐怖を深くしみこませ、痛みを予想し、男の支配に従ってきたので、母親は、自然出産について数回の講義を受けたり、女性解放の強いかぎ薬をかがせられても、〝女として変わって〟出産に直面することは簡単にはできない」*(45)。出産についてするべきことは、女としての総合的な社会化以外の何ものでもない。

問題は、力をもつか無力のままでいるかのどちらかであり、選択を行使するかどうかである。女の介助をうけて家で、あるいは少なくとも病院ではない産科クリニックで出産することを、女が選べるかどうかだ。自分がどうしたいのか決めるのは、母親の権利の問題だ。現在のアメリカでは、家庭で、プロの産婆の助けで子供を産むことは非常にむずかしく、通常は法で禁じられている。医学体制は妊娠も分娩も一種の病気であると主張している。医者という職業の経済的利益を支えている本当の問題は、母親と出産との関係、つまり歴史的に女が支配される側にいて、生物学とか宿命とかチャンスなどのなすがままになっていた経験にある。出産という経験を変えることは、女と恐怖や無力さとの関係を、自分のからだや自分の子供たちとの関係を変えることである。そこには遠大な精神的、政治的な意味合いが多くふくまれている。

8

出産は、女の一生の全過程の一面にすぎない（おそらく）。自分の母親のからだから生まれて、乳を呑むとか女に抱かれるといった感覚を知る。そしてクリトリスや外陰の快感を初めて知り、からだの成長とともにその力やマスタベーション、月経、自然やほかの人間との肉体的関係をだんだん感じるようになり、他人の肉体による初めてのオーガズムを経験し、それがつづき、懐胎し、妊娠し、初めての子供を抱くときがくる。しかしそのときも、出産を父権制的な考えで一種の生殖作用としてみるのではなく、女の経験の一部として考えれば、全過程のまだほんのひとつの瞬間にしかすぎない。

出産のあとには赤ん坊との肉体的接触と授乳がはじまる。そこに性行為と、排卵と月経の干満と、性欲とがからまってくる。妊娠しているあいだ、骨盤の部分では全体的に動脈と静脈の活動が盛んになり、そのため性的緊張を高めて、オーガズムの頻度と強さを増す。*(46) 妊娠しているとき、組織にホルモンがふえ、それが新しい血管の成長をうながすだけでなく、クリトリスの感応を深め、筋力を強めてオーガズムをもたらしやすくなる。出産した女は生物学的にも生殖器の快感が強まっている。ただしよくあることだが、骨盤の機能が産医術によって傷つけられないかぎり。出産後に初めてオーガズムを経験したり、授乳中に性感が高まる女も多い。フリーダ・フロム＝

ライヒマン（一八八九〜一九五七年。精神科医）、ニールズ・ニュートン、マスターズとジョンソン、そのほか多くの人が、実際に出産しているときに女が経験する性的快感を記録として書いている。母親としての女の性を奪う文化的な力が非常に強いので、出産や授乳中に感じるオーガズムはおそらくごく最近まで、そう感じた女たちによっても否定されていたし、女たちに罪の意識を与えていたにちがいない。しかしニュートンが喚起しているように、「女は……男よりもはるかに変化に富んだ領域に性感をもつ」*[47]。社会学者アリス・ロッシはこう言う。

> 西欧社会の特徴が男の支配によってつくられるという事実が強まれば強まるほど、性的関心と母性との分離は大きくなっていくと思う。女の性的満足感を異性間の性交に限ったのは、男の性にとって好都合だからであり、女と子供にとって、その代価は精神的にも肉体的にもあまり良い関係をもたらさないのではないか。*[48]

父権制における労働の役割分担と力の配分は、苦悩するだけでなく性を感じさせない母親像を要求する。それが純潔そのものの聖母マリアだ。女が性的であることを許されるのは一生のほんのある一時期だけで、成熟した、そしてもちろん年とった女の官能はグロテスクで、脅威的で、不愉快だと考えられてきた。

もし男性文化が母性と性的関心とを真っ二つに分けることがなかったら、もし女が自由に性的関心の示し方や、母性あるいは非母性のあり方を選ぶことができたら、女は本当の性の自治（「性の解放」に対抗するものとして）を確立したかもしれない。母親は、受胎する方法（生物学的に、人工的に、あるいは単性生殖で）、出産する場所、自分の分娩する姿勢を選ぶことができるはずだ。また分娩に立ちあう人を、産婆か医者かどちらか望むほうを、また自分が愛し信頼する男、男女の友人や家族、自分のほかの子供たちなどから選んでいいのだ。望むなら、懐胎してからずっと支えてきてくれた産婆と、自分をたんに好ましく思ってくれる女たちだけの手を借りる、「アマゾン探検隊」でもかまわないではないか。（現在のアメリカの病院では、医者以外に産室、分娩室にはいることを法的に認められているのは夫だけで、血のつながった実の父親にいてほしいと母親が決めても、法で断ることができる[*49]）。

しかし病院から出産を外に出すことは、たんにそれを家とか産科クリニックに移すということではない。出産は孤立してできることではない。もし地域に女なら誰でも行けるセンターがあって、そこで避妊相談、中絶相談、妊娠テスト、産前の注意、陣痛の教室、妊娠と出産にかんするフィルム、婦人科の定期検診、妊娠中の乳児健康診断もふくむ産後のためのセラピストとカウンセラーなどに接触できれば、女たちも受胎から懐胎、分娩、育児という全過程について、母性にかかわるべきものについて、女の人生すべてについて考え、本を読み、話しあうことをはじめられるだろう。そうすれば出産は女の多種多様な性を展開するひとつの局面となるだろう。出産が必ずしも性行為の結果ではなく、女を恐怖や受け身、からだからの分離などから解き放す経験のひとつとなるだろう。

9

私は私自身を産む女である。その精神的な過程にも、元気がなくなり、努力が果てしなくつづくと思える「通過期」があって、精神的にも肉体的にも「骨身にまで達する吐き気と寒気」におそわれるように感じる。そのような時期に助けと支えを求めて医者を訪れる何千という女たちは、痛みをやわらげる薬の消費者にならされてきた。薬は、女を女自身にとって必要な過程から切りはなすという代価で、不安や絶望感を鎮めるものだ。残念ながら、この種の分娩に従事する、訓練された、精神治療の面でも経験のある産婆があまりにも少ない。そして精神産科医、薬奨励者、心理的に仰臥の姿勢に女をしばりつける人々が、いまだに精神療法の分野を支配する。

　助けを求めて叫ぶことと、「治療してもらう」こととのあいだには、ちがいがある。そして、精神的にも、肉体的にも陣痛に耐える女は、「トワイライト・スリープ」や麻酔ではなく、積極的な配慮と支持を要求することを学ぶために、究極の状態と「通過期」の意味を理解しなければならない。出産が——暗示的にも実際にも——女の心と女のからだを男の権威と男の技術にただ受動的にゆだねるという経験でしかないかぎり、ほかのいかなる種類の社会的改革も、私たち女の、自分自身との、権力との、からだの外の世界との関係は、ごく最小の範囲でしか変えることができない。

8

母親と息子、女と男

1

息子たちは母親をこう見ていた——父権制における母親像。支配的で、官能的で、男を誘惑し、悩み、罪の意識にとらわれ、罪をあばく。なめらかな額、大きな胸、貪欲なほら穴。両脚のあいだに蛇、沼の草、あるいは歯。膝の上に弱々しい幼児、あるいは犠牲となった息子。彼女はただひとつの目的のために存在する。息子を産んで、育てること。「彼女がぼくとなんのかかわりもない人生をもつ、たんにひとりの女だったときがあったということが、どうしても信じられなかった」[*(1)]。母親は息子のなかに自分の存在価値を見つける。「母親というものは……息子によって限りない満足を与えられる。それこそ、あらゆる人間関係のなかでもっとも完璧な、二面価値からもっとも解放された関係である」。「母親と息子……の関係は……いかなるエゴイスティックな思惑にも邪魔されない、変わらぬ優しさをあらわす、もっとも純粋な例となっている」[*(2)]。誘惑する母親、彼女と寝ることに憧れる息子、この二人に近親姦のタブーはもっとも強い。イオカステ、ガートルード[*(3)]。父親が娘を、兄が妹をレイプするのは実際によくあるできごとだが、どの文化でも必ずタブーとなったのは[*(4)]、また男たちが書いた文学でもっとも非難にみちた注目をあびたのは、母親と息子の近親姦である。

義理の母親も、通文化として、タブーだった。潜在的に妻と母の両方の代理をする許せない存在。バンクス・アイランダー家の義理の息子は、潮が彼女の足跡を消すまで待ってから彼女を追って海辺へおりていった。ナバホ族は「見てはならない女」という意味で「ドイシニ」とよぶ。ユカタン地方では、彼女に会っただけで男は不能になる。*(5) 息子を人生の荒波からまもって、男らしさを失わせる母親。「いつもママではじまる。ママはぼくを愛した。愛している証拠として、母親がひたすら仕える男の子供におとずれる運命を恐れる証拠として、彼女は子宮のなかにぼくを捉え、押さえ、隠し、押しこもうとした。墓穴までぼくにつきまとうだろう葛藤と矛盾は、まさに子宮のなかではじまった……ぼくは一九四一年九月二十三日に母親の力を押しもどした――ぼくは自由になったのを感じた」。*(6) 父親の横暴に息子が挑むのを助けるべきだった母親は、そのかわりに男の裁きと力の領域に彼を引きわたす。「母は無意識のうちに狩りのときの勢子の役割を果たした。たとえ父の育て方が、何かまったく思いがけないことで、ぼくのなかに挑戦、嫌悪、あるいは憎しみすらかきたてることによって、ぼくを自分の脚で立たせたとしても、母がまたやさしく分別よく話すことによって、それを取り消してくれる……ぼくのために懇願して。そしてぼくはまた、そうでなければ父のためにもぼく自身のためにも訣別していたにちがいない父の軌道に、押しもどされた」。*(7) 母親は子供が生まれてくるのを阻止しようとする。彼女自身が出産をはばむ傷なのだ。「敵は彼女だ。彼女が子供と人生のあいだに立っている。彼女か子供か、どちらかしか生きられない。死をかけた闘いだ……怪物はもう一度押さえこむ……」*(8) 母親は犯人の過去にひそむ。

「ああ、母さん、母さん」と彼は叫んだ！
「おれが死ぬのは、あんたのせいだ
若かったおれが、教えられたこと
そのために今日、処刑される」*(9)

母親は死んだ後も力強く、妖婦のようだ。「母親が子供のために犠牲になって何になろうか――もし死んだ後に彼女の癒されることのなかった魂が子供のもとへもどり、生きているときに果たされるべきだったのに実現できなかった、すべてのことを強要するのであれば」*(10)。そして実際はひとつの連続であるスペクトラムの両端の一方に、ヒンドゥー教の「黒い母親」カリがいる。頭蓋骨の首飾りをつけ、恍惚として牙をむきだし、死んだ夫のからだの上で踊る。そしてもう一方に、ミケランジェロの絹のように白い大理石のピエタがある。膝に抱いた息子の氷のように整った遺体の上に、彼女は無垢のマネキンのような顔をうつむかせる。

どういうわけか母親と息子との関係は死と結びついている。それはたんに、母親（あるいは大人の女なら誰でも）を見ると彼は、どこか心理的な抑圧の向こうに、ほんの小さな点のような、彼女のからだの内部で成長している、弱くて何も見えない肉の塊のような自分の存在を思い出すということだろうか？　自分が何物でもなかったときを思い出して、自分がもはや存在しなくなるときを認めさせられるのだろうか？ たしかに彼は埋葬の場所として、洞穴や墓や女のからだを表す穴をまねた迷宮を選んだ。あるいは英雄神話では揺籃でもある、なかをくりぬいた死の船のこともあった。[12]彼はふたたび女のからだのなかで迷い、また合体し、意識をもつ以前の状態に連れもどされることを恐れて——あるいは憧れて——いるのかもしれない。女を貫くことは、不安にみちた行為である。人間に息づく人格を無視あるいは否定しなければならず、彼女のからだを領地のように征服あるいは所有しなければならず、そうしてもなお、そのからだは彼にとって脅威である。[13]（宇宙飛行士は、古代の戦士のように、地球を去る直前は女との関係を断つ。）彼は性的に魅力のある女と「母親のような」女とを区別しなければならない。[14]それでもロマンティックな性愛ですら死とつながるのが普通である。[15]

母親にたいするこの不安は、さまざまなかたちで否定される。母親を、矛盾なく愛を分かつ家庭の天使であると見なすよう強調することも、そのひとつにすぎない。幼い子供をもつ、離婚したばかりの母親が、彼女が会っている男がこう断言したと私に語った。「子供のいる女がいいんだ——ほかの女より現実性があってね。将来に足場があるというのかな。子供のない女は死んでいるようなもんだ」。自分が話しかけている女を客観視することには、もちろん表面には出さないが、彼女の母性をかきたて、それを利用さえしようとする気持ちが混ざっている。（この男は彼女のアパートに来るといつも、まず冷蔵庫を開けるのだった。）彼は「母親を求めている」と言っては、簡単に割りきりすぎだろう。むしろ彼は、すでにそこにいる母親の前で性欲を主張しようとしたのだ。

しかし子供のない女も、よくもわるくも、母親だろうと思う。成長した男の子にとって、母親はどの女にもひそむものだ。ライナー・マリア・リルケ（一八七五〜一九二六年。詩人）の『ドゥイノの悲歌　第三編』ほどこのことをはっきりと描きだした文学はほかにないだろう。そこで彼は「メーチヒェン」、つまり若い女、「恋人」に、彼女が現れるまで彼の意識のなかにあったすべて、彼にとって彼女が意味することすべてを伝えようとして語りかける。そうしながら彼は、男が母親というものについて「はるか昔から」どう理解しているのか、男の精神の風景画を描いてみせる。（若い娘はほとんどすぐに母親と混同される。）

しかし彼が自分ではじめたことがあっただろうか？
母よ、小さい彼をつくったのはあなただ、彼を旅立たせたのはあなただ
彼はあなたにとって新しいもの、あなたは彼の新しい目をのぞきこんだ
あたたかさにみちた世界、厳しいものを遠ざけた世界。
あの頃の日々はいまどこに、あなたの優しい姿は
あなたは彼と押しよせる混乱とのあいだにただ立っていただけなのか？
あなたは彼から多くのことを隠した、悪のない世界を与えようと
夜の不気味な部屋を隠した、あなたの豊かな胸の聖域から

夜の暗い場所に人のあたたかさを与えた。
あなたは明かりを灯した、暗闇のなかにではなく
あなたがもっと近づくことで。そして明かりは友情で輝いた。
きしむ音であなたに説明できないものはなかった、微笑みとともに
まるで床がそんなふうに鳴るのを、あなたはずっと知っていたかのように。
そして彼は耳をすませ、安心した……

彼は、いま退きつつある者は、いかに身動きできなかったことか
心のなかのできごとの生いしげる蔦にからまれて——
すでにさまざまによじれ、息もつまるほど茂って
獣のようにそっと忍びよっていた。いかに彼は自分を与えたことか——愛して。
愛して——彼自身の心の内を、荒れはてた心の内を
その密林の静かな倒れ木の上に
彼の心は立ちあがった、薄緑に。愛した。そこを去った
自分自身の根とともに、広大な新しいはじまりへと
彼のささやかな誕生はすでに忘れられた。愛しながら
彼は昔の血のほうへと降りていった、深い峡谷を

――そこには恐ろしいものが、いまだに父親に食いつかれて、横たわっていた……
……この、女、あなたの前に来た……――

そこで若い女は彼の「恐ろしい」内面生活をじっと見つめることになる。ちょうど母親が、彼の子供時代に、見知らぬ世界や夜への不安をじっと見つめていてくれたように。

――……ああ、ゆっくりと、ゆっくりと
彼のために毎日なにか優しいことをしてくれ、彼が頼れることを
――彼を連れていってくれ
庭の近くへ、彼に余分の重みを与えてくれ
夜の……
あなたのそばに彼をいさせてくれ……――

女は、やはり、癒す者であり、助ける者であり、優しさと保護をもたらす者だ。役割（あるいは規律）ははっきりしている。『悲歌』のなかのどこにも男が同じことを女のためにしようとは書いてないし、女が心の悩みをもっていることも書いてない。リルケは少なくとも一度は、役割の変化がありうると考えた。『マルテ・ラウリッツ・ブリッゲの手記』で彼は、女は何世紀ものの

あいだ「愛する」という仕事をしてきたのだから、そろそろ男がこの仕事を引き受けてもいいときではないかと問いかけている。「われわれはみな、香り高い名画を愛する者として、ただ楽しむように甘やかされてしまった。しかしもしわれわれが自分たちの幸運を軽蔑するとしたら、どうだろう？　もしわれわれが愛するという仕事を本当に最初から学びはじめるとしたら、どうだろう？　これまではつねにわれわれが愛されてきた。多くのことが変わりつつあるいま、われわれが先に進んで初心者になるというのは、どうだろう？」[*16]

しかしリルケは、その黙想のどこにも、ごくかすかにも、この男にたいする「愛するという仕事」――つまり母親業――をする代価が女にとってどういうものだったか、認めていない。何人もの女たちや異性の心の友、後援者たちなどからの激励や保護に頼っていたリルケだが、本質的には息子であることにとどまった。一九〇二年に彼は、彫刻家のクララ・ヴェストホーフ（一八七八～一九五四年）と結婚したことについて書いている。

十二月にかわいい小さな娘ルートが生まれ、彼女のおかげで生活が豊かになった。――女にとって――ぼくの確信によれば――子供は完成品で、一切の不信や不安から解放してくれるものだ。それは精神的にも女が成熟したことを示す。子供をもったことのある、もっている、そして愛している女の芸術家は、成熟した男の芸術家に劣らず、同じ状況で男が達成できる芸術的高さに到達することができる、とぼくは心から確信している

……

去年、ぼくは妻と小さな家庭を営んでいた（ヴォルプスヴェーデの近くの小さな村で）。しかし家計があまりにかさむので、お互いに自分の仕事に生きることを約束した。以前のように、それぞれ、つつましく独身で。*(17)


　しかしもちろん、子供をもつ母親であるクララ・ヴェストホーフにとっては、決して「以前のように」ということはありえない。やがて彼女は自分の母親にルートを預けて、仕事をするようになる。しかし女の芸術家にとって、あるいは女なら誰にとっても、子供をもつということが何を意味するか――果てしなくつづく細かい世話、用心、女ならば「自然に」知っていて当然と思われるあらゆることを学ばなければならないこと、一日母親でいるために必要な肉体的、精神的な仕事、彼の子供の頃の記憶にもあるであろう夜の目覚め（たびたび眠りを妨げられることで女の生活や仕事がどうなるかは忘れられても）――こういうあらゆることを、子供のようなリルケは、男たちがいつもそうであったように、当然のこととして受けとめる。

　私たちがリルケを読むひとつの理由は、男の女との関係が、文学がこれまで想定してきたよりはるかに疑わしくあいまいなものであることを、少なくとも知っているという点で、彼がほかの男の作家たちよりも多くを言いそうに――あるいは見ていそうに――見えることがあるからだ。

天にまします我らの父が、息子さんたちに先立たれたあなたのお苦しみを和らげられ、あなたが愛し、失った息子さんたちの大切な思い出をあなたにお与えくださることを、自由の祭壇にかけがえのない犠牲を払われたあなたにこそふさわしい厳粛な誇りをお与えくださることを、お祈り申し上げます。

心からの尊敬の念をこめて
エイブラハム・リンカーン*(26)

子供の頃からこういう印象をうけていたにもかかわらず、初めて妊娠したとき、私は息子がほしいと思った。(子供っぽい「劇ごっこ」のときにも、私はいつも男の役をやりたくて、妹に女の役を頼んだり、無理にやらせたりしていた)。大人になっても私は、自分が女よりも男と共通点が多いように感じていた。私の知っている男たちは、自分にたいする疑問や二面価値によっておじけづくことがあまりないように見えたし、開かれている選択の幅も広いように見えた。そのとき私は二十五歳で、まだ生まれていない自分自身を産みたいと思った。私のなかにありながら、父親中心の家族が抑えていた自分、独立していて前向きの意志をもち、これまでとはちがう自分自身を産みたかった。若い学生で物書きだった私は、そういう可能性をきらめくように自分に感じていたが、妊娠しているあいだは目をつぶっていなければと思っていた。自分を男として産みたいと思ったのは、男のほうがそういう可能性を権利として受け継ぐように思えたからだ。そして息子がほしかったのは、夫が男の子を望んだからだった。おそらく夫も、自分自身に誕生を、新しいスタートを与えたかったのだろう。男として、彼は男の子供をほしがった。ユダヤ人として、初めての子供として、彼は長男をほしがった。大人の男として、彼は「男の子」をほしがった。

私も、息子がほしかった。私の母がやれなかったことをするためで、それは男の子供を産むことだった。娘「だけしか」得られなかった私の父への挑戦としても、息子がほしかった。私の長男は、偶然にも、父の誕生日に生まれた。

「軍に協力していらっしゃるの？《ヴ・トラヴアイエ・プール・ラルメー・マダム》」何世代にもわたって、私たちは息子たちをなんらかの戦闘につかせてきている。スパルタの戦いや南北戦争ほど直接的で、血なまぐさいものとは限らないが。息子を産むということは、女が世界に「彼女の」しるしを残すことのできる手段のひとつでもあった。六年後に末の息子が生まれたとき、知的で才能豊かな女の友だちが私に手紙をくれた。「この子は……天才になるわ。ヴァギナのかわりにペニスをもって生まれてこなければならなかったのだから、はっきりしているわ」

けれども三人の息子を産んで、私はこのうえなく深い情熱をかたむけ、混乱におちいりながら、三つの小さなからだがやがて三人の人間になっていくのを見て、生きてきた。三人の世話はしばしば私の生活をめちゃくちゃにしたが、彼らの美しさ、ユーモア、からだで表す愛情は私にとって驚きでもあった。私は彼らを「息子」として見ず、潜在的に父権制を継ぐ者としても見なかった。幼児の甘い肉体、探究的なからだが主張する繊細さ、集中する純粋さ、幼い子供たちが表す加減されない悲しみや喜び、それらが私を自分の中にありながら長いこと忘れていた世界に連れもどしてくれた。私は落ち着きのない、短気な、疲れた、気まぐれな母親で、母親であることの大変さに目もくらむ思いだったが、三人の幼い存在を熱情的に愛していることはわかっていた。

ある夏、ヴァーモントの友人の家で過ごしたときのことを私は思い出す。夫は海外で数週間の仕事があって留守だった。それで九歳、七歳、五歳だった息子たちと私は、その夏のほとんどを私たちだけで過ごした。家には大人の男がいず、日課とか昼寝、決まった食事時間、両親が話をするために早い就寝といったことを守る理由が何もなかったため、私たちは爽快な、罪深くさえ思えるリズムで生活した。いつになく暑い、晴れた日々がつづき、食事はほとんどいつも戸外で、手づかみですませた。ほとんど裸で過ごし、夜は蝙蝠や星や蛍をながめ、本を読み、お話をきかせ、遅くなって眠った。ほっそりとした少年らしいからだがだんだん日焼けするのを私は眺めた。私たちは日にあたって庭のホースの熱い水でからだを洗い、船が難破してどこかの島に流れついた親子のように生活した。夜になると子供たちはぐっすりと眠り、私は学生のときのように明け方まで本を読んだり、ものを書いたりした。こう考えたのを私は思い出す。こんなふうに子供たちと一緒に暮らすことができるのだ——学校とか決まった日課、昼寝などなくて、たんに自分自身であるための余裕すらないのに母親と妻の両方を果たそうとする葛藤もない。ある晩、遅いドライブ・イン映画をみて、真夜中すぎにヴァーモントの曲がりくねった道を車を運転して帰ったことがあった。あたりは静まりかえり、ときどき朽木が光った。三人の子供たちは車の後部で眠っており、私は目が冴えて、心をたかぶらせていた。私たちは寝る時間を守らず、夜のきまりもすべて破り、街にいたら「悪い母親」にならないために守らなくてはならないと私が思っている規律もすべて破っていた。母性という制度からはずれたところで、私たちは共謀者だった。自分の人生を生きていることを私は強く感じた。もちろん私たちはまたすぐ制度のもとにもどり、自分を「良い母親」だとは思えない自分自身に対する不信も、母親というものの原型にたいする怒りとともに、もどってきた。けれでもそのときも私は息子たちに、世界に私のしるしを残してほしいとは思わなかったし、ましてや国のために人を殺してほしいとも死んでほしいとも思わなかった。私は自分として行動し、生きたいと願い、息子たちを私とはちがう存在として愛したいと思っていた。

3

個人としての価値というこの感覚、自分らしさを求めるこの熱意（ホイットマンやリチャード・ジェフリーにあるような）は、強い個性の持ち主だけにあるものなのだろうか？　それとも私がまだ到達していない人生の成熟期になったら得られるものなのか？　それとも私は女で、ひとりだから、永遠の規則によってそういうことからしめだされているのだろうか？　私にとってそれこそ、この人生でたったひとつ、かけがえのない贈り物だと思えるのに。この世のあらゆる祝福のなかでも、選べるなら私はあれをもっている男の子供がほしい。*(27)

父親たちはもちろんいつも息子を望んできた。跡継ぎとして、畑の働き手として、砲撃手として、機械の技師として、彼ら自身を伝える者として。彼らを不滅にする者として。女の子が組織的に殺される社会では、九ヵ月もの妊娠の後に産んだ子供が無駄なものとして扱われるのであれば、女が男の子を願ったとしても無理はないだろう。しかし男の領土権と侵略とを組織した現実のもとでは、女が息子を産むということは、実際には軍に協力していることになる。通常のこととして女の子殺しに直面するよりは、この事実に知らん顔をするほうが、あるいは自分の子供は戦争に行っても死を免れると信じているほうがやさしいかも知れない。女にたいするさまざまな制裁でむしばまれた社会では、母親は本能的に娘よりも息子を大切にするかも知れない——息子のほうに期待すると言おうか。ちょうどアフリカ系アメリカ人たちに、「ブラック・プライド」が生まれる以前は、肌の色がごく薄くて白人の容貌に近い子供を評価するという不自然な気持ちがあったように。この章の最初に引用したルース・ベネディクト（一八八七〜一九四八年。文化人類学者）の若い頃の手記にも見られるように、生きていない、女自身の人生を達成していないという思いは、無意識にほとばしりでるものかも知れない（彼女はその後結婚し、子供をもちたいと願いながらかなわず、とうとう離婚して、人類学者として有名になり、ある種のフェミニストともなった）。

「あれを持っている男の子供がほしい」。私たちはいまだにフロイトの影をひきずる領域にいる。この四十年間、フロイトの作品は改訂され、俗化されてきた。そのため「フロイト学説」を受けとめるのも拒むのも、ほかの人々の目のふるいにかけられた、彼の作品の断片にもとづくことがしばしばある。（映画、演劇、ジョークなどの力を軽視してはならない。）彼の理論のうちでもっとも強い影響を与えたのは、いわゆるエディプス・コンプレックスだった。フロイトを一度も読んだことがない女たちが、からだで愛情を示すことは「誘惑すること」であり、女としての自分が嫌悪するような男性的行為をしないよう息子に教えることは「去勢すること」であるか、もしくは「息子が精神的に健全に成長するためには彼が拒否させざるをえない〝破壊的で〟〝支配的な〟母親になること」であり、もし息子が「不必要に（原文のまま）同性愛」におちいったとしたら、自分たちに、自分たちだけに責任があると信じて、息子を育てている。*(28)

フロイトは疑いもなくある領域ではパイオニアだった。たとえば精神的に悩む者が単純に倫理的な罪を犯しているわけではないという考え、また無意識の衝動が通常の人間の行動の一因となるという考えを確立している。彼の夢分析は、今日ではあまりに素朴に見えるかもしれないが、彼はそれを重要なできごととして再認識することを再度確立した。夢の有効性を医療の「科学」が何世紀も否定しつづけてきたあとだからこそ注目しなければならないことだ。しかしフロイトもやはり男で、彼自身のジェンダーと文化によって非常に限定された世界にいた。カレン・ホーナイは、もっとも辛辣な初期のフロイト批判者だが、フロイトの思想の狭い生物学的で機械的な基盤、心理的資質に解剖学的起因を与えた転化、本質的な二次元的試行をあげ、それらのなかに本能と「エゴ」、女性的なものと男性的なもの、受動性と能動性が、両極端として存在すると指摘している。とくに彼女が攻撃しているのは、人は一生、子供時代のできごとを繰りかえしながら、あるいはそこへ後もどりしながら生きていくという考え方だ。この考えは、人が一生の過程で果たす生物的成長、質的変化を否定するものだと彼女が感じたのは正しい。

ホーナイはエディプス・コンプレックスを受け入れたが、重要な制限をつけくわえた。フロイトとちがって彼女は、両親にたいする子供の強い性的感情は、生物学的に決まるものではなく、それゆえに普遍的なものだとは考えなかった。彼女はそれをすべての子供ではなく、子供によっては経験する、具体的な状況の結果だとみた。*(29) 抑えられているかいないかのちがいはあっても、エディプス・コンプレックスがいたるところで精神生活の中心にあると思いこまれているときに、彼女の批判は非常に大胆で勇気あるものだった。フロイトと意見を異にしたため、ホーナイは二年後に、影響力の強いニューヨーク精神分析学会から破門された。しかし私たちにとっては、彼女の考えはいきすぎではない。

男の子供についてフロイトは、その成長過程にエディプス・コンプレックスがあると考えて、少年はまず母親にたいして強い性的感情を経験し、それから母親と自分を区別し、母親から離れ、父親をライバルとみなすかわりに男として同一視し、最後に母親とは異なる女に官能的本能を向けられる段階へと移るよう学ぶと、確信した。少年が幼児期に母親にたいしてもつ性的感情は、嫉妬した父親に叱られて去勢されるのではないかという不安をその心に生むとも考えた。エディプス・コンプレックスの理想的な解決は、少年が母親への愛情を断ちきって、力の点ですぐれているとみずから認める父親を内面化し、自分と同一視することだという。つまりペニスを守ることの代価は、父親を、フロイトの言葉を使えば、「スーパー・エゴ」(超自我)として認めること——要するに、父権制の法則の優越性、本能の規律、異族結婚、近親姦のタブーを認めることだ。

人生の初期にありうる、この多岐にわたる危機を、フロイトはつぎのように提示した。マスタベーションの罰として実際に去勢をすると脅されることがある。嫉妬した父親が思春期の息子にたいして実際に割礼(形式的な去勢)をすることがある。しかしまた、これらのことが、たんに幻想だけに終わることもありうる、*(30)と。

ここで本質的に想定されているのは、母親対子供の対人関係は本来的に後ろむきで、循環的で、非生産的であること、文化は息子対父親の関係に依存するということだ。母親が子供のためにできるのは、それよりさらに発展することのない従属状態を永続させることだ。エディプス・コンプレックスの解決を経て、少年は男の世界に、父権制の法則と規律の世界に、足を踏みいれる。文明——もちろん父権制的文明のことだが——は、母親と子供の相互関係にとって第三者である父親の手ほどきを心要とするものだ。誕生の九ヵ月前以来この段階まで、父親の存在は必要ではなかった。つまりジュリエット・ミッチェル(一九四〇年〜。精神分析医)の言葉によれば、エディプス・コンプレックスは「人間の文化への登龍門」となる。しかし権威だけでなく文化そのものを表すのは、明白に父親であり、「イド」（個人の本能的衝動）の盲目的な激しい動きをコントロールするのは、スーパー・エゴである。文明は、母親とではなく父親との自己同化を意味する。

また、フロイトによれば、少女はペニスがないことを「去勢」として経験し、女になるために、妊娠し子供を産んで、自分に足りない男の機能のかわりとしなければならない。この想定のもとでは、彼がこの「リビドー的で」無意識の性質をもった母親と息子の関係を発明したのも、ふしぎではない。つまり息子は赤ん坊であるだけでなく、母親が切望したペニスをもっているのだ。（しかしフロイトが、もう一方で、二面価値と「利己的な考慮」にとらわれない母親と息子との関係を想定したのはどうしてなのか、理解にくるしむ。）

母性にとっての衝動にかんするこの考えには、何度も女の精神分析者たちが挑戦している。ホーナイだけでなく、クララ・トンプソン（一八九三〜一九五八年。精神科医）やフリーダ・フロム・ライヒマン（一八八九〜一九五七年。精神科医）も、もし女の子がペニスをほしがるようなことがあるとしたら、それはただ、この特別なひとつのものをもつ者に与えられている特権や恩恵を知るからだと主張した。彼女たちはペニスをひとつのメタファーとし、子供のもつ願望をまったくちがった種類の衝動として理解した。

しかしフロイトが構築したものに挑戦したり論駁したりしながらも、疑問は生じる。男の子はどうやって母親と自分との差をつけるのだろうか？　このことは必然的に、男の子は「軍隊に加わり」、父権制的価値を内面化しなければならないことを意味するのだろうか？　父権制のなかで母親が文化を表すことはできるだろうか？　もしできるとして、そのために何が必要なのか？　とりわけ、息子にとって母親から離れるということは、何を意味するのか？

当然、まず第一には肉体的な誕生で、羊膜の袋のなかのあたたかな無重力の夢を後にすることを意味する。それから赤ん坊が母親の胸、顔、からだのあたたかさが自分とちがう人間のものだとわかり、母親が自分だけのために存在するのではなく、いなくなったりもどってきたりして自分の泣き声、笑い、肉体的要求にこたえてくれるのが、しだいに自分の願いや悲しみといつも完全にリズムを合わせてはくれないことがわかる、段階的な過程を意味する。時間の長短はあるが、最初は母親が子供から離れ、つぎに子供がかくれんぼのような遊びをためし、そのうち自分の足で母親から少し離れていくことができるという、両側からの過程を意味する。離乳し、母親以外にも世話をしてくれる人がいて、母親がいなくても安全であるとわかる。もちろん、これらの段階のそれぞれで、子供は不安や寂しさを感じ、保護、優しさ、信頼などが永遠にどこかへ行ってしまったのではないかという恐れを感じる。この不安をとりのぞき、寂しさの涙をふいてやり、世話をしたり愛したりするのは母親ひとりではないと安心させ、子供が母親がいないことも自分がいなくなることも受けとめられるようにするには、第三者なりほかの人々が必要なのは明らかだ。しかしその第三者も女だったことのほうがむしろ多い。祖母、おば、姉、保母などだ。事実、その第三者のほうが母親よりもよく世話をしてくれたり可愛がってくれることがある。感情的にはその女が母親となることもある。子供が経験する男は、自分の周囲にいる女たちと比べて、からだの触れあいがなく、可愛がってくれず、ときどきしか姿を見せず、よそよそしく、批判的で、自分中心だ。男女を問わず子供は、他人と感情的に合わせるときに性別が関係あることを、幼いうちに知る。

しかし最終的には、男の子はこれらの男の大人にゆだねられる。原始社会ではつねに、少年を男のグループにいれるための「第二の誕生」が彼の思春期におこなわれた。「成人式では……若い男たちは男の世界の守護霊によっていわば飲みこまれ、母親の子供というより精霊の子供として生まれかわる。彼らは地上の息子たちであるだけでなく、天の息子たちだ。この精神的生まれかわりは、原始的なレベルにあってすら、意識、自我、意志力と結びついた〝より高い男〟の誕生を意味する……〝天〟を表す男の世界は、法と伝統をつかさどり、昔の神が男であるかぎり、それらの神々のかわりとなる」*(31)。成人式ではしばしば動物が去勢されて生贄として捧げられ、傷や試練を象徴する。またそのときに、人々の目の前で母親を拒絶する儀式がおこなわれることもある。フィジーでは母親を打ち、アパッチ族やイロコイ族の場合は母親を弓矢で傷つける。しかしどんな儀式がおこなわれようと、ペニスをもつ子供は必ず、ペニスをもつほかの者たちと結束するよう予期されている。だから息子が、女が強いいわゆる母権制的家族で育とうと、母親が家長となっている家族で育てられようと、ほとんど関係ない。この考え方によれば、いずれにしても彼は法と伝統を表わす者、攻撃にかける者、創造する者、支配的文化を遂行する者、つまり父親と折りあわなくてはならないのだ。

そして彼の母親は、どんなに強く本能が訴えかけることがあっても、これらの準備をしなくてはならない。私の祖母がよく話していたことがある。いや、いまでも辛そうに話すことなのだが、私の父が――普通より小さく、痩せたユダヤ少年だった――十歳の頃に陸軍学校に行かされたときのことだ。「制服が大きすぎてね……いまでもはっきりと目に浮かぶんだよ、皆のなかでいちばん小さくて、本当におびえて、駅のホームで汽車がくるのを待っていた」。それでも祖母は「もっと良い教育」を授け、男にするために息子を送りだした。二十世紀初めのアラバマ州バーミンガムで、ほかにどんな選択があっただろう?

いわゆるエディプス・コンプレックスの三角関係における頂点は、事実上、父権制的権力である。人間の成長の一理論として、エディプス・コンプレックスを救おうとする試みは、ここからはじまらなくてはならない。フロイトは「エディプス・コンプレックスの過程」は生物学的家族のなかにあるものだと想定したが、人類学者シェリー・オートナーは、いかなる社会ともジェンダー・ロール(性別の役割分担)も関係のない、もっと根源的な社会化の論理があるという可能性を提示している。「それは強力で……きわめて弁証法的な理論だ。人間は愛、欲望、権威を象徴する人物像との闘争と……統合……の過程を通じて進化する」。オートナーは、子供が、たとえ二人の親にまったく同等に、あるいはそれ以上の数の親に、男と女に、あるいは同性の複数の親に慈しみと権威を分かちもって育てられたのであっても、この構造は同じように存在するという。ただし、彼女が想像するように、「たとえばキブツのように核家族を実験的に壊したところ

でも、子供の世話をするのはつねに、すべて、あるいは主として、女だった」。[*(32)]

フロイトやフロイト主義者（とくにジュリエット・ミッチェル――マルキストあるいはフェミニストであるより、フロイト主義者である）が書いたものを読みなおし、ペニス羨望、去勢、ペニス代替物としての子供（とくに息子）といった概念をたどると、最終的にもっとも強く印象に残るのは、調子はずれな言葉だ。これは心理分析者たちが記憶、夢、幻想を「科学的」（つまり詩と正反対のものとして誤って考えられた科学）なレベルで扱っていると感じていたいために起こる結果として、当然なのかもしれない。[*(33)]ペニスも乳房も明らかに、その生物学的存在をこえて、想像力に働きかける意味をもつ（知的に、感覚的に私たちに内在する、目、耳、肺、陰門、そのほかからだのどの部分についても同じように）。しかしこれらの言外の意味は探究されていないままだ。肉体的なイメージがもつ密度と響きが消えてしまい抽象的に転化して専門用語になっている。多くを喚起しているペニスでさえ、フロイトの理論では、生殖力のシンボル、ヘルメス柱像、父権制以前の文化における「偉大なる母」の財産のひとつとしてもっていた次元の広さを喪失して、みすぼらしいものに見える。この限界は、フロイトのかたくなな生物学的、二元論的アプローチからくるとカレン・ホーナイは言うが、とりわけ男の夢や幻想に母親像（つまり女）が関係してくるとそれが顕著である。

ジュリエット・ミッチェルは、フロイトがあえてしようとしなかったことをもってして彼の欠点とするべきではないと、繰りかえす。つまりフロイト自身が認めたように、女性心理に貢献するような社会状況の分析をしなかったことをさす。*[34]精神医学者ロバート・ジェイ・リフトンは、よくこう言ったと引き合いにだされる――「偉大な思想家は誰でも少なくともひとつは、盲点をもっている。フロイトの場合は女だった」*[35]。しかし実際には、人にははっきりわかる外見をまとった知的「盲点」などというものはない――とくに、女が介在し、女自身にも男の心のなかにも無限にひろがる、複雑な多次元の分野にかかわる場合は決して盲点とは言えない。父権制的な考え方をするなかで、女――とくに母親としての女について、より深い感覚で共鳴と緊張をもつために、フロイトがフェミニストになる必要はなかった。しかし、彼自身が宣言した手法や目的についても、女にかんするところでは、彼はいわば気おくれして、たじろいでいた。そのことは彼の女にたいする態度全般にみられただけでなく、必然的に、男にとって、男女両性にとってのペニスの意味についての彼の仮定や考察にも、影響した。フロイト派の息子にかんする見方は、母親にたいするフロイト派流の敵意、そして感傷でみちている。

「日常の生活」で、錯誤行為、つまりもの忘れや言いちがいが、私たちが意識的にその内容に責任をとらないことをどの程度表現しているのかについて指摘したのは、もちろん、フロイト自身だった。*[36]エリザベス・ジェインウェイは、彼が少女に関連して「去勢の事実」という言葉を繰りかえし使っていることに注意を喚起している。「この言いちがいは意味が深いと受けとめなければいけない。私はここにこそ、女の性についてのフロイトのジレンマの核があると思う」。ジェインウェイは、「女の子たちが〝事実〟として去勢されたことはなかった」とはいえ、フロイトは女たちが社会的な存在として強い反発と疎外感に悩んでいたことを、決して調べようとはしなかったが、よく知っていたと言う。要するに、フロイトはメタファーとして女の去勢を使った。しかし、女が社会的に切りすてられることの心理的意味を追求しなかったからこそ（そうしていれば彼はいやおうなく男の心理にもさらに深くはいっていくことになっただろう）、女にかんしても男にかんしても、彼の仕事は、一般に政治的とよばれてきた一種の真実味に欠けるのだ。私ならその真実を詩的とも科学的ともよぶだろう。

4

どの文化も、母親と息子の関係について独特の表現をもつ。ユダヤ系アメリカ人の母親が、小説、演劇、映画、逸話などで息子からあびせられる嘲笑は（その反面で感傷も）、ヤハウィストの女蔑視の伝統と、同化政策をとるアメリカでユダヤの女や男がおかれた状況とにその根がある。移住してきたユダヤ人の女は、「アメリカ人」になる過程で極度の変化に悩んだ。「アメリカ人」の夫の「アメリカ人」の妻となるために、外の世界との仲介者、仕事をする女、行事の中心、家族とその財産の管理者、生きていくための戦略家といった役割を急速に失った。夫は超俗したタルムートの学者でいるかわりに、いまや攻撃的な稼ぎ手として成功することで威厳をもつようになり、アメリカの言葉でいう男らしさを主張して、妻に家庭に閉じこもり、おとなしく母性を守

ることだけを要求した（あるいは要求するように見えた）。*(37)

フロイトの「完全」で「感情の双価性のない」母親と息子の関係についての牧歌と、フィリップ・ロスの『ポートノイの不満』のような小説や、ダン・グリーンバーグの『ユダヤ人の母親であるには』のような大衆的な本などに見られる母親にたいする恨み、軽蔑とを比較すると興味深い。だが、牧歌と現実とは、ユダヤ系アメリカ人の文化のなかで奇妙に二重写しされてきた。母親というものは感傷的に描かれるか、乱暴に漫画化されるかのどちらかだ。大声で話し、押しが強く、元気に（性的魅力に？）あふれているか、それとも性を感じさせないように抑圧されているか、である。フロイトの言葉でいえば「主婦神経症」に悩んでいる。子供たちを罪の意識と不必要な食事でいじめる。たまに喪服を着たり、安息日のキャンドルの光にてらされて、威厳をみせる。

ポーリーン・バート（一九三〇〜二〇二一年。社会学者）は、中年の女たちの憂鬱症を研究していて、彼女たちにおよぼされたほかの人間による悪影響を拾いあげた。*(38)かん高い声や自分を卑下するような神経質な笑い声から長年にわたる睡眠薬と鎮静剤の使用にいたるまで、憂鬱症は、いろいろなかたちをとって表れる。しかしまた、女の目から見て、家庭にはいった尊敬に値するユダヤの女は、この特殊な異文化集団によってその尊厳がいかに傷つけられ軽蔑されても、内に秘めたエネルギーをもち、回復力をもつ。*(39)ユダヤの女たちは、生きのびる女たちだ。歯とかぎ爪と自分自身の強い神経をもつ戦士であり、黒人の女たちと同じように、背後に一族の重さを背負って生きてきた。しかし彼女たちは一方で息子たちに頼られ、侮辱され、もう一方で自分自身の罪の意識と抑圧された怒りを抱き、その狭間で生きてきたのだ。

黒人の母親は白人と黒人の男たちの両方から、稼ぎ、決定し、子供を育てることを一手に引き受ける、いわゆる家族の母権制的支配を通じて、息子の「去勢」の責任をとらされてきた。いうまでもなく、その「母権制的権力」は、人種差別、性差別、貧困のすべてのもとにあっては、極度に限られている。ここで権力として誤解されているものは、本当はたとえ子供たちに厳しくしても、食べ物や衣類を与えるために彼女自身の誇りを犠牲にしてでも、子供たちを必ず立派に育てようとする生命力であり、勇気であり、決意だ。黒人の母親にその息子たちの象徴的な去勢の責任を負わせるとき、何千という黒人の男たちを文字通り去勢した白人の男たちの人種差別は、ここでもやはり性差別と分かちがたく結びついていることを示す。

5

「もし女性的ということについてもっと多くを知りたければ、自分の人生経験にたずねなさい。あるいは詩人の書いたものを読みなさい。あるいは学問がもっと深い、もっと筋の通った報告を出すことができるようになるまで待ちなさい」。とげがあるが率直な口調で自らの限界を認めて、フロイトはこの講義『女性的ということ』を終えた。

彼がこのように書いてから四十数年のあいだに、非常に多くのことがあった。私たちは、メアリ・ジェイン・シャーフィー、マスターズとジョンソン、ナイルズ・ニュートン、アリス・ロッシといった学者たちの業績を通じて、女の生理と性について、それらと心理との関連について、新しい情報を集めはじめた。[*40] 女の解放運動は、女が女の経験について書くという新しい作業を発掘し、刺激した。そして女の詩人たちが、確実に、口を開きはじめた。

ゆっくりとではあるけれども女の経験で変わりつつある面のひとつは、息子にたいする期待のかけ方だ。もちろんこれまでもあった種々の理由から、息子のほうがいいと思ったり、男の子のほうが期待できると考える女もいるし、これからもずっといるだろう。しかし自分自身の人生を築くことをこれまで以上に心がける女たちもいるし、息子を男として過大評価することは、たしかに変わりつつある。

人類の歴史のなかで、いまは女でいるほうがとにかく良いと言う女も多い。女が自分で決めるように要求されることの幅がひろくなり内容も深くなったために、可能性が大きくなり、独自の考え方や行動もとれるし、なによりも女たち同士で同じ目的をもったり気持ちを分かちあうという新しい感覚が生まれた。私たち自身がつくりだす無限の変化のスタート地点に生きている……そういう気持ちを多くの女たちがいだいている。一方、多くの女たちが、フェミニズムに接して経験した当初の怒り、数年にわたって吹きだした怒りによって、男の階級制度の一部としての自分の息子に感じる矛盾の痛みに巻きこまれたと感じた。「子供を男の世界から切りはなすことはできない。息子たちは私にとって本当にいやな性格を身につけていっている。女を軽蔑するし……でも私は息子を愛している。敵として見るようにはなれないの」[*41]。この女の困惑は決して特別なものではない。

男の子供を「彼の」文化から切りはなすことへのためらいは、日常生活ではそういう文化を拒否する女たちのあいだでも根深いようだ。六〇年代初めに同じような気がかりをもつ母親たちがいたのを思い出す。平和主義を自称する母親が、玩具の銃や手榴弾を禁じることは息子を友だちから「切りはなす」ことになり、もしかすると「去勢する」ことなのかも知れないと悩んだ。（その母親たちはおそらく、銃は男根崇拝で、たんなる殺す遊びだけのことではないと本能的に知っていたのだろう。そして母親がよくそうされるように、子供を去勢したと非難されるのを恐れたのかも知れない。）しかし息子を「彼の」文化から切りはなすことを恐れるフェミニストの母親の気持ちは、さらに深くなっていく。

何を恐れるのか？　息子たちを環境に順応しないアウトサイダーにしてしまうと、彼らから非難されることを？　私たちが父権制の報復に苦しんだように、彼らが悩むかもしれないことを？　私たちは男女不平等の廃止を求めていながら、彼らが男の地位と特権を失うかもしれないことを？　男らしさとして「マッチョ」をまねる必要はないと息子に教えるためには、彼も「敵」と見なければならないのだろうか？　母親だといっても、女を軽蔑する息子を純粋に愛することはできるのだろうか――それともそれは女と男のあいだにしばしば存在する、愛というまちがった名前のついた絆なのだろうか？　たしかに、母親自身は女のステレオタイプを破りはじめたのに、若い息子たちがテレビの暴力やフットボール、ロバート・レイドが「動物の雄の状況と同じで、ひとりが支配者として突出してくる世界」[*42]だと述べたものに夢中になるのを目にするのは、心痛む矛盾にちがいない。自分の存在を深めひろめようとしている女が、それは子供たちになんらかの悪影響を与えるにちがいないという理由でごくかんたんにおしつけられる罪の意識を、いつのまにか受けとめてしまっていることはよくある。その罪の意識こそ、女を社会的にコントロールするもっとも強力なかたちだ。女は誰もそのことにたいして完全に免疫をもつことができない。

怒りをつつみかくす女は、息子に男性的な攻撃性を育てることがよくある。その母親はほかのかたちでの主張の仕方をまったく知らないのだ。息子が文字通り彼女を殴るのも許すし、つまらない男らしさをみせて威張りちらすのも許す。息子と母親の二重のアイデンティフィケーションだ。この若い、男をむきだす動物は、彼女を犠牲にしてきた男の全世界の一部だ。しかしまた、彼は彼女の一部でもあり、制止されることなく言いたいことを言う一部でもある。そして彼はそれゆえに「ハムストヴォ」であることを許される。（ハムストヴォはロシア語で「粗雑、野蛮、獣性、残忍」を合わせたもので、ソヴィエトの女が夫についてよく使ってきた言葉だ。[*43]）

十九世紀アメリカの婦人参政権運動のリーダーで、五人の息子の母親でもあった[*44]エリザベス・キャディ・スタントン（一八一五～一九〇二年。参政権主義者）は、息子たちにとって母親でいる重荷と本質的に皮肉としかいえない宿命を認めている。

この男の子たちの世話で手がいっぱいだ……家事や子供たちから解放されたらどんなにいいだろう……でも女の宿命である試練をすべて理解することも私にとってはいいことかもしれない。ときがきたら、私はそれだけ雄弁にその試練について語ることができるから……

明日になれば太陽は輝き、私の大切な赤ん坊は愛らしい青い目をあけて、機嫌のいい声をあげ、私をかわいらしい様子で見つめるだろう。そうすれば私はまた明るい一日をおくれる……

女におしかぶされてきたあまりに多くの虐待を思うとき、私は自分がいつでも激怒し、気も狂わんばかりで、骨と皮ばかりになり、目には涙をため、口は罵りであふれ、すべての男たちに手をあげていないことを恥ずかしく思う。ああ、私はつくづく後悔する、男たちの顔を洗ってやり、手袋を編んでやり、ズボンを繕い、指を切ったり爪先を痛めれば包帯をしてやったことを。*(45)

しかしフェミニズムを求める女は、感情的にであれなんであれ、息子を見すてたいと思っていると考えるのは馬鹿げている。そうではなくて、母親と息子の関係が――すべての人間関係と同じように――母親が男のイデオロギーにたいして関係を変えるのに合わせて、また息子にたいする期待や不安に合わせて、新たに評価しなおされているのだ。私たちが息子に――娘にたいしてと同じように――ジェンダーによる役割分担にとらわれず、いかなるかたちででも女蔑視に感じやすく成長してほしいと思う一方で、歴史上の現代の段階では、息子たちはほかの男たちと親密な関係がほとんどもてず、男社会でまったく孤立してしまうという事実にも直面しなければならない（男の特権を守るために男の「結束」があることからわかるように）。母親が自分で外の世界に手をのばすので息子は母親にとって手段ではなくなり、母親の手の届かない世界に出ていくとき、ひとりの人間になるチャンスを与えられる。

私はよく、「あなたの息子さんたちは、こういうことをどう思っているの？」と聞かれる。純粋な好奇心からそう聞かれることもあれば、秘められた敵意を感じることもある。（「こういうこと」というのは、フェミニズム一般でもあり、とくに私自身が女とかかわっていることでもある）。敵意があるときは、その質問にはフェミニストというのは男を憎み、去勢しようと思っていて、「こういうこと」は私の子供たちにとっては辛いことにちがいない、というふくみがある。罪の意識をかきたてようとする質問だ。（私にできる答えは、当然、「子供たちに聞いて」というだけだ。）けれども私たちの女としてのエネルギーや力が、息子を私たちの手段にするためや私たちを無力にしておこうとしてきた組織にあって私たちの代理をするために消費されることが少なくなればなるほど、息子は、本当には生きていない母親の重い人生のもとで生きていく必要が少なくなる。

詩人のスー・シルヴァーマリーは幼い息子について、男の権力や特権を償うものとしてではなく、彼女が「母性」とよぶものの深さを思いがけなく教えてくれたものとして、こう書いている。

私は女のほうがずっと好きなので、男の母親となるのには矛盾を感じた。けれども、女のほうが好きだからこそ、母性への深い洞察が生まれた。母親の役目となっている毎日の仕事で、親子の絆はかんたんにぼやけてしまった……はっきりするのは情熱だ——妊娠していたときは、愛の詩がつぎつぎと私からあふれでた……彼を私生児とよぶ人々を決して許さない力……病院の産室で彼を胸に抱き、目に涙をためてベッドの足元に立っている私の母を見あげた、その瞬間……彼をうまく扱っているときは私の生活も明るいが、私たちの関係がよくないときは、私の日々に雲がかかるという気持ち。彼が男性であるということがなんの意味もなくなるのは、このような見方をするときだ。……後悔は消えうせ、私は彼を自由に愛することができる。私自身にとっては誰よりも私が大切で、私は自分の誠実さを犠牲にする必要はないし、息子のそれを犠牲にすることもない。母親としての情熱は全人格を要求する。

しかしこの母親が、その詩「男の子へ」で、混乱と分裂のときがあることも認める。

おまえの数々の魅力にわたしは震える。
おまえを失うことが何を意味するか、なんとはっきりしていることか。
おまえはなんと戸惑っていることか
幼い人よ。もうすでに
おまえは力と見なされるものの虜となって
それは、ほぼ、力そのもの。
おまえの銃をわたしはどうしよう?
法にはずれて、おまえは遊び、わたしは思う
法にはずれているのは、わたしだと。
法に守られているのは、おまえだと。
認められて
法廷を気にせず生きるのは、おまえ……*(46)

ここでは、「ペニス」が母親の目的とは反対のこととなっているのが明らかだ。子供をひとりの小さな人間として情熱的に愛しているが、子供が男だという事実そのものから彼女が得るもの

は何もない。彼女が恐れているのは、彼にとってのペニスの代価だ――彼が父権制の規律をどう受けとめるか、あるいはそこでどう生きるかだ。しかし息子が女だったらと願うわけではない。彼女は性別のある世界の複雑さと痛みを確認する。

ロビン・モーガン（一九四一年〜。作家）はちがった角度から息子に語りかけている。

小さな心よ、小さな心よ
おまえは渦巻く、はんの木の芽のように、わたしのなかで歌ってきた。
わたしを母親にしてくれたおまえは
わたしの神秘をわかってくれる。あと、どれくらい？
おまえはわたしにクモの子のようにまとわりついた
地上をはうコモリグモである母の背中に。
わたしは待っていた、おまえがどこに落ちようと
這いあがって、すすんでいくのを

でもおまえは五年という月日を重ね
わたしにいまわかっているのは、なにも
おまえが生まれたところからおまえをさらっていくことはできないと……

わたしはおまえにわたしの印をつけた。

つまり
おまえはずっと母の子供
その年なりに。そしておまえの顔がわたしからそむけられることはない[*(47)]……

この母親たちも、息子を男優先に反対するように育てるという意味で、彼らを手段としたいと思ったではないか、という反論があるかもしれない。しかし息子たちにもんもんとしたエネルギーをぶつけていくのと、自分自身のためにするのと同じように彼らの可能性の扉を開けてやりたいと思うのとは、明らかにちがう。モーガンの詩には、確信として表現された――楽観視しすぎるかもしれないが――希望と願いがこめられているのを感じる。シルヴァーマリーの詩は、結果について自信がなさすぎる。しかしいずれにしても息子は「男のグループ」と彼自身の人間性とのあいだで選択をしなければならないだろうと認めているのが感じられる。

別れることについての問題にもどろう。モーガンの言う意味で、息子が「母親の子供」でいるということは、彼がいつまでも子供っぽく甘えていて、保護を与えるよりも受けとる一方で、永遠に少年のままの存在でいるということではない。逆説的にいえば、そういう存在は「父親の息子」であり、一緒にいて自分が幼児でいられるような女をつねに求める。要求を貫き、原始的な子供で、妻をどなりつけるスタンリー・コワルスキーだ。父親たちの世界、つまり男のグループは、制裁にたいする攻撃と防御にとらわれ、不安、疑心暗鬼、普通の人間の弱さ、涙などを軽視する。父親たちの息子は、悩んでいる自分は軽蔑すべきものだと教えられ、その頃にはやはり軽蔑の対象にしている女たちにだけ悩みを打ち明けるか、あるいは自分の弱さを女たちが知っていることにいらだつ。「母親の息子」（まず自分自身を愛する母親の息子）は、力があることと弱点があること、不屈さと表現の豊かさ、保護と権威は相反するものではなく、男女どちらか片方の性だけが受け継ぐものではないということを理解する機会が多い。しかしこのことは母親と息子のあいだの新しい愛のあり方を示すものだ。

乱暴な心理分析では、「母親の息子」は、女の権力から逃れる意味でも伝統的な男の役割にたいする反感からも、同性愛にはしるという意見がある。実際は同性に肉体的な愛を感じさせる影響力とかきっかけについて、私たちはほとんど何も知らない。そして異性愛について私たちが知っているのは、それが生物学的な機能を果たしてきたこと、それを維持するには強烈な社会的圧力、つまり生物学的に種を守る必要性をはるかにこえて制度化された強制力が必要であるように見えたことだ。なぜ男が性的満足のためや人生のパートナーとして、女のかわりに男を選ぶのかという疑問は、五世紀のアテネ人のように割りきって答えることはできない。また息子に「固執する」ことを望む母親たちが、息子を「軟弱化」しているからだと言いきることもできない。

（ゲーテもフロイトも同性愛者として有名ではなかったが、いずれも母親に愛され、大事にされたという意味では母親の息子だった。）自分の父親が「ハムストヴォ」であることへの反発と、性的対象としての徹底的な女ぎらいのために、男がほかの男の愛を求めることもあるかも知れない。いつも留守がちな父親の代わりになろうとすることもありうる。女にも性的関心なしに好意を示すホモセクシュアルから、女の抑圧を軽蔑した女装のパロディまで、男の同性愛の範囲は、その表層的な外面でしか知られていない。*(48) 男はみなある程度、強い女を恐れると私は思うが、その恐れが自称「ストレート」の男たちよりもホモセクシュアルの男たちのほうに強いと感じるような経験はしたことがない。男がつくった体系は均質的で、女を排除し軽視するか、女の存在を否定するものだった。そしてそれらの体系から女を排除する理屈としてもっともよく言われてきたのは、女は母親になるから、とか、母親にならなければならないから、ということだった。ストレートの男もホモセクシュアルの男もそれらの体系に逃げこむ。それでいて、女の力とか女の影響力が「息子をホモセクシュアルにするかも知れない」という恐れは、ホモセクシュアリティそのものを非難しない女たちまで悩ますが、それはおそらく父権制的イデオロギーの力が、男の子は「本当の男」に成長するほうが幸せだという考えにいまだに影響しているからだ。

6

私たちは息子に何を望むのだろう？　評価の高い父権制に挑戦しはじめた女たちは、この疑問に悩まされる。私たちは、もっとも深い意味で彼らが母親の息子でいることを願うが、一方では、彼ら自身で成長することを、私たちが女であることの新しい道を見つけようとしているように、彼らも男であることの新しい道を見つけるよう願っている。彼らがいつまでも息子でいられる父親が、ひとりでなく数多くいてくれたらと願う。保護と慰めを求める唯一の存在として女を考えるようなことのない大人に彼らが成長するのを助けてくれる感覚と責任をもった父親がいることを願う。こういう父親はまだほとんど存在しない。例外的にあちらにひとり、こちらにひとりといることは希望を与えてはくれるが、個人的な解決でしかない。また、ジェーン・ラザールが指摘したように、みせかけだけ「その気になっている」父親では個人的解決ですらない。男たちが社会的に優先することとして、全面的に、ごく当たり前に育児の責任を分担する気持ちをもたなくては、父親の息子であろうと母親の息子であろうと、父権制的でない大人の男とはどういうものなのか、一貫したヴィジョンはできないだろう。*(49)男の子供たちが痛み、あがき、二面価値を経験するのは、強くて伝統にとらわれない母親たちのせいではない。同じ屋根の下に住んでいても、一日も一時間も子供たちのために当てることなく彼らを見すてていた伝統的な父親たちのためである。過去何世紀も通じてそうであったように、歴史上のこの瞬間も、息子たちの多くは、もっとも深い意味で、実際には父親がいないのだということを私たちは認識しなければいけない。

避妊が絶対確実にできるようになって、女たちが二度とふたたび望まない子供を産む必要がなくなっても、いろいろな法律や習慣が変わっても、女が、女だけが、子供を育てるのであれば、息子たちはやはり女に同情を求めながら成長していき、やがて女の力を「支配するもの」として疎みながら、女が新しいかたちの関係に移ろうとすると離れないことになるだろう。社会自体が父権制的であるかぎり、つまり反母権制的であるかぎり、制度としての父親の規律のもとで、私的な愛情にみちた「女の」世界と公的な「男の」世界が別々に存在する社会で成長しなければならない息子にとって、適宜な母親というものは決してありえない。

息子を「軍に協力させる」ように父権制にゆだね、名実ともに彼らが大人になった証拠として母親を犠牲にすることと、彼らが私たちから離れて、彼ら自身になるよう手助けしてやることとのちがいを、理解していなくてはならない。エスター・ハーディングは「息子が犠牲になる」神話を再現している。アッティス、アドニス、ホルス、オシリスなどだ。これらの神話では、大人になった息子が「その母親の宣告と同意により」犠牲となる。ハーディングは、これらの神話がつねに、「自分の幼稚さと依存性を断ちきる……必要」がある息子の立場から扱われてきたと述べている。そしてそれを母親の立場にたってみる。「母親は息子を愛し、神話のなかではつねに息子を犠牲にしなくてはならない」。それまでは「イエス」だったことすべてに決定的な「ノー」

を言わなくてはならない。放任、保護、盲従、純粋な母親らしさなど。
息子にとってもそうだが、母親にとっても、一生を母親として過ごすことは彼女自身の完全性を否定することだ。母親らしく保護する態度をとりつづけるのは、子供にとってと同様自分自身にとっても人生の厳しさに直面したくないからだと、ハーディングは言う。さらに「息子の犠牲」は、ひいては、一般的に女と男のあいだでとられるかたちとなると言う。

犠牲が……去勢というかたちをとることが多いのも偶然ではない。なぜなら男が女にたいして要求するもっとも基本的な満足感は、性的欲望がみたされることだからだ。男が自分の欲求をみたすのにもっとも無力に感じる……のはこの点だ。女に受けてもらうよう要求せざるをえない。息子の側のこの子供じみた要求と同じように未発達の母の与えたいという願望とがレベルの低いところではたらくと……男と女の結びつきとなる。しかし両者のあいだの状況になにかもっと成熟したものが必要になると……男は女が自分の必要と見合うもの以上であることを認めざるをえない……母親が息子に母親らしくすることをそれ以上は拒み、彼の要求をみたそうと思うばかりに自分の要求は抑えるということをしなくなるとき、息子は状況の現実に直面する必要性にせまられるだろう……ファラス（男根）の喪失は、まるで母親のように彼の性的、感情的要求をみたしてほしいという、女にたいする願望を捨てなければならないことを意味する。*(50)

ハーディングは、母親らしい感情は息子と同様に母親そのものを虜にすることができるといっている。しかし母親の愛他主義は女たちのあいだでも一般に認められ支持されている、絶対的な特徴だ。息子は儀式を通じて大人に移行していくであろうし、のちに何か困ったことがでてきても母親の過保護や愛情過多のせいにすることができる。しかし母親は息子をうまく自分から切りはなしても、その努力をほとんど認められない。

ハーディングは、ほかのユング派の人たち同様、母親だけでなく女たちすべてに、男に「与え」、同意し、母親らしい関係をもつよう圧力がかかっていることを十分に考えていない。ちょっとした関係や会話のなかででもそうすることを拒めば、その代償はしばしば、「意地がわるい」とか「あばずれ」とか「すれっからし」などというレッテルをはられることになる。つまらない事実でも女の口ではっきりと言われると、男の急所にナイフの刃を突きつけたかのようにとられることが少なくない。

それに女同士も、男にたいする「母親らしい」態度を強める。ひとりの女がもうひとりの女に男との関係について忠告することが、しばしば子供の扱い方と同じになる。「(私たちの)態度によって男の人たちが自分についての見方を決め、それに合わせるという結果になることがあります。要するに子供を扱うときのように。もし子供に〝いじわるね!〟と言うと、男の子でも女の子でも言葉通りにうけとめ、それを心に深くきざみこんで、そして本当にいじわるくなっていきます」と、感受性にとみ教養のある女性が私に手紙をくれた。事実、男女間でもっとも油断のならない関係のひとつは、女が日常的に男を子供と同一視することだ。それは男を幼児化し、計算することのできないほど多くの女のエネルギーを吸いとる結果になった。

メアリ・デイリーは、女同士が親しくなることを、男は女がいなくなると考えると書いている。*(51)これが男の恐れる本当の別れだ――男が男のグループから、階級的社会から、男根の世界からもどるときに、そこに女が自分を待っていないことだ。女同士が互いに行き来することへの恐れは、馬鹿らしいとか軽蔑的に表現されない場合は、しばしば「ぼくをおいていかないで！」というはっきりしたかたちをとる――ほかの女たちと精神的、政治的共通性を見いだそうとしている女に男は懇願する。「新しい社会とか、新しい生き方について真に前向きのヴィジョンをもつためには、男をふくむべきだし、必ずそうしてほしい」と、アメリカでもっとも性差別の激しい機関のひとつの名前を刷りこんだ便箋で、ある友人が当惑したふうに私に書いてきた。彼は、女たちが女たちに語りかけ耳をかたむけるときに、「ヒューマニティ」がなくなることを恐れるという。私はこう思う。彼が本当に恐れているのは男のあいだでのヒューマニティの欠如、男のグループのなかでの意見の分裂、男と男のあいだの未発達な愛情、非情な目的の追求、ごく表面的でしかない防御本位の男の結びつきだろう。その表面のすぐ下から聞こえるのは男の子の叫びだ。「おかあさん、ぼくをおいていかないで！」

そして、男たちは特権を失うことを恐れる。「関心のある」男たち、あるいは「フェミニズム賛成」の男たちの大多数がひそかに願っているのは、「解放」が彼らに涙を流す権利をくれながら以前からの大特典は行使できることだ。それは、あまりにはっきりしている。フランツ・ファノン（一九二五～一九六一年。思想家）は、アルジェリアの革命家たちを拷問する任務にあったあるヨーロッパの警部が、苦痛と精神分裂に悩み、家庭生活も破綻寸前にまでおいこまれて、精神科の治療を受けにきたケースを記述している。

この男は、自分の不調の直接の原因は、尋問をおこなった部屋のなかで起きたさまざまなことにあるのを十分に知っていた……彼は人々を虐待することをやめる方法を見つけられなかった（そうすれば自分が辞めなければならないのだから、まったく意味がない）ので、単刀直入に、私に良心の呵責を感じず、自分の行動になんの問題もなく、落ち着いてアルジェリアの愛国者たちを虐待しつづけられるようにしてほしいと頼んだ。*(52)

男たちは、いろいろな破綻が父権制と関連あるとだんだん気がついてきている。しかし父権制から退こうとする男はほとんどいない。そして女性運動をいまだに母親と子供の関係におきかえて見る。男の過去のひどい態度を罰したり切りすてるものとしてみるか、あるいは女が男の痛みを治す可能性をもつものとしてみる。女が少しずつ、穏やかに説得しながら、新しいヴィジョンをもって、男をもっと人間的で感受性のある生活へと優しく導いていく、新しいかたちの母性像

を求める。つまり、女たちは男たちのために、男が互いに、あるいは自分でできないこと、しないことを、これからもしていきつづけるということだ。

「私たちは息子に何を望むのか？」という疑問は、究極的に、私たちは男に何を望むのか、男に何を要求するのか、ということになる。（私がこう書いているときも、世界じゅうのほとんどの女たちは、生活に直接ふりかかる父権制の結果——あまりに大世帯の家族、不十分あるいはなきにひとしい子供の世話、栄養不足、強制的な隔離、教育の不足、性差別による不十分な賃金——にふりまわされていて、何かを要求するとか、この疑問について考えることもできないだろう。だからといってこの質問が、それらの事実のまえに、反動的だとか、とるにたりない、ということではない。）最優先する疑問は、もちろん、私たちは自分のために何を望んでいるのか、ということだ。しかし、私たちに子供がいてもいなくても、結婚していても、離婚していても、レズビアンでも、独身主義者でも、名ばかりの女でも、フェミニストでも、分離主義者でも、もうひとつの疑問はついてまわる。

私が自分の息子にひとつだけ願えるなら、女のもつ勇気を彼らにももってほしい。きわめて具体的、厳密な意味で私はそう願う。私的な生活でも公的な生活でも、夢をみたり考えたり想像したりする内面の世界でも、父権制の外の世界でも、新しいヴィジョンの展開のために、心身ともに、たえず、より大きなリスクを負っていく女たちの勇気だ。ときにそれは大きな勇気を要するごく小さな行為をつみかさねることとなる。ときには女が仕事や生活を失うような公の行為となることもある。およびもつかないことを考えて、気がおかしいというレッテルをはられたり、自分でもそう思うような時期、時間を必要とすることも多い。伝統によって守られることはつねにまったくない。自分の足で自分の人生を歩もうとする女はみな、自分の心のなかからも、外からも課される大きな痛みを覚悟しなければならないとわかっていて、そうする。私は自分の息子がこの種の痛みを敬遠しないでほしい。宿命論的な自己嫌悪もふくめて、昔ながらの男の自己防衛に閉じこもらないでほしい。そして私のためでなく、ほかの女たちのためでもなく、自分のために、地球という惑星の上の生命のために、勇気をもってそうしてほしい。

一八九〇年にオリーヴ・シュライナーは、あるたとえ話をした。ひとりの女が自由の国へと浅瀬のない深い川を渡ろうとしている。女は胸にしがみついている男の子をつれていきたいと思うのだが、子供を救うために自分の生命をなくすからだめだと言われる。子供は大人になって、自分で生きなければならない。そうすれば川の向こう岸でまた会えるだろう。[*53] 私たちはこういう変化を子供にとってたいしたことではない、恐くないことにしようとして、男を下におろし、自分自身をあざむく。私たちは腕や胸に抱いてきた、すでに成長した男の子を下におろし、もうそうしてもいいのだと、自分自身と子供を信用してから前へ進もうとする。そして、そう、私たちは子供の怒りを、「ぼくをおいていかないで！」という叫びを、子供の仕返しを覚悟しなくてはならないのだ。

いまここは、数多くの男たちをひとまとめにして包括的な育児システムにとりいれる青写真を描く場ではないし、私がその任を負う人間でもない。もっとも、どんな男のグループにとっても、確信的なスタートとしてまず手をつけることのできるのは、この点だろうと私は思う。それは子供が――つまりは男が――女や男について抱くさまざまな観念を変えるだけでなく、ジェンダー・ロールをくずし、男女の仕事のパターンを多彩化し、コミュニティ全体としての子供とのかかわりを変えることになるだろう。子供の世話を学ぶことによって男は子供でいることに終止符をうつ。育児を平等に分担してすべてを経験することなく、父親としての特権をいまのように甘受することはできなくなるだろう。子供を育てる過程に男を完全にまきこむことには、多くの困難と危険があることはわかる。まず、育児は女の仕事だったから、受動的で、レベルが低い、仕事ともいえないものだという古い考えを男がもっていることが予想される。単純に「遊び」とも思われるだろう。ほぼ同様に予想できるのは、男に愛情をそそぐ能力が発達していないことだ。また全面的な育児システムができても、変わりなく女が中心になって子供の世話をするほうがいいと思う女も多いはずだ。それには必ずしも視野が狭いとか古い習慣にとらわれているとはいえない、いろいろな理由がある。とにかくこのように意味の深い人間の構造上の変化を要求し、計画し、実施するときには、女が主導権をとらなければならないし、とることになるだろう。そうするためには私たち女は、生物学的であろうとなかろうと、母親として、言葉になる以前の意識にない知識について、もっと意識して私たち自身の領域をもたなければならない。おそらく男たちは、男として教育されてきたばかりにまったく無知のままだったいろいろなことに、一種の償いの教育を長いこと受けなくてはならないだろう。

一方、個人的な関係においては、もし男が「愛する仕事」を分担しはじめるなら、女も男の愛し方を変えなければならない。これはまず、子供の父親が子供の世話を部分的にでも受けもつときに、そのことを女がほめたり感謝したりするのをやめることを意味する。(女はだれも「特別」だとは思われない。片方の親としての責任を果たすだけなのだから。そうでなければ社会的に罪を負う。)また私たちが男を扱うときに、まるで彼らのエゴは卵の殻のように割れやすいとか、平等の関係を犠牲にしても男のエゴは貫く価値があるものだなどと思うのをやめることを意味する。私たち女とちがわず、男もほめられたり「例外」として特別視されなくても、私たちと同じようにふるまうことができると考えはじめなくてはならないことを意味する。彼らがこれまでのように「愛」と「仕事」を分けることを女が拒否することを意味する。

男たちがこれを新しい愛のかたちとして見るには長い時間がかかるだろう。女は憎しみから行動し、語ると言われつづけるだろう。女が「男のように」なりつつあると、女の変わらぬ気づかいと世話がなければ、男は精神的に枯れてしまうと言われるだろう。しかし何世紀ものあいだ、精神的に男たちを胸に抱きつづけてきた私たちは、それでも、汚い、貪欲だ、いばっている、マゾヒスティックだ、強欲だ、あばずれ、ダイク(レズビアン)、みだらだなどと言われてきたのだ。

私たち女はようやく、こういう言葉を繰りかえされることに疑いをもちはじめている。「母親はどんな女よりも本物だ」という言葉ではじまる、あのせりふにも。

9

母であること、娘であること

おかあさん
手紙を書きます
わたしはひとり、だから
わたしのからだをかえしてほしい。
スーザン・グリフィン*(1)

1

書きはじめようとする私のそばにはファイルが開いたままになっていて、参照したり引用できるものがあふれている。どれも関係あるものだとは思うが、書きはじめる助けにはならない。この章はこの本の核となるもので、私はひとりの女としてそこに登場する。母親の脚のあいだで生まれ、そのつどちがった方法でたびたび母親の元へもどろうとつとめ、母親をふたたび所有し、母親にふたたび所有され、互いにもうひとりの女として確認しあおうとつとめてきた女だ。それは娘たちも母親たちも同じように渇望し、ひきよせあい、互いに可能にも不可能にもしている相互確認である。

女はだれでもあたたかさ、食物、優しさ、安心、官能、相互関係などについて、母親から初めて知る。生まれて初めて女が女のからだをすっぽり包みこむあの感覚は、息もつまりそうな所有欲として、拒否、罠、タブーとして、遅かれ早かれ、否定され、拒まれることになる。しかし最初はそれが世界のすべてだ。もちろん男の子も優しさ、食物、相互関係を初めて知るのは女のからだからだ。しかし制度化された異性愛、制度化された母性は、女の子が「正常な女」と定義されているものになるつもりなら、その最初の女から知る初めての甘え、エロティシズム、相互関係といった感情を、男に転移することを要求する。「正常な」女とは、心身ともにもっとも強い

エネルギーを男に向けられる女のことだ。[*(2)]

　私は自分の月経をみる以前に母の月経の血を見た。私が初めてみた女のからだは母で、女とはどういうものか、私はどうなるのかを知った。まだ幼い頃、夏の暑い日には冷たい水のなかで母と遊んだことを思い出す。私は子供心にも母をなんてきれいなのだろうと思った。壁にかかった印刷のボッティチェリのヴィーナスが、うっすらと微笑みをうかべ、髪をなびかせ、私の心のなかで母と一つになった。十代になっても私はまだこっそりと母のからだを盗みみて、ぼんやりと想像した――私も胸がふくらみ、腰がまるくなり、腿のあいだに毛がはえるのだろうか――それが私にとってそのときどういう意味をもっていたにせよ、そのように考えてはさまざまな矛盾する気持ちをいだいた。ほかにも考えたことがある。私も結婚し、子供をもつだろう――でも母のようにではなく。私はまったく別のやり方をみつけだそう。

　父のやせて、ひきしまったからだには電流のように権威と支配力が通っていたが、私の想像力をかきたてることはなかった。よく父がゆるくはおったバスローブのなかで、ペニスがぶらぶらしているのがちらっと見えた。けれども私はずっと小さいときから父と母はちがうとわかっていた。家じゅうに充満しているように思えたのは父の声、態度、様子だった。私にとって、母の女としての感覚や母のからだの現実性が力を失い、父の断定的な気質がカリスマのようになりはじめたのはいつだったのか、おぼえていない。たぶん、私に妹が生まれ、父が私に字を教えはじめた頃だろう。

ヘレンという母の名前そのものが、子供の私にとっては一種の魔術だった。いまでももっとも美しい名前のひとつだと思っている。幼いときにギリシャ神話を読んで、私は母のヘレンをなんとなくトロイのヘレンと重ねていた。またそれ以上に、父が好んで引用していたポーの「ヘレン」とも。

ヘレン、汝の美しさはわたしにとって
いにしえのニケーアの帆船のよう。
芳しき海をゆったりとわたり
疲れきった旅人をのせて
故郷の岸辺につれていく……

このヘレンこそ、私の母ヘレンで、もちろん私の故郷の岸辺だった。私はその詩に私自身の憧れを、女の子の憧れを、はじめてきいたのだと思うが、それは男の詩人によって表され、男の声で、つまり私の父の声で読まれた。

父は美や完全主義をよく話題にした。父は女のからだを不浄なものと考え、女の体臭を嫌った。肉体嫌いのため、女が汗をかき、排泄し、月ごとに血を流し、妊娠するという、より低い世界とは関係をもたないようにしていた。（母は妊娠して最後の数ヵ月というもの、父がいつも母のからだから目をそらしているのに気がついた。）この点で父はユダヤ人そのものだったのだろうが、南部人そのものでもあった。「純粋」で、だから血の気のない白人の女を、月の光に照らされて青白い、触れると花片の縁が汚れるようなくちなしの花のように思っていた。

けれども、父の娘らしく、男の目を通して自分を見る女に特有の、からだにたいするあいまいな自己嫌悪に悩んでいたあの頃でさえ、私が母のからだに見いだした幼い頃の喜びや確かさは、決して消えさることなく私の心にやきついていたと思う。私はマスターベーションが口にできない言葉だった頃でさえ、自分のからだで得られる快感を信じていた。母なら、そういう快感を知ったとしても、必ず無理にでも抑えただろう。それでも私は、まず最初に母のからだを愛したことから私自身のからだを愛するようになったのだと、これは母から娘へ深いところで伝わってきたものだったのだと思わずにはいられない。私は肉体なしの頭だけの人間ではないとわかっていた。私の心とからだは、父と母とのあいだのように分けられるかもしれない。けれどその両方とも私のものだった。

母親たちと娘たちはつねに、女が生きのびるための知恵を言葉で伝えあうだけでなく、意識下にある、現存のものをくつがえすような、言葉になる以前の知識も交わしあってきた。その知識は、片方が他方のなかで九ヵ月を過ごした二つの似たからだのあいだを流れている。産むという経験は、娘のなかに自分の母親を強く重ねあわせ反響させる。よく女は妊娠中や出産中に自分の母親の夢をみる。アリス・ロッシが、女は子供に初めて授乳するとき、自分の母親の乳のにおいの思い出をかきたてられると言う。母娘の関係は一般に痛みにみち葛藤が多いものだが、そういうときですら月経については、母親に女として近さを感じる娘が多い。*(3)

2

自分の母親について書くのはむずかしい。なにを書いても、私自身の話になり、私自身の過去を語ることになってしまう。もし母自身が自分について語れば、そこには別の風景がひろがるだろう。けれども私の風景であろうと母のであろうと、そこには必ず、心の奥深く燃える怒りがはるか昔からそこここでくすぶっていることだろう。結婚する前、母は何年もピアノ演奏家として、また作曲家として本格的に研鑽をつんでいた。南部の町に生まれ、欲求不満の多い、強い母親のもとで育った。やがてボルティモアのピーボディ音楽院で学ぶ奨学金を得、その後、女学校で教えて学費を稼ぎ、ニューヨーク、パリ、ウィーンでさらに勉強した。十六歳の頃から評判の美しい娘で、いつ結婚してもふしぎではなかったが、彼女には非凡な才能と決断力と、当時の土地がらからすれば独立心があった。幅ひろく読書もしたし、いまもしている。また、私が子供のときの成長記録や、いまもよく書く手紙でわかるように、優雅でありながら、ピリッとしたものをよく書いていた。

彼女が私の父と結婚したのは十年間もの婚約のあとで、その間に父は医学の研修を終え、医学界にしっかりと足を踏みだしはじめていた。結婚すると同時に彼女は演奏家になることをあきらめたが、作曲は数年間つづけていて、いまもすぐれた技術と情熱をもったピアニストだ。頭脳明晰で野心満々の父は気力にあふれていて、自分を高めるために母が一生を捧げてくれると信じていた。収入は限られていても医学教授の妻として、品よく格式をもって家事を切り盛りしてくれるだろう、妻や母親としての義務と作曲や音楽の練習がぶつからないようにするのはもちろんだが、それでも音楽は「つづけて」いかれるだろうと信じていた。子供は二人、男と女を産む、という予定だった。母は一ペニーの単位まできちんと家計簿をつけなければならなかった。いまでも母がしっかりとした字で書きこむ、大きな青灰色の帳面が目にうかぶ。母は市街電車で買物にいき、後に車を買う余裕ができると父を研究室や講義に送り迎えし、よく何時間も待たされていた。子供を二人育て、音楽はもちろん勉強を全部みてくれた（私たちは四年生になるまで学校へ行かされなかった。）私たちがうまくいかないことはすべて母の責任だと感じさせられていたと思う。

超越論者のブロンソン・オルコットのように、父も、自分は（あるいは妻は、といった方がいいだろうが）独自の道徳的、知的計画にそって子供を育てることができると信じて、非伝統的な育児というものの価値を世間に示そうとした。母は、アビゲイル・オルコットと同じように最初はひたすら熱心にその実験に取りくんだのだろうと思う。そして後になって、父の完全主義者らしく厳しいプログラムを実施しているうちに、母親としての深い本能と闘うようになったのだろう。アビゲイル・オルコットと同じように、彼女も、アイデアは夫がつぎつぎと出しても、時々刻々とそれを実行するのはすべて自分にかかることを悟ったにちがいない。（「〝A氏は一般原理については助言を与えてくれるけれども、具体的なことで私を助けてくれる人は誰もいない〟と彼女は嘆いた……しかも夫の考え方はたえず彼女に自分はいい仕事をしているだろうか、という疑問をいだかせた。〝私は正しいことをしているのかしら？　十分なことをしている？　手をかけすぎてはいない？〟」オルコット夫妻の次女ルイーザに「短気」と「意志」がみられると、父親はそれを母親から継いだものだと責めた。[*(4)]）母性が制度化されているところでは、論理が実行不可能なことがわかると、あるいはとにかく何であれうまくいかないと、まず母親が責められる。しかもそれより以前に、私の母は計画のある一点ですでに失敗していた。息子を生まなかったのだ。

長いあいだ私は、母がいつも私より父を大切にし、父の要求や理論をたてて私をその犠牲にすると思っていた。私に最初の子供が生まれた頃、私は両親とほとんど連絡をとっていなかった。父の要求や理論にしたがうよりも、感情豊かな生活や自分が自分であることへの私の権利を主張して、父と闘っていた。私たちはまったくの膠着状態にあった。私は初めての出産で不安と疲れと疎外感にとらわれていて、母に会いたいとは自分にたいしてすら認めることはできなかったし、ましてやどんなに母にいてもらいたいか本人に言うことなどおよびもつかなかった。母が病院にたずねてきたとき、私たちはどちらも何とも言いがたい気持ちのまま、暗い雰囲気をときほぐすことができなかった。母が三日も苦しんで私を産み、しかも私が男でなかったときにまでさかのぼる、もつれた糸そのものだった。それから二十六年たって、私はアレルギーで伝染病棟で寝ていた。皮膚にはおかしな発疹が出ていて、唇と瞼ははれあがり、からだには傷や縫った跡があり、しかも私のベッドのそばの小さな寝台には私が産んだ、完全な、金色にかがやく男の子が眠っていた。自分の気持ちすらわからなくなりはじめているときに、どうして母の気持ちを理解できただろう？　私のからだはそういうことすべてを雄弁に語っていたのだが、それも医学的にはたんなるからだにすぎなかった。私は母に、もう一度私の母になってくれることを、私を抱いたように私の赤ん坊をその腕に抱いてくれることを願っていた。けれどもその赤ん坊もまた、母への抵抗の証しだった。私の息子なのだから。私の心の一部では息子を母にさしだして祝福してもらいたかった。別の一部では、女として悲劇的で不必要な競争のなかで私が勝ったしるしに、彼を高く掲げたかった。

でも私はまだほんの入口にいた。そのときは知るよしもなかったが、いまの私にわかるのは、私たちのあいだのもつれた感情のなかに、そのふつうではありえない対面に、母の罪の意識がひそんでいたことだ。それからまもなく私にもわかりはじめたのだ——母親の担うずっしりと重い罪の意識が。毎日、毎晩、毎時間、繰りかえされる「私は正しいことをしているのかしら？」「十分なことをしている？」「手をかけすぎてはいない？」母性が制度化されているところでは、すべての母親たちが多かれ少なかれ育児に失敗したという罪の意識をもっている。私の母はとくに、父の計画にしたがって完璧な娘を育てるように期待されていた。ところがこの「完璧な」娘は、早熟でありながら、幼くして癇癪をおこしやすくチックにもなり、二十二歳で関節炎にかかって以来、一生片足をひきずるようになった。ついには父のヴィクトリア朝風気質や父の魅力や威圧的厳格さに反抗し、離婚歴のある大学院生と結婚し、テニスンの流麗な甘さのかけらもない「現代風で」「あいまいで」「悲観的な」詩を書きはじめ、しかも妊娠して赤ん坊をこの世に送りだすという向うみずな女となった。まじめで、ませた子供でも、詩的で魅力的な少女でもなくなっていた。父の目で見れば、何かおそろしく道を誤ってしまった。母が父とは別の感じ方をしていたとしても（母の気持ちのなかでもその点は無言で私の側についていたと私にはわかる）、母にも責任があると思わされていた。母が当時経験し、それ以来私に語ってきた「無力感」は、すべての母親がもつ罪の意識だといまの私には理解できる。なぜなら私自身がそれを感じてきたからだ。

けれどもそのときの私には、それがわからなかった。そしていまは、あまりによくわかってしまったために、母について書くことがむずかしい。彼女の娘であることはどんな感じだったのか、必死になって書いてみようとするのだが、自分自身が分裂して、彼女の肌の下にすべりこんでいってしまうのだ。私のある部分があまりにも母と重なってしまう。母にたいする怒りがいまも深い蓄積となっていることはわかっている。四歳のときに子供らしいいたずらを叱られてクローゼットに閉じこめられた怒り（命令したのは父だったが、実際には母がした）、六歳のときに極端に長くピアノの練習をさせられ、そのために顔にチックが出るほどだった怒り（これも父が主張したことだが、教えたのは母だった）。（子供の顔のチックがどういうものか、いまは母親として知っている——罪の意識と苦痛が全身をはしって、顔にけいれんとなってあらわれる。）そして妊娠して必死に母を求め、しかも母が敵のほうへ行ってしまったと感じた、娘としての怒りを私はいまも感じる。

そして母の心にも深い怒りが蓄積されているにちがいないと、私にはわかる。母親なら誰でも自分の子供に、抑えることのできない、許せない怒りを感じることがある。私の母が母親となった状況、かなえられなかったたくさんの期待、妊娠している女への父の嫌悪、支配できないことすべてにたいする父の憎悪などを思うとき、母にたいする私の怒りは彼女のための悲しみと怒りにとけこみ、そしてふたたび彼女にたいする怒りとしてもどってくる。古く、消えさることのない子供の怒りだ。

母はいま、ひとりの独立した女として生きている。ずっとそうあるべきだった本来の生活をしている。祖母として愛され、大切にされ、いつも新しい世界を求めている。現在と未来に生き、過去に生きてはいない。私はもう幻想をもたない——お互いの傷を全部さらけだし、母と娘として分かちあった痛みをふりかえり、ついにすべてを語りあうといった、かぎりなく心をいやす会話をしようという幻想をもたない。それはいやされることのない子供の幻想だ。けれどもこれを書きながら私は、すくなくとも、母の存在が私にとってどんなに大切だったか、いまもどんなに大切かということを認めつつある。

なぜなら、二十世紀の新しいフェミニズムの波の初期にあった私たちにとって、母親たちの抑圧を分析し、なぜ彼女たちが私たちにアマゾーンとなることを教えなかったのか、なぜ私たちの足をしばったのか、あるいはただ放っておいたのか、「合理的に」——そして間違いなく——理解するだけではすまなかった。そのような分析は正確でラディカルですらあったのだが、狭義に解釈される政治がそうであるように、意識をもてばすべてがわかると断定するものだった。実は多くの女の心のなかには、女の子が昔もいまも住んでいて、いまだにひとりの女の保護、優しさ、承認を求め、ひとりの女の力が私たちを守ってくれることを求め、ひとりの女のにおいと感触と声を求め、不安や痛みをおぼえるときには、ひとりの女の強い腕が私たちを抱いてくれることを求めている。私たちはみな、クリスタベル・パンクハースト（一八八〇～一九五八年。女性参政権活動家）の言葉によれば「（婦人参政論者の活動の）犠牲がわかっていて、女たちのためにそれを受けとめる覚悟のある母親となる」[*5]ことを選ぶような母親を求めていたと思う。だから母親たちを理解するだけでは十分ではなかった。私たち自身の女としての力に触れたいという思いのなかで、私たちはかつてなく母親たちを必要とした。私たちのなかにある女の子の叫びを恥じることも幼児退行現象だと考える必要もない。それこそが、強い母親と強い娘のいることが当然である世界をつくりたいという私たちの願いの芽なのだから。

この二重のヴィジョンを理解しなければ、私たちは決して自分自身を理解することにならない。

自分たちがどのように育てられたかを今になっても知覚できない女が多い。わかっているのは母親たちが、はかりしれないかたちで私たちの側にいたということだけだ。けれどももし母親が死んで、あるいは娘を養女に出して、あるいは人生に疲れてアルコールとか麻薬、憂鬱症、狂気にはしって娘を見すてたとしたら、もし制度化された母性が母親が生計をたてることを認めないために、食物を得る金をかせぐかわりに娘を冷淡で愛情のない他人に手渡さざるをえなかったとしたら、もし母親が制度が要求するままに「良い母親」であろうとつとめ、そのため娘が処女であるように心配し、禁欲的にそれを守ろうとしたとしたら、あるいはもし母親が子供がいる生活ができないために私たちのもとを去ったとしたら——私たち娘がどんなに理性で許しても、ひとりひとりの母親がどんなに強く愛情深くても、私たちのなかにいる子供は、男に支配された世界で育った女の子は、いつまでも折にふれ、母親がいないことをひしひしと感じる。このパラドックスを、この矛盾を直視し、それを解きほぐすことができるときに、迷子のようなその女の子が探りもとめる熱い想いを私たち自身のなかにしっかりと見つめるときに、初めて私たちはその寂しさを変えはじめることができ、ともに力を合わせて歩もうとする女たちのあいだに繰りかえし爆発する、やりばのない怒りや苦々しさを魅力あるものとすることができる。女同士が手をつなぐ前に、母親と娘のつながりがもつ知識があったのだ——たとえ断片的でうつろいやすいものだとしても、根元的で決定的に必要な知識が。

3

母親と娘のあいだのカセクシス（心的エネルギーがある対象に向けられること）は、本質的でありながらゆがめられ、誤解されてきて、これまで書かれていない偉大な物語だ。人間の本質のなかで、生物学的に似通ったこの二つのからだのあいだに流れるエネルギーほど激しく響きあうものはないだろう。二つのからだの一方は羊膜の至福のうちに他方のなかに横たわっており、一方は他方を産む営みをしたのだから。何より深い相互性と、何より苦痛にみちた疎遠を示す素材がここにある。マーガレット・ミードは「母親と女の子供とのあいだには強い生化学的類似性があり、母親と男の子供とのあいだには差異があることを、私たちは何もわかっていないのではないか」[*(6)]と提起している。しかし母娘の関係は父権制のもとで、とるにたらないこととして扱われてきた。神学の教義でも、芸術でも、社会学でも、心理分析論でも、永遠に確定的な一単位としての二個群は、母親と息子である。神学、芸術、社会論は息子たちによってつくられたのだから、ふしぎではない。一般的にいえば女同士の強い結びつきがそうであるように、母親と娘の関係は、男にとって非常に脅威だったのだろう。

昔の文書をざっと見ても、娘はほとんど出てこないのが普通だ。父親にとって息子がどういう意味をもつかについては、ヒンズー教のウパニシャッドにも非常に多く書かれている。

（女は）その内において夫自身である息子に滋養を与える……父親は母親に滋養を与えて儀式をおこなうことにより、生まれる以前から、そして生まれてすぐに、子供を向上させる。このように子供を向上させるとき……彼は実はこの世の継続のために、自分の分身を向上させている……これが彼の二度目の誕生である。

アトン、あるいはアトゥムは、エジプトの讃歌でたたえられる。

女の内に種を創りたまいし者
男の内に液を入れたまいし者
母親の子宮に息子をたまいし者……

そしてユダヤの伝統的な話では、女の魂は男の精液と結びついて、その結果がもちろん「男の子供」となる。*(7)

娘はただ黙殺されて、幼児殺しの餌食ともなり、どこでもつねに犠牲となってきた。「金持の男ですらつねに娘を捨てる」と言ったロイド・ド・モースは、古代から中世にいたるまで女にたいして男の数が統計的に不均衡なのは、通常の行為として女の子供を殺してきた結果だとも言う。娘は父親だけでなく、母親にも生命を奪われた。紀元前一世紀に、ある夫が妻に当然のこととして書いている。「子供を産むこともあろうが、それが男ならば生かしておけ。女なら始末せよ」[*(8)]。この習慣に長いことそまっていれば、母親が自分に似た女を産むことを恐れてもふしぎではない。父親は息子に「二度生まれた」自分を見ることがありうるのに、そのような「二度目の誕生」を母親が娘にみることは拒まれてきた。

ヴァージニア・ウルフ（一八八二〜一九四一年。作家）は『灯台へ』で、現代文学のなかでいまでももっとも複雑で、熱情的な、母親と娘の分裂のヴィジョンを描いた。女が自分の母親を中心人物として描写した、非常に数少ない文学作品のひとつとしても意義深い。ラムゼイ夫人は万華鏡のような性格で、小説を読みすすむにつれて変わっていく。私たちの母親が、私たち自身が変わるにつれて変化して見えるのと近い。フェミニスト学者ジェーン・リリエンフェルドの指摘によると、ヴァージニアが幼い頃、母親ジュリア・スティーヴンは、夫と彼のライフワークである『英国人名辞典』にエネルギーのほとんどすべてをかけていて、母親としてのつとめを果たさなかったという。ヴァージニアも姉のヴァネッサも、のちに互いに母親の役を相手に求めあい、（夫の）レナード・ウルフはヴァージニアに、彼女の母親が彼女の父親に与えていたような関心と愛情を与えることになったのだろう、とリリエンフェルドは言う[*(9)]。いずれにしても「奇妙な厳格さと礼儀正しさ」で、ほかの人々（主に男たち）の役に立とうとし、八人の子供を産んだ五十歳の女としてもカリスマティックな魅力をたたえていたラムゼイ夫人は、たんに理想化された存在ではない。彼女は「甘美な多産性を思わせ……致命的な不毛を負う男が身を投じる生命の泉だった」。そして同時に、「彼女は自分が人生とよぶ、こういうことすべてを、ひどい、敵意にみちた、すきさえみせれば素早く攻撃してくるものと感じていた」。

彼女は「男の不毛を敵意なく」受けとめ、リリエンフェルドが書いているように、女のことはあまり好きでなく、人生を男の要求に合わせて過ごしている。若い画家リリー・ブリスコーは、ラムゼイ夫人の膝に両手をまわしてすわり、頭をその膝の上にのせて、「からだで接触している、その女の心のなかで」彼女とひとつになることを願う。「人がいうところの愛するという行為は、彼女とラムゼイ夫人をひとつにするだろうか？　彼女が願ったのは知識ではなく、ひとつになることであり、板に刻まれたものでもなく、男が知っているどんな言葉によっても書くことのできない親密さそのものなのだ……」。

けれども何も起きない。彼女はラムゼイ夫人を手に入れられない。そしてウルフはリリー・ブリスコーにはっきりと自分自身を投影させたので、その情景は二重の告発となっている。自分の母親との緊密さをもとめる娘と、母親ではないが情熱的な憧れの対象となる女との緊密さを求める女だ。ずっと後になって彼女は、自分が「ラムゼイ夫人とその通常でない力」に「対抗できる」のは作品のなかでしかないと理解する。作品のなかで彼女はラムゼイ夫人とジェームズを、つまり「母親と息子」をひとつにして絵のように美しい主題とすることを拒否できる。作品を通じて、リリーを男から独立させ、ラムゼイ夫人をそうでなく描くことができる。この上なく激しい、容赦のない書き方で、ウルフはラムゼイ夫人の人格のひだを洞察する。男たちが彼女を必要とするように、彼女は男たちを必要とし、彼女の権力と強さは、男に依存することで保たれ、ほかの者たちの「不毛」の上に築かれている、と。

娘としてのヴァージニアが母親ジュリアを『灯台へ』に描くまでには、何年も考えぬいたことは明らかだ。ジュリアの魅力はリリー・ブリスコーの口を借りて語られている。

五十対の目もそのひとりの女を見ぬくには十分ではないと、彼女は思った。そのなかには彼女の美しさがまったく見えない目もあるにちがいない。空気のように透明でひそかな感覚だけになり鍵穴からそっと忍びこんで、すわって編物をしている、話をしている、窓のそばにひとり静かにすわっている彼女をとりまきたいと思う。その感覚はあたりにとけこみ、汽船の煙をとりこんでしまう空気のように、彼女の考えを、想像を、望みをとらえて大切にするだろう。彼女にとって垣根は何を意味し、庭は何を意味し、波が砕けるとき、それは何を意味したのか？*(10)

そしてまさにこれこそ芸術家ヴァージニアが成就したことだ。しかしその業績は、彼女の文学者としての力量を証明するだけでなく、母親にたいする娘の熱い思いを、とりわけ彼女があれほど熱愛し、しかも手の届かなかったこの女を理解する必要があったことを証明するものだった。

複雑にからみあい、母親を彼女から分けへだてたさまざまなちがいを理解する必要をもつ。
家族中心の母親のもとに生まれた女の活動家や芸術家は、母親は彼女の人生に対する義務感を理解したり共感したりできないと、あるいは母親はもっと保守的な娘か、さもなければ息子を好み、評価すると、いずれにしても感じるものなのかもしれない。看護を勉強するためにフローレンス・ナイチンゲールが闘わねばならなかったのは、彼女の母親の人格のなかにある、上流階級特有のヴィクトリア朝風女らしさを求める窮屈な因習、地方の大邸宅や居間で人生をおくる宿命だった。そういうところに住んでいる女たちが「何かをしたくて」気も狂いそうになるのを彼女は見ていた。*(11) 画家パウラ・モーダーゾーン＝ベッカー（一八七六〜一九〇七年）は、その一生を通じていつも、母親が彼女の生き方を受け入れないのではないかと心配し、おそれていた。作品についての葛藤でも、彼女は一八九九年にこう書いている。「とくに母のためにこれを書きます。母は私の生活を、いつも切れ目なく、わがままな酔っぱらいが面白おかしく過ごしているものだと考えていると思います」。夫と別れるとき、彼女はこう書いている。「おかあさんが怒っているかと、とても心配でした……でもこんなによくしてくれて……大切なおかあさん、私のそばにいて、私の人生を祝福してくださいね」。そして出産で死亡する年には、こう書いた。

――――

……私はいつも、大騒ぎばかりしています……ほんのときたま休み、それからまたゴールめがけて動くのです……たまに私が冷たく見えるときは、どうかこのことを思い出し

――――

てください。つまり私はひとつのことにだけしか集中できないのです。これをエゴイズムとよぶべきかどうか、わかりません。もしそうだとしたら、それはこのうえなく気高いものです。

私は自分がやってきた膝に頭を置きます。そして生命を与えてくれたことを感謝します。*[12]

エミリ・ディキンスン（一八三〇～一八八六年。詩人）の有名な言葉「私に母はいなかった」は、いろいろに解釈されている。だがたしかに彼女が意味したことのひとつは、彼女自身は母親が生きた人生とはまったくちがう、基準からはずれた生き方をしているという思いだろう。彼女の心をもっとも多く占めていることを、母親は理解できなかったということだ。しかしディキンスン姉妹は、母親が一八七五年に中風の発作に倒れ、一八八二年に亡くなるまで手厚く看護した。その年の手紙にエミリ・ディキンスンはこう書いている。

……母との別れはあまりに突然で、私たちは二人とも、ぼんやりとしています……死ぬ前の日の晩、母は幸せそうで、食欲があって、私がつくった夜食をとてもおいしそうに食べてくれて、私はうれしくて声をあげて笑いました……

私たちの最初の隣人である母、その人が静かに去っていってしまい、私たち迷える隣人はどうすればよいのか、悲嘆にくれています。

懐かしい母の顔を奪われて、私たちはお互いをほとんど知らず、まるでさめたら消えてしまう夢と格闘しているような気持ちです……


そしてこの娘の手紙は、詩人の叫び「ああ、言葉の幻影よ！」で終わる。*(13)

「シルヴィアと私のあいだにあったのは――私の母と私とのあいだにあったように――一種の精神的浸透で、それはときに非常にすばらしく、慰めとなるものでした。でもときには歓迎されないプライバシー侵害ともなりました」。これはオーレリア・プラスが娘のシルヴィアとの関係について、母親の立場から書いたものだ。シルヴィア・プラスの『家への手紙』の読者にとって、この関係の強さはかなり気になるものだったようだ。手紙は主として母親あてに週に一、二度、最初は大学から、のちにはイギリスから送られた。この母親と娘の関係を、シルヴィアの若い頃の自殺未遂、冷たい完璧主義、「偉大なこと」への強迫観念の源としてみる傾向すらある。しかし『家への手紙』の序文を読むと、そこには立派な女、真に生きのびてきた人間の姿がある。自己破壊の例を示したのはむしろシルヴィアの父親だった。手紙は完全にそろったものではないので、*(14) シルヴィア・プラスの伝記や批評を書くとしても、もっと多くの資料が出てこないかぎり良いものができるかどうか疑わしい。しかしこれらの手紙に終始みられるのは、母親の膝に横たわる必要、つまり詩と賞、本と赤ん坊、出産しようとしているときに母親を求める気持ち、母親に娘を育てるための努力や犠牲は報われたと知らせたいという気持ちだ。最後のほうの手紙でシルヴィアは、彼女自身と海をへだてた母オーレリアとを、あの「精神的浸透」の痛みから守ろうとしているように見える。「力がでなくて、しばらくは会えません」と彼女は、離婚後アメリカへ来ない理由を説明している。「去年の夏、あなたが見た、あなたが見るのを私が見た、恐怖が私たちのあいだにあって、私は新しい生活をはじめるまで、あなたに顔を合わせられないのです……」（一九六二年十月九日）。その三日後。「最後の手紙を破ってください……信じられないほど気持ちが変わりました……毎朝、睡眠薬がきれる五時頃に起きて、書斎でコーヒーを飲み、狂ったように書いています――毎日、朝食前に詩をひとつつくってきました……ひどいものです、家庭生活に息がつまったようで……ニック（息子）には歯が二つ。立ちます。天使みたいです……」（一九六二年十月十二日）*[15]

　精神的浸透。命がけの防御。しばしば否定される絆の力――なぜならそれは意識をくだき、ときには娘を脅かして「あの秘密の部屋に（つれもどすから）……ひとつの壺に注がれる水のように分けられることなく同じまま、憧憬するものとひとつになって……」*[16]。あるいは、母親たちの冷たさや残酷さほど耐えがたい、冷たさや残酷さはないからか。

『さびしさの泉』（レズビアニズムを病的、悲劇的に描いたために発禁となった小説）でラドクリフ・ホール（一八八〇〜一九四三年）は、アンナ・ゴードンとレズビアンの娘スティーブンとのあいだのほとんど異常なほどの反感を描いている。クラフトエービング（十九世紀末ドイツの神経学者）を読んだために、彼女を「理解して」、運わるく不具になった息子でも扱うように彼女に接するのは父親だ。母親は最初から彼女を他人、侵入者、よそものとして見る。ラドクリフ・ホールの小説は、著者の自己否定を表し、彼女自身の本能にたいして投げかけられるさまざまな意見を内面化するものとして、痛みをともなう。彼女の自己嫌悪は、母親アンナと娘のスティーブンとのあいだにはなんの関係もありえないと想像するところで頂点に達する。しかし母親と娘のあいだのつながりを求め、それが可能かもしれないと思わせる箇所がひとつだけある。肉体的な感覚にもとづく結びつきだ。

草地のにおいは二人の気持ちを奇妙に動かすのだった。……スティーブンはときどき母親の袖をぎゅっとひっぱらなくてはならない――その濃い香りをひとりで耐えていることができなくて。

あるとき彼女が言ったことがあった。「じっとしていて、でないと消えてしまう――まわりじゅうにいっぱい――澄んだにおいなの、あなたを思い出すにおいよ！」そして彼女は赤くなり、アンナが笑いはしないかと恐れてちらっと見あげた。

けれども彼女の母親は、自分とはまるで反対なことばかりのこの人間を、ふしぎそうに、戸惑いながら、重々しく見つめていた……生垣の下のしもつけ草の草いきれに、アンナは、彼女の子供と同じように、気持ちをたかぶらせていた。この点では二人はひとつ、母と娘だった……二人がそれを見ぬけさえすれば、そんな小さなことが二人を結びつけたかもしれない……

二人は何かをたずねたいかのように、じっと見つめあった……互いに。そしてその瞬間は過ぎてしまった――二人は無言のまま歩きつづけた。気持ちは以前より近くならないまま。*(17)

自分の母親とのあいだに越えられない淵があるのを感じる女は、自分の母親は、スティーブンの母親のように、自分の性を決して受け入れてくれないと思いこんでいるのかもしれない。しかしレズビアンについては無知と偏見が一般的だという現実があり、世間の目には自分が娘を「だめにした」ように見えるのを恐れながら、母親は心のどこかで――口には出さず、間接的に、ぼんやりと――女を愛している娘を確認したいと思うこともあるだろう。完全に伝統的な、異性愛による人生を生きてきた母親たちは、娘たちの女の恋人について、問われればそういう性質の関係を否定することが多くとも、実際には受け入れ、生活の上での準備を助けてきた。ほかの女に

たいする愛情を心から完全に認められる女は、母親が恋人を拒否しないような雰囲気をたいてい自然につくれる。*(18) しかしそのように認めることは、まず、私たち女が自然にはじめなければならず、決意しておこなうべきものではない。

自分の子供をもち、後になって女にたいする気持ちの深さや広さを認識し、それを行為に結びつけるようになった女は、自分の母親と複雑な新しい絆をもつことができる。詩人スー・シルヴァーマリーはこう書いている。

レズビアンと母親とのあいだには、反発だけではなく重なりあっているものがあることが、わかった。恋人と私、私の母と私、私の息子と私、それぞれのあいだに共通してあるのは、母親の絆——原始的で、すべてをつつむ、最高の絆だ。

ほかの女を愛することによって、恋人の母親になりたいという気持ちと恋人に母親になってもらいたいという気持ちの両方を強く感じることがわかった。そう発見したとき、初めは恐かった。私の周囲すべてがそれを悪いことだと言う。よくいうフロイト派は、病的執着であり、未成熟の証拠だと罵った。でも私はしだいに自分自身の要求と欲望に信念をもつようになった……いまは二人の愛しあう女のあいだのドラマを信頼し、大切にしている。そのドラマのなかではどちらも母親になれるし、子供にもなれる。

それは日常の生活から切りはなされ、肉体的に愛しあっているときに、もっともよくわかる。恋人にキスし、愛撫し、そのなかにはいっていくとき、私は母親のなかへもどる子供でもある。私は子宮のような調和に、昔の世界に、もどりたい。私は恋人のなかへはいっていくが、もどっていくのはオーガズムを感じる恋人だ。私は彼女の顔に、閉じた目のうしろに、幼児が記憶をたどる無意識の至福を、長いこと見ている。それから彼女が私を愛するときには……その強烈さはまさに押しだす力であり、生まれてくる力だ。彼女が私のなかにはいり、そして生まれてくるエクスタシーとひとつになる……それで私もまた母の神秘にもどり、母親の絆が強かったときにそうであったにちがいない世界へともどる。

いま、私は実際に私を産んだからだをもつ人のところへ帰っていき、その人を理解する準備がある。彼女について学びはじめ、私が感じた拒絶を許し、彼女を求め、彼女のために心を痛めることができる。私は自分が望まれないうちは、決して彼女を望まなかった。女によって望まれないうちは。いま、私は新しく生まれるとはどういう感じなのか、無邪気さを取りもどすとはどういうことか、知っている。女とともに身を横たえ、彼女に私の弱さそのものをあずける。その弱い力を大切にされる。だからいまの私は、私が必要としたときに私を大切にしてくれなかった彼女のもとへもどることができる。責めることなくもどる。彼女も私を待っていてくれるという希望がもてる。*(19)

一七六〇年代から一八八〇年代にわたる、三十五家族のアメリカ人の女たちの日記や手紙を調べた歴史学者キャロル・スミス＝ローゼンバーグは、それぞれの時代に特有の親密さをもち、ときには明快に官能的な女の友情が長くつづくのには、ひとつのパターン――ネットワークとさえいえる――があるのを突きとめた。優しく、愛情にみちたそれらの関係は、どちらか、あるいは両方が、結婚して離れることになっても、「女の世界」でとぎれることなくつづいた。それは男が関心をもつ、より大きな世界とは明らかにちがうが、女たちが互いの人生を何よりも大切にする世界だった。

スミス＝ローゼンバーグは、こう記す。

……親密な母親と娘のような関係を……女の世界の中心に（見出した）。……そういった関係の核は徒弟制度といってもいいようなものだった……母親やそのほかの年上の女たちが娘たちに家事や母親としての役目をていねいに教えこんだ……若い女の子たちはよく家事をかわった……そして出産や子守、育児を手伝った……

娘たちは生まれると女の世界にはいった……家庭における母親の役割がかなり安定していて、それにかわって競うものがないとき、娘たちは母親の世界を受け入れ、当然のこととしてほかの女たちに助けと親しさを求めた……

現代では自立を求める思春期の少女にはほぼ避けられないと思われている、母親と娘の敵対関係がまったくないことについては、いろいろ推測できるだけだ。……女が攻撃的であることをタブー視していたため……母親と思春期の娘とのあいだでもそれが強くはたらいて、いさかいを抑えたとも考えられる。しかしこれらの手紙類は非常にいきいきとしていて、娘たちが母親の仕事にもつ興味が明るく純粋なので、その親密さを抑圧とか拒否といった言葉と関連させて解釈するのはむずかしい。*(20)

新しく開拓された地にそのような女の世界がなかったことは、友人、母親、姉妹といったつながりを遠い故郷に置いてヨーロッパから移住してきた女たちが表わした寂しさ、ノスタルジアからとらえることができる。それらの女たちの多くは、故郷からの手紙を待ちのぞみながら、女特有の孤独と闘って、ゆく年くる年を自作農場で過ごしていた。「何人かのいい女友だちさえいたら、私は完全にみたされるでしょう。それがなくて寂しいのです」と、ウィスコンシンに住むひとりの女が一八四六年に書いている。開拓地の母親は、自分の母親か親戚の女たちのそばで子供を産み、育てるといったこともなく、女としての経験を分かちあう人間を誰も近くにもたなかった。コレラとかジフテリアで子供を失ったりすると、母親はひとりで葬式や喪の哀しみに耐えなければならなかった。孤独、誰も分かちあう者のない哀しみ、罪の意識などから、憂鬱症やノイローゼにかかって、いつまでも治らない女たちもいた。*(21) 開拓によって平等や自立をより幅ひろく与えられ、伝統的な役割の殻を破るチャンスをえた女たちがいたとしても、皮肉なことに、それが女のコミュニティの親しさや精神的支持を奪うことになった。母親たちからも切りはなされることになった。

また、十九世紀フェミニズムの台頭、二十世紀の軽はずみな誤った「解放」（煙草をふかし、どこにでも寝るといった）、産児制限が認められるようになって女たちが手に入れた新しい選択のはじまりなどが、母親と娘の絆を（それとともに、共通の生活パターンと共通の将来への期待などに根ざす強い女の友情のネットワークも）弱める結果となったかも知れないのは、やはり皮肉に思える。一九二〇年代までには、フロイト派の思想もしだいに浸透してきて、強い女の友情は女子学生たちのあいだで「仲間」意識としてもたれるだけで、学校を出てからもその友情を保つことは、遅れているか病的だと考えられた。*(22)

4

「マトロフォビア」（母親恐怖症）という言葉は、詩人のリン・スーケニック（一九三七〜一九九五年）がつくったものだが、*[23] 自分の母親とか母性を恐れるのではなく、自分が母親になるのを恐れることだ。多くの娘たちが自己嫌悪や妥協から解き放たれたいともがいているが、もともとそれを教えたのは母親だと見ている。また、女が生きていくうえで課せられる制約や女であるために低く評価されることを、いやおうなしに伝えたのも母親だと見る。母親をそのようにしてしまったいろいろな力を母親をこえて見るよりも、母親自身を憎み、拒否するほうがはるかにやさしい。しかしマトロフォビアになるほど母親を憎むということは、心の底深くで母親にひきつけられていて、防御をゆるめると母親とまったく同じであることがわかってしまうという恐怖があるのかも知れない。思春期の娘は、母親と戦争状態にあっても、母親の洋服を借りたり、母親の香水をつけたりする。家を出てから自分でやる家事の仕方は、母親がやっていたこととの正反対ということもある。ベッドは決して整えず、皿は洗わない。自分が抜けでなければならない軌道をもつ女の、しみひとつなく手入れのいきとどいた家の逆を、無意識のうちにめざしている。

グレイス・ペイリー（一九二二〜二〇〇七年。作家）の言葉を借りれば、「彼女の医者になった息子と小説家になった息子」は「ユダヤ人の母親」を責め、ばかにするが、ユダヤ人の娘たちは、自分を産んだ女、そして自分がなるかもしれない女の自己嫌悪、罪の意識、矛盾した思いなどをそっくりそのまま引き継ぐ。「マトロフォビア」は、ユダヤの娘の人生に近世になってから登場した現象だ。ゲットーの、移民時代初期のユダヤ人の女たちは、タルムートを学ぶ男たちを支え、子供を育て、家族の諸事万端をとりはからい、敵意にみちた異教徒の世界ととりひきし、あらゆる実務的な方法で経済的にも文化的にもユダヤ人が生きのびることを可能にしていた。移民も後の世代になって同化政策と圧力が高まって男たちが経済的な分野に出るようになり、初めて女たちは、異教の中流階級が生みだしていた母親／主婦専業まで退歩するよう求められたのだった。「私が結婚しなかったら、母に殺される」「私が結婚しなかったら、母は死ぬわ」——エネルギーをほかの価値あることに使うことができなくなった「専業主婦」は、殉死すると言っていいほど子供たちに過剰にかかわるようになり、子供をわがもののように支配し、慢性的に心配し、まさしく没頭するようになった。小説などで「ユダヤ人の母親」とからかわれる姿だ。しかし「ユダヤ人の母親」は、ひとつを残して後のすべての役割を無理に奪われた、十九、二十世紀の女たちがなれる母親のただひとつの姿だった。*(24)

マトロフォビアは、自分のなかの女が分裂して母親の束縛から完全に解き放たれ、ひとりの自由な個人になりたいと願うことだと見ていい。私たち女の心のなかで、母親は犠牲者、殉教者、解放されていない女を代表する。そして私たちの個性があいまいになると母親と同じになってしまう危険があるように思う。そのためどこで母親が終わり娘がはじまるのか必死になって探しあぐね、過激な処置をしてしまうのだ。

> 母親が行ってしまうと、マーサはおなかをかばうように手で押さえ、そのなかに生きている者に、何もあなたを変えはしない、あなたには自由を贈るわ、とつぶやいた。自由なマーサの精神が、赤ん坊を彼女から、母親マーサの力から守るだろう。敵である母親マーサは、その場に決してはいってきてはならない。[*25]

ドリス・レッシングの女主人公は、自分の母親によって自由を奪われたと感じ、自分もまた母親になることがわかったとき、自分を二つに割る。割ろうとする。

しかし子供をもつ女でも、ケイト・ショパン（一八五〇〜一九〇四年。小説家）が『目覚め』（一八九九年）に描くように、不安定ながらも自分に忠実に生きることができる。

> ……ポンテリエ夫人は母親であるだけの女ではなかった。その夏、グランド・アイルでは母親らしい女が流行っているようだった。大事なひなに、実際にであろうと想像上であろうと、なにか危険がおそってきたときに、ばたばたと羽根をひろげて庇う母親をやるのは簡単だった。子供を溺愛し、夫をたてまつり、個人としての自分を抹消して救いの天使の翼をつけることを神聖な特権と考える女をやるのは。[*26]

エドナ・ポンテリエは、自分の楽しみと自分の能力を達成すること（いまだに完全に男を通じてではあるが）を求め、母親として「不適格」だと見られる。彼女の子供たちは、たいていの子供よりも自立しているだけなのだが。コーラ・サンデルは女主人公アルベルタを、原型的な母親らしい女ジャンヌと対照的に描く。アルベルタは作家で、「十分に母親らしく、家庭的であるように見えないのを、この数年、悩んでいる」。誰にでも目をいきとどかせる、有能で元気なジャンヌから非難され、うとまれていると感じている。

「栄養剤を飲むのを忘れないでね、ピエール。しばらく横になっていなくてはだめよ。そうすれば元気がでるから。マーサ、かいちゃだめじゃないの。ヨードを塗ってあげるから、それまでどこにもさわらないで。アルベルタ、マダム・ポーレーンがあのサンド・シューズを全部売りきってしまわないうちに、行ってらっしゃいよ。……トットをあんなに長いこと日にあたらせちゃいけないんじゃない、アルベルタ……」*(27)

このように、基本的に自分を母親としてみなす女は、そうではない女、ショパンが描いたような母親の役に適していないと思っている女にとっては脅威であり、反発を感じさせるようだ。リリー・ブリスコーも、この役を拒否する。ラムゼイ夫人になりたいとは思わない。それがわかったことが、彼女にとって非常に大切なのだ。

5

母親にとって娘を失うこと、娘にとって母親を失うことは、女にとって本質的な悲劇だ。私たちはリア（父親と娘の対決）、ハムレット（息子と母親）、オイディプス（息子と母親）を人間の悲劇を表す偉大な作品とみなす。しかし母親と娘のあいだの熱い思いを描いて今日まで残る作品はない。

書かれたことはあっても、失われてしまった。二千年にわたってギリシャ人の生活の精神的基盤となっていたエレウシスの宗教祭典にもとりあげられていた。デメテルとコレの母親と娘にまつわる神話にもとづくもので、とくに禁断と秘密をもった古代文明の儀式であり、舞台で演じられることは決してなく、秘伝を授けられる者が長い清めをおこなった後にだけ知ることができるものだった。紀元前七世紀のデメテルに捧げるホメロスの讃歌によれば、その祭典は女神デメテル自身によってつくられたもので、娘コレ、あるいはペルセポネとの再会にまつわるものだ。ペルセポネは、ある神話によれば地下の王ポセイドンによって、またそれより後の神話によれば死者の国の王ハデス、もしくはプルトンによって、誘拐され強姦された。娘を奪われたデメテルは、女王としてつかさどる穀物が生えないようにして、復讐する。

一年のうち九ヵ月だけ娘を取りもどせるようになって、デメテルはその期間だけ、地上に実りと生命をもたらす。しかしホメロスの讃歌はこう伝える。コレがもどったことを喜んだデメテルが最高の贈り物として人間に贈ったのは、植物をもどすことではなくエレウシスで神聖な儀式をおこなう礎をつくることだった。

紀元前一四〇〇年から一一〇〇年のあいだにはじめられたエレウシスの祭典は、人間の精神的生存のための根本原理を示すと考えられた。ホメロスの讃歌はこう伝える。

これをおこなった地上の者は祝福される。祭典になんの役割も果たさなかった者は祝福を受けられない。焼くように暑い闇のなかの死者となる。*(28)

ピンダロスとソフォクレスも、秘伝を授けられた者と、「ほかのものすべて」つまり祝福を受けられなかった者とを区別する。また古代ローマのキケロは秘儀についてこう述べているという引用がある。「われらは喜びのうちに生きるのみならず、より大きな希望をもって死ぬよりどころを与えられた」。エレウシスの秘儀が古代精神に果たした役割は、キリストの情熱と復活が果たした役割と比べられてきた。しかし秘儀によって祝福される復活では、奇跡の触媒となるのは母親の怒りであり、地下の世界からよみがえる娘である。

エレウシスの儀式は古代世界の多くの場所でまねされ剽窃された。しかしほかにない聖地、真のヴィジョンを体験できる唯一の場所はエレウシスにある神殿だけだ。これはデメテルがコレを失ったことを嘆きながらすわっていたと考えられる「処女の井戸」あるいは泉があったところで、儀式を定めるためにもどってきた場所だ。この聖地は、二千年後、三九六年にアラリックに率いられたゴート族がギリシャに侵入したとき、滅ぼされた。

しかし二千年のあいだ一年に一回九月に儀式がおこなわれ、ミスタイつまり秘伝を授けられた者が、海につかった。それから、行列をつくり、松明と「つるにちにちそう」の束を持って、エレウシスまで歩いた。エレウシスに着いてはじめて「ヴィジョン」つまり「見たという状態」に近づくことができた。豚（偉大なる母に捧げる聖なる動物）がデメテルへの供物として殺され、秘伝伝授の第一段階として彼女を讃えて食された。秘伝を授けられた者と司祭だけがいちばん奥の神殿まで入ることを許され、そこに鳴りひびくドラの音に呼ばれてコレが現れた。そしてごうごうと燃える明かりに照らされて、死者の国の女王ペルセポネが幼い息子を抱いて現れた。「女神に信仰をもてば……死のなかでも誕生は可能である」ことを人間たちに示すものだ。秘儀の真の意味は、父権制的分裂が生死を完全に断絶するかと思われたとき、死と生の統合を示すことにあった。

前記のほとんどはC・ケレーニイのエレウシスの研究から引いたものだが、それによると儀式の最後には司祭が秘伝を授かった者の方を向き、刈りとった穀物の穂を示した。

> 「見た」者たちすべてが、この「具体的な物」を目にしてふりむいた。それはあたかも、未来からこの世を、穀物はじめ目に見える物の世界を振りかえるかのようだった。穀物は穀物でそれ以上の物ではなかったが、デメテルとペルセポネが人間に与えたすべてを象徴するといってもいいものだった。デメテルは食物と富を、ペルセポネは地下の誕生を。エレウシスでコレを見た者たちにとって、これはたんなるメタファーではなかった。[*29]

エレウシスで発見された紀元前五世紀の大理石のレリーフには、女神デメテルとコレ、そして二人のあいだに少年トリプトレマスの像が彫られている。トリプトレマスは穀物の贈り物を受けとるためにデメテルのもとにこなければならない「最初の男」である。ある神話によれば彼は、エレウシスの祭典を通じて、戦を好む乱暴な生き方から平和を好み土地を耕すように生き方を変える。彼は三つの掟「両親を尊敬する」「果実をもって神々を崇める」「動物を大切にする」をひろめたと考えられている。しかしケレーニイは、トリプトレマスはエレウシスで重要な存在ではないと明言している。[*30]「静かに祀られた」穀物の女神としてのデメテルは、さらにさかのぼる古代の過去に存在し、男に果実を与えた。しかし秘儀の女神として彼女ははるかに重要な存在となった。「彼女自身、嘆き、悲しみのうちに秘儀の場に現れ、娘の母親としての資格で、秘儀の中心に向いた」。[*31]（傍点、引用者）

デメテルとコレの別れは無理強いによるものだ。娘が母親に反抗したのでもなければ、母親が娘を拒否したのでもない。エレウシスは、古代の父権制的世界にあって偉大なる女神がもっていた多面性の、最後の復活だったようだ。デメテルの母レアが現れる神話もいくつかある。しかしコレ自身も地下で母親となる。[*32] ジェーン・ハリソンはこの秘儀を、もっとはるかに古い、男は除外された女の儀式にもとづいてつくられたものだと考えた。もしそうであれば、それは、記録に残る歴史以前でも、母親と娘のカセクシスはいかに危険視され複雑だったかを思わせる。紀元何千年も昔でも、娘は誰でも、レイプをなかったものとし、自分を死の世界からつれもどしてくれるほど、母の自分への愛が強く力が大きいことを願ったにちがいない。そして母親は誰でも、デメテルの力をもち、その怒りをむくわれ、失った自分自身と和解することを願ったにちがいない。

6

デメテルとコレの奇妙な、そして複雑な現代版が、マーガレット・アトウッド（一九三九年〜。作家）の小説『浮かびあがる』に見られる。小説の語り手は名前のない女で、自分については「愛することができず」「感じることができない」と言い、第二次世界大戦中に家族と一緒に住んでいたカナダのある島にもどってくる。彼女は、その島にひとり残って暮らしていて謎のうちに姿を消してしまった父親を探している。母親は死んでしまった。彼女は恋人と、もうひと組のカップル、デイヴィッドとアンナ——いわゆるアメリカ風のヒッピーだが、ヤンキー的なものはすべて憎んでいる――とともに、子供時代を過ごした所へもどってくる。そして周囲の森林や誰も住んでいないキャビンなど、父親がいそうな所を探しあるく。そのキャビンで彼女は母親がとっておいた、彼女の子供時代の古いアルバムとスクラップ・ブックを見つける。母親の古い革の上着もハンガーにかかったままだ。また、インディアンの象形文字を父親がスケッチしたものを見つける。ヒッピーの二人は、技術中心のアメリカ帝国主義への反感をつのらせながらも、島の原始的な環境に退屈し、落ち着かない。しかし殺すために殺し、木々を切りたおして自然を破壊しているのは、小説のなかの男たち――アメリカ人と同時にカナダ人――だ。デイヴィッドは乱暴にアンナを支配し、セックスも強引だ。語り手は最後に、インディアンの壁画の写真を撮ろうとしていて湖で溺れたと思われる父親の遺体が見つかったのを知る。仲間はみなボートで文明のもとへと帰っていくが、彼女だけはその場所とその力とかかわって生きていくことを決心して、残る。彼女は裸で森のなかを歩きまわり、草の実や根を食べ、彼女のヴィジョンを探しもとめる。キャビンにもどってきて、その草が茂って荒れ放題の庭で……

……私は彼女を見る。彼女はキャビンの前に立ち、手を差しのべている。灰色の革の上着を着ている。髪は肩にかかるほど長く、私が生まれる前、三十年も昔のスタイルだ。彼女は私に横向きに立っていて、私からは顔の片側しか見えない。彼女は動かず、餌をやっている。一羽は彼女の手首に、一羽は肩にとまっている。

私は立ちどまった。初め私は何も感じない。驚きもしない。そこは彼女がいつもいた所なのだろう。彼女はそこにずっと立っていたのだろう。私は見守るが、その姿は変わらず、私は恐くなる。恐怖で寒くなる。それは現実ではなく、私が私の目で切りぬいた紙の人形、焼いた写真で、私がまばたけば消えてしまうだろう。

彼女は感じたにちがいない、私の恐怖を。彼女は静かに頭をまわし、私を見つめ、そしてその目は私を通りすぎる。まるでそこに何かがあるのはわかっているが、よく見えないように……

私は彼女がいた所にあがっていく。木の枝には何羽かのかけすがいて、私を見て鳴く。餌皿の上にはまだ食べ残しが少しあって、地面にもこぼれている。私はかけすたちをじっと見る。彼女を見つけようとして、どれが彼女なのか見つけようとして。

のちに彼女は、その同じ場所で父親の幻影を見る。

彼は自分が侵入者だとわかっていた。キャビンも、フェンスも、焚火も小道も、侵入してきたものだった。いま、彼自身のフェンスが彼を排除する。論理が愛を排除するように。彼はそれが終わるのを願う、境界がなくなるのを。彼の心が晴れるところまで森が流れてもどっていくのを願う。償い……

彼は私のほうを向く。それは私の父ではない。それは私の父の見たもの、ここにあまりに長くひとりでとどまっていると出会うものだ……

それは私の父ではないが、私の父がなったものだということがいま、私にわかる。彼が死んだのではないことは、わかっていた……

アトウッドの最後の章の書き出しはこうだ。

これは、とりわけ、犠牲になることの拒否だ。そうすることができないかぎり、私には何もできない。私は自分が無力だという昔からの信念を撤回し、捨てさらなければならない。だから私ができることは、もう決して誰も傷つけない……言葉の遊びは、勝ったり負けたりする遊びは終わった。いまはもう何もなく、新しくつくりださなくてはならない……*(33)

彼女は「解放された女」でもフェミニストでもない。男のアイデンティフィケーションとつきあって、つまり男の文化と取りくんでみて、彼女は自分が麻痺するのを感じ、自分は「愛することができない」と信じた。しかし『浮かびあがる』は決まりきった小説ではない。詩人の作品であり、アニミズムと超自然の素材にみちている。父親を探すことが母親とふたたび合体することにつながる。母親は荒野のただなかの家にいて、動物を守っている。茫漠とした意識下で、アトウッドの語り手は、ヴィジョンを得た瞬間、母親の短い驚くべき訪れを通じて、自分の力を認識し、受け入れはじめる。断食と犠牲を通じて彼女は父権制をこえて元へもどる道を探りあてた。そこにとどまることはできない。原始（彼女の父親の解決、男の、究極的にはファシストの解決）は、答えとならない。今度は彼女は自分の存在から出発し、生きていかなければならない。しかし彼女はみずから、さとった。彼女自身の母親を見たのだ。

7

「母親がいない」と感じた女は、生涯、母親を求めるのかも知れない――男にすら。ある女たちのグループで最近こういう声をきいた。「私は母を求めて結婚したの」。そしてそのグループのかなり多くの女たちがそれに同意しはじめた。私自身、ベッドで夫のそばに寝ていて、私のすぐそばにあるからだが母だと半ば夢み、半ば本気で思ったのをおぼえている。*(34)たぶん、性的なあるいは親密な肉体的接触はすべて、人をあの初めてのからだにつれもどすのだろう。しかし「母親がいない」女は、自分自身の弱さを否定するという反応、母親の存在を、まったく、あるいは一時的にでも、感じたことを否定するという反応をすることもあるだろう。そういう女は、他人の「母となること」で自分の力を証明しながら生きるのかも知れない——ラムゼイ夫人のように自分を強いと感じさせてくれる弱さをもった男の母親を演じて、あるいは教師、医者、政治活動家、サイコセラピストなどの役割で母親を演じて。ある意味で、そういう女は他人に自分自身に欠けているものを与えている。しかしそれがつねに意味するのは、彼女が自分自身の強さを感じつづけるためには他人から必要とされなければならないということだ。平等であることには不安を感じるのかも知れない——とくに女たちは。

父権制社会で育つ女で母親に十分、母親らしさを感じられる女はごく少ない。どんなに愛してくれようと、娘のためにどんなに苦労をしてくれようと、母親たちの力はあまりに限られている。そして父権制がまだ幼い女の子にふさわしい希望の程度を教えるのは、母親を通じてだ。ひとりの女が別の女を心配して、質の低い意気のあがらない役割に添うよう強制することは、たとえそれが娘が生きていくうえで助けになると信じてすることであっても、「母親らしい」という言葉では表せるものではない。

多くの娘たちが、母親は「何があっても」すぐに、そのまま言われる通りに受けとめてきたという怒りを激しく感じている。母親の犠牲的精神は自分をおとしめるだけでなく、女になるとはどういうことなのか、その糸口を求めて母親を見ている娘をも半端にする。伝統的な「てんそく」をした中国の女のように、そういう母親は自分の悩みをそのまま娘に伝える。母親の自己嫌悪や希望の低さは、娘の精神にとって「てんそく」のぼろ布だ。ある心理学者はこう述べた。

部屋じゅうの男たち（父親、兄、知人たち）が勃起するために女の子を膝から膝へまわすとき、子供に恥ずかしさと罪の意識をもたせるのは、そこに立ってじっと見ている無力な母親だ。最近ニューヨークで開かれたレイプにかんする会議で、ある女が、彼女の父親は子供だった彼女のヴァギナを言うがままに開かせ、そこに西瓜の皮をつぎつぎと入れて、彼女がとろうとすると殴った、と証言した。しかし彼女がいま、怒りをぶつけるのは、そのときの母親の言葉だった。「このことは誰にも言ってはだめよ」

また、ある若い女は高校一年生のときに集団レイプにあった。母親は彼女にこう言った。「あなたは家族の名前をけがしたのよ。もうだめよ、あなたは」……そのことを話すとき、彼女はいまでもまるでそれが昨日のことのように痛みを感じる。*(35)

そのような母親は責任と無力の両方を感じるというだけのことではない。彼女たちは自分の罪の意識と自己嫌悪を、娘の経験に重ねるのだ。その母親は、レイプされれば娘は罪の意識をもつものだと知っている。だから娘にお前には罪があるよと告げる。彼女は娘と強く共鳴するが、それは自分の強い面ではなく、弱い面でである。フロイト派の心理分析は、母親にたいする娘の怒りをペニスを与えられなかったことへの恨みと見なした。しかしクララ・トンプソンは、「ペニス羨望」について驚くほど早く政治的見解をだし、「ペニスはこの文化に設けられた、ある特定の競争関係、つまり男と女の関係のなかで、権力をもつ人間の象徴である……だから、ペニス羨望といわれる態度は、社会的に恵まれない人々が権力者たちにたいしてとる態度に似通っている」*[36]と言った。ある現代の心理分析者は、母親への娘の怒りは、母親が娘を低い地位におとしめておきながら、息子（あるいは父親）にはみたされなかった自分自身の願望の達成を期待することから生じる場合が多いと指摘する。*[37]しかし兄弟や父親のほうが好まれているわけではない場合でも、娘は母親の無力さや闘争心の欠如に怒りを感じることがある――母親との強いアイデンティフィケーションを感じるからであり、自分が闘うためにはまず愛され、自分のために闘ってもらったという経験が必要だからである。*[38]

　父権制のもとで娘を育てるには、母親に自らを育てる強い感覚があることが必要だ。母親と娘のあいだの精神的相互作用は破壊的でありうるが、宿命としてそうでなければならない理由はない。自分のからだを尊び、愛する女、からだを汚いとかセックスの対象だとは考えない女は、口には出さなくても、女のからだは健康的ですばらしいものだと娘に伝えるだろう。女であることに誇りをもつ女は、自己蔑視を女の子におしつけない。自分の怒りを創造的に利用した女は、それが自殺行為につながるのではないかと恐れて娘の怒りを抑圧しようとしたりしない。

女のからだやエゴをひたすらとりあげる一方の仕組みのなかでは、こういうことはすべて、非常にむずかしい。それに、たんにエゴを奪われてきただけでなく、アルコールや麻薬、自殺などにはしって娘の役に立てない母親について何を言えるだろう？　生きていくだけで精いっぱいで、一日の終わりには母親としてのエネルギーなどまったく残っていず、仕事のあとで疲れきって、やっと子供を引き取るような母親に、何を言えるだろう？　子供は社会組織も母性の制度もわからず、ただ厳しい声、疲れきった目、抱いてくれない母親、とても素敵よ、と言ってくれない母親を感じるだけだ。そして自分を愛してくれて、自分らしさをもつよう助けてくれたのは母親でなく、父親だと娘が感じるような家族について、何を言えるだろう？　母親不在の理由がなんであれ、娘を育てる父親が、母親を補うより母親にとってかわり、母親を犠牲にして娘から愛されるのは、事実としても心痛む。父親はそれなりに最善をつくし、男として与えることのできるすべてを与えているのだろうが、娘の父親への愛情が母親への愛にとってかわったものであれば、母親は二倍失うことになる。

「私はつねに女よりも男から多く、助けられてきました」。そういう決まり文句を言う女たちも多い。それもよく理解できる。自分を高めてくれた人のことは、感謝の気持ちをこめて思うものだ。けれども高める地位にいられたのは誰だったのか？　男はしばしば、妻には拒みながら娘のエゴは支持する。妻にたいする隠れみのとして娘を利用することもあるだろう。たんに娘の力のほうが脅威に感じないですむというだけのことかも知れない。娘が父親を崇拝していればなおさらだ。男の教師が自分の妻や娘に暴力をふるいながら、女の学生には力を貸すこともあるだろう。男たちは、その気になれば、女たちに力を、助けを、ある種の教育を個人として与えることができた。しかしその力はつねにその場かぎりの思いつきで、父権制のもとにおかれた大多数の女たちには縁のないものだ。そしてここでようやく、ひとりの女がもうひとりの女からだけ授けられる強さ、血の流れとして受け継ぐものについて語ることになる。愛の、確認の、手本の強い線が、母親から娘へ、世代をこえて女から女へとのびるまで、女たちは荒野をさまよいつづけるだろう。

8

娘を育てるとはどういうことだろう？　娘が、してほしかった、あればよかったと思うものは何だろう？　母親として与えることができたものは何だろう？　心の奥深く、何より大切なこととして、私たちは信頼と優しさを必要とする。それはどんな人間にとってもつねに必要なものではあるが、女にたいする敵意にみちた世界へとはいっていく女たちは、自分を愛することを学ぶためには非常に深く愛されることが必要だ。しかしその愛は、男たちが要求してきたような、たんに古い、制度化された、犠牲的な「母親の愛」ではない。勇気ある母親の行動が必要なのだ。

文化を通して女たちに植えつけられる事実でもっともはっきりしているものは、限界についての感覚だ。ひとりの女が別の女のためにできるもっとも重要なことは、実際に何が可能かという感覚をはっきりさせ、ひろげることだ。母親にとってこれは、子供の本、映画、テレビ、学校の授業などで低く描かれる女のイメージと闘う以上の意味をもつ。母親自身が人生の幅をひろげようとしていることを意味する。犠牲者になることを拒否するために、そしてそこから前へ進むために。

私たちが想像力豊かに勇気をもって自分自身に希望がもてれば、そのとき初めて何かにとらわれずに娘たちのために希望が抱ける。しかし結局は子供は願望そのものではなく、願望の結実でもない。女たちの人生は、社会のあらゆる層であまりに長いあいだ、抑圧と幻想のなかにあり、女の活力は他人につくすように訓練され、それだけのために吸いとられてしまっていた。いま、その循環を断ちはじめることが大切だ。産科医の待合室で本を読んだことのある者は誰でも、いろいろな育児用の小冊子のなかに、ある段階で「本当に気がふさぐことがあるかも知れない」と正直に書いてあり、「(そういうときは)夫にレストランへつれていってもらい、フランス料理の夕食をとるか、ショッピングにいって新しいドレスを買うように」とすすめているのを知っている。(女はたいてい夫もお金も持っているという作り話は、永遠に女にまとわりつく。)しかし、気の滅入った母親がたまに「休み」や「ご褒美」を自分に許しても、それはたんに娘に、女は憂鬱な状態にあるもので、そこからすっかり抜けでることはできないと示すだけのことだ。

娘としては、母親に彼女自身の自由と娘の自由の両方を望んでほしい。娘が母親の自己否定やフラストレーションを受けとめる器である必要はない。どんなに武装していようと無防備であろうと、母親がいかに生きるかが娘にとって何より重要な遺産だ。なぜなら自分を信じることのできる女、闘う女、自分の周囲に生きがいのあるスペースを創るためにたえず努力する女——そういう女たちは娘に、そういう可能性があることを示している。多くの貧しい女たちが置かれている生活状況では、たんに物理的に生きていくだけのためにも闘志をもっていなければならないので、そのような母親はときに専業主婦よりもはるかに高く評価されるものを娘に与えることができた。しかし逆境の重みによる犠牲はあり、子供の物理的生存のために闘う母親はたいていの場合、ティリー・オルセン（一九一二〜二〇〇七年。作家）が書いた『私はここに立ち、アイロンをかけている』*[39]にあるように、子供と離れている時間が長いという皮肉がある。なぜならその母親が絶望的に知っているように、子供は自分を「奇跡」だと思ってくれる誰かに気にかけてもらうことが必要なのだ。

多くの女たちは二つの母親像のあいだをゆれてきた。あるいは二つの母親像に自分を分けてきた。ひとりの母親は通常、生物学的母親で、保守的な考えにみちた家事と男中心の文化を表し、もうひとりの母親は芸術家だったり教師だったりして、まったく反対の姿をもつ。この「反対派の母親」はしばしば、自分のからだと強さを誇示する体育の教師で、自由な生き方をしている。あるいは独身の女性教授で、つぎつぎとアイディアを出し、たくましく仕事をして「好んでひとりで生きる」選択をする代表だ。この分裂したイメージのために、若い女は二つの異なるタイプのどちらが自分に合うか試すために、片方ずつ「母親」をやってみたいという幻想をもつ。しかし意識してどちらかを選ばず、母親がしていたように女主人の役を演じて夫を喜ばせるのと、小説や博士論文を書くのと、交互にやってみるという生活をすることもありうる。実存するモデルを越えようとやってみた女たちもいたが、たいていはそこから先、どこまで行けるのか誰も教えてくれないので、十分遠くまではいけなかった。

この二重の意味合いを解きほぐさなければならない。「本当になりたかったら、何にでもなれるよ」という言葉は、階級とか経済的都合がどうであれ、半分は真実だ。「あまり行きすぎないで」という意識下の不安にみちたささやきを気にするよりも、この言葉に現れていない部分をはっきりさせる必要がある。女の子にはごく小さいときから、「何になりたいか」想像しようとするだけでも女が直面せざるをえない、実際面での難関を話しておかなくてはならない。娘とセックスについて自由に話し、思春期になれば避妊の仕方も教えられるような母親であっても、外の社会に出たときに待っているさまざまな期待、決まりきったかたち、いい加減な約束、裏切りなどについては、娘を暗闇に置きざりにするようなものだ。「本当になりたかったら、何にでもなれるよ」——もし社会通念が予期するものに反しても自分を優先させ、女蔑視の敵意に直面しても主張をつらぬき、闘う覚悟があるならば。小さな女の子や思春期の少女に、女だということでがいがあることを説明することぐらい大切だ。[*40] 彼女が出会うたぐいの扱いを説明することは、白人ではない子供に肌の色によって人の反応にち娘に女の宿命は決まっていて、あなたも「悩んで、おとなしくしている」運命にあるのだとヴィクトリア朝風に言明することもいい。しかしそれとまったくちがって大事なのは、父権制のもとでは、すべての女たちが危険にさらされていると正直に知らせること、母親はいつも助けの手をさしのべていると言葉でも態度でも教えること、そして、動くことも、しゃべることも、行動することも危険でありうる一方、レイプされて——肉体的にでも精神的にでも——黙って悩んでいれば、それは自分の経帷子にもうひと針さすことになるのだと教えることだ。

9

頭脳明晰でラディカルな思想家、私と同世代の女性学者と話す。彼女はよく会議やパーティで、教授の夫人たちと一緒にいて、そのほとんどは子供がいるか、これから子供をもとうとしていて、その部屋で彼女だけが独身であることがわかったときの気持ちを話してくれる。そういうとき彼女は、研究に情熱をかたむけ仕事が認められていても、多くは母親であるその女たちのなかで、彼女は「子供を産めない」女、人間失格者であることを感じる。私はたずねる。「でも、働いたり、考えたり、旅行したり、誰かの母親としてではなく、誰かの妻としてでもなく、あなた自身としてその部屋にいるあなたの自由をうらやましく思う人たちもいることを想像できる?」そう言いながらも、私はわかっている。「母親たち」と「母親でないものたち」(「未亡人」が夫がいないことを意味するように、言葉そのものが純粋に否定形だ）とのあいだの溝は、子供をもつことも、また子供がないことも、いかに女たちを否定的な存在あるいは悪をもつ者とするようにはたらいてきたか想像するようになって、はじめて埋められるものだ。

言葉の間隙には強力な文化が隠れている。この本のなかで私は、終始「子供なしの」「子供のない」「子供をもたない」などという言葉に抵抗を感じてきた。子供とも男とも関係なく女を定義する、なれ親しんだ、既成の呼び方はない。自分のアイデンティティとなり、自分自身であることを選んだ呼び方がない。「子供なしの」「子供のない」という言葉はたんに女として足りない部分をあげて定義しているだけだ。「子供をもたない」という言葉も、その女がこうあろうとしていることを示すのではなく、母親になるのを拒んだことを示すだけだ。「解放された女」という概念も、相手を選ばない性行為、「自由な恋愛」、男に所有されることから「解放されて」いることなどを強く感じさせて、やはり女を男との関係によって定義するものだ。「ヴァージン」という言葉の古代での意味（自分自身である女）は、「凌辱されていない」とか手をつけられていない処女膜、あるいは神である息子との関係だけで定義されるローマ・カトリックの聖母といった言外の意味であいまいになっている。「アマゾーン」は生殖のため以外の男との結びつきを一切拒絶した戦士／若い女という狭い意味しかなくなっている。これも関係をもととする定義だ。「レズビアン」もこの意味では満足できる言葉ではない。自分のアイデンティティをもつ女がすべてレズビアンだということはない。しかも子供の母親であるレズビアンも非常に多い。

「母親かアマゾーン」「母権制的一族かゲリラ」といった極端にはしるほど、女にとって簡単に割りきった公式はありえない。たとえば原始母権制部族では、すべての女が年齢に関係なく、小さな女の子もふくめて「母親」と呼ばれた。母親というのは肉体的機能であるより、社会的機能だった。「女は……互いに姉妹であり、個々には誰がどの子供を産んだかは関係なく、コミュニティのすべての子供たちにとって母親だった。……原住民たちは自分たちを……男であれば〝兄弟〟、女であれば〝母親〟と呼んでいた」[*41]。そしてどこでも女の子は六歳になれば、年下の子供の世話をしていた。

「子供のない女」と「母親」とを両極端に考えることはまちがいで、それはたんに母性と異性愛とを制度化するうえに役だっただけだ。そんな簡単な分け方はない。子供をもとうとして、できなかった女もいる（ルース・ベネディクトのように）。原因はいろいろあるだろう。夫に生殖能力がないのがわからないこともあれば、女の大脳皮質から拒否のサインが送られたからかも知れない。子供をもつ女たちの生活を見て、母親になる条件があっても、何かほかの目標や希望を追うためには子供をもってはならないと感じることもあるだろう[*42]。十九世紀のフェミニスト、マーガレット・フラーは日付のないメモにこう書いた。

私には子供がなく、私のなかの女がその経験を激しく求めるので、子供のいないことは私を麻痺させるにちがいないとさえ思える。けれどもいま、人間から生まれる愛らしい

> 子供たちを見ると、母親になんという遅々とした、無駄の多い世話をかけさせていることか！　詩神の子供たちはもっと早く、苦痛もいとわしさもなくやってきて、はるかに軽やかに胸に休む。*(43)

少女が母親の育児に疲れきった姿を恐れながら生きてきて、何度となく、自分に言いきかせることもあるだろう。いやよ、私はいや。レズビアンで、以前に男との関係から中絶をしたことがあって、子供は好きだけれども、厄介な養子の手続きをしたり、人工妊娠の責任をとるほど自分の人生は安定していないと感じることもあるだろう。独身でいることを選び、その決意には子供をもたないこともふくまれていると考えることもあるだろう。皮肉なことに出産制限をする時代に、女たちに母親にならないよう影響を与えたのは、まさに母性という制度だった。それがあまりに偽善的で、母親と子供を搾取するものであり、あまりに抑圧的だからである。

しかし子供を産んで手元においておけなかった母親は、「子供のない」女だろうか？　子供がすでに成長して、自分の好きなように生活できる私は、乳母車を押し、子供に食べさせるために急いで家に帰り、夜中に子供の泣き声で起きる若い女からみれば、子供がいないようなものではないだろうか？　何が私たちを母親にするのだろう？　小さな子供たちの世話？　妊娠や出産という肉体的変化？　育児の年月？　妊娠したことがなくても、赤ん坊を養子にして乳が出るようになった女はどうなのだろう？　生まれたばかりの赤ん坊をバス停のロッカーに詰めこんで、よろよろと「子供のない」生活にもどる女は？　大家族の長女として弟や妹たちを実際に育て、やがて修道院に入った女はどうなのだろう？

幼い子供たちの世話に奮闘し、仕事をもち、きちんとした育児で教育をしてやれないと思う女は、「子供のない」女の見かけ上の自由さや身軽さを本当にうらやましく思い、怒りさえ感じるかも知れない（私がそうだった）。自分の子供をもたず、マーガレット・フラーのように父権制の束縛にとらわれた母親の仕事を、「退屈で、むだの多い世話」とみなし、「母親になるよう洗脳」されずに「自由」でいられたことを感謝する女もいるだろう。しかしこれらの極端な例は、想像の欠如をもたらすだけだ。

記録された歴史を通じて「子供のない」女（修道院の尼僧や神社の巫女といった特殊な場合は別として）は、ほかの女たちを代表することのできない、欠陥のある女だとみなされ、*(44) 母親に寄せられる偽善的で姑息な尊敬の対象からはずされてきた。「子供のない」女は、魔女として火あぶりにされたり、レズビアンとして迫害されたり、結婚していないという理由で養子をもつ権利を奪われたりしてきた。男のヘゲモニーにたいする大きな脅威をはらむものとして見られた。家族に縛られていない女、異性愛による結婚や出産の規律に忠実でない女というわけだ。それにもかかわらず、これらの女たちは宣教師、尼僧、教師、看護婦、独身のおばなどとして社会に役に立つよう期待されてきた。中流階級であれば、労働力を売るというより与えることを期待され、とにかく女たちがおかれている状況をそっとしておくよう期待されてきた。しかし皮肉なことに、彼女たちは子供の世話にあけくれずにすんだからこそ、考え、観察し、書くことができたのだし、過去にそういう女たちのなかから、一般の女たちの経験に強い影響を与えることができる女がでてきたのだ。「子供のない」女たちの歓迎されない調査や研究がなかったら、シャーロット・ブロンテ（最初の出産で死亡）やマーガレット・フラー（主要な仕事は子供が生まれる前のもの）がいなかったら、ジョージ・エリオット、エミリ・ブロンテ、エミリ・ディキンスン、クリスティーナ・ロセッティ、ヴァージニア・ウルフ、シモーヌ・ド・ボーヴォワールがいなかったら――私たちはみないまでも女として精神的栄養不足で苦しんでいただろう。

「子なし」の女――そんな言葉に何か意味があるとして、それは、女も男も何千年もとってきた、出産し子供を育てるという女の機能にたいする姿勢がいまでも影響しているものだ。母性という制度が自分とはなんの関係もないと思う女は、自分がおかれているさまざまな状況に目をつぶっているだけだ。

偉大な母親の多くが生物学的な意味での母親ではなかった。私はどこへいっても言うのだが、『ジェーン・エア』は、ひとりの女が古典的な女の誘惑の道にそってたどる過程として読むことができる。母親のないジェーンは、つぎつぎと、自分を守り、慰め、育て、挑戦し、自分を大切にすることを教えてくれる女を見つける。*(45) 何世紀という長いあいだ、娘たちに力と元気を与えてきたのは、生物学的な母親ではなく、こういう女たちが、生きていくうえで実際に価値のあることを教えながら、もっと遠くの地平線へ向けての望みを示し、傷つきやすい弱さに同情しながらも、娘たちの心のなかに埋もれた力を引きだした。*(46) だからこそ私たちは生きのびてこられた。彼女たちの教えは、たまに見つけるものでもなく、「特別なケース」でもなく——それも私たちにとって手がかりではあったが——どうあるべきか、はっきりと足もとを照らしてくれるものだった。

私たちは誰も、母親か娘かの「どちらか」ではない。私たち自身、驚き、とまどい、それ以上に複雑な思いをしつつ、その両方なのだ。母親であろうとなかろうと、ほかの女たちにかかわっていると感じる女はすべて、実際の母親と娘のあいだにある多種多様のアイデンティティにみちた愛情を互いに与えあい、それがしだいに強くなりつつある。たんに「母親となる」という概念だけにならず、私たちは娘として、自分たちの母親の苦難、彼女たちが私たちのために負った勇ましい、必然的に制限された苦労、二重の使命がもつ混乱などを否定することですむ。しかし、永遠に与える者と定義される「母親」にならずに、「娘」つまり自由な存在でありうると主張するのは、想像として狭すぎる。母親になること、ならないこと、そのいずれをとっても女は結局うらぎられてきたのだから、いずれも私たちにとって重い概念なのだ。

母親と娘と両方の役目を自分の中に受け入れ、統合し、強めていくのは決してやさしいことではない。父権制は、この二つの役目を分け、両極に離しておくようにしてきたし、罪の意識とか怒り、恥、権力、自由などすべての望ましくないものを「もうひとりの」女に投影するようにしてきた。しかし女たちの関係を前向きにとらえるには、どうしても二つを再び統合することが必要だ。

10

まだ人種差別があった一九三〇年代に、本質的には南部であるボルティモアで育った私は、生まれたときから白人だけではなく黒人の母親にも育てられた。この関係はほとんど探究されておらず、なんらかのかたちで表現されることもないので、いまだに黒人と白人の女たちの関係に影響している。私たちは奴隷制度のもとにあっただけでなく、白人の妻は百合の花で黒人は官能的な売春婦、白人は結婚という暴力の犠牲者で黒人は予測できないお定まりのレイプの犠牲者という状況にあった。私たちは互いに母親であり娘だった。この数年で黒人と白人のフェミニストたちは、いまも困難な面があるとはいえ、姉妹関係を深めるように動きつつあるが、私たちが互いに母親であり娘だった頃については、まだほとんど発掘されておらず、知られていない。リリアン・スミス（一八九七～一九六六年。作家）はこんなふうに覚えている。

何ヵ月もの長いこと病気だった私を看病してくれた昔の私の乳母、妹が生まれて家族のなかで私の場所をとってしまったときに私を受けとめて慰めてくれ、食べ物をくれたり、お話やゲームで喜ばせてくれ、あたたかで深いその胸で眠らせてくれた乳母に、私が本当は感じていた激しく強い愛情を示すことはできず、そのかわりかすかに微笑んで感謝しなければならないと、私は知っていた。……私が乳母に感じていた深い尊敬、優しさ、愛情などは子供っぽい感情で、普通の子供は卒業していくものだと……胸が苦しくて私にはとてもできそうにもなかったけれど、私もそういう気持ちを卒業していかなければいけないのだと、私は知っていて、でも決して信じられなかった。……私の生涯で本当に深かった関係を「私の昔のマミー」と涙ながらに感傷的に話すことで安っぽくすることを私は学んだ。*(47)

私の黒人の母親は四年間だけ「私のもの」だったが、その間、彼女は私に食べさせ、服を着せ、私と遊び、私を見守り、歌をうたってくれて、私を優しく、あたたかに世話してくれた。「子供のない」彼女は、実際に私の母親だった。ほっそりとしていて、威厳があって、とても美しかった。私は彼女から、おとしめられた状況にあっても品位をもっていられることについて、口では言えないほどたくさん学んだ。私に妹が生まれると、ときどきは家で働いたが、もう彼女が私の世話をすることはなくなった。別の乳母がきたが、私には前の乳母と同じには思えなかった。彼女は妹のもののような気がした。二十年後に私が、もう二度ともどらないつもりで両親の家を去るとき、私の黒人の母親は言った。「ええ、あなたがなぜ家を出て、自分が正しいと考えていることをしなくてはならないかわかるわ。私も前に誰かの胸を痛めさせて、自分の人生をおくらなければならなかったから」。彼女はその数年後、死んだ。あのときから私は会っていなかった。

そして、そう。リリアン・スミスが書いていることは私にもわかる。自分がずっと愛し、自分をかわいがってくれた女が、ある期間が過ぎるとそういう愛に「ふさわしく」なくなるということを知ったときの混乱した気持ち。その裏切りの感覚、関係を断つ感じには、長いこと名前がなかった。誰も人種差別について話してくれなかったし、「偏見」などという考えすら子供の世界にははいってこなかったから。それはただ「そういうもの」であって、私たちはその混乱した恥ずかしいような気持ちを抑えようとするだけだった。

この章を書きはじめて、私はまた私の黒人の母親を思い出しはじめた。彼女の落ち着いて現実的な物の見方、彼女のからだの優美さと誇り、彼女の美しい静かな声。ときをさかのぼって探したが、彼女はもう何年も前にどこかへ行ってしまっていた。それはまさに性差別と人種差別の二重の沈黙が彼女にしいたことだった。彼女はまったく無視されるように仕組まれていたのだ。*(48)

けれども、思春期になる頃、私たちはみな、あたかも同じような命令でも出されたかのように、産みの母親から離れていく。それからは私たちの感覚的、感情的エネルギーは、男たちに向かって流れていくように意図されている。黒人の母親も、白人の母親も、ほかのどんな母親も、私たちのなによりも深い愛や貞節には「値しない」と、文化が明らかにしていく。女は女にとってタブーとされている——性的にだけでなく、仲間としても、ともに創作したり励ましあったりする相手としても。このタブーを破ることによって、私たちは母親たちとふたたびつながることになる。母親とふたたびつながることによって、私たちはこのタブーを破る。

10

暴力

闇をかかえる母性

1

家がたくさん並ぶそばに大きな工場が建って、女たちの生活でいちばんいいときを過ごせる台所に昼も日が当たらないようになってしまった所を、私はいくつも知っています。そのうえ、一日じゅう、たえず機械の音が響くのです。その工場で働いているのもほとんどが女たちだと知ると、まるで機械と一緒に女たちのからだがぐるぐるまわっているように感じます。母親は何のために生きていかなくてはならないのかと考えます。子供がまたできたとわかると、死んで生まれてくるようにと願うのです。それで薬を飲みはじめます。赤ん坊が無事生まれても、それからの母親の苦労や、赤ん坊がどこかおかしいと告げられたときのショックは、言うまでもありません。夫に知らせずに薬を飲んでいれば、自分が責められるだけだと考え、夫を恐れて暮らすようになります。心にもからだにもそれが積みかさなって、母親たちがお酒を飲むようになってもふしぎはありません。子供は大きくなるにつれ、興奮しては、いらいらと怒って手がつけられなくなります……こうして見て、その原因がわかっても、そのための治療は何もないとなると、心臓に針をさされたような激しい痛みが……

『母であること——働く女たちの手紙』一九一五年、女性生協編一九七四年六月十一日、「その夏で最初の暑い日」、生後二ヵ月から十八歳までの八人の子供をもつ三十八歳の母親、ジョアン・ミチャルスキは、一家で住むシカゴ郊外の家のきちんと手入れされた芝生のうえで、いちばん下の二人の子供の首を肉切りナイフで刺し、からだを切りきざんだ。夫が「奇怪なできごと」と言ったこの事件は、その周辺の地域に大騒動を起こした。地方紙は「ヒューマンインタレスト」（人間的興味）に何ページもさいて、ジョアン・ミチャルスキの行動の背景を報道した。「なぜ防げなかったか」「なぜ殺す？　自分自身を殺す母親たち」「精神異常における警察のきわめて限定された役割」「救急にまにあわない救急病院」などという見出しの記事が、説明や心理学的解釈をして、罪を晴らそうと試みた。いくつかの地方紙がヴィクター・ミチャルスキにインタビューをして、「苦痛の人生を語る夫」という見出しで掲載した。ジョアンは謀殺で起訴されたが、精神異常で無罪となり、州立病院に入れられた。夫のヴィクターは離婚を訴えでた。

ジョアン・ミチャルスキの生きてきた道は、夫、隣人たち、精神病ケースワーカー、牧師、警察などの話によるとつぎのようなものだった。彼女の八人の子供のうち、ひとりとして「望まれて」生まれた子供はいなかった。子供がひとり生まれるたびに、彼女は強い憂鬱症におちいった。三人目が生まれたあとで、彼女は夫と避妊することを話しあった。彼は「精管切除について話したが、結局はやらなかった」。彼女は避妊薬を飲む計画をたてたが、彼によれば一度も飲まなかったという。憂鬱症になると彼女は、何日も寝椅子に横になり「何も言わず、何もしなかった」。「きちんとして、きびきびした男」と書かれた夫のヴィクターは、妻が子供たちに暴力をふるったことは一度もなく、「いつもいちばん小さな子供をとてもかわいがっているように見えた」と語った。そして「まあ良い妻で母親だった。最高とはいえないが」と言った。隣に住んでいた牧師は、一九五九年に「一家で越してきたときから彼女は静かに追いつめられている」ように見えたと言った。近所の女たちは彼女を「内気」だと感じた。車を運転しないし、夫はよく長いこと家を留守にした。隣の牧師は、彼女の夫は家の外側はきれいにしているが、家のなかは「めちゃくちゃ」だったとも伝えた。彼女は「めったに料理をしなかった。冷蔵庫がきれいなことはなかった」。しかし子供たちは、いつも「よく世話がいきとどいている」ように見えた。夫は週に何回か、子供たちをつれて外へ食事をしにいった。彼女は家族が食堂にすわっているあいだ、台所に立ったままでいる習慣になっていた。彼女は大声でひとりごとを言うようになり、やがて周期的に悲鳴をあげはじめた——子供たちに向かってではなく、「幻影の人たち」に。牧師はこう言った。「彼女が子供たちに手をあげたのは見たことがありません……子供たちの安全とか評判ということになると、彼女は母親態のようでした。しかし感情の起伏は激しいものでした」[*(1)]。

一九六一年から六六年にかけて、郡の保護観察局がこの家族と接触していた。ジョアン・ミチャルスキが三回、自発的に精神病院にはいったのだ。一度は彼女の夫の言葉によれば「正真正銘の憂鬱症」にかかって。二度目は「X線」だか「レーザー光線」だかが家に投射されると恐がって。そしてもう一度は「心臓が痛む」（それは精神的なものだと診断された）といって。そういうときに一度、夫は子供たちを児童養育所に預けた。しかしのちに娘のひとりが養育所でいじめられたと知って、二度と家族をばらばらにしないと決めた。

家にもどるとジョアン・ミチャルスキの恐怖症はつづいたが、夫によれば、なんでもないときは「一緒にいて気楽な」感じだった。だいたいにおいて夫がいるときのほうが彼女の具合はよく、怒り、不安、叫びなどの発作に襲われるのは彼女が子供たちとだけいるときだった。状況が悪くなっていくのに気づいても、「家族が一緒にいる」という夫の決心は固かった。つまり妻は一日じゅう、八人の子供たちをまかされていた。ニュース解説もインタビューも、どこかの時点で家事手伝いを頼むとか、「妻として母親として」の彼女の立場に休みを与える配慮があったとは報じていない。もしあったとしても彼女は断っていただろう。*(2)

歴史を通じて数えきれないほど多くの女たちが、経済的にであろうと感情的にであろうと、育てられないと思った子供を殺してきた。それはレイプ、無知、貧困、結婚によって、あるいは産児制限や妊娠中絶を知らなかったり禁じられたりしていたために、無理に産ませられた子供たちだ。普通の人々によるこういう恐ろしい行為は、女の子、奇形児、双子、あるいは最初の子供にたいしてどこの国でも意図的な社会政策としておこなわれた幼児殺しとは、区別しなくてはならない。

合法的で組織的な幼児殺しは、スパルタで、ローマで、アラブ民族によって、封建時代の日本で、因習的な中国でおこなわれ、つねに、文献をもつ前の社会における一種の人口調整だった。「旧約聖書には、最初に子宮から生まれた者は、親がバールのみならずヤハウェにも生贄としてさしだしたという証拠がはっきりと残されている」[*(3)]。男はときに、戦士として助命された。「昔のヴァイキングは、生まれたばかりの子供に槍をさしだした。子供がそれをつかめば、生きていることを許された」[*(4)]。病気や奇形の子供は男女を問わず、殺されるか、その危険にさらされ、双子は怪物あるいは二人の異なる父親によって二重に妊娠した結果とみられたが、女の子供（その母親も）は、公然と幼児殺しの矛先を向けられた。その理由はいろいろだが、主に「嫁にやってしまう」娘に金をかけるのを惜しむのと、女の生命を軽視したからである。キリスト教社会では幼児殺しは建前では禁じられていたが、それでも個人的な段階では決してなくならなかった。たとえばレイプされたり凌辱された女たちが「罪の意識」にとらわれ、苦しみや痛みにたえかねて、自己嫌悪とまっ暗な絶望感のうちに、自分のからだにかかえてきた生まれたばかりの子供を殺してしまう。

教会は婚姻以外で生まれた子供をすべて「庶子」と言明することで、個々の母親による幼児殺しという罪をつくるのに大きくかかわった。十八世紀あるいはそれ以降も、庶子はたいてい商売や組合から除外されて参加できず、財産も継げず、本質的に法の外におかれた。子供の父親の「罪」は証明が困難だったので、すべての罰は結婚していない母親にかかった。永遠の罪を負った母親は、教会から「あらゆる性問題の根源」と見なされた[*(5)]。

母親による幼児殺しは、「中世から十八世紀末にかけての西欧では、よくある犯罪だった」[*(6)]。中世では、罰は徹底していた。幼児殺しの罪が発覚した女は、生き埋めにされるか、先のとがった棒で心臓を貫かれるか、火あぶりにされるか、そのいずれかだった。「ツィッタウでは……幼児殺しを犯した者は、犬や猫、雄鶏、蝮などと一緒に黒い袋に詰めこまれた。その袋は六時間、水に打たれなければならず、合唱隊の少年たちが〝大きな悩みに、神にすがる〟を歌う。」牧師たちは、古い異教徒の宗教に従った女は悪魔と性交すると信じていたので、結婚していない母親はしばしば魔女だと考えられた[*(7)]。

十八世紀も末になると、立法者、支配者、著述者たちは、たえず幼児殺しを気にかけるようになった。オスカー・ワーナーは、ゲーテの『ファウスト』のなかのグレートヘンは異常であるどころか、一七七〇年から一八〇〇年のドイツでは「もっとも一般的な文学的テーマ」だったと言う[*(8)]。ヨーロッパでは、自分の子供を殺した女は冷酷な犯罪者ではなく、絶望に追いつめられた人間だと認識されはじめた。オーストリアのマリア・テレサと大ロシア帝国のカテリーヌは、婚姻外の妊娠で生まれた子供たちを引きとる養育院と産科クリニックを設立し、フリードリヒ大王は幼児殺しを裁く規律が首尾一貫して人間性のあるものでなくてはならないと、配慮した。しかし歴史的に、婚姻外で子供を産むことは財産法を冒すことで、この法によれば女とその子供は法的にある男に属していなくてはならず、そうでなければ、あらゆる種類の制裁にさらされ、よくても最低限の生活を強いられることになった。そのことは強調しておきたい。レイプの被害者は、あらゆる意味で犠牲となった。そして婚姻内でも女は法的に無力で、夫にからだを任せるだけとなり、その結果たえず妊娠することになった。借家や小さな家に住み、そこがすでに栄養の足りない、病気がちの子供たちでいっぱいだったりすると、新しく生まれた子供はすぐに死ぬ運命をかかえていて、「事故で」あるいはうっかりして、息をつまらせたり、ベッドの上で押しつぶされたり、溺れるままにされたり、あるいはたんに乳を与えられなかったりした。*(9)

マサチューセッツ・ベイ・コロニーでは、神と直接の関係をもち神の意志を知ることを男に許しながら女には許さない神学のもとで生きるストレスに、少なくとも二人の女が神経をいためその不安にみちた無力な状態をうらむ確かな手ごたえとして幼児殺しを企て、あるいは実際に犯した。神学の言葉（なぜなら神学がピューリタンの生活上の言語だったから）に置きかえられてはいたが、彼女たちの行為は父権制的宗教（すべての信者に僧職を約束していながら、男に限っていた）と父権制家族制度への抵抗の表れだった。女のひとりドロシー・トルバイは、神のお告げがあったと宣言し、子供たちだけでなく夫も殺そうとした。*(10)

十九世紀初め、在インド大英帝国の施政者たちは、ヒンズー教のコミュニティには、娘を産んだ女には当り前のこととして殺す命令を出すところがあるのを知って、心を痛めた。理由は娘の結婚持参金が一家で負えないほどかさむからだった。文化のちがいはあっても、グジャラートと同じようにイギリスでも、誇りある家庭なら、結婚は女の唯一の運命なのだから娘を「嫁にだす」ことができなければならない。イギリスのメイフェアでもインドのカッチでと同様、結婚していない女は疑いの目で見られ、軽蔑の対象となった。ちがいはただ、社会が複雑であればあるほど、大家族のなかでの女の地位がそれだけ低くなることだった。小さなバラモン教の村では、女はとにかく恥であり、生まれると同時に殺されなければならなかった。母親は女の乳児を飢えさせるか、ミルクで窒息させるよう指示された。ときには母親の乳首に阿片をつけて、それを乳児が死ぬまで吸わせた。社会慣習の圧力が強かったため胎児まで殺すことは禁じたバラモン教の宗教上の命令も、実際には守られなかったことが明らかだ。*(11)

ヴィクトリア朝の時代には、雇い主が召使いの少女を強姦することは日常的だった。拒絶すれば解雇され、いずれにしても妊娠して解雇される女も多かった。ディズレーリ首相は一八四五年に「幼児殺しは、ガンジスの岸辺でおこなわれているごとく、イギリスでもまったく合法的にひろくおこなわれている」*(12)と認めた。しかしヴィクトリア女王は、幼児殺しの罪による死刑の廃止を支持した。*(13)

アメリカでは、エリザベス・キャディ・スタントンが幼児殺しに問われたひとりの女の弁護に立ちあがり、それを「政治的、宗教的、社会的に奴隷の身分にあるという三重の掟」と関連づけ、「女の本質でもっとも高く、もっとも神聖な感情にみちた部分を逆用し、女を従順で、あわれな犠牲者とした」*(14)と主張して州知事の許しを得ることに成功した。ヘスター・ヴォーガンという、その女は二十歳で、雇い主に強姦され、妊娠したことがわかると解雇され、そのうえ夫に捨てられた。そして真冬に暖房のない屋根裏で子供を産み、危篤状態で見つけられた。赤ん坊は死に、彼女は証拠もないのに幼児殺しで投獄された。この件でニューヨークの立法府に申し出たスタントンは、女も陪審員となる権利をもつべきであり、男女に平等の道徳的基準がしかれるべきだと要求した。*(15)

一九七三年にニューヨーク・タイムズは、日本で幼児殺しが蔓延しているという見出しを掲げた。記事によると平均十日ごとに、駅のコインロッカーに新生児が詰めこまれているのが発見された。ときには罪を深く悔いた言葉をつらねたメモがついていることもあった。東京だけで一年に一一九人の赤ん坊が捨てられたという。タイムズでは、これらの死を、優生保護法の改正や、避妊手段をペッサリーに限っているといった実態と関連づけることに目が向いていなかった。*(16)同じ月（一九七三年十二月）にボストン女性解放ニューズレターが報告しているような、

しかし、父権制のさまざまな規律と習慣に打ちのめされ、決意を示すために知りうるかぎりもっとも強烈で命がけの方法をとった女たちにかわって、フェミニストとして最初に声をあげ、人々の耳に届かせたのは、先のスタントンだった。

2

ジョアン・ミチャルスキが述べた言葉もはっきりとしていて、切迫した思いがこもっていた。逮捕後、彼女は「犠牲」について話した。彼女の言葉をいささかでも「偏執狂的分裂症」の狂乱

がなせるものと考えるとしたら、彼女が言ったことはまったく理解できないだろう。犠牲とは「贖罪の印に、あるいは忠誠を誓って、神に何かを捧げる行為、とくにこの目的のために動物あるいは人を儀式として殺すこと」である。また「きわめて高く評価されるものを失うこと」でもある。ジョアン・ミチャルスキは十九年間、母性という制度の暴力を耐えていた。しかも彼女の人生でもっとも大切なのは、事実、子供たちだったという。(「彼女が子供たちに関心があるかとか、愛しているかという問題ではありませんでした」とケースワーカーは言っている。「彼女はとにかくその状況を処理できなかったのです」。)彼女はいつも「とくに小さい子供たちに限りない愛情」をそそいでいたと夫は言った。そのいちばん小さな二人を彼女は殺し、切りきざんだ。

新聞が投げかけた疑問の多くは、州の精神衛生機関や拘留を決めた一連の規則がこの一家を見すててはいなかったかということに集中した。しかし、伝統的な父権制がジョアン・ミチャルスキにどうすることができただろう？　彼女を母性に「適応」させるよう試みることもできたかも知れない。彼女を監禁することもできただろう。しかしある地方紙に掲載された手紙で十二人の女たちのグループが指摘したように、彼女に、そして子供をもつ何百万人という女たちによせられている期待は、「気違いじみた期待」である。父権制のもとで母性を制度とすることの暴力を認識するかわりに、社会は、ついに耐えきれずに暴発する女たちに、精神病というレッテルをはるのだ。

ここに、制度が要求するさまざまな事柄に種々の方法で抵抗しようとした女たちをテーマとした、精神病医学者たちの報告がいくつかある。

ある女が妊娠に耐えられないとか、妊娠や出産に強い反感をおぼえるという事実そのものが、その女の妊娠前の人間性が未熟だったことを示すものであり、その意味で精神病理学上の分類を当てはめることができる……問題はエディプスコンプレックスの状態が未解決なままにあることだ……妊娠と出産は女らしさを明白に証明するものであるから、去勢というようなことを誇張すると極度の脅威を与える。彼女たちを母親とみなすことは支配的で敵意あるものとなる。彼女たちの女としての性的役割の受容度は低く、男との競争度はつねに高い……彼女たちは妊娠を女として挑戦するものとは理解できない。*(17)

不妊によって女はみずから女としてのある部分を放棄する……自分の母親への敵意を解決できないままの女は、そのことによって、同じように憎まれ、憎む母親の気持ちをやわらげたいと願い、父親と父親の子供に期待する許しを得たいと願う。*(18)

精管切除がしばしば避妊の手段として要求される。実際におこなわれるとしても、本当にそのためであることはあまりない。精神的に病んだ女は夫を去勢したいと思い、その理由で同じように精神的に病んだ仲間にも切除を要求するようにすすめる。*(19)

現在あるような種々の避妊法や週に二回のベビーシッターが、ジョアン・ミチャルスキの「問題」を「解決した」だろうなどという無邪気な提案をするつもりはない。彼女はどうしてピルを使わなかったのかという質問もあるだろう。わかっているかぎりでは、少しでも薬を飲むと彼女はたえず吐き気を感じた。いまになってわかるのだが、無理をして飲めば、死ぬこともあったはずだ。おそらく彼女は、多くの女たちに教えこまれているような生き方をまったくやっていかれないと絶望したのだろう。自分の意志をもたず、選択の余地もない母親であることは、コントロールする力を失ったという感じをもつ早道だ。*[20] 彼女について語ったのは彼女の夫、隣人たち、精神病ケースワーカー、牧師、警察だけだし、彼女の怒りと絶望は、メタファーと、最初は内面に、それから愛するものに向けられた暴力とでしか表現されなかったから、彼女の尊重すべき、耐えがたかった悩みを長年にわたってつくっていった小さな細部について私たちが知ることは決してない。

気の滅入った女は、通常、性交を歓迎しない。私たちに推測できるのは、ジョアン・ミチャルスキは、妻をレイプする者とは考えられることなく夫が「性交の権利」を保証される結婚という制度の暴力は受け入れたが、子供を産むという代価を払ってまで性交することは望まなかった。三人目が生まれるまでに、もう子供は十分だと彼女はわかった。子供をもったことにより、彼女は婚姻内のレイプ（夫の肉体的財産と考えられる女は、レイプされる女である）と制度化された母性という二重の暴力に直面した。この女の人生に集約された制度上のさまざまな面を見よう。

絶対に安全で、失敗しない避妊法はない。ミチャルスキ夫妻がカトリック教徒だったら（ルーテル教徒だった）、どんな方法であろうと避妊することには重大な制約があっただろう。しかしカトリックでなくとも、たいして変わりはない。人口調整のための運動にかかわっている生物統計学者クリストファー・ティッツェは、女のからだのためにはペッサリー、コンドーム、ゼリー剤、基礎体温法などがはるかに害が少ないのだが、完全に効果的かどうかといえば、医学的に安全で合法的な妊娠中絶を予備として考えておかねばならない、と言っている。ピルと避妊リング（ＩＵＤ）は確実度は高いが、からだには危険で命とりになる可能性もある。リングは極度に重い月経、激しい痙攣（リング使用者の二〇パーセントが一年以内にはずしてほしいと申し出る）、骨盤感染、子宮に穴があくなどの原因となる。ピルは凝血、心臓麻痺、発作、胆嚢や腎臓の病気、乳ガン、そのほかのガンなどの原因ともなることが知られている。ピルとリングがおよぼす長期の障害についてはまだわかっていない。ペッサリーとともに使うゼリーのなかにも、万一、妊娠した場合に欠陥をもった子供が生まれてくる原因となる水銀化合物をふくむものがある。*(21) もし男たちに、さまざまな避妊法の影響をうける女たちと同じくらい、感じやすい生殖器に影響するような問題があったとしたら、死ぬこともあるほど危険で、しかも当てにならない方法で解決しようなどとは決して考えないだろう。

精神医学界に、母親になることを望まない女たちにたいする反感と批判があるのは周知のことだ。そういう声ははるか昔にさかのぼる歴史をもつ。ギリシャの婦人科医だったエフェソスのソラヌスが妊娠中絶を認めたとしたら、つぎの三つの場合だけだったであろう。(1)「女の美しさを保つため」、(2)母親の子宮が子供を産むには「小さすぎて」生命に危険があるため、(3)人口を調整するため。*(22)『共和国』でプラトンが、『政治学』でアリストテレスが主張したように、人口を調整するため。

聖アウグスティヌスは妊娠中絶を「〝欲望にみちた残酷さ〟あるいは〝残酷な欲望〟によって特徴づけられた精神的作業である」*(23)とみなした。キリスト教神学者たちは長年、細部にこだわった議論をつづけている。もし妊娠している女が雄牛に追いかけられたら、走れば流産するおそれがあっても彼女は逃げて自分の生命を守ろうとするか？　もちろんそうする、と十六世紀のイエズス会修道士トマス・サンチェスは言った。結婚せずに妊娠してしまって、身内の男たちにわかれば必ず殺されるとしたら、彼女は自分の生命を守るために胎児を殺すだろうか？　そうする、とまたサンチェス。*(24)カトリック教会のなかでは胎児がいつ「魂をもつ」とみなすかについて意見がさまざまにゆれた。女が性的であることへの嫌悪をみずから告白し、「妊娠中絶は殺人だ」と最初に言ったテルトゥリアヌスにはじまった議論である。初期のキリスト教神学者たちはアリストテレスにまだ固守していて、それぞれの性によって「魂をもつとき」は異なると考え、胎児が男なら受胎から四十日以降、女なら八十から九十日以降であれば、中絶は殺人だと考えた（胎児の性をどう見分けたのか、推測する以外わからない）。一五八八年にはローマ・カトリック教会内の狂信的な反宗教改革派ローマ教皇シクストゥス五世が、すべての妊娠中絶を殺人とみなし、その罰として破門すると宣言した。彼の後継者は、それらの制裁も効を奏さないのをみて、一五九一年に、受胎から四十日以降におこなわれる場合をのぞいて罰を廃止した。一八六九年には、ピウス九世がシクストゥス五世の決定にもどる時期になったと判断し、ふたたびあらゆる中絶が殺人であると宣言した。*[25] 現在もこれがカトリックの公式の、また大多数の見解である。それにもかかわらず、妊娠中絶する女たち全体の二〇パーセント以上がカトリックである。*[26]

妊娠中絶への賛否は、胎児がいつ「人間」になるかを生物学的あるいは法的に決めようとする試みから、きわめて抽象的な論理づけや倫理の確立にいたるまで幅ひろい。*[27] ここではそれらの議論の幅の広さを列挙してみようとは思わない。メアリ・デイリーはすでにフェミニストの見地から概観を呈して、こう書いている。

……妊娠中絶はあらゆる人々が考える「究極の勝利」でもなければ革命の最後の仕上げでもない。このことをめぐって強い疑問がいくつもある。たとえば、なぜ女がまったく望まない妊娠をする事態になるのだろう？　中絶を自分にとって必要な手段だとみなす女たちはいるが、それを女にとって最高の夢が果たされたものだとは誰も思わない。中絶を侮蔑的な過程とみる者も多い。堕胎薬ですら、完成すれば防御的手段つまり目的を果たす一手段として見ることはできるが、完全に解放を具現化するものではない。この点でごまかされるフェミニストはほとんどいない。もっとも、男の妊娠中絶法廃止論支持者は、フェミニスト革命を性革命と混同して、しばしばこの点で近視眼的になりがち＊(28)だ。

法に守られた妊娠中絶を要求することは、避妊の要求と同じように、女たちの一種の無責任さだとか、女が宿命としてもつ道徳観に直面することを拒絶したり、生死という重大な問題を軽視したり避けたりすることのようにとられてきた。しかし人間にかんする事実でとるにたりないことなど何もない。法にかなった、安全で、費用の安い中絶を拒まれた女たちが、自分で中絶をするために頼ったいくつかの手段をあげてみよう。ワイヤハンガー、編み棒、テレピン油に浸した鵞ペン、セロリの茎を使う。子宮頸を洗浄剤、灰汁、石鹼、ウルトラ・ジェル（ひまし油、石鹼、ヨー素を混ぜた市況品）で洗う。下剤、水銀を飲む。からだに熱い薪の燃えさしをあてる。闇でやっているやぶ堕胎医（医者の免許をとりあげられた酒飲みであることが多い）は、妊娠の検査も受けられないような貧しい女たちに感染しそうな状況で手術をほどこしたり、不必要な搔爬をおこなったりするうえ、患者をレイプしたり、性的ないたずらをすることがよくある。裕福な女たちが医学的に安全な中絶をするためには何千キロもの旅をしなければならなかった。＊(29)

妊娠中絶をすることでまず暴行をうけるのは、妊娠した女自身のからだと心であることは明らかだ。女であろうと男であろうとたいていの人間にとって、注射したり、膿んだ指をピンセットで開いたり、小さな刺をとったり、そんなちょっとした処置でも自分でするのは非常にむずかしい。まっすぐにしたワイヤハンガーを女のからだでもっとも感じやすい局部に入れる、まったく信用のない見知らぬ男の手にからだをゆだねる、麻酔もなしに汚い台所のテーブルに横たわる――そういうことをすれば病気になったり、警察に尋問されたり、死ぬ危険さえあるのがわかっていても、なお女たちがそうするのは冷酷な絶望にかられてにほかならない。そういう経験を後になって、ほとんど無関心ともいえる抑えた態度で話すことのできる女たちもいる。しかしそれはわざとそうしているのであって、それによって彼女たちの傷が浅いと誤解してはいけない。非合法の、あるいは自分でした中絶が気軽な経験であることは決してない。痛みにみち、危険で、罪の意識にとらわれたものだ。*(30)

妊娠中絶は、病院で合法的におこなわれるときですら、妊娠を望まないという罪を犯した罰として不妊手術と抱きあわせにされることがよくある。不妊のために管をしばるだけの処置を望む女が、よく子宮切除をせざるを得ないのと同じだ。*(31) 闇の堕胎医のサディズムと、自分で中絶しようとし、失敗して出血がとまらない女がかけこむ病院がみせるサディズムとは、結局はそう変わらない。

望まない子供を妊娠してしまうことは、それ自体、決して軽い経験ではない。これまで、合法、非合法を問わず、中絶は子供を産んだことがない女よりも出産の経験がある女のほうが精神的に辛い思いをすると思わせる企みがあった。しかし約五百人の女について調べたスウェーデンの最近の報告では、そのような一般化はできないという結論が出た。*(32) 望もうと望むまいと妊娠にたいする女の反応はひとりひとりちがう。中絶についても、それがごく簡単な場合や合法的なときでも、反応はちがう。中絶することの罪の意識は、贖わなければならないとされる、昔からのさまざまな罪の意識まで呼びおこす。妊娠中絶は殺人だという考え方ばかり聞かされてきた結果でもある。*[33] もし女が罰として罪の意識をもったり憂鬱になったりするのであれば、そういう気持ちを拒否しようとすることもあるだろう。しかし中絶については、ほかのどんな経験をするときでもそうであるように（とくに性とか生殖にかんする領域では）、女たちは、こう感じなければならないと言われたことをただ受けとめるのでなく、実際に感じることを見つけだそうという試みに真剣に取りくむことが必要だ。実は自分を妊娠させた男への怒りのために憂鬱症になっている女もいるだろう。堕胎医や病院の処置に怒る女もいれば、子供をほしいのに事情があってそれがだめになって、子供を失うことを心から嘆く女もいるだろう。

もし百パーセントの効果があって、害のない避妊が簡単にできれば、女が自由でいるかぎり、中絶を「選ぶ」ことはないだろう。現在は、いろいろな原因で女が気持ちをくじかれて、自分自身にたいする一種の暴力として――罪の償い、あるいは懺悔として――妊娠中絶を利用することがありうるというのが正しい。しかしこれは多くの女たちが育つ環境が、罪の意識をもつことと犠牲になることを当然とする背景をもつからだ。女たちがつねにすすんで異性愛の性交を選び、*[34] 適切な避妊が純粋に優先される社会には、「妊娠中絶問題」はないだろう。そしてそういう社会では、多くの望まない妊娠の精神的原因となっている、女の自己嫌悪が極端に減るだろう。

人工妊娠中絶は暴力だ。女が何よりまず自分自身に課す、深い絶望的な暴力だ。それはもうひとつのもっと邪道で、ひろくはびこる暴力、つまりレイプという暴力が生むものであり、それをずっと非難しつづけるものだ。

3

思慮ある女の見地からすれば、無条件に尊敬し従うことのできるような価値のある道徳観念はない。なぜならどんな道徳によっても女に課される罪はふしぎと名前がなく、うまくごまかされている。法律を破ったとして罰せられるのは、女のほうが男よりもはるかに厳しく、多いにもかかわらず、女はいつも(男がつくる)法律の外側にいた。売春や姦通がその良い例だ。

女の生命を尊重する気持ちがないことは、男の神学の教義に、父権制的家族構造に、父権制的道徳の言葉そのものに、表れている。ここに妊娠中絶に反対するカトリック正教や「出生の権利」論にひそむ偽善がある。*(35) 人間の生命の尊厳が理想だというのは作り話であって、たんなる「論拠のない仮説」ではない。あるいはジョン・ヌーナンが言うように「歴史上でほとんど絶対的な価値」だったということもない。生命の尊厳という重荷の大半を背負わされてきた女たちは、そうではないことを知っている。私たちは、戦士の、レイプする男の暴力をあまりにも直接、知りすぎている。女はほとんど参加できず、しかも女たちのからだに、子供たちに、年老いた親たちに影響を与える政治組織、社会組織の制度としての暴力を知っている。何世紀ものあいだ、そういうものだと言われつづけてきた暴力、女たちの存在がなだめたり鎮めたりしなくてはならない暴力を知っている。*(36)

神学者も、「生命の尊厳」論者も、人口専門家も、生態学者も、「人間」と「人間としての価値」にかんするかぎり、実は女は人口にふくまれていないことを認めなかった。エコロジーに関心ある人々が、フレンド協会が、家族計画運動や人口抑制の計画者たちが、「地球上の生命の質」を心配して、いま頃になって妊娠中絶の管理解除を支持しはじめても十分ではない。妊娠中絶にかんする法律はいつも、経済的・軍事的侵略、低賃金労働、消費拡大などの流れにそってつくられたり、なくなったりしてきた。キリスト教以前のローマでは、妻が妊娠するごとに夫が中絶を命じたり、許したり、あるいは禁じたりすることができた。教会の公式の方針がぐらつくこともあった。妊娠中絶を法的に許可した（一九二〇年に）最初の近代国家であるソ連では、実質的に中絶をする施設はまず国がつくった。ナチス・ドイツとの対決が深まったとき、それらの施設は廃止され、妊娠中絶は非合法となった。第二次世界大戦後、新たな消費者運動がさかんになって、妻も労働市場に参加し、家計に副収入をもたらすよう奨励されて、中絶はまた合法となった。その間、産児制限にかんする情報は不十分で、計画も中途半端で効果がないまま、決して妊娠したくはなかった多くのソ連の女たちが中絶を強制される結果となった。*(37) 周知のように日本では、出生率が低くなりはじめて安い労働力の供給が脅かされると、自由に妊娠中絶できる法律は見直され、避妊ピルも実際には手に入りにくくなった。

中国の状況は、人口専門家のカール・ジェラッシの記述によれば、「ニルヴァーナ（涅槃）に近づきつつある」という。ただし女にとってではなく、流行病学者にとってであろう。「中国ではおそらくどこの国よりも多くの避妊薬を女がすでに使っているか、あるいはこの二年以内には使うことになるだろう。北米やヨーロッパの女たちをしのぐ数以上の、あるいは比較にならないほど多くの中国の女たちの行動範囲は狭く、仕事や住居もほとんど変わることがなく、職場や居住地域で人口を保つうえで抜群の力をもつ」（避妊の情報は大学生レベルの学生には伝わっていず、結婚している夫婦にだけ公式に知らされる。若くして結婚することや婚前性交は、社会的に受け入れられていない）。

「この十年間に中国がなしとげた人口増加抑制はきわめて印象的で、世界じゅうのほとんどの国が学ぶべきだ」とジェラッシは主張する。その学ぶべきこととは「中国でのモダス・オペランディ（やり口）は、アメリカのやり方よりずっと融通がきき……動物に毒性実験をしてその結果を得るのに六ヵ月から十二ヵ月を越えることがなく（比べてアメリカでは十年が必要）……臨床テストをする決定は研究室の科学者と医者と保健機関の代表との〝討議〟で実施される。……このような一連の手続きの底にある根本的な考え方は〝人間の苦しみをできるかぎり早く軽くする〟ことだ」というような事柄だ。

さらに「臨床実験のための患者は、近くの地域委員会で女たちに〝通告する〟ことで見つけられる。すすんで患者となる女たちは、妊娠するかもしれない実験に参加していること（もちろん予備の手続きとして後に妊娠中絶はできる）を知っているが、これは〝革命的目的のための研究だから、必要な危険なら喜んで受け入れる〟と言う」。ジェラッシ自身も「できるかぎり早く」ということと実験される女たちの安全とのどちらをとるかについて、また「患者が本当に内容を知って同意しているのかどうか（革命的な熱意というよりも）」についても、いささか疑問をもっている。*(38) しかし家族を多くても子供二人に限定することが可能になって、中国の女たちがいまどんなに恩恵に浴しているとしても、将来のいつか、人口をふやすために同じやり口が簡単に適用されるかも知れないのだ。「革命的目的」が同じように簡単に要求することとして、避妊が限定され、妊娠中絶ができなくなり、いまのソ連がしているように子供を十人以上産んだ女はメダルを授けられるようになることもある。

一九七五年三月十七日付の「ニューヨーク・タイムズ」は、アルゼンチン政府は二十世紀末までに人口を二倍にするために、最近、産児制限にかんする情報を流すことを禁じ、避妊薬の販売も厳しく制限したと報じている。ベロン派の雑誌ラス・バセスの記事でもわかるように、その動機は明白だ。

……西暦二〇〇〇年をひかえ、近隣諸国は過剰人口をかかえて深刻な食料問題に悩むだろう。それに反してわが国には、ほとんど人の住んでいない三百万キロ四方の土地がある。この広大な、豊かな土地を利用する手がわが国にはなく、放っておけば他国の人々に手をつけられてしまうだろう……女の重要な仕事は子供を産むことだという基本から出発しなくてはならない。

これらの言葉には聞きなれた響きがある。二十世紀の初めに避妊薬がかなり一般に出まわるようになったとき、イギリスでもアメリカでも、それを入手しやすい中流と上流階級が「子孫をなくし」、「下層階級」の、つまり「ふさわしくない」大衆が大家族のままでいることへの危機感が生まれた（周知のように貧しい女たちは家族の数を限る必要にせまられていたが、彼女たちが知っていた方法といえば禁欲か自分で中絶するかのどちらかだった）。こういった論争（貧乏人が貧乏なのは、金持が自分の富を守ろうとするからというよりも、貧乏人はこの世に適していないからだという、適者生存を基調とする考え方）に固執する社会的ダーウィン派とは別に、母性の「本当の意味と目的」についての興味深い本音があらわれている。クリスチャンからもフロイト派からも、ファシストからも毛沢東主義者からも、母性という制度についてこれほど純粋に明白な表現をするのを聞いたことがないと言えるのは、一九一七年に出版されたジョージ・W・クラーク卿の『民族的自殺――英国の危機』のような小冊子である。

クラーク卿はまず、産児制限によって人間の生命を失うことは、戦争によって生命を失うよりはるかに恐ろしいと断言する。（一九一四～一八年の世界大戦は、イギリスの上流階級では「男のなかの男」を失わせたものと考えられたことを忘れてはならない。兵隊はどうでもいい。「あらゆる戦争を終わらせるための戦争」の塹壕戦で命を落としたのは「最高の男たち」だけだった。）クラークはこのうえなく正直に、中流、上流階級が家族の規模を制限し、「肉体的にも精神的にも劣る」人々が子供をつくりつづけては、イギリス社会に荒廃をもたらすと恐れた。彼は論点を三つの項目にしぼった。（1）（家族数の）限定はイギリス帝国を脅かす。（2）（家族数の）限定は国の貿易を脅かす（「ひとりしか息子のいない商人は、二人以上の息子をもつドイツ人商人と同じ力で新しい企業をはじめることはできない」）。（3）国の防衛は（家族数の）限定によって危機にさらされる。最後に彼は母親たちにつぎのように訴えている。

これができなくて、ほかのどんな奉仕をもってしても女が国に仕えることはできない。神と自然とが女に任じた、女だけに任じたこのひとつの役目以外には。ほかのことはすべて男ができる。これは女の役目であり女の栄光である。このことのために女はこの世に遣わされた。女にとって最良の年月は育児にあてられなければならない。さもなければ国は滅びる。一国の歴史が栄えているとき、有能な女たちはすすんですぐれた息子を産む。だが衰退しているときこそ、その荒廃のなかで女たちはみずからをすぐれた存在となしえるのだ*(39)……

軍に協力なさるの？《ヴ・トラヴアイエ・プール・ラルメー・マダム》　女が自分のからだの使い方に絶対的な決定権をもたないかぎり、社会主義のもとでも、「自由」資本主義、プロテスタンティズム、ヒューマニズム、そのほか現存するいかなる主義のもとでも、自由な政策が抑圧する側にまわらないという保証はない。私たちは連邦政府の自然保護計画が、木を伐りたおし、輸送パイプを敷き、国土を丸はだかにする力に屈するのを見てきた。私たちはまた、産児制限や中絶にかんする法律や意見が、軍の侵略策、労働市場、ピューリタン的世論、あるいは「性の解放」など、すべて父権制の支配下におかれた要求にしたがってゆれうごくのを、歴史上つねに見てきた。

4

ある制度について考えるとき、通常は建物で具現化されているのがわかる。バチカン、ペンタゴン（米国国防総省）、ソルボンヌ大学、財務省、ＭＩＴ（マッチューセッツ工科大学）、クレムリン、最高裁判所などだ。ある組織のなかにはいりこまないかぎり私たちに見えないのは、壁の内側や屋根の下で権力が保持され、譲渡されていく仕組みだ。権力が手にはいる者もいれば、はいらない者もいるとか、情報がある者には伝わるが、ある者には伝わらないといったことを保証する、目に見えない了解、その組織と関係ないとされるほかの組織との密やかな共謀や関係である。母性という制度を考えるとき、それを象徴する建物は思いうかばないし、権利、権力、あるいは潜在的であれ実際にであれ暴力といったものも目に見えて具現化はされない。母性は家庭を連想させ、家庭は私的な場所だと思いたい。私たちが母性から想像するのはたぶん、郊外の家やアパートに裏庭がずらっと並んでいて、そのひとつひとつで女が洗濯物を干していたり、泣きさけぶ二歳くらいの子供を追いかけて抱きあげたりしているところだ。あるいは何千という台所があって、そのひとつひとつで子供たちが食事をし、学校へと出かけるところだ。あるいは自分の子供時代の家や自分の母親がわりとなってくれた女、あるいは自分自身を思うこともある。私たちは想像できない——女たちはそういう場所にいるべきだと決める法律や、それとはちがった計画で人生を生きようとした女たちに課される罰、不自然な静けさをたたえ服従するだけの女を描く芸術、大勢の女たちから出産という行為を奪った医学界、女が母親としてどうふるまい、感じるべきか命令する専門家たち（ほとんどすべて男性）のことを。私たちは想像できない——女が洗濯をし食事をつくり子供の世話をして一日を過ごし、なお「付加価値」を生むかどうか議論するマルキストの知識人たちを、母親の仕事は生まれつき女のものだと確信している心理分析者たちのことを。私たちは想像できない——母性という制度の名のもとに、女から奪われる力、女には許されない力のことを。

母性として私たちがまず連想することになっているのは、ルノワールが描いた膝にばら色の子供を抱く花のような女たちであり、ラファエロの恍惚のマドンナであり、サバト（安息日）にみがきあげた台所でキャンドルに火をつけている、きちんとアイロンのかかったナプキンで編んだ髪をつつむユダヤの母親だ。私たちが考えないことになっているのは、ブルックリンの病院で子供に乳をやることはできないと説得され、痛む胸に氷パックをあてて横になっている女、同じように商業的に乳幼児の人工栄養を生産しているアメリカの会社から、豊かな母乳が出ているのに栄養不足だと説得されたアフリカの女、父親に妊娠させられた十代の女の子、かたわらに赤ん坊を置いて畑仕事をしていたときに襲われてレイプされたヴェトナムの母親、元の夫や裁判所の敵意を向こうにして、子供の親権を失うまいと闘っている二人の愛しあう女たちだ。妊娠していることがわかると保険金ももらえずに解雇されるので、できるだけ長く働いていられるように、それを隠している女のことも考えないことになっている。借金を返すために自分自身が乳母として働かなくてはならず、自分の子供を栄養不足にしてしまった女たち、自分の子供からは隔てられて、雇い主の子供たちの世話をした奴隷、かわいくなって離したくなくなるといけないと、見ることも触れることも許されなかった赤ん坊を産んだことを思い出している「子供のない」とよばれる女を、私たちは考えないことになっている。幼児殺しはどんな感じがするものかを、幼児殺しの幻想を、病気の子供たちと家でじっと過ごす寒々とした日々を、年上の子供たちと、あるいはひとりで、家においてきた子供を心配しながら搾取工場や牢獄や他人の台所で女が過ごす長い年月を、私たちは考えないことになっている。男たちはしばしば女の「喜びや悩み」について抽象的に語ってきた。女たちは長い歴史の中で、制度の圧迫をあたかもそれが自然の法則でもあるかのように受けとめてきた。

母性という制度は手で触れることも目で見ることもできない。芸術ではおそらくケーテ・コルヴィッツ（一八六七～一九五四年。版画家）だけがそれを喚起するところまでいった。女たちが生きてきた数多くの経験の断片は、私たちが創作したものではなく、私たち全体のものだということを決して二度と忘れないように、これからも喚起されつづけなければならない。レイプとその結果、経済的に依存するための結婚、男に「彼の」子供を保証するための結婚、女から出産を奪うこと、婚姻外で生まれた子供の「庶出」という概念、避妊と中絶を規制する法律、危険な避妊道具の無神経な販売、女が家でする仕事を「生産」の一部として認めない姿勢、女たちを愛と罪の意識の循環に束縛すること、母親のための社会福祉の欠如、世界じゅういたるところでの保育施設の不備、心ならずも女が男に依存せざるをえなくなるような、賃金労働者として女が受けとる不平等な給料、「母親専任」という孤独な監禁状態、男に子供にたいする最小の責任しか負わせず、しかも権利と特権だけは与える名ばかりの父性、母親を精神分析する厳しさ、母親というものは不完全で無知だという小児科的仮説、家族のなかで女が負担する精神的役割の負担――これらすべてが、この目に見えない制度をつなぐ線となっている。そしてそれらが好むと好まざるとを問わず、女たちと子供たちとの関係を決定しているのだ。

誰にでも母親はいたわけだから、この制度はすべての女に、そして内容はちがうがすべての男に影響を与える。父権制の暴力や冷酷さはしばしば女を通じて子供に現れる――「落ちこぼれ」の子供だけでなく、ひどく邪魔にされたり、甘やかされ、あやつられる子供に、日常の世話や感情的に我慢することに疲れた、情緒不安定なひとりの女に依存している子供に、女というものはなだめてくれたり励ましてくれたりする変わりやすい天気のようなものだとか、壊すだけのための感情的旋風のようなものだと信じて育つ男の子供に、現れることがある。

そして必然的にジョアン・ミチャルスキにもどる。彼女には絶望が少しずつたまっていったにちがいない。彼女は愛し、愛そうとつとめ、悲鳴をあげたが誰にもきいてもらえなかった。なぜなら彼女の周辺には彼女の窮状を不自然だとか、家庭で「主婦」がする当たり前のこと以外のことと見る者は誰もいなかったからだ。彼女は人身御供となり、そのまわりを母性という暗闇が渦巻いていた。それは母性という制度の目に見えない暴力、罪の意識、人の生命にたいする無力な責任、判断と非難、自分の力への不安、罪の意識、罪の意識、罪の意識だった。それほど暗闇を抱くこの心は劇的なのではなく、劇にもならない苦しみなのだ。家族のために食事の準備をしながら一緒にテーブルにつけない女、朝になってもベッドから起きあがれない女、テーブルの同じところをいく度もいく度もみがいたり、スーパーマーケットでラベルが外国語ででも書いてあるかのようにじっと読んでいたり、肉切りナイフがはいっている引き出しをのぞきこむ女。人身御供は、また、逃がし弁だ——情熱も、知識が抑圧される激しい怒りの流れも、はっきりと抵抗するといった極端な状況にならないように、彼女を通じて通りぬけていくがままにまかせられる。「悪い」母親が自分の存在にたいする目に見えない強迫に絶望的な反応を示すのを読んで、「良い」母親はもっと良く、もっと辛抱づよく、我慢づよくなろうと決心し、正気とされるさまざまなことにさらにしっかりとしがみつく。人身御供は殉教者とはちがう。抵抗や反抗を人に教えることができない。恐ろしい誘惑にかられる。ひたすらひとりで悩み、だれともちがう女である「私」が問題だと思いこむ。

母親が、自分自身と「目をつけられた」子供以外の誰かに向かって怒りや残忍性を発散させることはあるのだろうか?……私の子供たちは、一歳ぐらいのとき、いじめたり、こらしめてやりたいという恐ろしい空想を私にいだかせた。彼らは子供であるだけで、言うことをきかなかったり、わがままを言ったり、泣いたり、知りたがったりする普通の子供らしい特権をもっているだけで、私をそういう気持ちにさせた。

空想の映像が私の頭のなかでほどける……私は……子供をさかさにして踵をつかみ、振りまわし、その頭を壁にうちつけ、血や脳みそが流れるのを見ている……ときどき……私は子供たちを家に置きざりにして逃げていく……空想の映像がとまると私は自分の小さな子供たちをみつめて、そんなことは決してできないと思う……私はあまりにも子供たちを愛している。そして私はふたたび子供たちに優しくしてやることができる。

けれども私は本当に怒って(怒りくるって、というほどではない。そうなると私はかっとなって、子供ではなく物を壊したくなるから)、子供たちの足を蹴り、ひっぱたき、髪をひっぱり、床におし倒したりしたことがある……そうされる子供たちが、どうしてそんなふうになったかわかっていながら……

恥ずかしいことだが私は……本当に私の小さな子供たちを殴ったり蹴ったりしたことがあるのを白状する……自己嫌悪にかられることがあまりに多い……

(ソノマのカリフォルニア州立大学で「女の伝記」という講座に出た、ある学生の自叙伝[*40])

怒りにかられた母親の、怒りにかられた女の、自己嫌悪。女は自分の子供にたいして激しくかきたてられた自分の怒りを越えて、さらにその向こうにあるものを見ない。ティリー・オルセンのアンナのように、彼女自身が夫の暴力の的であるときでさえ。

何週間もジム・ホルブルックは機嫌が悪かった……彼が子供たちにしてやるのは殴ることだけで、アンナのことも殴った。何度殴られたかアンナがおぼえていないほど……

アンナもきつく、乱暴になった。子供たちのひとりが邪魔をしたり、言うことをすぐにきかなかったりすると、かっとなって叩いた。まるで悪魔にとりつかれたかのようだった。後になって仕事をしている最中に、涙で汚れた小さな顔を思い出して、彼女は後悔で胸をしめつけられた。「私が叩いたのはあの子たちじゃない。叩くときは、何かが私のなかにはいってくるような気がする」[*(41)]。

詩人のアルタは韻文詩「ママ」のなかで、母性という生々しい神経にふれている。ジョアン・ミチャルスキのように、「母親熊のように」、子供を愛し、子供を守りながら、女たちはそれでも自分の怒りや焦燥をぶつけるいちばん手近な対象を、子供たちのなかに見つけてしまう。

カールした髪のもしゃもしゃ頭のあの子、わたしはその子をキアと呼ぶ
マツの実ちゃん、大きな目を大きくする
わたしが捕まえようとすると
わたしが呼ぼうとすると
きのうのこと、その子が幼い子を追ってわたしの部屋へ
わたしは叫んだ
出て、出て、出ていって。その子は出ていった

すぐに、幼い子は残して
怖がらない幼い子を。なんということ
おまえを怖がる子がいて、おまえの子で
おまえの初めての子で、大切な

ふたりのどちらか生きのびて、おまえを許すだろう
よかったのだ、あの子を部屋から締めだして書けるから
あの子のことを？
なんて思いやりにあふれ、なんて愛すべき、どうして
できよう、わたしに
その子の名を呼ぶことさえ

きっとわたしがいても／いなくても、やっていかれる、あの子たち
きっとわたしは盗めるだろう
少しの時間を
ほかの部屋で
あの子たちはそれでもわたしを愛してくれる？

――わたしがもどったときに*(42)――

幼い子供たちと家に閉じこめられる孤独な監禁生活をして、母親として子供たちをひとりで世話しようと努力して、お前はあとにもさきにも、とにかく母親なのだという定説に反発して、自分自身の人間らしさを大切にしようとして――その状態を「のりこえよう」と夢みたことのない女がいるだろうか？　一度でも誰かに心配してもらいたくて、あるいはとにかく自分のことをする方法を見つけたくて、正気と名づけられることをすべて放棄し、ただあるがままに任せたいと夢みたことのない女がいるだろうか？　母親たち。学校に子供を迎えにいく、保護者会で列になって椅子にかける、疲れた幼い子たちをスーパーマーケットの手押しカートにのせてなだめる、一日働いたあとで大急ぎで家に帰って夕食をつくり、洗濯をし、子供の相手をする、子供たちをきちんとしつけて、いきいきとした授業をするよう学校に訴える、家主から追い立ての脅しをききながら児童手当ての小切手が届くのを待つ、逃げこんで楽しめることといったらセックスだけなので、また妊娠してしまう、からだの繊細な部分に長い針を突っこむ、子供の泣き声で決して終わらない夢からさめる――母親たち。もし彼女たちの空想の世界を、白昼夢を、想像上の経験をのぞくことができれば、怒りが、悲劇が、不当に期待されすぎている愛情が、絶望が、かたちを成しているのが見えるだろう。制度の暴力という機械が、母性という経験をぎりぎりと締めつけているのが見えるだろう。

驚くべきことは、女たちや子供たちの生命が女の手でつくろわれ、織りなおされるような将来がくるという大きな希望と信念を私たちに与えることができるのは、破壊的な制度のなかにあっても私たち自身が、子供たちのために手ばなすまいとつとめてきたことすべてだということだ。優しさ、情熱、私たちの本能を信じること、自分でももっていることを知らなかった勇気の喚起、ほかの人間の存在を細部にわたって受け入れること、生命の値段やはかなさを十分に理解することだ。母親の子供のための闘い――病気と、貧困と、人間の生命を軽視するあらゆる種類の搾取と非情さとの闘いは、すべての人々が力を合わせて、愛をもって、生きのびる情熱をもって遂行する闘いでなければならない。けれどもそうなるには、母性という制度が打破されなくてはならない。

これを可能にするために必要なさまざまな変化は、父権制度のすみずみにまで反響するものだ。制度を打破することは母性を捨てることではない。それは生命の創造と維持を、苦難をともないながらも自由に選ばれたほかのすべての仕事と同じように、決断、闘い、驚き、想像力、そして意識的な知性の領域へと、解き放つことなのだ。

おわりに

……私たちが知らない考え方というものがある。まだ生まれていない知識であっても、それこそ何より重要で貴重なものだ。それが生みだす切迫感、精神的不安感はたやすくおさまることがない……

スーザン・ソンタグ『ラディカルな意志のスタイル』

しかし私たちは私たちの人生をどうしよう？　制度としての母性を真っ向からとらえようとする試みはふえている。たとえば「全国福祉権利協会」や「全国妊娠中絶権行動連盟」のほか「自由な選択をするためのカトリック教徒」「ニューヨークの黒人シングル・マザーが手をつなぐ会」、シアトルを基点とした「レズビアンの母親を守るナショナル・ファンド」といった特別なグループが非常にたくさんある。全国的な組織であるＭＯＭＭＡは新聞を発行し、国じゅうに支部をもって、一般的な婚外の母親の問題にあたっている。*(1)男の医師や医療関係者たちが女にうえつけた無知、受け身の姿勢に挑戦する女たちのからだを守る運動はひろがりつつあり、すでに新しい世代の女たちにはかりしれない良い影響を与えている。*(2)

この本を書いている四年間に、母性論は、フェミニスト分析に付録のようについている問題から発展して、母親として、娘として、あるいはその両方として、考えある女たちの意識をしっかりととらえるテーマになったのを、私は見てきた。著作家たちもさまざまな要求をするようになった。新しい母権制、遺伝の技術を女の手に取りもどすこと、地域のすべての住民あるいは「子供から解放された」女たちすべてが政治的にかかわりあう保育をしようという主張、地域全体での育児、コミュニティを子供が大人の生活にとけこめるような「村」の概念にもどすこと、性別を意識させられることなく子供たちが成長できるようなフェミニスト的環境で子供たちを育てること。「新しい父性」に、女と同じように男も「母親」になれるしなるべきだということを証明する基盤をつくることに、もっと積極的に、常時、子供と一緒にいるように父性を定義しなおすことに、さざ波のように関心がたかまってきている。

ヴィジョンを求めること、夢をみることが何より大切なのであり、同じように、新しい生き方を求めること、真剣な実験に場所を与えること、失敗しようとも努力を尊敬することも大切だ。しかし同時に、現在あるがままの大多数の女たちの人生を見れば、母権制的ユートピアを生みだすことや、避妊や遺伝の技術を女たちの手に「取りもどす」よう「要求」すること(誰によって、どんな圧力を効果的にかけて?)は、あまりに世間知らずで勝手なのではないだろうか。「子供のいない」女たちを政治的義務として育児にかかわらせるとか、父権制度をボイコットするとか、保育を解決する方法のひとつとしてコミューンをつくるとか語ることもそうだ。これまでの歴史で強制された労役として、あるいは罪の意識からおこなわれた育児は、あまりに苦い経験にみちていた。もし女たちが科学施設の実験所や資料室をボイコットすれば(まだ近づくことさえはじめられていないのに)、私たちのからだのコントロールに絶対に必要な研究や技術がどういうものかということすらわからないだろう。*(3) コミューンもそれ自体、女にとってはさして特別な力をもつものではない。大家族とか公立の保育所と変わりはない。まして、そういった手段をとってみたところで、女のからだの複雑さや政治的意味、女のからだによって示される権力と無力の全容を明らかにするものではない。母性はそれらのたんに一部でしかない——重要な一部ではあるが。

さらに、「慈しむこと」を女特有の力として決めつけることはあまりに単純すぎて危険だ。慈しみは社会全体で新しい人間関係をつくるために発揮されるべきものである。女が慈しむ機能や天分をもっていてそれを育ててきたとしても、それはしばしばブーメランのように女のところへもどってきた。女の政治犯が受ける拷問について、ローズ・スタイロンはこう書いている。

古典的に女のものとされている想像力や「感情に訴えること」は、女が子供たちを守るために育ててきた情熱であり、家族やコミュニティの要求にこたえて得てきた共感(あるいは人間の利己的な動機や可能性への洞察)であるのに、それが拷問する側に激しい敵意をかきたてることがある。また女をきわめて非力にすることもあ

る。*(4)

このことは父権制のもとにある女たち一般にあてはまることだった。敵は個人の男たち、福祉制度、医療制度、精神分析医などで、麻薬売買、ポルノグラフィー、売買春など組織されたものの場合もある。ひとりの女が母性という制度に抵抗するのは、まず、ひとりの男に（彼女が愛情や共感、友情を感じ、同時に不満、怒り、恐れ、罪の意識も感じる男に）、つまり彼女の子供の父親にたいしてであることが多い。私たちがレイピズムや好戦的な精神状態に対抗させたいのは、まさに「母性的」で「慈しみ深い」心であるが、それがてことなって女のなかでもっとも寛大で感じやすい部分を通じて女がコントロールされるかぎり、女にとって負担でしかありえないものだ。女の権力や女の支配権の論理は、女の存在のあいまいさを十分に考慮にいれ、私たちの良心の連続性、つまり私たちひとりひとりにある創造的なエネルギーと破壊的なエネルギーの両方の可能性を考慮するものでなくてはならない。

私は「私たちが知らない考え方というものがある」と確信している。私はこの言葉の意味を、多くの女が、伝統的な概念が否定し、非難し、あるいは把握できないような考え方を、いまでもしていることだととる。考えるということは能動的で、流動的で、ひろがる過程だ。概念つまり「知っている」という状態は、過去の過程を反復することだ。私たちは、まだいかなる意味でも私たち女の生物学的な根底を、女のからだの奇跡やパラドックス、女のからだの精神的、政治的意味を探究も理解もしてはいない。そう論じるなかで、私が本当に問いかけているのは、女はようやく、からだを通して考えることをはじめられるのではないだろうかということだ。あまりに秩序のなかったもの——ほとんど使われなかった女のすぐれた知性、高度に発達した触感、ていねいに観察する天分、女の複雑で我慢づよい、多面的に快感をもつことのできる肉体性など——を結びつけることをはじめられるのではないかと。

　自分のからだが重要な問題ではない女を私は知らない。処女であろうと、母親、レズビアン、結婚している女、独身、あるいは経済的なよりどころが主婦であっても、ウェイトレスであっても、脳波の検査士であっても。からだがなんとなくすぐれないとか、妊娠しやすい、欲望が強い、いわゆる不感症、月経にかんすること、月経がないこと、からだの内外の変化、レイプ、高齢化など。いま初めて、私たちの肉体的なことを知識や力に変える可能性がでてきたのだ。肉体的な母性は私たちの存在のほんの一部でしかない。誰かの顔を見るだけで、誰かの声を聞くだけで、女の子宮には優しさの波がわきたつことを私たちは知っている。脳からクリトリスへ、そしてヴァギナを通って子宮へ、舌から乳首へ、そしてクリトリスへ、指先からクリトリスへ、そして脳へ、乳首から脳へ、そして子宮へと、私たちのからだにはたえず敏感で休みのない、目にみえないメッセージが張りめぐらされている。それは決して鎮められることはなく、私たちがいまようやく推測しはじめたばかりの認識力を秘めているものだ。私たち女は「内面」だけの存在でもなければ「外面」だけでできているのでもない。私たちの肌は生きていて、さまざまな合図を出す。私たちの生も私たちの死も、私たちの考えるからだを解き放すことも閉じこめることもできない。

しかし自分のからだへの恐れと憎しみのために、私たちの脳はしばしばかたよっていた。現代の明晰な女性たちにすら、女としてのからだの外側のどこかで考えようとしている人たちがいる――だから古い概念を再生産するにすぎないことになる。[*(5)] ひとりの女のなかにもまったくちがう面がいくつもあり、それぞれがきびしく対立した関係にある。勤勉な学者の部分はタンポンにつく血をあえて無視する。あたたかな母親の部分はあえて知性の低さを受け入れる。しかもこういうことは生命をかけた問題なのだ。なぜなら女の学者もあたたかな母親も、たんに存在する権利を求めて必死に闘っているのだから。両方とも、伝統的な家族とその永遠性のうえに築かれたシステムのなかで「下限に近い」人間なのだ。

何世代もの女たちにとって、選んだのではない、決められた母性を意味した肉体構造は、いまだに、ほとんど触れられたこともなく、理解もされていない女の資源だ。私たちは男がつくった論理にしたがって、盲目的に、従順に女のからだになるか、あるいはからだを無視して生きようとつとめてきた。「私はヴィレンドルフのヴィーナスになりたくないし、永遠にファッキン・マシーンでもいたくない」。肉体に訴えるものはなんでも心を否定するものだと思っている女たちも多い。女はこれまであまりに長く、何世紀にもわたって、地球や太陽系のように純粋に自然そのものとして見られ、搾取され、レイプされてきた。もうそろそろ文化に、精神に、心になりたいと思ってもふしぎではない。しかし女を文化やその政治的制度から切りはなしていたのは、まさに文化そのものだった。そうすることによって、文化はみずから生命を失い、量だけで計られる死んだ文化に、抽象に、今世紀でもっとも洗練された破壊性をもつ権力指向になった。女たちは、そういう抽象的な文化や政治こそ、変えたい、人間の言葉で説明できるものにしたい、と叫んでいるのだ。

女が自分のからだを取りもどせば、それは労働者が生産手段を手中にいれるよりはるかに本質的な変化を人間社会にもたらすだろう。女のからだは領地であり、機械だった。開拓を待つ広漠たる処女地であり、生命を生みだす流れ作業の列だった。私たちはひとりひとりの女が自分自身のからだをつかさどる天才となるような世界を思い描かなくてはならない。そのような世界で女たちは真に新しい生命を創造し、子供だけでなく（それも女が望んで）、ヴィジョンをも生み、人間の存在を支え、慰め、変えるために必要な考え方をもたらすだろう。宇宙には新しい関係が生まれ、性感覚、政治、知性、権力、母性、仕事、コミュニティ、親密さなどが、新しい意味をもつようになる。考えること自体が変わる。

私たちはここからはじめなくてはならない。

新版に寄せて
——十年ののちに

昔ながらの考え方と新しくわきあがってくる考え方とのあいだには、奇妙な緊張がある。古い考えにはもはやエネルギーはないが、習慣、伝統、経済、それらを支える制度などがつもりつもった力がある。新しい考えは、まだ渦巻き、まとまっておらず、無法状態で、つねに攻撃にさらされているが、一方でエネルギーにみち、行動をともなった力強い表現力をもつ。現代でも古い考えが特権的な地位を得て、新しい考えと共存している。たとえばヨーロッパのキリスト教信者たちの優越性、関係による主張よりも優先する力による主張、特定の具体性よりも進んでいて「洗練されている」とされる抽象性、女よりも男のほうが人間として本質的に価値があると決めつける考え方などだ。

この本は十年以上も前に、これらの考え方すべて、とくに最後の考え方に抵抗して書いたものだ。ひとりの具体的で特定の人間として書き、女たちの具体的で特定の経験を実例としてとりあげた。私自身の経験や何人かの男たちの経験もふくまれている。この本を書きはじめた一九七二年頃は、女が新たに政治的に扱われるようになってようやく四、五年たったところで、母性について問題意識をもって書かれたものは事実上なかった。しかしその五年前にはまだほとんどなかった動きや考え方がひろまり、沸騰しはじめていた。私は、母性以外の分野で女を低くみたり、母親であることにのみ女としての価値を認めるよう女自身に圧力をかけるものを追究するべきだと考えた。自分自身のこともふくめて、政治的にひとつの制度として組みこまれている母性というものを、フェミニストの立場から、社会的な関連のなかで調べたいと思った。

『女から生まれる』は、ほめられもしたし批判もされたが、いずれにしてもその理由は、この本が変わったアプローチをしていると見られたためだった。つまり個人の証言と調査とを混ぜ、その両者から論じることだ。けれども私はこの本を書いていて、そのアプローチが奇妙だとは決して思わなかった。著者が見えないこと、個人的な基盤をもたずに推測や理論、事実、空想などを書く著作家たちが存在するほうが、ずっとおかしい。その一方、私は最近、「個人は政治的なもの」だとする（それがこの本を書くきっかけになったのだが）一九六〇年代の女性解放論が、新しい時代の、個人は自分自身のために存在するという不明瞭な考え方に取りこまれてしまったような気がしている。ちょうど「人間は善良である」ということが必然的なものとなり、問題としては忘れられてしまったように。オードリー・ロードは最近の詩でこう問いかけている。

なにを互いに求めあうのか、私たちは
自分の話をしたあとに
求めるのは
癒されることか、求めるのは
いつのまにかこっそりと傷をおおうことか
求めるのは
力みなぎり、しかも恐ろしくない女だろうか
痛みを消してくれるような
過去の痛みを消してくれるような*(1)

「安全な空間」をこえた向こうに私たちが何を求めるのかという問いは、あてのないまま個人的に語ることと、女に権限を与える運動を集団としておこなうこととのちがいをはっきりさせるために必要なものだ。

この十五年ほどのあいだに、女のからだを守る運動が、強力に、広い範囲でおこなわれるようになって、患者としてもヘルス・ワーカー（たいていは低報酬で、どういう職種でも差別されて仕事をしている）としても女が大多数をしめる医療の分野に挑戦してきた。女にたいして、また病気や幼児の死亡にもつながる貧困、人種差別にたいして傲慢で、残忍なほど

冷淡だといわれている分野である。*(2) 女のからだを守る運動は、とくに、婦人科、産科、避妊や妊娠中絶の危険と可能性、産むことの決定権を女がもつという主張などに焦点を合わせてきた。運動をすすめる活動家たちは、女のからだについての知識と、性や出産にかんして女自身が決定する能力と、もっと一般的に女に権利をもたせることとのあいだに強い政治的なつながりをつくってきた。この運動が、女たちがみずから、疎まれる出産、不手際な非合法の妊娠中絶、不必要な帝王切開、不本意な不妊手術、傲岸不遜な医者との個々の出会いなどについて語ることからはじまったとしても、それらは決してたんなる逸話ではなく、病院や保健所が女たちを軽視したり虐待したことを実証し、女たちの要求にこたえて新しい施設をつくるべきだという証言となるものだった。*(3)

たとえば初期の目標となった施設に、ロサンゼルス・フェミニスト・ウィメンズ・ヘルス・センターがある。一九七一年にキャロル・ダウナーとロレーヌ・ロスマンが設立したもので、そこでは女たちに懐中電灯や鏡、反射鏡などを使って子宮頸部を自分で検査する方法を教えた。この教えは実用的でもあり、象徴的でもあった。女が台の上で仰向けになってあぶみに足をのせたかたちで産科医が診察することのほうが、女自身で調べるよりも出産の方法として慣れしたしんだものだというオーソドックスな考え方をくつがえした。ダウナーやロスマンのような運動家たちは、こういうかたよった知識が女のからだや性を神秘的なものとする一端となったという。自分の外陰や子宮頸部について知識をもち、月経の周期を通じてそれらの変化をたどることを学べば、女は自分のからだに疎外感をもたなくなり、自分の肉体的周期を意識し、意志決定ができるようになり、産科や婦人科の「専門家」たちにそれほど依存しなくてすむようになる。

出産を病気としてでなく、女の人生のなかのひとつのできごととして扱い、医者と切りはなす動きは全国的なものとなり、家庭での出産や出産方法を自分で選択する動きもでてきて、病院のなかに「バース・センター」や「出産のための部屋」といったものもできた。職業人としての産婆たちは当初この運動の先頭に立って、陣痛のときもできるだけ自分の力でがんばり、家族や友人たちがいるところで出産を経験したいという女たちを助けた。だが出産方法を選択する動きが出産にのみ問題の焦点を合わせていたかぎりでは、その家族にとって新しい理想と取り組む改革となったにすぎなかった。フェミニストの視点をもってスタートしたその運動が、医療としての出産の経済的な面や実施面にも手をのばし、母性と性とを切りはなしはじめて、焦点があいまいになってきた。*(4) バース・センターも当初の理想のかたちのまま残ってきたとはかぎらない。看護婦兼産婆は、福祉として患者をみるのは断わる産科医にとってかわられた。素朴な設備が高価な「産科」用のベッドとなった。*(5)

妊娠と出産にのみ焦点を合わせる運動、子供の生活や行政が優先するものについて疑問ももたなければ答えも要求しない運動、個々の家族がわが子に良い食事と教育と健康を与えてやるための消費面や教育面での特権を重視する運動――それらは、みずから選びとった進歩的な運動だと認めるにしても、大半の子供が貧困のなかで育ち、戦争の技術開発に最大の優先権を与えるような社会においては、ごく少数の反対派としてしか存在できない。

この本が出版されてから十年のあいだに、ほとんど変わらなかったこともあれば、すっかり変わったこともある。それは何を求めるかによって異なる。一九七〇年代は、女たちが政治的に活発な活動をして新しい状態をつくり、希望を生みだした時代だ。安価で質の良い保育施設、陣痛にあたり医療として高度な産科術をほどこすかわりに女と子供を中心にする出産、同一労働への同一賃金、自由に選べる安全な妊娠中絶の合法化、不妊手術の濫用阻止、レズビアンの母親が子供を保護する権利、婚内のレイプもふくめてレイプを暴力行為と認めること、職場でのセクシュアル・ハラスメントを性差別と認めること、前向きの行動、女のための総合的な保健制度、社会科学や人文科学にたいする男の偏見を変えること、そのほか多くのことを求めて女たちは動いた。しかしこれらはすべて、何度も何度も法廷で勝ち、世論を味方につけなければならず、よくて部分的に勝利をおさめただけだ。だがある女たち――ほとんどすべて白人で高い教育を受け、たいていは新聞報道などで特筆されるような女たち――にとって、生きていく状況は、祖母たち、母親たちのときと比べて、姉たちと比べてさえも、格別に良くなったといえるだけの変化は十分にあった。

一九七六年に、大学教育を受けたある若い女性は、ピルを使ってセックスを試み、法律学校にはいり、ボーイフレンドと遊びまわり、合法的に安心な妊娠中絶をして、子供を産むのを遅らせることができた。一九八六年には、彼女は結婚して事務弁護士として働きながら、生活費となる二人分の収入の片方を受けもつ者として子供をもつ決定を自分で下し、助産婦と、いざというときの産科医の助けで家で出産した。七〇年代には、女が選択することを支えてくれたのは初期の勢いをもつ女性解放運動だったが、いまや家族生活や個人的解決にとらわれることが多くなった現代社会は、母親となることに非常に多くを許容することがわかった。ケーキをもう食べてしまったのに、それでもまだくれるの、と彼女は言った。彼女こそ生まれながらにして自由な、ポスト・フェミニストである。*(6)

ところが、報道によれば、そういう女性が解放運動は何も解決しなかったと言っているという。選択すべきことがたくさんありすぎたのか。専門的な法律の世界で（あるいは金融業でも経営でも市場調査でもいいのだが）高い目標を定めると、厳しく、冷酷で、激しい競争がある。私的な生活を犠牲にし、人との関係にさまざまな歪みを覚悟しなければならない。母親専従でいたときのほうがもっと自分で決めることができ、本当の自由があった。少なくとも彼女はそう言った、と引用されている。

彼女にとって変化は十分だったのだろうか？　彼女にとってさえ、見かけだけは幅ひろくなった選択も、きわめて限定されていた。彼女が競争することを選んだ経済構造のなかでは、ほとんどの月給取りの女たちの仕事といえば、事務、サービス業、掃除、ウェイトレス、家事労働、カウンターの後ろに立つ売り子といった、彼女より教育程度の低い、選択の幅の狭い女たちと同じように、また保育園や小学校のようにほとんど女だけの特殊集団のなかで見つけられるものがほとんどだった。しかもそれらの職種は一様になんらかの差別をされるものだ。そしてもっともらしい雑誌は、そういう女たちには悩みとか育児のためにかかえている問題などについてたずねたりしない。それよりも、中流階級の白人の男たちに、「親であること」や「男が母親の役をすること」について、母親が外で働くことを選んだときに赤ん坊の世話を他人に頼む贅沢さについて、インタビューするのだった。

一九八〇年代になると、新たに政治面でも宗教面でも保守反動の波が、一九七〇年代に女たちが獲得したものにきわめて敵意ある波が、国じゅうをおおった。かつてないほど多数のアメリカの家族がいわゆる「核」家族のパターンに当てはまらないというのに、父権制的家族構造の思想がふたたびもりかえしてきた。一九八〇年代の「貧困との闘い」は、とりわけ貧しい女たちとその子供たち、女が世帯主となっている家族が直面する闘いとなり、国の援助は冷酷にとりあげられた。反ホモ・セクシュアル、反妊娠中絶のキャンペーンは、右派と教会の資金を潤沢にうけて、ゲイの権利を求める運動と一九七三年の中絶にかんする最高裁の判決によってひろまった選択の基盤を侵食した。ブリーフケースをさげた働く母親は、基本的な変化に強い抵抗を示す社会にあって、化粧のような彩りを添えるだけだった。「公」と「私」の分野はいぜんとして分離されていた。彼女がはいっていった社会は、新しく展開しつつある場所でも、変わりつつある場所でもなかった。彼女は解放運動を必要とした頃とまったく同じ構造のなかに取りこまれただけだった。「何かを解決する」ことに失敗したのは女性解放運動ではなかった。革命をはばむものがあって、それが彼女を吸収してしまったのだ。

一九八四年に貧しい成人の六十一パーセントを占めていた女たちにとって、十分な変化は起こっていなかった。*(7) 非暴力の罪――こそ泥、小切手のいかさま、捏造――で刑務所にはいって、子供たちに会うことを許されず、それどころか子供たちがどこに連れていかれたのかも知らされなかったシングル・マザーにとって。*(8) ストライキ（それも賃金を高くするためではなく、労賃を減らされることへの抗議）のあいだ、子供たちに食べさせるのに必死で家賃を滞納したため、かんづめ工場を追いたてられたチカーノ（メキシコ系アメリカ人）の母親労働者にとって。小さなアパートに職のない娘と孫たちをひきとった地域のオーガナイザーの黒人家内労働者にとって。一九八〇年代の母親と子供のための援助計画中止と失業者の増加で、貧しいだけでなく生きていくのに絶望し、家も失った多くの女たちにとって。ゲイへの憎しみが強まり、経済が停滞していく雲行きのなかで、自分の子供を育てようとする労働者階級のレズビアン・カップルにとって。かつては自分の能力を誇りとしていたのに、スープをもらうために子供たちと無料給食所に並ぶ、ブルーカラーの母親たちにとって。解雇され、新しい言葉、新しい文化のなかでとまどう、ブリーフケースを持たない女たちだ。

考えなければならないことのなかには、本当は決して新しくないものがある。しかしいつも繰りかえし、繰りかえし、根底から確認しつづけなくてはならないものなのだ。あまりにも明白で、単純なものもある。女は本質的に男と同じ人間であるとか、女も男も、遺伝学上の記号による生物学的名称を紙に焼きつけて引きのばしただけのものではない、など。経験が私たちをかたちづくり、偶然が私たちをかたちづくり、宇宙が、天候が、私たち自身の適応が反抗が、そしてとりわけ、私たちをとりまく社会秩序が、私たちをかたちづくる。

いまこれを書いている最中にも、誰でも安全な妊娠中絶を受けられるという女の権利にたいして、強い攻撃の声が増しつつある。私がこの本の最後の章を書いたあと、妊娠中絶について書かれたもの――賛成するもの、反対するもの、法的に、神学の視点から、倫理学的に、政治的に――が倍増した。自称反中絶の無抵抗主義者や反中絶のフェミニスト、それにテロリストも騒動に加わり、そこに核家族について強い右寄りの確信をもち家族生活の分野に国家が介入することに強く反対する、キリスト教原理主義が加わった。「彼らの見方からすれば、家族というものは被いつつまれた神聖なもので、家族をひとつの全体的な機能として見ずに、その構成員に個々の実体をもつものとして語りかける方針はアプリオリに（先験的に）害がある」[*(9)]。

妊娠中絶に反対する議論に共通しているのは、生きている女よりも、まだ生まれていない胎児の価値を高くみることだ。「妊娠中絶についての論議は人間性についての論議」[*(10)]だというなら、女性解放運動も人間性についての運動だ（あらゆる解放運動がそうであるように）。生きていて政治とかかわる女であれば、家族の一員であろうとなかろうと、夫に依存していようとなかろうと、母親であろうとなかろうと、ひとりの人間であることを主張する。*(11) 中絶に反対する立場の人々は、男の性的特権とか慣例化した異性愛、女の経済的不利、人種差別、レイプの蔓延や父親の近親姦といったさまざまな問題をひとつひとつの事柄に分けようとする。こうして女は女としての歴史的脈絡から切りはなされる。女が中絶に賛成するか反対するかの決意は、人間の歴史における女特有の状態から断絶したところでおこなわれる。中絶に反対する運動は、女の教育や独立、自発的決定を求める気持ちを萎縮させる。その根底にある文字にならない本意は、生きる権利にかかわるものではなく、女が性的である権利、性を出産から切りはなす権利、出産する能力を受けもつ権利にかかわるものなのだ。

妊娠中絶を弁護しながら、その「ひそやかな行為」を実存する問題として扱おうとして、中絶を「たんなる外科手術」にすぎないと論じるという内容のない状態におちいってしまった者もいる。しかしフェミニストの全体的な立場はもっと複雑で、いろいろな状況とかかわりあい、社会の変化、権力の行使や濫用、支配－服従という型から解放された関係などとかかわっていかなくてはならない。妊娠中絶反対のレトリックは、より高い道徳的姿勢を求めると主張しながら、道徳にかんする選択の広さと豊かさを縮ませるものだ。胎児をこえた世界を見つめようとせず、胎児を殺すことを奨励すれば、それはそのまま年寄り、知恵遅れ、身体障害者などを殺すことだという ひどい議論となる。[*(12)] しかし女への心配と胎児への心配とのあいだのアンバランスは、妊娠中絶に反対する人々の胎児に向ける関心の深さと、アメリカ社会の厳しい抑圧のもとで生きている弱者たち（年寄り、ホームレス、能力を認められない人たち、肌の色が濃い人たち、四人に一人の割り合いで貧困のなかで生きている就学前の子供たち、核家族で虐待されている子供たち）に向ける関心の深さとのあいだのアンバランスと対をなす。

女の人間としての本質的な価値を尊重しない妊娠中絶反対は偽善だ。しかし全体として、生きている人間に冷淡でありながら、胎児の権利と価値を認める中絶反対の道徳感も偽善だ。いま、それがアメリカ合衆国の公式な政策である。

一九七六年にこの本を書きおわったとき、私はこう締めくくった。「女が自分のからだを取りもどせば、それは労働者が生産手段を手中にいれるよりはるかに本質的な変化を人間社会にもたらすだろう」。いまだったら、そうは書かない。女たちがみな自由に性的行動をとり出産についても自由に決められるようになれば、それが触媒となって社会に非常に大きな変化をもたらすことは確かだとしても（私はそう信じている）、女たちや一部の男たちが何世紀も拒絶されてきたほかの主張がともにかなえられて、先でも後でもなく一緒にかなえられて初めて、本当に大きな変化となるのだと私は信じている。たとえば人間性をもちたいという主張、たんなる道具として使われるのでなく、子宮、両手、背中、指だけといった切りはなされた役割を果たすだけでなく、私たちが産むものに正当な分担をしたいという主張、職場や地域での決定に全面的に参加したいという主張、自分たちのために、自分たちの権利をつかって話したいという主張である。

世界じゅうの労働の大半は女がしている。それは事実だ。世界じゅうどこででも、女たちは子供を産み、子供の世話をし、食糧をつくり、加工し、市場で売り、搾取工場で働き、家や事務所の掃除をし、取り引きに加わり、創作し、自分の属するグループが生きのびるよう工夫する。女にとって出産するかどうかの選択は、十九世紀にマルクスが工場労働者にとって決定的な変化だとみなした労働時間の法的限定への要求と同等だ。マルクスが「謙虚なマグナ・カルタ」とよんだその闘争は、雇い主が労働者の生活を文字通り所有していた時代に起こったことだ。工場法の制定は資本主義を終わらせはしなかったが、労働者とその生活との関係を変えた。*(13) またそれまでは個々の労働者がもっていた無力感が、力を合わせて対決すればかなうことがあるという理解に変わった。

何世紀ものあいだ、女たちは直接対決することはなくても、自分たちのからだは利用されるべきではないという一致した理解のもとに行動してきた。オルランド・パターソン（一九四〇年〜。歴史家）の報告によれば、奴隷制度のもとにあったジャマイカでは、「死亡率が異常なほど高いだけでなく、それよりもっと異常なことに、奴隷の女たちが子供を産むことを断固として拒否した。それは奴隷制度にたいする一種の生理的な抗議としての、絶望と怒りからの拒否でもあり、またそれほど強くはないが、おかしな授乳の習慣のためからでもあった」。アンジェラ・デイヴィスもアフリカ系アメリカ人の奴隷制に同じようなことがあったと報告している。マイケル・クラトンは、ジャマイカの奴隷の女たちは数人の子供を産み育てることで畑の重労働から逃れることができるにもかかわらず、子供を産まなかったり、産んでも少数だったことに注目している。奴隷解放後、出産率は高くなった。*(14)

アンジェラ・デイヴィスは、「黒人の女たちは奴隷制のごく初期の頃から自分で中絶をして」いたが、中絶は決して「自由への踏み石」として考えられていたのではなく、「奴隷という抑圧された状態によって……つくりだされた」絶望を表す行為だったと強調する。*(15) デイヴィスの言葉は尊重するが、奴隷という状態になかったとしても、白人の女たちもまた、ほかのさまざまな抑圧のもとでの「絶望の行為」として中絶に訴えていたことを、彼女は過小評価しているように思う。たとえばレイプ、不義、近親姦、結婚していない母親の孤立、貧困、避妊の失敗、避妊の方法についての無知あるいはその方法がとれないことなど。奴隷の状態ほど生活すべてにかかわる公然とした暴力を受けているわけではないが、職場でも家庭でも最低の選択しか女に許さない、経済的に搾取されているもとでの絶望的な行為として中絶することもある。もし中絶する権利が自由への踏み石になるとしたら、それはほかの種類の踏み石、ほかの行動とあいまって初めてそうなるものだ。そしてデイヴィスが指摘するように、産む権利を求めるフェミニスト運動は、「人口調整」や優生学的な運動の人種差別とは関係をもたないことを明確にしておかなくてはならない。また不本意な不妊手術に反対する場合には、必然的に起こる政治的な面と無関係であるべきだ。*(16)

一九五〇年代後半に三人の子供を産んだ後、不妊手術を自らもとめた経験をもつ、白人で中流階級の教育ある女として、私は最初、望めば不妊手術をうけられることは、自由に合法的な中絶ができるのと同じように必要なことだとしかわかっていなかった。七〇年代になって出てきた強烈な矛盾をいまでもはっきりと思い出す。権威的な病院などは私のような女に不妊手術をするのを許したがらないのに、その同じ医者たちや行政機関などが、大勢のアメリカ・インディアンや黒人、チカーナ、貧しい白人、プエルトリコなどの女たちに強制的に不妊手術を受けさせてしまうのだ。(米国政府)国際開発庁の三十年にわたる政策で、子供を産める年齢にあるプエルトリコの女たちの三十五パーセントが不妊手術を受けさせられた。*(17)一九七三年から七六年のあいだに三四〇六人のアメリカ・インディアンの女が不妊となった。オクラホマのあるインディアン・ヘルス・サービス病院では、そこを利用した女四人のうち一人が不妊手術を受けた――一年で一九四人という数になる(一九八一年に、北米の大学付属病院の五十三・六パーセントが中絶の必要条件として不妊手術をおこなっている)。レルフ姉妹にかわって南部の貧しい人々のための法律センターが起こした訴訟(3「父親たちの王国」の注38)や、一九七四年にロサンゼルス州立病院にたいして十人のメキシコ系アメリカ人女性にかわって起こしたマドリガル対キリガンの訴訟などは、この矛盾を劇的に表面化し、不妊手術の悪用を非難しながら保健教育福祉省（ＨＥＷ）に自ら望む不妊手術のためのガイドラインを出すよう要求する運動にまで発展した。[*18] このガイドラインができるまで、ＨＥＷは、医療補助と家族計画局を通じて一年に十万件の不妊手術に財政的援助をしていた。[*19]

一九七七年のハイド修正案は、中絶に医療補助を利用することを中止したが、不妊手術には援助をつづけた。同じ年に、不妊手術濫用にかんする国民会議で、アメリカ・インディアンと黒人とラテン・アメリカの女たち、医療にかんするフェミニスト活動家、オルタナティブ・メディアや宗教、地域社会の行動グループなど幅ひろい連合が、公費によるあらゆる不妊手術に規定をつくるようＨＥＷに圧力をかけた。その結果、「受診者がえらぶ言語によって、手術の過程と選択について同意を得ることになった。また、陣痛の最中に同意を求めることはできなくなり、三十日の考慮期間が指定され、二十一歳未満の人々に不妊手術をすることは停止された」。[*20]（不本意な不妊手術をされた「人々」の大多数は女である。[*21]）

嵐のような反対が、病院関係者、産科医、婦人科医から押しよせ、それに幅ひろい家族計画の組織やフェミニストの団体まで反対した。全国婦人団体と全国中絶権行使連盟は、これらの規律は女の自主性を奪う、望ましくないかたちの保護的な法律だとする立場をとった。[*22]多くの白人フェミニストたちが理解していなかったことは、考慮する期間もなく「望んで不妊手術を受けること」が可能になれば、女が肌の色が濃かったり、生活保護を受けていたり、特別保留地に住んでいたり、ほとんど（あるいはまったく）英語を話さなかったり、知能程度や自分についての判断力が水準以下だと思われた場合、その可能性がごく安易に不妊手術の濫用に変わりうること、また実際に変わってしまったという事実である。私自身もこの矛盾と闘わなければならなかった。自分自身の経験をふりかえってみて、私もこの政策のもう一端にあるものを以前は知らなかった。不妊手術の問題によって私は、女たちが共有するもっとも基本的な経験（私たちが出産するかどうかの選択まで男支配の制度によって決められるという経験）すら人種や階級によっていかにちがうものか、しみじみと感じさせられた。*(23)

ＨＥＷの規定が一九七八年に施行されると、不妊手術をめぐる多くの組織が解散したり、新たに中絶に取りくむために組織しなおされたりした。しかしＨＥＷの規定がこの問題の構造的に難しい点を解決したわけではない。一九八五年にシャピロは、「最近までは、白人よりもはるかに高い割合で少数民族が不妊手術を受けていた」が、いまは、

> 貧しい人々が比較にならないほど高い割合で不妊となっている……少数民族に不妊手術をすることも減ってはいないが、一方で白人のあいだに不妊手術をする者がふえつつある……さらに生活保護を受けているような貧しい白人が遅れをとらじと数に加わってきているようだ。*(24)

と述べた。

女について（この本の四章、五章、八章で論じたように）、貧しい人たちについて、有色の人たちについてまわる根深いもの、社会問題を解決するために高まる薬や技術への依存度、資源の公平な分配よりも「人口過剰」に焦点をあてる新マルサス人口調整論――それらはまったく変わらない。シャピロが述べたように、「社会保護を受けている母親にとっては、子供を冬の寒さから守ったり、保育施設を見つけたり、栄養のある物を食べさせたりするよりも、不妊手術を受けるほうが簡単だという状態になっている」*(25)。

中絶する権利と不妊手術の濫用との結びつきは非常に強い。それは階級や人種をこえて女が出産する問題と関連するからであり、誰であろうと女であれば、自分のからだがどう使われるかを決める、子供を産むか産まないかを決める、自分の選択のままに性生活について、母性について決める必要性をクローズアップするからである。これからの五年以内に、あるいはもっと早く、ふたたび中絶が犯罪のように見とがめられるようになるだろう。そうすれば何千人もの女たちが、不手際な非合法の中絶や自分でする中絶のために、苦痛と孤独のうちに死んでいくだろう。もっとも苦しみ、もっとも高い死亡率にあるのが貧しい女たちだ。組織的に中絶を非難する人々は何千ドルという資金を使い、すすんで危険をおかしても良心的な行動をとる人々（ほかの女を助ける女たちもふくめて）は刑務所にはいるか、はいる覚悟でいることになる。しかしいまは、自分のからだと互いのからだを守ることについて、これまで二十世紀の女たちが得てきたよりははるかに多くの知識をもつ批判精神にとんだ女たちも大勢いる。ほぼ二十年におよぶ女たちの政治運動だけでなく、女たちが自ら学び、からだについて知る運動も豊かな財産となっている。合法的に中絶できる権利を求めて、闘争は、陰に陽に、女たちによってつづけられるだろう。また、これは孤立した問題でも簡単にわりきれる問題でもないことを十分に自覚する男たちもいる。彼らは、必要なときに安全な中絶ができることは、皆が認めなくてはならない問題のひとつにしかすぎないこと、大事なのは中絶自体ではなく、いつ、どのように、自分の性や出産する能力を使うか選択できる権利を女に認めること、さまざまな可能性のなかでもこの問題こそ、とくに人間のコミュニティにとってまったく新しい門を開くことになると自覚している。

現代のラディカル／フェミニストが書く多くのものと同じように、この本も、歴史上のあらゆるファウル・ボールがおさまるところとして、父権制という概念をとりあげている。私は父権制を抽象的にごまかさず、できるだけ具体的に定義しようと思った。けれども「父権制」に特定の領域での女の経験まで包みこんであいまいにさせてしまいたくはなかった。その気持ちはいまもまったく変わらない。女たちに特有の抑圧を「女」としてくる問題は、いろいろなフェミニストのグループによって、さまざまな方法でとりあげられている。たとえば、一九七九年に出版されたツィラー・エイゼンシュテイン編の論文集『資本主義者の父権制と社会主義者のフェミニズム事情』で、白人のマルキストでフェミニストが、フェミニスト分析と階級分析を統合しようとして（ロザリンド・パチェスキーの言葉によれば「ハイフンをはずす」ことを試みて）ぶつかった困難がわかる。同じ本のなかの「カンビー・リヴァー・コレクティヴ――ある黒人フェミニストの宣言」では、階級と人種と性の戦線をいったん分離し、改めて結びつけようとしている黒人の女たちのことがわかる。*(26)

父権制は具体的で役に立つ概念だ。それが資本主義から生まれた現象であろうと、あるいは当時なりの社会主義のもとで対立したにちがいない多くの民族の資本主義前の歴史の一部だとしても、いまはひとつの特定の性のヒエラルヒーに与えられた名前として、ひろく認められている。人種や階級と並行し、かつ互いにからみあう、ひとつの主要な支配のかたちとしての父権制を私たちが見失うことは決してない。しかし父権制を経済的、人種的抑圧とは無関係に純粋なものとして見ることは、私たちが行動するためにとるべきヴィジョンをゆがめるように、いまの私には思える。

あらゆることに影響を与える父権制のもう一面は、女の理想化だ。白人のフェミニストたちにとって、ヴィクトリア朝の女性的な中流階級の「別世界」としばしば類似しているとされる、あの「女性文化」という領域のわなにつまずかずに、フェミニストのヴィジョンを表現することはむずかしかった。女たちは、母親として理想化され、同時に搾取されてきた。たえずひどく陰険に否定される、女固有の人間としての価値を、明快で感傷的でない安定した言葉で確認することは決してやさしくはない。とりわけ白人の中流階級の女たちにとって、女は精神的にすぐれている（中流階級の女の純潔と母性を理想とした十九世紀に由来するもの）という思いが、地面にけおとされても、いまなお潜んでいるのだ。

この点で私は、反戦運動をすすめる基盤として母性愛をかかげる、たとえば、女の平和グループの政治学を疑問に感じる。私には子供をもつ母親がほかの女たちよりも精神的に信頼できるとも、すぐれているとも思えない。子供は、象徴的な信用状として、感傷の対象として、独善性のバッジとして使われることがある。「自分の子供」をもった「母親」だけが人類の将来に真にかかわっていると盲目的に信じることを、私は疑問に思う。

そしてこの点こそ、アメリカ国内でも、アメリカ・インディアンや黒人の女たちが、それぞれのコミュニティ固有の価値（若い人たちは別としても、多くの住民が共有するもの）や歴史に根ざして、まったく異なる理解の仕方をしているところだ。

私はそのようなちがいを九章の「母であること、娘であること」で、想像の力を借りて扱った。そこで試みたのは、当時私にとってもっともなじみのあった道を通ってその領域を探ることだった。つまり、私自身の経験、白人で中流階級のアングロ・サクソンの女たちの文学（ヴァージニア・ウルフ、ラドクリフ・ホール、ドリス・レッシング、マーガレット・アトウッド）、そしてキャロル・スミス＝ローゼンバーグの十九世紀アメリカ東部における白人で中流階級の女たちの関係にかんする分析を使ったのだ。それらの資料だけに頼って考えをまとめたわけではないが、それが問題を見るレンズの役割を果たして、私の個人的な証言すらぐらつかせることがあった。たとえば黒人の乳母に世話されたことを書いているときに、私はその関係を母親と娘の関係に置きかえようとした。しかし個人のレベルで「理解」したことは、黒人の女たちが抑圧する側の子供たちを育てなくてはならなかった具体的な構造にまで思いをいたらせなかった（九章の注（48）、一九八六年の追記を参照のこと）。また、手近かなギリシャ神話にたよって、「母親と娘のあいだのカセクシス」はつねに、どこでも危険にさらされていると一般化して私は考えていた。アメリカ・インディアンやアフリカ人、アフリカ系アメリカ人などの神話や哲学を考慮していれば、ほかのパターンが得られただろう。

アフリカ系アメリカ人やカリブのアメリカ人の女たちのすぐれた文学や、このところ数を増しているアメリカ・インディアン、アジア系アメリカ人、ラテン系の女たちの文学を参考にすれば、別の角度からの観点をさらに深められるだろう。アリス・チルドレスの戯曲『フローレンス』では、娘に家で働く以外の何も期待しない社会にたいして、母親は娘をしっかりと保護しながらも、娘の願望を支持しようと決意する。トニ・モリスンの『青い眼がほしい』のポーリーン・ブリードラヴは、内面化した人種差別に自分自身があまりに傷ついたため、雇い主のブロンドの子供たちを溺愛しながら、自分の子供は愛することも守ろうとすることもできない。トニ・ケイド・バンバーラの小説『メドレー』は、男たちから馬鹿にされもせず、ごまかされもしない「第一級のマニキュア師」で「いまようやく見通しがついてきた」母親の声で書かれている。人気者のトランプ詐欺師の爪の手入れをしたり、男友だちとシャワーをあびながら鼻唄をうたう彼女が宣言する目標は、「あたしと娘の家庭を築くこと」だ。バンパーラの代表的な作品『海鳥はまだ生きている』では、ベトナムを思わせる世界のどこかで革命に参加する母親が、その街が解放されるまで安全に守ってくれるよう、娘を仲間の女に預ける。そして娘も母親の教えを受けて、やがて自分の役割を果たすようになる。登場人物の外見は黒人ではないが、その物語の背後にあるのは十九世紀の奴隷たちの抵抗史であり、アンダーグラウンド・レイルロード（逃亡奴隷を助けた奴隷制反対者の組織）だ。ポール・マーシャルの『ブラウン・ガール、ブラウン・ストーンズ』に描かれた母親と娘の激しい葛藤は、メアリ・ヘレン・ワシントン（一九四一年〜。作家）が「現代アメリカ文学で母親と娘の絆をもっとも深く掘りさげた」と語るものである。モリスンの『スーラ』のエヴァ・ピースは、子供たちが生きのびるための闘いに全力をそそがなくてはならない。彼女の母親としての愛情は人生の最後に表われるが、それも非常に厳しい状況のなかで「女らしい愛情や儀式の世界」とは関係ない。『ザミ』ではオードリ・ロード（一九三四〜一九九二年〜。作家）が、アメリカのハーレムという見知らぬ世界で三人の娘を育てる西インド諸島移民の母親を描く。彼女は厳格で自制心があり、夫に忠実で、娘の初潮のときは別として、愛情をみせることがない。娘は詩人としてレズビアンとして、母親の家を去らなくてはならない。これだけ列挙しただけでも、アフリカ系アメリカ、西インド諸島、都会、地方といった個々の文化のちがいが、母親と娘の相互作用に介在することがわかる。*(27)

ジョイス・ラドナーの言葉が意味することを考えてみよう。

> 黒人の女たちは……貧困と人種差別のなかで成長するという不安定な環境のために、幼いときから、強く自立した女になるよう育てられるので、やがて自分の家を治めるようになって当然なのかもしれない。*(28)

黒人の女で家の長であっても、それ以上の社会的・政治的権力をもつということは意味しないが、そのコミュニティで指導権や責任をとることはしばしばある。つねに対立する、ときには激しい人種差別のなかで、与え、守り、教え、目標を設定するという多様な仕事をふくむ立場だ。黒人の母親と娘の関係についてパイオニア的な研究をしてきたグロリア・I・ジョセフは、ラドナーの言葉をさらにつぎのように展開する。

> 黒人の母親たちが娘に伝えようと教えることは非常にたくさんあって、そのために娘たちは生きのび、生活し、成功し、アメリカにおける黒人のコミュニティにとって重要な役割を果たすことになるのだ。こういう姿勢は内在して、将来の世代にも

伝えられていく。*[29]

ジョセフはまた、黒人の家族には母親の役目をする者が大勢いて、それには片親のちがう姉妹たちもふくまれることに注目している。

黒人の女たちは家族のなかで絶対に欠かせない役割をもち、生物学的に母親であるか姉妹であるか、それとも大家族の一員であるかは、重要でないことが多い。多くの黒人の娘たちにとって、いろいろな場合がありうる。私の姉であり、母親／私のおばであり、母親／私の祖母であり、母親、など。*[30]

精神分析や心理学がまず優先してきたのは、十九世紀ヨーロッパの中流の核家族に想定された〝原型的〟な関係で、男親、女親、女の子供、男の子供だった。けれどもグロリア・ジヨセフの解説を読んで、私はラコタ（スー族）に詳しい人類学者ベア・メディシンの詩を思い出した。

たくさんの名前をもつ女
すべて家族の呼び方で――

トゥイン――おば
コンチ――祖母
ハンカシ――従姉妹
イナ――母親
すべて尊敬にみち
すべて良い*(31)

アメリカの有色の女たちが最近書くもののなかには、母親と娘の絆を非常に力強い表現で確かめるものが多い。二人が対になったものとしてではなく、女たちの文化の、またたんに個人的にではなくグループの歴史の、一面としてである。もちろん、人種差別という事実によって縁どられた文化と歴史には幅ひろい多様性があり、人種差別と性差別の経済機構のなかでの有色の女たちの立場についても同じだ。ラテン系の女たちが書いた、初めての二ヵ国語による小説集は、つぎのようにはじまる。

ラテン系の人々が、女たちのあいだに何か文学的な伝統を求めて口にするのは、たいてい、私たちの母親や祖母たちが話してくれた「クエントス」のことだ……大体において、私たちの生活や私たちより以前の女たちの生活が完全に語られたことは一度もなく、あるとすればそれは話し言葉によってだった。けれども、もう私たちの伝統——親しい家族のなかだけとか、同じ町やバリオに何世代にもわたって住む人々だけに守られる伝統を、話し言葉にまかせてはおけない。*[32]

つまり母語ではないにしても、母親が語ったことにもとづく文学だ。同じ考えを表したのがポール・マーシャルであり、オードリ・ロードの『ザミ』であり、シェリー・モラガの『ラ・グエラ』だった。*[33] またネリー・ウォンの詩「怒りの裂け目で」は、激しくその思いを告げている。

アイ　ヤー、ヨウ　メン　アー！　どうしてはじめることすらできようか
知ることを、わかることを、もし耳を閉ざせば。
もし目を閉ざせば、月を
自分のからだの噴火口を、無視する？
ひとと触れることも？
私は母をいま両腕に抱く
母はいないけれど。
母は一度も私を抱かなかった

母は一度も私を抱かなかった
でも遅くはない
私が息をし、母の声を聞きわけるとき
しゃがれ、鋭く、叫んでいても
私の肌をつきさすように。
……私はいまも母を求める。
名誉も知らず、悪口も知らず、えびの殻をむき
一日、数ペニーのために……
母は英語を少し、中国語を少し、書いた
そして産むごとに泣いた
ひとり、ひとりの娘を。
母は詩人で、私を見たし、私を見なかった。[*34]

マール・ウーは、アジア系アメリカ人のフェミニズムにかんするエッセイのなかで、アジアの女たちはもう黙ってはいないと書いている。彼女の母親にあてた手紙のかたちによる宣言だ。ジョイ・コガワ（一九三五年〜。作家）の小説『おばさん』では、一世の大おばの身を守るための（そして自分を守るための）沈黙が、家族の歴史をたどり、事実をもとめる闘争的な二世の

おばによって破られる。コガワは戦争と人種差別を通じて大勢が殺された日系カナダ人の大家族について、つぶさに描いている。かろうじて広島の惨劇を生きのびた母親をもつ子供は、二人の女の保護者をもち、どちらも最善をつくす――何年にもわたって住む所が変わり、持ちものを奪われ、ばらばらになっても。*(35)

アリゾナ州ビッグ・マウンテンのホピ族とナバホ族による移転法への抵抗について書いたヴィクトリア・セガーマンは、大家族の生活においても抵抗の指導者としても、「祖母たち」(大人の、年とった女たち)が果たした役割を強調している。「母親は娘に経済的、社会的、儀式的知識を教える責任がある……祖母は神話や式典と同時に血統を伝えるので、特別な地位を保っている……権力、権威、影響などの位置は母系にしたがって構成されている。血統も社会化も母親の系統の責任だ。女たちはその助言、母親としての地位、生計をたてる能力によって尊敬されている」。残念ながら、白人のフェミニストたちのなかに、白人たちがアメリカ・インディアンの家族や部族、民族などを滅亡させていることに積極的な関心をはらわずに、彼らを折衷主義で根のないフェミニストの精神主義や理想主義にとりこもうとして、彼らの価値を理想化したり奪おうとしたりする傾向があった。アメリカ・インディアンの子孫たちを生まれ故郷から強制的に離したり、先祖代々の土地から追いだしたり、インディアンの女たちの不妊率を高めたりしたのは白人なのだ。インディアンの大人の女たちが精神的にも実際的にももつ力を威圧したのは、アメリカ合衆国政府なのだ。*(36)

以上、九章で述べた私の考えに挑戦し、それを展開したいくつかの作品をあげてみた。

一九八六年のいまは、一九七六年の頃と比べて、レズビアンの母親がはるかに多くなっているし、生活のスタイルもいろいろ変化してきている。当時は、一般的な母性の経験のひとつとしてレズビアンの母親について討議することが大切だと思えた。別の章をつくってレズビアンの母親についてだけ述べる考えはなかった。いまは、以前に結婚していたときにできた子供を、ひとりで、あるいはレズビアンのカップルで育てているレズビアンたちが目につくようになってきている。以前は異性愛を受け入れていた女たちで、離婚してレズビアンとして再出発する女たちが多くなったからだろう。*(37)

一九七〇年代でもっとも深い悩みにみち、意見の分かれた問題は、息子たちのことだった。多くのレズビアンのコミュニティが、男の子供たち（年齢にかかわらず、またいくつになっても）の位置について、一緒に住むかどうか、コミュニティ全体としてはどう扱うかなどで悩んだ。根本的には、どんなに若くとも男に「力をつけさせる」ことに反対する意見と、政治的な意識をもつ女のコミュニティで育った若い男が新しいタイプの男になることに希望をもつ意見とのあいだで、議論が分かれた。この本の八章にはっきり書いたように、私は後者の希望をもつほうだ。

今日では、子供たちの親権をレズビアンの母親がもつための十年にわたる法廷闘争の結果、新しい問題や新しい見解が出てきている。多くのレズビアンが、カップル同士で、あるいは関係なく、人工受胎で子供をもちつつある。レズビアンの母親とともに親となる女たちは、子供を訪ねたり保護する権利もふくめて、親としての認知を求めている。学校の連絡カードにサインをしたり、入院中の子供を見舞ったり、母親の留守に病院の処置に承諾を与えたりすることが、結婚している継親の場合は問題にならないのに、レズビアンの共親には法的に権利を認められていないからだ。自分を産んだ母親が死んだり生活能力を失った場合、その子供と共親との絆がどんなに長くつづいていて親しくても、その子供はたいてい父親か誰か血縁関係にある人にゆだねられることになる。一方、レズビアンの生物学上の母親は、親権を求めてもいまだにホモフォビアの偏見にさらされる。

サンドラ・ポラックは、レズビアンが母親であるかどうかを調べるきっかけは、多く、親権を求める闘争で得られ、「レズビアンの母親もほかの母親とまったく同じである――少なくともほかの結婚をしていない母親と同じである」と示すことが強調されていると、注目している。法廷が「親としての適任性」を確立しようとするかぎり、異性愛や伝統的な性の役割分担のステレオタイプが子供にとっての標準として守られている。レズビアンの娘でも、ドレスを着て人形で遊び、外見上、母親の伝統にはずれた選択の影響を受けていなければ、健康で安定していると見られるのだ。ポラックはこの見方に挑戦して、レズビアンの母親は同じではない、ちがっているのだと言う。そのちがいは複雑で、社会のホモフォビアの結果として家や仕事を探すときの偏見、発覚することの不安などとの関連もあるし、また社会的な役割が定まっていず、自立とか自己満足、自信などを示すモデルがまだなくて、レズビアンの所帯のなかでも文化的に個人的にさまざまなちがいがあると言う。異性愛の本流のなかにレズビアンの母親を「同化させる」方向で調査をおこなうのではなく、レズビアンとその子供たちの実際の生活や必要性に向けて調査するべきだと、彼女は主張している。*(38)

女たちにとって限定された可能性しか処方できない価値基準では、レズビアンを許すことも説得することもできないのは、まさにレズビアンがちがっているからだ。レズビアンが、脅迫、いやがらせ、暴力、社会的制裁、ジェノサイドの的となるのは、まさにそのちがいがあまりに強烈だからだ（「ちがっている」人々は社会的に力がないにもかかわらず）。ちがいがもつ力は充実した創造をする力であり、自然の変化をかきたてる力である。生まれてくる子供はすべて、人間に本来そなわっている可能性の複雑さと幅の広さを証明する。それなのにほとんどの家庭や社会環境が子供たちに教えるのは、彼らがもつ可能性のうちほんのある部分だけしか生かせないのと同じことだ。彼ら自身の内にある声のほんの一部だけを聞き、彼らが感じるべきだと私たちが思うことだけを感じ、ある限られた人たちだけを人間として認めるよう、子供たちに教えている。男の子には、彼の心のなかで女と同じだと思うものを憎み、軽蔑するように教える。女の子には、女らしさはたったひとつしかなく、彼女のなかでそれと一致しないものは壊さなくてはいけないと教える。世代から世代へと伝えられる、この人間性を収縮させる繰りかえしを断つことだけが、私たちにとって唯一の希望だ。

一九七六年に私は、家庭でも保育施設でも、育児に男を参加させることを論じた。現在、育児の問題は、男に子供を育てる技術をもたせる計画や、子供たちが男からも女からもいちばん大事にされるべきだというようなことより、もっと複雑なものをふくんでいるように思う。非常に緊急な問題として、組織し運営するのが女であろうと男であろうと、あるいは両方であろうと、この社会で利己的な搾取と関係のない育児をするにはどうしたらいいのか？労働力としてかりだされる母親たちの数がふえ、大々的に商業的な宣伝をする、資格のある保育センターがつぎつぎとできる。母親が子供たちと家にいることをどう感じるかは関係ない。保育所経営はまもなく数百万ドルのサービス業となるだろう。*[39] この国の病院や教育施設が保育所のモデルとなる可能性があると考えると、それがもっとも多額の料金を払える人たちに都合よく運営されることはわかっているし、しかも個々の人間を尊重したり愛したりするよりも、技術的な面に重きがおかれるようになるだろう。子供たちを本当に愛するのは誰だろう？　育児をする人たちは、どのような訓練を受けるのか？　長いあいだ「女の仕事」としてさげすまれてきたサービス業につく人々の給料は？　親たちはどの程度、方針に参加できるのか？　基準を決めるのは誰か？　誰の経験や想像力が頼りにされるのだろう？　いまだに一般的な基準がブロンド、青い目、堅実な核家族におかれる国で、文化的、性的な多様性はどのように尊重されるのか？

冷戦時代の反社会主義プロパガンダに影響されて、公的な育児についてステレオタイプを思い描くアメリカ人は多い。物心のつかない子供たちを強制的に母親から離して国にゆだねる、母親としての、あるいは父親としての個人主義を捨てさせ、画一的な教育を授けるというステレオタイプだ。この悪夢のなかでは子供たちが小さなロボットとなり、両親を裏切るように教えられる。しかし個々のアメリカの核家族のなかにも、性的な暴力——通常は父親が娘に、あるいは兄弟が姉妹に——がはびこり、ときには母親が防いだり、受身的に協力することもあるのを私たちは知っている。いやいやながら知らされてしまっている。女が殴られるように、子供が殴られることもある。とくにティーンエイジャーに多いのは、親から徹底的に拒否されて見すてられたり、少年院に入れられたりすることだ。ジャン・スワロウは、連続女性殺人事件や少年の街頭非行について調査した結果、女の子の場合、子供時代の性的虐待と少女期の「非行」——家出、売春、放浪、アルコール中毒——とのあいだに関係があるとつきとめた。殴られたり暴力をふるわれたアメリカの子供たちは、その家庭が調べられることもなく、シアトルやセント・ポールの街角にたむろし、見知らぬ他人にすがって生きようとしている。[*(40)]

子供を保護するものとして、父権制の国家と父権制的家族とでは、どちらを選んでも変わりはない。しかし別の可能性はある。父権制に反対する運動を緊急に高めることだ。人間の発展を、公平な経済を、人種、文化、性、美の多様性の尊重をなによりも評価する運動だ。子供たちが責任ある、創造的な男女に育っていくような具体的な条件を整え、暴力に向かう性癖を変え、絶滅させる運動だ。

この本をもう一度じっくりと、批判的に読むのは奇妙なことだった。私はふたたび、四年間の調査と著述に私をかりたてたあの頃の熱い想いと必要性を感じた。本を書きおわったからといって問題がなくなったわけではないのだから。私はほかの題材にとりかかったが、この本に書いた問題は、目に見えずに、あるいは具体的なかたちで、私のなかにとどまっている。私の子供たちと一緒に、あるいは別々に、私はそれをみてきた。私とほかの女たちは一緒に、あるいは別々に、それを具体的なかたちでみてきた。

私は、この本が女たちの感傷や、女たちの精神的な能力や人を育てる能力に役立つようにとは決して望まなかった。ある尊敬される女の指導者に、この本を母親の暴力で終えたことをたしなめられた。その章を設けたことで敵に良い口実を与えたと言う。けれども一九七六年に書いたことを、私は本当に信じていた。「女の権力や女の支配権は、女の存在のあいまいさを十分に考慮にいれ、私たちの良心の連続性、つまり私たちひとりひとりにある創造的なエネルギーと破壊的なエネルギーの両方の可能性を考慮するものでなくてはならない」といまも信じている。抑圧は美徳の母ではない。抑圧は私たちをゆがめ、傷つけ、自分自身を憎ませる。しかし私たちを現実主義者にも変えることができる。私たちは自分自身を憎まず、自分がたんに無邪気で説明のできない被害者だなどと思ったりしない。

この一九八六年版をつくるにあたって、最初に書いた本文をそのまま使い、改訂は加えないことにした。ほんの少し省略して簡潔にしたのと、注釈にできるかぎり新しい事実を入れたこと、十年前に書いたこととちがったり、いまは疑問に思うことなどを注釈やこの「新版に寄せて」に入れたことだけが、変更した点だ。この本は、学び、反省し、行動し、書きつづけてきた一人の女の作品だ。またこの十年間にたえず進み、動き、論じられてきた世界じゅうの政治活動にもとづく記録でもある。この新しい版がこの両者の軌跡を示すものであることを願う。

今度もまた、大勢の助けを得た。資料や調査にかんして、スタンフォード大学のキャロライン・アーノルドとトニ・フィッツパトリック、女に医療権利を求めるサンフランシスコ連合のサンドラ・ゴールドスタイン、サンタ・クルーズのカリフォルニア大学ウイメンズ・センターの副館長キャサリン・オルセンに感謝する。私がいくつかの疑問について考えなおすときに助けてくれたのは、サンノゼ州立大学の私の授業「女の小説家について」に出ているメンバーたちだ。締切に追われながらすばらしいタイプを打ってくれたのはカーステン・オルラッドとバーディー・フリンである。ありがとう。原稿を博識ある専門家の鋭い編集者の目で見てくれたのはキャロル・フレッチナーで、厚くお礼を言う。学問的参照を加え、批判的に読み、十年間にわたる会話と友情を与えてくれたのはミシェル・クリフで、心からの感謝を捧げたい。

カリフォルニア、サンタ・クルーズ

一九八六年三月

訳者あとがき

アドリエンヌ・リッチのエッセイ、論文、講演などをまとめた『嘘、秘密、沈黙。一九六六年―一九七八年』、『血、パン、詩。一九七九年―一九八五年』(いずれも大島かおり訳)につづいて、一九七六年に書かれたこの『女から生まれる』で、現代アメリカを代表するフェミニスト/詩人リッチの女性論三冊の翻訳がそろったことになる。

『女から生まれる』は、女の生き方を考えるうえで欠かせない本として読みつがれ、一九八六年に十周年記念版が出された。いまやアメリカでは新しい古典となっている。この訳本はその十年版を底本にし、一九八六年の時点で付け加えられた注釈とリッチ自身の新しい序文がはいっている。その序文「新版に寄せて」は、原書では冒頭に収められているが、はじめてこの本を読む読者にとっては本文を読みおわってからの方が理解しやすいので、訳書では最後にもってくることにした。

リッチは、「母性」にはふたつの意味あいがあることを明確にしている。ひとつは女が誰でももつ子供を産む潜在能力、あるいは子供との潜在的な関係であり、もうひとつはその潜在能力を男の支配下におくための制度そのものである。三人の子供を産み育てたリッチは、自分の経験にもとづいて、「母性」という名の制度が女を孤立させ、女から人間らしい選択や可能性を奪った過程を解きあかそうとする。

子供を産むかどうかで女をわける矛盾を、「母性」という制度によってからだも心も男の支配下におかれた女たちの歴史を、父権制の歴史と重ねてたどる。女たちが自分自身の生涯を選ぶと社会が脅かされるように考えられるのはなぜか。「母性」が制度として確立されていなければ存続できない父権制とは、何なのだろう。ごく最近まで、女が女の習性を観察し記録することが少なかったために、歴史すらも男の目を通して残されたものをたどらざるをえないが、リッチは厳密な考察と多くの資料をたぐりよせ、ひとつひとつ編みこむようにして一枚の布に仕上げていく。

女を母親としてとらえる概念は、あらゆる女を尊敬する作用をはたしながら、実際に子供を産まない女を孤立させることにもなった。つまり制度としての「母性」は女の潜在能力を孤立させ、その価値をおとしめた、とリッチは言う。父権制は、母親でない女たちを否定的にみる。そして女たちのからだすべてに男の法的・技術的な抑制をあたえるために、女の生理をそれ自体の狭い範囲でとらえる父権制のもとで、女たちは自分のからだを嫌うようになった。リッチは女のからだをとりもどそう、そして知性を支える肉体的基盤を自覚しようと訴える。

出産の歴史をたどることによって、リッチは産婆という職業を中心に、元来は女の力の源泉だった分野に男が権力をおよぼそうとした過程をとらえる。耐えて、受け身で苦しむのが女の「自然」の運命だとされたのは、男が出産の場にかかわったときからではないかという仮説をたて、そこから歴史を掘り起こす。母親が子供のために自分のすべてを犠牲にすることに喜びを感じるというのは、つくられた「神話」だと、リッチは自分の経験から語る。自分が間違っているのではないかという自責の思い、子供を愛していながら自分がなくなってしまうような焦燥感、子供とだけ家に閉じこめられて夫が帰ってくるまで大人との接触がない孤独、怒りや不安……女は無力でありながら責任だけは負わされる。また女たちは、戦争や産業のために、あるときは「できるだけたくさんの子供を産め」といわれ、あるときは人口が多すぎるから「産むな」といわれる。

そして必然的に女同士のかかわりあいにたどりつく。リッチは第九章「母親であること、娘であること」をこの本の核になるものだとのべている。母親と娘の関係は女たちのほかの女たちとの互いの関係につながる。父権制は母親と娘の役目をふたつに分け、両極端に離しておくようにしてきた。母親と娘とのあいだには葛藤があるものと仕向けてきた。女は女にとってタブーとされ、母親自身も自分の経験してきた矛盾を娘に伝えず、男が支配する社会で生きられるように娘に教えてきた。リッチは、女たちがときには辛い経験を分かちあうことが、女が自由に生き方を選ぶことのできる世界をめざす道につながると熱く語りかける。

一九七八年十一月、リッチは全日本フェミニストの会の招きで日本を訪れ、そのとき東京・有楽町の旧朝日新聞社講堂で開かれた講演会で、冒頭に与謝野晶子の詩「第一の陣痛」を引用した。

「いま、第一の陣痛、／太陽は俄に青白くなり、／世界は冷やかに静まる。／さうして、私は唯だ一人」

そしてリッチはこう語った。「ヨサノが出産の孤独をうたったのは、単にただ一人で産むというだけでなく、女の真実を創造するうえでも、自分が孤立していること、そして女たちは長いあいだ孤立していたために力がないのだ——といっているように思えるのです」(一九七八年一二月五日朝日新聞から)

詩人リッチが言葉に厳密であるのは当然だが、その言葉を日本語にするとき、どういう言葉を使おうともその日本語がおのずからもつ文化があって、リッチの意図が伝わらないのではないかと苦慮することが多かった。

翻訳にあたっては、このリッチ三部作の前二著を訳された大島かおりさんに教えを得たことが多い。またたゆまず助言をしてくださった晶文社の原浩子さんに心からお礼を申し上げる。

訳者あとがき

新版に寄せて

翻訳の初版から三十五年を経て版が新たになった。リッチが最初に世に出したのが一九七六年で、そこから数えればおよそ五十年を経ている。この五十年の間に女の生き方は、女を取り巻く環境は変わっただろうか。女は自分のからだを取りもどせているだろうか。

一九八六年の十周年記念版を底本とした訳は、今回、細部に若干の修正を行なった。当時、原稿が手書きからワープロになったところで、インターネットもまだ一般では使われていず、リッチが名を挙げている幅広い分野にわたる人々の経歴や作品は、英語の印刷物を当たらなければ確認できなかった。本書の中にはおよそ一〇〇人ほどの名前が挙げられている。ヴァージニア・ウルフやシモーヌ・ド・ボーヴォワール、エミリ・ディキンスン、ベティ・フリーダンなどは別として、当時は聞いたことのない名前が次々とあらわれた。この新版では、原著にはない人物略歴を日本語読者への参考として現時点での資料にもとづいて加え、原注に多くの作品の邦訳書を紹介した。女の置かれている状況は一進一退であっても、日本にいてもリッチの熱い語りかけを以前より一層深く身に引きつけ、実感を持って受け止めることができよう。リッチの思いはむしろ巻末についた膨大な原注、とくに「一九八六年の追記」として加えられた部分に多くあふれている。二〇一二年三月二十七日に八十二歳で人生を全うしたアドリエンヌの魂に、日本でもこうしてあなたの足跡を追っています、と報告したい。

再版にあたって解説を書いてくださった小川公代さん、編集に当られた晶文社の深井美香さんは、ともに私にとってまさに次世代にあたり、このように本書を引き継いでいかれることを心から感謝し、喜びとする。

解説

小川公代

1　自伝的語り口で本質主義に抗う

この種の本を自伝的でなく、しばしば「私は」と言わずに書くことはできないと初めから思っていた。けれども私は自分自身の生活に触れるところまでいくのを何ヵ月も遅らせるために、歴史上の調べものや分析に没頭した。しかし苦痛と問題にみちた私の生活そのものがこの本の主題なのだ。（『女から生まれる』、十五頁）

アドリエンヌ・リッチ（Adrienne Rich, 1929-2012）は、一九六〇年代以降に活躍したアメリカの詩人であり、また、一人の女として、母としての自らの経験を深く掘りさげながら、母性神話について、異性愛について、結婚について、教育や仕事についてラディカルに問い続けたフェミニスト批評家でもある。

リッチのフェミニズムの特異性は、「私は」という自伝的語り口をとおして自己認識を深めることがそのまま政治的な実践につながる批評をめざしたことである。幼い頃から父親の薫陶のもと文学に親しみ、六歳で詩を書いたり、七歳でトロイア戦争についての劇を書き上げたり、その才能の片鱗を見せていたリッチは優れた詩人へと成長した。それはイエール若手詩人賞を受賞するほどの伎倆である。しかし、彼女は詩を単なる芸術形態として捉えてはいない。

リッチの詩人としての世界観は彼女をとりまく「政治的な状況」によって形成された[i]。ユダヤ系の医学者の父と非ユダヤ系プロテスタントの母のあいだに生まれ、人種的にもジェンダー的にもマイノリティ性を孕む立場を意識しながら、その個人的な経験に根ざした詩作や批評を行っていた。父親はリッチの文学的才能を認めつつも、母親は父親の「言いなりになっていた」。そこには母と娘の分裂という経験もあったが、リッチ自身が結婚し、三人の息子をもうけ、その後、夫と別れてレズビアンとしての人生を歩むことで、娘だった自分が母になり、自立するという彼女固有の経験が生まれた。

『女から生まれる——経験と制度としての母性』（*Of Woman Born: motherhood as experience and institution*, 1976）の副題が示すとおり、リッチは「制度」としての母性を徹底的に検証しながら、その議論に個人的な経験をまとわせたフェミニズムを世に送り出した。しかし、これは「女」を閉ざされたカテゴリーとしてみなす本質主義ではない。大島かおりも、「母性を、あるいは『女性性』や『女性原理』なるものを、固定的にとらえて美化したり絶対化

したりする姿勢ほど、彼女から遠いものはない」と評している。[ii]

いま、リッチのこの古典的な批評が復刊されて現代によみがえる意義は大きい。「女というカテゴリー」の虚妄性に疑義を呈し、アイデンティティを「攪乱」し(subversion)、本質論的な議論を的確に批判したジュディス・バトラーのフェミニズムを経由した二十一世紀に読まれても、古びていないように感じる。

2 個人的な経験

リッチが学生時代にたどった個人的な経験のひとつに、彼女が読んだほとんどの詩が「アングロサクソン〔の白人男性〕によるもの」であり、「女性はちらほらいるくらい」という読書体験がある(Blood, Bread and Poetry, 171)。リッチは、大学では、社会主義者で同性愛者でもあったフランシス・オットー・マシーセンにイギリスやアイルランドの詩を学んだと『血、パン、詩。』で書いている。彼は、冷戦状態にあったアメリカとソヴィエトや東欧の政治状況を熱く語るような教員だった。リッチが学生をしていた一九四〇年代といえば、まだアメリカにおける文学研究は、詩の構造を緻密に検証することと同義であり、批評や社会問題が詩の分析と直接結びつくことはほとんどなかった。そんな時代に、リッチは政治的に詩を読む力を身につけていったのだ。

植民地化されたアイルランドをテーマに詩を書いたウィリアム・バトラー・イェイツからは「詩は政治について、あるいは政治から派生したもの」という学びを得た。しかし、それと同時に、卓越した洞察力をもつイェイツでさえ女性を周縁化している事実も知った。すなわち、リッチが個人的な経験を詩にあらわす行為は、まさに「とるにたらないもの」として退けられてきた女性詩人の抵抗そのものなのであった (Blood, Bread and Poetry, 174)。

父権的な社会制度や規定は、「女たちの本当の生活を説明するとはかぎらない」、「母性の経験と性の経験はどちらも男性の関心に添うように伝わってきた」のだという（本文、五九頁）。そのような制度に抑圧されていたリッチ自身も、結婚し、子育てをするなかで苦悩し、その経験を日記に綴っている。

愛と憎しみの波にさらわれる。子供が子供であることにすら嫉妬する。子供の成長への期待と不安。子供のすべてに縛りつけられている責任から逃れたいという願望。

（本文、二二五頁）

リッチは、母親であれば子供を「いつでも愛していなくてはならない」という母性神話を女性の原理として固定化せず、「私にとって必要なことはいつも子供にとって必要なことと秤にかけられて、しかもいつも私が負けるのだ」と、彼女自身の率直な思いを綴っている

（本文、二七頁）。

3 フィクションと実在する女性たちをつなぐ

リッチは、「女」という大きな主語の代わりに、「私」を用いることで――たとえば、「私は床を掃除していた。（中略）これが女たちがいつもしてきたことなのだ」と――構造によって見えなくされてきた母親たちと「私」の物語の連続性を俯瞰する（本文、三二一頁）。その俯瞰を可能にするのが、さまざまな文学作品である。本書では、Ｅ・Ｍ・フォースターの『ハワーズ・エンド』のウィルコックス氏を「他人の人間としての現実を知っていても、それを抑えたり否定したりする」父権的な人物として紹介している（本文、九三～九四頁）。

また、家族の世話に疲弊しながらも母性を手放さない女性と対比して描かれる次世代の女性芸術家として、ヴァージニア・ウルフの『灯台へ』のリリー・ブリスコーの経験が語られている（本文、三三一頁）。また、リッチは、ラドクリフ・ホールによる『さびしさの泉』を引用しながら、娘がレズビアンであることを受け入れられない母親と同種の葛藤を抱いていた二〇世紀の多くの母親がレズビアンの娘を「実際には受け入れ」てきたことに注目している（本文、三三六～三三八頁）。

女性同士の関係性を弱めてきたのは、父権的な制度であるというリッチの主張は重要だ。

父権社会において「母性」は過度に理想化されながらも、次世代の「娘」たちはその「母性」を「犠牲者、自由を奪われた女性」として忌避した。サラ・ラディックは、そのような反感を覚える「娘」たちの「マトロフォビア」（母親恐怖症）を歴史的流れに位置づけた最初の批評家がリッチであると指摘している。[iii] リッチによれば、「マトロフォビア」の発端となったのは、公私が区分されていく時代に「男たちが経済的な分野に出るようになり」、かつて女性に与えられていた役割が次第に失われていったことに起因する。

とりわけ子供を育てながら「あらゆる実務的な方法で経済的にも文化的にもユダヤ人が生きのびることを可能にしていた」ユダヤ人の移民女性たちは「主婦専業まで退歩」させられ（本文、三四五頁）[iv]、そのせいで「子供たちに過剰にかかわるように」なった。こうした「ユダヤ人の母親」は小説などでも見られるステレオタイプだとリッチも指摘しているが、「子供をわがもののように支配」するようになった母親たちは、今でいう「毒親」に近いのかもしれない。「マトロフォビア」はこうして人間同士の信頼を損なってしまう。

「母親にとって娘を失うこと、娘にとって母親を失うことは、女にとって本質的な悲劇だ」（本文、三四八頁）と主張するリッチの思想には、一九八〇年代にキャロル・ギリガンによって提唱されるケアの倫理の萌芽とさえ言えるものが見いだされる。「母親と娘と両方の役目を自分の中に受け入れ、統合」することによってのみ女性同士の関係が修復されうる。すなわち「この二つの役目を分け、両極に離しておくようにしてきた」父権制を批判的に捉えることが必要なのだ（本文、三七一頁）。リッチの文学的な実践とはなんだったのか。それは、かつて娘であった彼女が「苦痛と問題にみちた私の生活」を経験することで、母親の葛藤を自分の中に受け入れて「統合」し、創作によって表現するという試みだったのかもしれない。[v]

i Adrienne Rich, Blood, Bread and Poetry: The Location of the Poet, The Massachusetts Review, Vol. 24, No. 3 (Autumn, 1983), 524-5.

ii 大島かおり「訳者あとがき」、アドリエンヌ・リッチ『嘘、秘密、沈黙。』大島かおり訳（晶文社、一九八九年）、五四七頁。

iii Sara Ruddick, "From Maternal Thinking to Peace Politics," ed. Eve Browning Cole and Susan Coultrap-McQuin, Explorations in Feminist Ethics: Theory and Practice (Indiana University Press, 1992), 149.

iv ユダヤ人の父を持つリッチにとって、女性の地位が社会の周縁に追いやられてきた事実を歴史化することは大きな意味を持っていただろう。

v Hilary Holladay, The Power of Adrienne Rich: A Biography (Princeton University Press, 2025).

原注

はじめに

＊(1)　"Rape: The All-American Crime," in Jo Freeman, ed., *Women : A Feminist Perspective* (Stanford, Calif.: Mayfield Publishing. 1975).

＊(2)　*Against Our Will : Men, Women and Rape* (New York : Simon and Schuster, 1975).〔邦訳『レイプ・踏みにじられた意思』勁草書房、二〇〇〇年〕ブラウンミラーの本を批評してあるフェミニストのニューズレターはこう述べている。「母親たちを総称してレイプの被害者とよぶのは…極端にすぎ、異論をよぶだろう。ほんのわずかなパーセンテージにすぎないのだから。しかしレイプは女たちがある特殊な意味で弱いから犯される罪である。〈弱い〉の反対は〈受胎が可能な〉である。新造語の"Pregnability"(妊娠できること)は女を定義する基本であり、限界ある自由、教育無用、成長否定と同じことだった」("Rape has Many Forms," review in *The Spokeswoman*, Vol. 6, No. 5 [November 15, 1975].)

＊(3)　これらにアメリカの資本主義は三つ目をつけくわえる。利潤を動機とするものだ。組織的に商売として運営されるチャイルド・ケア・センターはいまや「大企業」となっている。そういうセンターの多くはたんに子供を預かるだけだ。多く預かりすぎて世話をするにも教えるにも融通がきかず自由も制限している。センターで働くのはすべてと言っていいほど女性で、それも最小限の給料で勤めている。シンガー、タイム、ジェネラル・エレクトリックといった大企業の経営下にある利潤追求のためのプレスクールは、人間が必要とするものと社会でもっとも弱い人間とを利用するという意味で商業的な養護施設に匹敵する。Georgia Sassen, Cookie Arvin, and the Corporations and Child Care Research Project, "Corporate Child Care," *The Second Wave : A Magazine of the New Feminism*, Vol. 3, No. 3, pp. 21–23, 38–43 参照。

＊(4)　"Placing Women in History : Definitions

and Challenges," in *Feminist Studies*, Vol. 3, No. 1–2 (Fall 1975). pp. 8, 13.

1　怒りと愛と

＊(1)　十五年前の私は「子供を産めない女」という言葉を、考えもせず、安易に使っていた。この本を通じてはっきりさせたいが、いまは、特定の意図をもちながら、かつ意味のない言葉だと思っている。母性だけが女を肯定的に定義するものだという女性観をもつ人がいるからだ。

＊(2)　Arthur W. Calhoun, *A Social History of the American Family from Colonial Times to the Present* (Cleveland : 1917).Gerda Lerner, *Black Women in White America : A Documentary History* (New York : Vintage, 1973), pp. 149–50 ff.

＊(3)　〔一九八六年の追記――スイスの精神療法医アリス・ミラーの作品を読んで、私はこの章と第九、十章でふれていることについて、さらに深く考えさせられた。ミラーは育児における「隠れた残忍性」を、前の世代の親たちによって負わされた「有害な教育法」の繰りかえしであり、権威主義とファシズムへの服従が根ざす土壌を育てるものと同じだと言っている。「〃母性愛の理想化〃という問題を解明しようとする最近のあらゆる努力に抵抗してきたタブーがある」(*The Drama of the Gifted Child* : How Narcissistic Parents Form and Deform the Emotional Lives of Their Talented Children［New York : Harper & Row, 1981], p. 4)〔邦訳『才能ある子のドラマ』人文書院、一九八四年ほか〕彼女の作品は、自分たちの苦しみを訴えることも言葉にすることも許されていない子供たちに、こういった理想化（両親、とくに母親による）がおよぼす害をたどっている。しかも子供たちは自分たちを疎外する親の味方をするのだ。ミラーはこう書いている。「もし私が心のなかで良い母親でいることに固執していたら、子供の話を無心に聞くことなどできはしない。子供が語りかけるのに心を開いていられない」(*For Your Own Good : Hidden Cruelty in Childrearing and the Roots of Violence*［New York : Farrar, Straus & Giroux, 1983], p. 258)〔邦訳『魂の殺人』新曜社、一九八三年〕ミラーは「子供の虐待」と

定義されてきたこと――たとえばからだへの暴力やサディスティックな折檻など――の原因を探っているが、同時に、子供自身の生命力や感情を否定したり抑圧したりしながら子供を育てる、いわゆる「優しい暴力」についても考察している。「反権威主義的」あるいは「選択的」取り決めもそれに入る。世話をする役目を主に受けもつ者としての女たちの支配、女たちの性行為や生殖能力をいつまでも男に支配させる権威主義的、ファシスト的制度への加担、親としての父親と親としての母親とのあいだの構造的なちがいなどにはふれない。彼女は、アメリカでは、とくに女たちが「自分のもつ知識の力を発見した」と認めている。「女たちは、誤った情報が有害であることを、たとえそれが神聖で好意的なラベルの裏に千年もうまく隠されていたものであっても、指摘することを恐れない」(*For Your Own Good*, p. xii)〔邦訳、前掲書〕

2 「聖なる職業」

*(1) Margaret Sanger. *Motherhood in Bondage* (New York : Maxwell Reprint, 1956), p. 234.

*(2) John Spargo, *Socialism and Motherhood* (New York : 1914).

*(3) Benjamin F. Riley, *White Man's Burden* (Birmingham, Ala.: 1910), p. 131.

*(4) Stuart Hampshire, review of Elizabeth Hardwick's *Seduction and Betrayal*, *New York Review of Books*, June 27. 1975, p. 21.

*(5) Arthur W. Calhoun, *A Social History of the American Family from Colonial Times to the Pesent* (Cleveland : 1917), I : 67, 87. Julia C.Spruill, *Women's Life and Work in the Southern Colonies* (New York : Norton, 1972), pp. 137–39 ; first published 1938.

*(6) Margaret Llewelyn Davies, ed., *Life as We Have Known It* (New York : Norton, 1975), p.1 ; first published 1931 by the Hogarth Press, London.

*(7) Calhoun, *op. cit.*, II :244.

*(8) Rev. John S. Abbott, *The Mother at Home, or The Principles of Maternal Duty* (New York : American Tract Society, 1833) この本は当時、ベス

トセラーとなった。

＊(9) Maria J. McIntosh, *Woman in America : Her Work and Her Reward* (New York : Appleton, 1850).

＊(10) Abbott, *op. cit.*, pp. 62-64.

＊(11) Lydia Maria Child, *The Mother's Book* (Boston :1831), p. 5.

＊(12) Louisa May Alcott, *Little Women* (New York : A. L. Burt, 1911), p. 68.〔邦訳『若草物語』新潮文庫、二〇一〇年ほか〕

＊(13) アグネス・スメドレーが十九世紀初めに生きた彼女の祖母について書いているが、生産的な仕事にかかわる力強い女が描かれている。

「彼女は毎日、朝に晩に、男のようにすさまじい力と動作で、牛の乳をしぼり、脱脂乳のはいったバケツを運び、豚に餌をやる。パンを焼く粉を練るときには口笛を吹きながら両手でばしばしと叩き、両腕を蒸気ピストンのように動かす。夜明けに男たちを起こし、夜、二階の寝室へ行かせるのも彼女だった。りんご、梨、桃、そのほかあらゆる種類の実や果物を摘むのを指揮するのも彼女で、娘たちにそれを瓶につめて保存したり、冬に備えて乾燥するやり方を教えた。秋には牛や豚を殺して肉にして、それを燻製室でいぶした。夏に砂糖きびが実ると刈りとらせ、丘のふもとに長く、低く連なった砂糖きび工場で糖蜜をつくるのを監督した」

彼女には自分の子供が五人と、夫の前の結婚による子供が八人いた。(*Daughter of Earth* [Old Westbury, N. Y.: Feminist Press, 1973], pp.18-19.)

＊(14) Lillian Krueger, "Motherhood on the Wisconsin Frontier," *Wisconsin, A Magazine of History*, Vol. 29, No. 2, 157-83 ; Vol. 29, No. 3, 333-46.

＊(15) Stella Davies, *Living Through the Industrial Revolution* (London : Routledge and Kegan, 1966).

＊(16) Margaret Hewitt, *Wives and Mothers in Victorian Industry* (London : Rockliff, 1958), p. 22.

＊(17) 社会歴史家A・W・カルホーンは、アメリカでは工場が女たちの新しい経済的独立への道を開いたと言う。植民地時代にも開拓時代にも女がもたなかったものだ。家族を父権制に保つ必要がひとつの力として背後にあって、女たちの労働時間や労働条件を制限

する法律や児童労働法が制定された。

＊(18) *Ibid.*, pp. 153–54.

＊(19) *Maternity : Letters from Working Women*, collected by the Women's Cooperative Guild, with a preface by the Rt. Hon. Herbert Samuel, M. P. (London : G. Bell. 1915), p. 5.

＊(20) *Ibid.*, pp. 27–28.

＊(21) *Ibid.*, p. 49.

＊(22) *Ibid.*, pp. 67–68.

＊(23) *Ibid.*, p. 153.

＊(24) *Ibid.*, p. 47.

＊(25) Calhoun, *op. cit.*, III : 86 ; Elinor H. Guggenheim, "The Battle for Day Care." *Nation*, May 7, 1973.

＊(26) 〔一九八六年の追記―― 「母権制を支える会」というニューヨークのフェミニストのグループ〕

＊(27) 一九七〇年代半ばのアメリカでは賃金労働者を母親にもつ子供は二六〇〇万人、母親が世帯主の家の子供は八〇〇万人（アリス・ロッシ「女たちの生活における子供と仕事」一九七六年二月七日、アリゾナ大学での講演）

〔一九八六年の追記―― 一九八四年三月、アメリカ国勢調査局の人口動態リポートによれば、母親が働いている十八歳以下の子供は三二四〇万人だった。一〇四〇万人の子供（出生、養子、義理の子供をふくむ）が、夫のいない母親が世帯主となっている家族に属していた〕

＊(28) Hannah Gavron, *The Captive Wife : Conflicts of Housebound Mothers* (London : Routledge and Kegan, 1966), pp. 72–73, 80.

＊(29) Lee Sanders Comer, "Functions of the Family under Capitalism," Pamphlet reprinted by the New York Radical Feminists, 1974. Eli Zaretsky, "Capitalism, the Family, and Personal Life," *Socialist Revolution*, January-June 1973, p. 69.

＊(30) 〔一九八六年の追記――キューバにおける同性愛についてさらに知りたい場合 Lourdes Arguelles and B. Ruby Rich, "Homosexuality, Homophobia, and Revolution : Notes toward an Understanding of the Cuban Lesbian and Gay Male Experience," *SIGNS : Journal of Women in Culture and Society*, Vol. 9. No. 4 (1984), pp. 683–99 参照の

こと〕。また John d'Emilio, "Capitalism and Gay Identity," in Ann Snitow, Christine Stansell, and Sharon Thompson, eds., *Powers of Desire : The Politics of Sexuality* (New York : Monthly Review Press New Feminist Series, 1983) も参照〕

＊(31) Carl Djerassi, "Some Observations on Current Fertility Control in China," *The China Quarterly*, No. 57 (January-March 1974), pp. 40–60.

3 父親たちの王国

＊(1) ジェーン・ハリソンは一九一二年に、ヘレン・ダイナーは一九二〇年代に、ヴァージニア・ウルフは一九三八年に、父権制の価値が普遍化していることにふれ、疑問を呈し、挑戦している。シモーヌ・ド・ボーヴォワールは一九四九年に「世界はいつも男性のものだった」と断言している。しかし彼女はこの点について、もっとも多くふれているときでもほとんど推測によっている。現代アメリカのフェミニスト文学で最初に父権制について詳細な分析をしたのはケイト・ミレットの *Sexual Politics* (New York : Doubleday, 1970)〔邦訳『性の政治学』ドメス出版、一九八五年〕である。それよりもさらに詳細で多岐にわたって講じたのはメアリ・デイリーの *Beyond God the Father : Toward a Philosophy of Women's Liberation* (1973) である。デイリーは、あらゆる文化を未承認の仮説として攻撃する父権制的偏見を詳細に描写している。ほかにもJ・J・バッハオーフェン、ロバート・ブリフォールト、フリードリッヒ・エンゲルス、エーリッヒ・ノイマンといった男性たちが以前に書いたものは、現象を認識し、父権制の家庭は不可避の「当然の事実」ではないと示唆するうえでの予備段階として役には立ったが、やはり私たち女性が考える範疇や、もっとも高い教育を受けた特権的な女性さえも文化の形成においてはアウトサイダーとしてしか参加させないといった範疇にすら影響をおよぼす、父権制的偏見の存在を認めるにはいたっていない。

＊(2) Sherry Ortner, "Is Female to Male as Nature Is to Culture?" in Michelle Rosaldo and Louise Lamphère, eds., *Woman, Culture and Society* (Stanford : Stanford University Press, 1974) ; Hannah

Papanek, "Purdah in Pakistan : Seclusion and Modem Occupations for Women," *Journal of Marriage and the Family*, August 1971, p. 520.

＊(3)　Alexander Mitscherlich, *Society Without the Father* (New York : Shocken, 1970), pp. 145–47, 159.〔邦訳『父親なき社会』新泉社、一九八八年〕

＊(4)　Brigitte Berger, Introduction to Helen Diner, *Mothers and Amazons* (New York : Anchor Books, 1973), p. xvi.

＊(5)　Angela Davis, "Reflections on the Black Woman's Role," *The Black Scholar*, Vol. 3, No. 3. Pat Robinson *et al*., "A Historical and Critical Essay for Black Women in the Cities," in Toni Cade, ed., *The Black Women* (New York : Signet, 1970), pp. 198–211.

＊(6)　David Schneider and Kathleen Gough, eds., *Matrilineal Kinship* (Berkeley : University of California Press, 1962), p. 5.

＊(7)　*Ibid*., pp. 21–23.

＊(8)　Robert Briffault, *The Mothers* (1927). ブリフォールトの著作については四章でくわしく述べる。

＊(9)　Kate Millet "Sexual Politics" (New York : Doubleday, 1970), p. 28.〔邦訳『性の政治学』ドメス出版、一九八五年〕参照。「そのような社会秩序が、〝母権〟という言葉が父権にたいする語義上の類似語として意味する、一方の性の支配を指すとはかぎらないと警告をする人もいるだろう。もっと単純な生活規模で考え、女を中心とした豊饒崇拝が男の体力に相殺されることもありうるという事実を思えば、父権制以前はかなり人類平等主義だったかも知れないのだ」

＊(10)　Robert Briffault, *The Mothers* (New York : Johnson Reprint, 1969), I : 433–35.

＊(11)　Simone de Beauvoir, *The Second Sex*, trans. H. M. Parshley (New York : Knopf, 1953), p. 82.〔邦訳『第二の性』新潮社ほか〕

＊(12)〔一九八六年の追記――この八年間に女性によって母性や娘時代について書かれたもの――小説、詩、メモワール、随筆など――は膨大な数になる〕

＊(13)　Ortner, *op. cit*., *In Woman and Nature : The Roaring inside Her* (New York : Harper & Row, 1978) でスーザン・グリフィンは、この分離がもたらした展開と結果を深く追求している。

＊(14) Sigmund Freud, *Collected Papers*, ed. and trans. James Strachey (New York : Basic Books, 1959), Vol. 5.

＊(15) Niles Newton, *Maternal Emotions : a study of women's feelings toward menstruation, pregnancy, childbirth, breast feeding and other aspects of their femininity* (New York : P. B. Hoeber, 1955), p. 24–26.

＊(16) Linda Thurston, "On Male and Female Principle," *The Second Wave*, Vol. 1. No.2 (Summer 1971) 参照。

＊(17) Frantz Fanon, *Black Skin, White Masks* (New York : Grove, 1967), pp. 72–73〔邦訳『黒い皮膚・白い仮面』みすず書房、一九七〇年〕; *The Wretched of the Earth* (New York : Grove, 1968), p. 294〔邦訳『地に呪われたる者』みすず書房、一九六九年〕; *Toward the African Revolution* (New York : Grove, 1967), pp. 3ff.〔邦訳『アフリカ革命に向けて』みすず書房、一九六九年〕; Palo Freire, *The Pedagogy of the Oppressed* (New York : Seabury, 1971), pp. 31ff.〔邦訳『被抑圧者の教育学』亜紀書房、一九七九年〕; Albert Memmi, *Dominated Man* (Boston : Beacon, 1968), p. 202 参照。

＊(18) Leslie H. Farber, "I'm Sorry, Dear," in *The Ways of the Will* (New York : Harper and Row, 1968) ; Albert Memmi, "A Tyrant's Plea," in *Dominated Man, op. cit.* 参照。

＊(19) E. M. Forster, *Howards End* (Baltimore : Penguin, 1953), p. 175.

＊(20) 〔一九八六年の追記――ユダヤ人のフェミニストで、詩人であり学者でもあるマーシャ・フォークはこう断言する。「ユダヤの伝統的な祈りは……その絶対に男性でしかない神の教義上の呼び名でおこなわれ……その神は女性的な性格や外見をもつことは許されるが、基本的には男性で……一神教の約束事を虚像とした」("What about God?" *Moment* [March 1985], pp. 32–36) クリスチャン・フェミニストの見方については、Nelle Morton, "Beloved Image," in *The Journey Is Home* (Boston : Beacon, 1985), pp. 140–46 参照〕

＊(21) Briffault, *op. cit.*, II : 557.

＊(22) この点をはっきりさせた、あるいは幼児殺しの問題をとりあげた育児書は読んだことがない。

＊(23) アントン・チェーホフは小説「眠り」のなかで、何日も眠っていない若い子守が、世話をしている子供をついにしめ殺してしまうまでの過程を書いている。つまり拷問にかけられた人間の話だ。赤ん坊を泣かせるのは眠りを奪って洗脳するやり方に近い。しかし人間らしい誠意にみちていたチェーホフですら、幼児殺しを子供の母親にさせず、女中にさせている。十九世紀初めのロシアで医療に従事していた彼は、母親による幼児殺しの事例に数多く出会ったにちがいない。

＊(24) De Beauvoir, *op. cit.*, p. 171.

＊(25) Eleanor Flexner, *Century of Struggle* (New York : Atheneum, 1971), p. 46.

＊(26) Olive Schreiner, *The Story of an African Farm* (New York : Fawcett, 1968), pp. 168–69.〔邦訳『アフリカ農場物語』岩波文庫、二〇〇六年〕

＊(27) Ben Barker-Benfield, "Anne Hutchinson and the Puritan Attitude Toward Women," *Feminist Studies*, Vol. 1, No. 2 (Fall 1972), pp. 65–96参照。

＊(28) マーガレット・ミードによれば、アメリカの開拓は女の気質にそれまでとはちがった評価を与えることとなり、「強い女、個性と意志をもった女、つまりやる気のある女がしだいに受け入れられるようになっていった」(*Male and Female* [New York : Morrow, 1975], pp. 225) しかしそれでもまだ女は「男を楽しませる」ことを求められていたと彼女はいう。西部が開発されて余裕のある階級が新たにできはじめるにつれ、開拓時代の“強い”女の価値が下がりだした。ソースタイン・ヴェブレンやエミリ・ジェームズ・パトナム（*The Lady*, 1910）が十分に明らかにしている。

＊(29) Karen Horney, "The Dread of Woman," in *Feminine Psychology* (New York : Norton, 1967) ; Wolfgang Lederer, *The Fear of Women* (New York : Grune and Stratton, 1968) ; Philip Slater, *The Glory of Hera* (Boston : Beacon, 1968).

＊(30) Horney, *op. cit.*, p. 137.

＊(31) Slater, *op. cit.*, p. 72. Joan Bamberger, "The Myth of Matriarchy : Why Men Rule in Primitive Society," in Rosaldo and Lamphère, *op. cit.* も参照。

＊(32) 私の小論 "The Anti-Feminist Woman," *New York Review of Books*, November 30, 1972, reprinted in *On Lies, Secrets, and Silence : Selected Prose 1966–1978* (New York : Norton, 1980) 参照。〔邦訳

アドリエンヌ・リッチ『嘘、秘密、沈黙。』晶文社、一九八九年、一一四ページ「反フェミニスト女性」〕Nancy Milford, "Out from Under: A Review of *Woman's Estate* by Juliet Mitchell," *Partisan Review*, Vol. 40, No. 1 (Winter 1973).

*(33) Karen Lindsay, "The Sexual Revolution Is No Joke for Women," *Boston Phoenix*, March 13, 1973; Barbara Seaman, *Free and Female* (New York: Fawcett, 1973), pp. 241-45; "New Evidence against the Pill," *MS.*, June 1975参照。

*(34) 古典的な矛盾はレイプがはびこったことだ。今日のアメリカでもっとも頻繁におこる暴力的犯罪はレイプだといわれる。ある著作家が指摘するように、レイプは「男らしい男は……女の保護者としての気迫を示すよう期待される」社会の性的スキゾフレニア（精神分裂症）を反映するものだ（Susan Griffin, "Rape: The All-American Crime," in Jo Freeman, ed., *Women: A Feminist Perspective* [Palo Alto, Calif.: Mayfield, 1975]）。しかしレイプは、たんにアメリカだけの犯罪ではない。モーゼの掟によって三万二千人のミディアン人の女たちがレイプされたことを記した旧約聖書の民数記から、パキスタンの兵士たちが二十万人のバングラデシュの女たちをレイプしたという最近のニュースにいたるまで、レイプは世界じゅうのあらゆる所で、最大の罰されない戦争犯罪となっている。夫が妻にたいして犯す暴力罪としては、法的に認められてすらいない。

〔一九八六年の追記——二十九の州とワシントンDCでは、妻と一緒に住んでいても、夫が妻をレイプしたかどで告訴されることがある。二十一の州では婚姻内のレイプはまだ罪ではない〕

*(35) Barbara Segal, "Today Bucharest, Tomorrow the World," *off our backs*, Vol. 5. No. 1 (January 1975), p. 11.

*(36) Toni Cade, "The Pill: Genocide or Liberation?" *The Black Woman, op. cit.*, pp. 162-69.

*(37) Al Rutledge, "Is Abortion Black Genocide?" *Essence*, September 1973, p. 86.

*(38) 命令するだけではない。アラバマ州モントゴメリーで、政府のプログラムのもとに不妊手術を受けた十二歳と十四歳のレルフ姉妹にかわって南部貧窮者法律センターが告訴して、社会保護を受けている貧し

い女たちが、公立の診療所で不本意な不妊手術を受けさせられていることが知られた。この少女たちはどちらも妊娠の経験はなかった。バーバラ・シーガルはこう報告している。「中国では……結婚前の女には避妊の知識は一切与えられない。また地方によっては、不妊の手術を受けるなら衣類とかいわゆる〝交通費〟を与えるという奨励策もとられているという」（*off our backs*, Vol. 5, No. 1, p. 11). Carl Djerassi, "Some Observations on Current Fertility Control in China," *The China Quarterly*, No. 57 (January-March 1974), pp. 40-60 も参照のこと。

*（39） Jessie Bernard, *The Future of Motherhood* (New York : Dial, 1974), p. 268.

*（40） Shulamith Firestone, *The Dialectic of Sex* (New York : Bantam, 1972), pp. 197 ff.〔邦訳『性の弁証法』評論社、一九七二年〕

*（41） Denis de Rougement, *Love in the Western World* (New York : Anchor Books, 1957) ; first published 1939.〔邦訳『愛について』平凡社、一九九三年〕

*（42） Karl Stern, *The Flight from Woman* (New York : Noonday Press, 1970), p. 305.

「両性具有」という言葉は最近、「良い」意味にとられるようになった（「母性」と同じように!）。バイセクシュアリティにはじまり、決まった性的役割からのなんとはない解放感にいたるまで、多くの人に多くのことが許されるという理由からだ。この言葉に政治的な批判が加えられたことはほとんどない。キャロライン・ヘイルバーンは著書 *Toward a Recognition of Androgyny* のなかで、「両性具有」とみられる底流は西洋ヒューマニズムを通じて見られ、もしそれが認められれば、父権制のもとで要求される労働の分配や役割分担などから女自身も社会も解放されることになるだろうと論じている。「両性具有」を反動的に連想して批判する作家も多い。キャサリン・スティンプソンは「両性具有ということは、基本的に〈女性〉と〈男性〉を分けて考えている。世界を概念化し、〈女性〉か〈男性〉かを忘れさせる新しい方法で現象を捉えるものではない」と指摘している。（Catherine R. Stimpson, "The Androgyne and the Homosexual," *Women's Studies*, Vol.2 [1974]、pp. 237-48）つぎの作品も参照のこと。

Cynthia Secor, "Androgyny : An Early Reappraisal"; Daniel A. Harris, "Androgyny : The Sexist Myth in Disguise"; Barbara Charlesworth Gelpi, "The Politics of Androgyny," in the same issue ; Janice Raymond, "The Illusion of Androgyny," *Quest : A Feminist Quarterly*, Vol. 2, No. 1 (Summer 1975)
最後に、この言葉の構造そのものが性を二分していることを記したい。しかもアンドロス（男）がジーン（女）より優先している。真に両性具有を通りぬけた社会では「アンドロジーン」という言葉そのものが何の意味ももたなくなるだろう。

*（**43**） Herbert Marcuse, *Counterrevolution and Revolt* (Boston : Beacon, 1972), pp. 74–78〔邦訳『反革命と叛乱』河出書房新社、一九七五年〕; Robert Bly, *Sleepers Joining Hands* (New York : Harper and Row, 1972) pp. 29–50.

*（**44**） Barbara Charlesworth Gelpi, "The Politics of Androgyny." *Women's Studies*, Vol. 2, No. 2 (1974), pp. 151–61.

*（**45**） Philip Slater, *The Pursuit of Loneliness* (Boston : Beacon, 1970), pp. 46–47, 89.

*（**46**）「通常ではない性を比喩的に表現する場合は多く、ナチズムの象徴が使われてきた。革のブーツ、皮帯、鎖、輝く上体に光る鉄十字、かぎ十字章など、ナチ独特の服装品に近いものや、肉用鉤とか大型バイクなどがエロティシズムの秘密めいた、華やかな付属品として使われてきた」("Fascinating Fascism," *New York Review of Books*, February 6, 1975, p. 29).

*（**47**）「〝究極の主張〟という言葉の使い方ははっきり伝わっているでしょうか。〝伝統的〟には、究極の主張といえば、それこそ、〝最初〟にくるべきもので、目的、つまり探究し行動する洞察力に動きを与えるものです。問題を行動に移す点で〝意志の順別のなかで最初〟なのです。行動がとるべき方向や内容のすべてはわからないかも知れません……つまり女たちの運動が究極の主張だと言うのは、それがさまざまな次元の運動、たとえば子供とか高齢者とか人権的に抑圧されている人々の解放などを、行動に移させることを意味するということです。女たちの運動を優先させることを触媒として見ること、唯一必要な触媒として見ることです——内向する構造として見ることではありません」（私信、一九七四年春）

〔一九八六年の追記――歴史的事実としてアメリカにおける女たちの運動は、十九、二十世紀を通じて、ほかの解放運動と同じように、「行動に向かって開かれて」きた。つねに黒人の女たちが抵抗のリーダーであり担い手であった黒人解放闘争の三百年によって支えられてきた。一九六〇年代後半に出現した白人のフェミニストたちの多くがまず出会ったのは、やはり性差別が問題となっていた黒人公民権運動に参加していて政治的指導力を得た女性たちだった。Paula Giddings, *When and Where I Enter : The Impact of Black Women on Race and Sex in America*（Ner York : William Morrow, 1984）, pp. 299–324. 参照〕

*（48） De Beauvoir, op. cit., p. 66.

*（49） アリス・シュヴァルツァーのシモーヌ・ド・ボーヴォワールへのインタビュー。一九七二年七月号「ミズ」に掲載。ボーヴォワールはブリュッセルで開かれた第一回女性への犯罪を裁く国際法廷で開会のあいさつをした。「女たちのラディカルな自治のはじまりにあたってごあいさつします」（ITCAW newsletter, April 8. 1976, Berkeley Women's Center, 2112 Channing Way, Berkeley. Calif. 94704）.

4 母親――至上なるもの

*（1） 母権制の思想と並行して「アマゾニズム」という理想がある。ヘレン・ダイナーはすでに一九二〇年代に、その「最初の女性文化史」を *Mothers and Amazons* と題した。フェミニストはときに「母権制的」思想と「アマゾニズム的」思想のどちらかに偏向するが、どちらも歴史上で立証されていず、両方とも神話である可能性がある。「母権制的」文化と「アマゾニズム的」文化は相反するものとみられる。ダイナーや、彼女が持論の多くの基としているドイツの作家J・J・バッハオーフェンだけではなく、ジル・ジョンストンのような現代作家もそう考えている。彼女は「母権制」（父権制と性がちがっただけのものと考えて）にはまったく興味がなく、女はすべて娘であると考える。

*（2） バッハオーフェンの『母権』は一八六一年にドイツで出版されたものだが、英語では部分的に不完全なかたちでしか出版されていない。一九二六年にドイツで出版された抜粋を一九六七年にラルツ・マンハ

イムが訳したものだけだ。とくに興味深い資料がふくまれていると思われるクレタの章が省略されているし、バッハオーフェンの小論 “Gräbersymbolic” はエジプトにかんする部分につけたされているだけだ。

*(3) この最初のアメリカ版にはジョセフ・キャンベルのかなり恩きせがましい序文がついている。いまは一九七三年のアンカー版がそれにかわっていて、ブリジット・ベルガーの批判的な紹介がのっている。

*(4) J. J. Bachofen, *Myth, Religion, and Mother Right*, trans. Ralph Manheim (Princeton, N. J.: Princeton University Press, 1967), p. 207.

比較。ブリフォールト「女は生まれつき、男がもつ知的資質に欠けている……女の知性は男のそれと種類を異にする。抽象的でなく、具体的だ。一般化できず、個別化する」(男性ではなく女性のほうに〝欠けている〟という言葉を使っていることに注意)「女は男よりも慎重で、男より早く成熟する。早く成熟するが、その過程で肉体的にも精神的にも発達がとまる。男は四十歳以降は知的な成長をしないと言われているが、同じくおおざっぱに言えば、女は二十五歳以降は知的な成長をしない」(*The Mothers* [New York : Johnson Reprint,1969], III : 507–8)

*(5) *Ibid*., pp. 150, 129.

*(6) *Ibid*., pp. 143–44.

*(7) *Ibid*., p. 150.

*(8) *Ibid*., p. 101.

*(9) *Ibid*., pp. 109–10.

*(10) バッハオーフェンをラルフ・マンハイムが訳した *Myth, Religion, and Mother Right* (Princeton, N. J.: Princeton University Press, 1967) から。

*(11) Robert Briffault, *The Mothers* (New York : Johnson Reprint, 1969), I : v.

*(12) *Ibid*., III : 509–10.

*(13) たとえば Amy Hackett and Sarah Pomeroy, “Making History : *The First Sex*,” *Feminist Studies*, Vol. 1, No. 2 (1972) 参照のこと。

*(14) 〔一九八六年の追記――この数行について少し説明を加えたい。ディヴィスの主張は、元来の女を「被害者」として見るよりも「力をもつ者」として描くところにあった。しかし彼女の本はたんに欧州中心でもなければ「無意識に狭い」地域にかぎったものでもなく、反政府的、生物学的決定論だった。「男性中

心の時代はいまや終わりに近づいている……善良な心をもつ男たちは滅びゆく社会の治療策を求めて右往左往するが、なんの役にも立たない。どんな社会改革も無駄である……三千年にわたるろくでもない男性中心の物質主義を捨てることだけが、人類を救う唯一の手立てだ。二十一世紀の新しい科学のなかでは、肉体的な力ではなく精神的な力が道を開くだろう……そしてそのなかで女性がふたたび主権を握ることになる」(*The First Sex* [Baltimore : Penguin, 1972], p. 339)改革することは無理だとしても、女が精神的卓越性をもつことを当然とする時流にのって、将来へこぎだそうという誘いである〕

*(15) Jane Harrison, *Mythology* (New York : Harcourt, Brace and World, 1963). p. 43 ; first published 1924.

*(16) そのような像の図版はつぎの出版物に見つかるだろう。*The Larousse World Mythology*, edited by Paul Grimal ; Paul Radin's *African Folktales and Sculpture* ; Reynold Higgins, *Minoan and Mycenean Art*. また解説としては E. O. James, *The Cult of the Mother-Goddess* (New York : Praeger, 1959) を参照するとよい。

*(17) G・レイチェル・レヴィは、示唆にとんだ詳細なドキュメンタリー *Religious Conceptions of the Stone Age* で、シベリアから南仏にかけて新石器時代の洞穴に見られる壁画について論じている。これらの壁画の多くに描かれた女の象徴や像は——線描もあれば、色彩画もあり、いずれも力がみなぎっている——洞穴の内部で発見された女性小像とともに、たんなる「聖母崇拝」を示すだけでなく、後に復活の母の像の洞窟と同一視されるものだと見ている。洞穴はたんなる避難所ではなくて、宗教的な聖域だったと指摘する。とりわけ美しい神秘的な像は、日常に住む場所にはなく、行きつくのも困難な、明らかに聖域だとわかる迷路の奥で発見される。洞穴そのものが全体として母親のからだであることがわかるが、その内部にも多くの膣を表す箇所があり、とくに壁に囲まれた場所の入口には三角の象徴が見られ、それが神聖な場所と世俗的な場所を区別しているようだ、という。男の狩人の像もときどき見られるが、崇拝の主要な対象ではなく、「(フランス南部のオーリニャック文化の)基本となっているのも女性であった」。

＊(18)　Erich Neumann, *The Origins and History of Consciousness* (Princeton, N. J.: Princeton University Press, 1971), p. 43 ; first published 1949.〔邦訳『意識の起源史』紀伊國屋書店、二〇〇六年〕

残念ながら、この三点はあまりにもよく知られた、男／文化／意識と、女／自然／無意識の二元説の上に立っている。物を考える女として、私は自分の存在のなかで自然と文化をはっきり分けたり、女としてのからだと意識的な思考とを分けるなどという経験をしたことがない。自分の問題を批判的に考えることに光をあて、世界における自分の状況をもっと意識するという行為そのもので、女はかつてなく深く、自分の無意識や自分のからだに触れることになるのかもしれない。ノイマンを読む女、フロイトを読む女、エンゲルスやレヴィ＝ストロースを読む女は、差別とか分析、批判を明白にし、強さを求める女自身の深い経験に頼らなければならない。女は、たんに「私自身が過去に得た知的学習によればどうなのか？」と自問するのではなく、「私自身の頭は、私自身のからだはどう語っているのか――私の記憶は、私の性は、私の夢は、私の力やエネルギーは？」と自問しなければならない。

＊(19)　Erich Neumann, *The Great Mother* (Princeton, N. J.: Princeton University Press, 1972), pp. 129–31 ; first published 1955〔邦訳『グレート・マザー』ナツメ社、一九八二年〕

＊(20)　ノイマンはユング派だったが、文化における女性の役割に焦点をあてて理解し、女性蔑視の力を認識しようとつとめた点では、ユングをはるかにしのいでいた。しかしユングと同じように、彼も基本的には男の精神に女らしさを統合すること（ふたたび、マルクーゼの造語で「男性の女性化」といわれるもの）に関心をもち、その偏見は明らかに男性のものだ。しかしそれでも私は、人間の生物学的生殖と育成という肉体的領域について、人間が共存していかれるように考案し、処方し、設計してきた文化的／歴史的領域について、個々の心のなかに存在する領域について私たちはつねに語っているのだということを忘れないでいるために、ノイマンがさまざまな面での経験を折りこんでいることが、おおいに有効だと考える。ブリフォールトと同じように、ノイマンも女にかんする資料を膨大にとりいれていて、とりわけ母親について述べていることが多く、それらの資料が補いあって父権制以前

の生活のある断面を示唆するものとなっている。

＊(21) Joseph Campbell, *The Masks of God : Primitive Mythology* (New York : Viking, 1972), pp. vi–vii.〔邦訳『神の仮面』青土社、一九九五年〕

＊(22) James Mellaart, *Çatal Hüyük : A Neolithic Town in Anatolia* (New York : McGraw-Hill, 1967), pp. 201–2.
新石器時代であろうといつであろうと、なぜ人の手でつくるものに強調される性は「つねに男の衝動や欲望と関連がある」のか聞いてみたいところだ。けれどもいまは、その点を追求する場合ではない。メルラートを引用したのは、初期の女性像が女によってつくられたという考え方を示す記述を紹介するため。

＊(23) Neumann, *The Great Mother*, pp. 135–37〔邦訳、前掲書〕; Briffault, *op. cit.*, I : 466–67. H. R. Hays, *The Dangerous Sex* (New York : Pocket Books, 1972). も参照。

＊(24) Briffault, *op. cit.*, I : 473–74.

＊(25) Kate Millett, *Sexual Politics* (New York : Doubleday, 1970), pp. 210–20.〔邦訳、前掲書〕

＊(26) Neumann. *The Great Mother*, p. 288.〔邦訳、前掲書〕

＊(27) Briffault, *op. cit.*, II : 513, 490.

＊(28) Otto Rank, "The Creation of the Sexual Self," in *Beyond Psychology*, (New York : Dover, 1958), pp. 202–12.

＊(29) Bronislaw Malinowski, *The Sexual Life of Savages* (New York : Harcourt, Brace and World, 1929), pp. 2, 170–75.

＊(30) Neumann, *The Origins and History of Consciousness*, pp. 49–51.

＊(31) Barbara Seaman, *Free and Female* (New York : Fawcett, 1973), p. 22.〔邦訳、前掲書〕

＊(32)「人間が製陶、機織り、農業、動物の飼育といった偉大な文化に熟達し、それを確立したのは新石器時代のことだった。現代では誰もこれらの画期的な進歩を、偶然の発見が思いがけなく蓄積されたものであるとか、ある種の自然現象を受け身で捉えたために達成されたものだとは考えないだろう。これらの技術のひとつひとつが、何世紀もの積極的、組織的な観察と、大胆な仮定を無限に繰りかえす実験による結果なのである」(Claude Lévi-Strauss, "The Science of the Concrete," in Vernon Gras, ed., *European Literary Theory and Practice : From Existential Phenomenology to Structuralism* [New York : Delta Books, 1973], pp. 138–39).

＊(33) Briffault, *op. cit.*, I : 441.

＊(34) 最近の研究では「暗示的な分析」を用いて、標準的な通文化における性の役割分担は、「男は幼児の世話をすることができず、工業化以前の社会において女は、集団として見た場合、つねに小さな子供の世話をする責任がある」という基本的な事実、「大勢の女が同時に働くという状況は子供にとって危険なので、女はそのような活動はしない」という事実によるものだと示している。ここでいう活動が狩猟とか農耕を意味するのか、家の近辺で道具を使ったり重い物をもって働くことなのか関係ない。こう書く人々は、女の役割をこのように制限することは生産の過程（土地を拓き、耕し、種をまき、収穫する）での役割分担で確かなものになり、それは「人的資源を効果的に利用」する必要性に根ざすものだ、と示唆する。(D. White, M. Burton, L. Brudner, J. Gunn. "Implicational Structures in the Sexual Division of Labor," unpublished, 1974).

乳離れをしていない子供を守るために女が危険な、あるいは肉体的に苛酷な仕事を避けることは、女がそのような活動に従事する資質とは、当然のことながらまったく関係のないことだ。子供のない、あるいは子供を育てていない女の役割にどういう制限が必要かということには、まったくふれていない。「生まれつきの制限」といえば唯一、母乳を与えられない男にこそ課されるものではないだろうか。

＊(35) Bruno Bettelheim, *Symbolic Wounds : Puberty Rites and the Envious Male* (New York : Collier, 1968). 〔邦訳、『性の象徴的傷痕』せりか書房、一九七一年〕

＊(36) Campbell, *op. cit.*, pp. 30–31, 46, 59–60.

＊(37) Briffault, *op. cit.*, II : 403–6.

＊(38) C. G. Hartley, *The Age of Mother-Right* (New York : Dodd, Mead, 1914), pp. 65–68.

＊(39) Neumann, *The Great Mother*, pp. 280, 290. 〔邦訳、前掲書〕

＊(40) M. Esther Harding, *Woman's Mysteries* (New York : C. G. Jung Foundation, 1971), p. 70.

*(41) Mary Douglas, *Purity and Danger : An Analysis of Concepts of Pollution and Taboo* (Baltimore : Pelican, 1970), pp. 166–69.〔邦訳『汚穢と禁忌』思潮社、一九七二年ほか〕

*(42) Paula Weideger, *Menstruation and Menopause : The Physiology and Psychology, The Myth and the Reality* (New York : Knopf, 1976), pp. 93–94.

*(43) 現代のイスラエルで正式に結婚するためには、女はラビのもとへ出頭し、最後の月経があった月日を申告しなくてはならない。それによって結婚の日取りが決められるのだが、それは「けがれた」まま夫のもとへ行かないためだ。ユダヤの女は月経中に夫と性交渉をもつと、夫が戦いの最中に殺されるといまだに信じられている。それにはもちろん古くからの背景がある。ミシュナ（ユダヤ教の律法）は月経中の女の「けがれ」を、淋病の男や癩病患者、人間の死体、動物の腐肉、死んだ爬虫類、近親姦などのけがれにたとえている。(Personal communication, Dr. Myra Schotz, Ben-Gurion University, Israel ; Emily Culpeper, "Niddah : Unclean or Sacred Sign?" unpublished paper, Harvard Divinity School, 1973).

*(44) Briffault, *op. cit.*, II : 634–40 ; Harding. *op. cit.*, chs. 8, 9.

*(45) G. Rachel Levy, *Religious Conceptions of the Stone Age* (New York : Harper Torchbooks, 1963), pp. 52, 157–59. Originally published in England in 1948 as *The Gate of Horn*.

*(46) Erich Neumann, *The Great Mother*, *op. cit.*, pp. 217–25.〔邦訳、前掲書〕

5 飼いならされた母性

*(1) Frederick Engels, *The Origin of the Family, Private Property and the State* (New York : International Publishers, 1971), p.73.〔邦訳『家族・私有財産・国家の起源』岩波文庫、一九六五年ほか〕

*(2) Karen Horney, *Feminine Psychology* (New York : Norton, 1967), pp. 106–18.〔邦訳『ホーナイ全集 第1巻』所収「女性の心理」誠信書房、一九八二年〕

エーリッヒ・ノイマンはそれをさらに進展させる。

"Psychological Stages of Feminine Development" (translated by Rebecca Jacobson and revised for *Spring* by Hildegarde Nagel and Jane Pratt) と題する評論で、女性を悪とする神話や女性を贖罪の山羊として使うことについて論じ、「こういうことが意味するのは……女は父権制的烙印をおされた文化によって悪いものと〝認められて〟いるということだ。ユダヤ・キリスト教、モハメット教、ヒンドゥー教といった文化である。そのため女性は抑圧され、奴隷にされ、実際には人生から除外される。あるいは、魔女裁判のように悪の担い手として迫害され、死にいたらせられる。男が女なしでは存在できないという事実だけが、無自覚という危険にさらされたこの〝邪悪な〟人間群の……絶滅を妨げてきた」（傍点、引用者）。このことは、もし子宮外生殖とクローニングの技術が男の手にのみゆだねられたままでいれば、それは将来、女を殺す方向に適用されるのではないかという疑問をおこさせる。

＊（3）　女たちへの恐怖を告白することは、男性の自尊心にとって、ひとりの男への恐怖を認めることよりもはるかに脅威だと、ホーナイは書いている。階級の概念では、女は、支配階級で権力をもつ男たちの下か、それとも労働階級の抑圧された男たちの下か、どちらかに組み入れられるだけのことだったので、男による階級分析が性別の分析よりも優先したのは、まったく当然のなりゆきだったのだろう。

〔一九八六年の追記——階級にある「本質的な矛盾」を、性別の「本質的な矛盾」と取りかえたいというフェミニスト的願望はあった。しかし世界の大多数の女たちは階級、性別、人種が三つ巴になった人生を経験しているのであって、理論でも行動でもこの三つすべてと闘わなければならない〕

＊（4）　Eli Zaretsky, *Capitalism, the Family, and Personal Life*. Originally published in *Socialist Revolution*, January-June 1973, pp. 78, 72-73. (Available as a paperback from Harper and Row, N. Y., 1975.)

＊（5）　H. R. Hays, *The Dangerous Sex* (New York : Pocket Books, 1972), p. 270 : first published 1964.

＊（6）　Robin Fox, Kinship and Marriage (Baltimore : Penguin, 1967), pp. 27-33.

＊（7）　Bruno Bettelheim, *Symbolic Wounds : Puberty Rites and the Envious Male* (New York : Collier,

1968）; first published 1954.〔邦訳、前掲書〕

＊（8） 女性蔑視は男を恨む女の気持ちが投影されたものではない。それが父権制的文化にはつねにつきまとっていたこと、そしていまもそれが存在することは、明確に記録されている。この問題にかんして最近書かれた本は数多くあり――すべて男性によるが――非常に興味深いことに、そのほとんどが傾向としても結論としても女性蔑視になっている。R・E・L・マスターズとエドゥアルド・リアは、*The Anti-Sex*（1964）と題するアンソロジーのなかで、「真の女性蔑視は、正しいと認められていない概念」であると繰りかえし断言し、その反対の証明も多く集めながらも、女性蔑視は人類の文化のなかで常軌を逸した歪みだと示唆している。同時に女性蔑視は、個人的なものというより「文化的、思想的」なものだと認めている。マスターズもリアも、また *The Fear of Women*［1968］の著者ウォルフガング・リデラーも、著書の序文で自分たち自身が女性蔑視をすることを否定している。リデラーは男が女を恐れることにかんして膨大な資料を集めているが、彼の結論は女の生殖する力（「極度に多産の女もいて、それは病的と言いたいほどだ」）は純粋に文明への脅威となるものだから、男の恐怖は正当なものだと結論づけている。男が本当に恐れているのは女ではなく、女がふやしつづけていこうと決めている人口過剰の地球なのだ。同じような否定的記述が古典的な学者H・F・キットーが書いたものに見られる。彼はアテネの女たちが抑圧されていた証拠を集めたのち、こう書いている。「まちがっているのはそれがアテネの男たちについて与えているイメージだ。アテネ人たちには欠点もあるが、活気あふれる知性、人類愛、好奇心という特筆すべき資質をそなえていた。アテネの男が習慣的に自分と同類の人々の半分を冷淡に、しかも蔑視までして扱っていたというのは理にかなわないと思う」（*The Greeks* [Baltimore : Penguin, 1960], p. 222）

H・R・ヘイズは著書のなかでは女性病への診断をまったく示していないが、この問題にかんしてはもっとも女性蔑視のない処置をおこなっている。彼の *The Dangerous Sex*（New York : Putnam, 1964）は、「長くひきずってきた恥じるべき空想と弁解の重荷を男たちに自覚させる」試みであり、「この象徴的な魔術を使うことによって男は（女を）閉じこめてきたか、疎外してきたか、あるいはスケープゴートとして扱ってきた」。ヘイズの本はヒステリカルでなく、率直で、性の政治学について真剣に考えたいと思う男たちにとって基本的な読物となる。

＊（9） Joseph Campbell, *The Masks of God : Primitive Mythology* (New York : Viking, 1972), pp. 315 ff.; first published 1959.〔邦訳、前掲書〕

＊（10） G. Rachel Levy, *Religious Conceptions of the Stone Age* (New York : Harper Torchbooks, 1963), pp. 83–85.

＊（11） *Ibid.*, pp. 27, 86–87, 100.

＊（12） *National Geographic*, Vol. 144, No. 6 (December 1973).

＊（13） Campbell, *op. cit.*, p. 372.

＊（14） Leonard Palmer, *Mycenaeans and Minoans : Aegean Pre-History in the Light of the Linear B Tablets* (New York : Knopf, 1965). p. 347.

＊（15） Levy, *op. cit.*, p. 120 ; Erich Neumann, *The Great Mother* (Princeton, N. J.: Princeton University Press, 1972), p. 153.〔邦訳、前掲書〕

＊（16） 創世記の規範はもちろんアダム神話につぐものであり、ここでは女の生殖力が否定され、女が男のからだからとりだされている。アダムとイブは罰されて、イブが「悲しみのうちに子供を産むだろう」と告げられる。

＊（17） Raphael Patai, *Sex and Family in the Bible and the Middle East* (New York : Doubleday, 1959), p. 135.

＊（18） Raphael Patai, *The Hebrew Goddess* (New York : Ktav, 1967), pp. 52, 97–98.

＊（19） Aeschylus, *Oresteia*, trans. Richmond Lattimore (Chicago : University of Chicago Press, 1953), pp. 158, 161.

＊（20） B. Ehrenreich and D. English, *Witches, Midwives and Nurses : A History of Women Healers* (Old Westbury, N. Y.: Feminist Press, 1973), pp. 8–9.〔邦訳『魔女、産婆、看護婦』法政大学出版局、一九九六年〕

マーガレット・ミードは、生殖における女の役割を男の果たす役割よりあいまいにすることはつねにむずかしかったと述べている。といっても彼女は、母親の役割がまったく受け身だったり、はっきりと否定されているような文化が現代にもあることを例にあげている。ロッセル島の人々やモンテネグロの住民たちの文化がそうだ。(*Male and Female* [New York : Morrow, 1975], pp. 59-60)

＊(21) E. O. James, *The Cult of the Mother-Goddess* (New York : Praeger, 1959), pp. 47, 138 ; James Mellaart, *Çatal Hüyük : A Neolithic Town in Anatolia* (New York : McGraw-Hill, 1967), plate 84.

＊(22) Palmer, *op. cit.*, p. 192 ; Cyril Aldred, *Akhenaton and Nefertite* (New York : Viking, 1973), p. 181.

＊(23) ユダヤ教には聖家族はない。キリスト教の聖家族はイエスの人間としての家族で、父、子、聖霊の三位一体とはちがう。デイリーは聖霊にまつわるあいまいさに注目している。聖霊は決まりきったように「女性的」な性格を与えられていながら男性代名詞で表現され、聖母マリアを懐妊させたと考えられている。イエスの人間としての家族にかんしては、福音書のなかで聖母マリアに語りかける言葉が暗示的だ。「女よ、汝をどうすればよいのか?」聖母マリアはもちろん完全な処女で、アルテミス崇拝と関連する意味での処女ではない。

＊(24) マックス・ウェーバーは著書 *Ancient Judaism* のなかで、ヘブライ人は「地中に住む成長力のある」ものを崇拝することは拒否したと示唆している。彼が述べているのはもちろん、聖母女神崇拝のことだ。デイリーが「偉大なる沈黙」と名づけた手法を示す、もうひとつの例である。

＊(25) Patai, *The Hebrew Goddess*, pp. 26-27, 52, 97-98.

＊(26) Erich Neumann, *The Origins and History of Consciousness* (Princeton, N. J.: Princeton University Press, 1971), p. 86. 〔邦訳、前掲書〕

＊(27) Jane Harrison, *Mythology* (New York : Harcourt Brace, 1963), pp. 44 ff.

＊(28) Philip Slater, *The Glory of Hera* (Boston : Beacon, 1968).

スレイターは、父権制を弾劾しそうになりながら、偏向してしまう作家のひとりだ。彼の論理は、女の地位が低くおとしめられているために母親は息子に過剰にかかわりあうことになり、それが男に自己愛ともいえる意識をもたせることになって——五世紀のギリシャにおけるようにアメリカでも——戦争を通じ、ときには無意味な成功や出世を通じ、また競争を通じて、男にその意識を「証明」しようとさせる、というものだ。彼はほかの作家たちがよくするように母親への入口で問題の追求をやめるようなことはしない。彼の意識は斬新で、母親と息子との関係を社会的な関連のなかで、つまりレドゥクシオ・アド・マトレムとして起こるものとして、考える。それは必然的で、母親を女らしさの定義とし、育児（中流階級の）を女だけがすべての時間を捧げて従事するものとする。スレイターの考えは多くの点で有益であるにもかかわらず、精神構造を父権制と関連づけていないため理論的に不完全なのが残念だ。

*（29） Aldred, *op. cit.*, pp. 11–12 ; Lewis Mumford, *The City in History* (New York : Harcourt, Brace and World, 1961), p. 13.〔邦訳『歴史の都市 明日の都市』新潮社、一九六九年〕

*（30） Jane Harrison, *op. cit.*, pp. 94–95.

*（31） Slater, *op. cit.*, pp. 137–41.

*（32） M. Esther Harding, *Woman's Mysteries* (New York : C. G. Jung Foundation ,1971), p. 31.

*（33） Robert Briffault, *The Mothers* (New York : Johnson Reprint, 1969), I : 131–41.

*（34） Margaret Mead, *Male and Female : A Study of the Sexes in A Changing World* (New York : Morrow, 1975), p. 229 ; first published 1949.〔邦訳『男性と女性』東京創元社、一九六一年〕

*（35） *Ibid.*, p. 82.

6 人の手、鉄の手

*（1） A. J. Rongy, *Childbirth, Yesterday and Today* (New York : Emerson, 1937), pp. 62–64.

*（2） R. P. Finney, *The Story of Motherhood* (New York : Liveright, 1937), p. 21. に引用。

*（3） *Ibid.*, pp. 18–20.

*（4） Irwin Chabon, M. D., *Awake and Aware : Participating in Childbirth through Prophylaxis* (New York : Delacorte, 1966), pp. 46–47.

*（5） W. F. Mengert, M. D., "The Origins of the Male Midwife," *Annals of Medical History*, Vol. 4,

No. 5, pp. 453–65.

＊(**6**)　Rongy, *op cit.*, pp. 18, 33 ; Harvey Graham, *Eternal Eve : The Mysteries of Birth and the Customs That Surround It* (London : Hutchinson, 1960), p. 12.

＊(**7**)　Rongy, *op. cit.*, p. 33.

＊(**8**)　現存する最古の医学論文であるエジプトの『エベルス・パピルス』には、R・P・フィンネイによると、出産について一度だけ記述があるという。(*The Story of Motherhood* [New York : Liveright, 1937], p. 23)

＊(**9**)　Finney, *op. cit.*, p. 31 ; Rongy, *op. cit.*, pp. 76–77.

＊(**10**)　例外は世紀の初め頃、階級の高いヒンドゥーの女だけが、正常出産の場合も僧／医者の介助を得たことがはっきりしている。階級の低い女たちは産婆の手を借りた。(Harvey Graham, *Eternal Eve* [London : Hutchinson, 1960], p. 23 ; Finney, *op. cit.*, pp. 26–38.)

＊(**11**)　「そういうことが、ときにはうまくいった……そしてうまくいったように見えるたびに、それを思いついた者たちが、自然を感化し自然を支配する力をもっていると考えるようになった。産婆なら自然の経過がおのずから事を運ぶのを待っていたかも知れないこと、産婆がそっと介助するだけで安全な結果が得られたかも知れないことが、男の理屈が自然をつくり支配できるという劇的な展開の前に、忘れさられてしまうことがしばしばあった」(Suzanne Arms, *Immaculate Deception* [Boston, Houghton Mifflin, 1975], p. 10)

＊(**12**)　J. W. White. M. D., "4,000 Years of Obstetrics," *American Journal of Surgery*, Vol. 11, No. 3 (March 1931), pp. 564–72.

＊(**13**)　Finney, *op. cit.*, p. 44.

＊(**14**)　Graham, *op. cit.*, pp. 69–70.

＊(**15**)　Finney, *op. cit.*, p. 56.

＊(**16**)　Graham, *op. cit.*, p. 79.

＊(**17**)　Ben Barker-Benfield, "Anne Hutchinson and the Puritan Attitude Towards Women," *Feminist Studies*, Vol. 1. No. 2 (Fall 1972), pp. 65–96 ; Finney, *op. cit.*, p. 149.

＊(**18**)　「産婆 midwife」という言葉が、あまりに人

を見くびっていて、無知や汚れを連想させたので、こういう事実はすぐ忘れられがちだ。キャスリーン・バリーは、「汚れた」産婆という概念と、女のからだや女を診察することを「汚い」と考える男の医者の見方とのあいだに関連があると言う。もし女の肉体が本質的にけがれていて邪悪なものであるとしたら、それらの特質は、女を扱わなくてはならない人々、とくに出産のときのように男にとって恐れと神秘にみちたときにかかわる人々の考えによるものだ。（"The Cutting Edge : A Look at Male Motivation in Obstetrics and Gynecology," unpublished, copyright, 1972, by Kathleen Barry. 参照）このことは西洋の男性文化だけがもつ偏見ではない。「（日本では）病をつくった神が、女は下等で、不潔で、血をこしらえる生き物であると便宜的に命じていたうえ、中国の医者たちが妊娠を血の病であると診断していたので、宗教の教義として妊娠している女は不潔なものとされた。月経中だったり妊娠している女は、神社の鳥居をくぐることができなかった」（M. W. Standlee, *The Great Pulse : Japanese Midwifery and Obstetrics Through the Ages* [Rutland, Vt. : Chas. E. Tuttle, 1959], p. 26）

＊(19) B. Ehrenreich and D. English, *Witches, Midwives and Nurses : A History of Women Healers* (Old Westbury, N. Y. : Feminist Press, 1973), pp. 12–15.〔邦訳、前掲書〕

＊(20) Rongy, *op. cit.*, p. 84.

＊(21) *Ibid.*, p. 79.

＊(22) Mengert, *op. cit.*, pp. 453–65.

＊(23) Finney, *op. cit.*, p. 101.

＊(24) Graham, *op. cit.*, p. 87.

＊(25) 妊娠中の女が軽い麦角中毒にかかると、堕胎することになった。ひどい中毒になると、「丹毒」とよばれ、手足が黒ずんで壊疽となり、やがてはとれてしまう。中世の恐ろしい、不治の病のひとつで、この病気が地獄という概念を生んだのだろうと思われる。

＊(26) Rongy, *op. cit.*, p. 46.

一五二二年に、ハンブルグのウォルトという医者が、大胆にも女装をして出産に立ちあった。職業をおとしめる、この卑しい行為のために、彼は火あぶりの刑に処された。しかし産婆術にかんする書物のほとんどは、男によって書かれた。ロスリン、スペインのダミアン・カーボン、フランスのパレなどが、その代表的なものだ。

＊(27)　J. L. Miller, "Renaissance Midwifery : The Evolution of Modern Obstetrics 1500–1700," in *Lectures on the History of Medicine : 1862–1932* (Philadelphia : W. B. Saunders, 1993).

＊(28)　Louise Bourgeois, *Les Six Couches de Marie de Médicis* (Paris : 1875), pp. 24–27. この項の英訳はリチャード・ハワードによるもの。

＊(29)　Percival Willughby, *Observations in Midwifery, as also the country midwife's opusculum or vade mecum* (Warwick : H. T. Cooke, 1863), p. 151.

＊(30)　かなり公然と女蔑視を自認していたひとり、オーガスタス・K・ガードナー医学博士は、フィラデルフィア医学大学産科の最初の授業で、いつも、「産科の実施において女がみせた過去の無力さと、現在もある生まれつきの無能さ」について話した。彼が激しくののしるのは「医学全域でないにしても、私が関与している治療のある部分をふたたび女に任せようと論議されている主張」で、「それは女の権利やブルマーをはくことといった、同じように無意味な理論を主張するところから発している」と言う。ガードナーは、また、産児制限や女が高等教育を受けることにも反対だった。(*A History of the Art of Midwifery* [New York : 1852], pp. 26–27, 30–31)

＊(31)　Harold Speert, M. D., and Alan Guttmacher, M. D., *Obstetric Practice* (New York : McGraw-Hill, 1956), p. 304.

＊(32)　この事件にかんする記述を私は全部読んだが、この女のことは「傴僂《せむし》の小びと」とあるだけだった。これが女をさしていると理解するには、しばらくかかった。彼女はおそらくレイプの餌食となり、恐怖におののいていたことだろう。その一生は、精神的にも肉体的にも苦痛にみち、拷問のうちに死んでいったのだろう。(ヒュー・チェンバレンは鉗子を使って三時間、彼女に「取りくみ」、その技術の証明に失敗した。彼女はその前にもほかの方法で同じように「取りくまれて」いたのだ)。無菌治療や無痛治療がとりいれられて帝王切開が安全におこなわれる以前のことだったから、おそらく彼女は助からなかっただろう。けれども医学のあいまいさのもとで、名もなく、人間性まで奪われて、冷淡な産科の犠牲となった者がここにもいたことを、私たちはすぐに忘れてしまうのだ。

＊(33) Graham, *op. cit.*, p. 115.

＊(34) *Ibid.*, p. 120.

＊(35) *Ibid.*, pp. 106–22.

＊(36) John Leake, M. D., *A Lecture Introductory to the Theory and Practice of Midwifery* (London : 1773), p. 48.

＊(37) F. Naroll, R. Naroll, and F. M. Howard, "Position of Women in Childbirth : A study in data quality control," *American Journal of Obstetrics and Gynecology*, Vol. 82, No. 4 (October 1961), p. 953.

＊(38) 「寝る（仰臥の）姿勢をとらせるのには、二つの目的がある。無菌状態を保つのにそのほうが効果的であるのと、産科医にとってはるかに都合がいいからである。この二つの利点は、生理学的ではない姿勢であることと、姿勢そのものが楽ではないことを補ってあまりある」（傍点、引用者）。(Bryand, Danforth, Davis, "The Conduct of Normal Labor" in D. N. Danforth, ed., *Textbook of Obstetrics and Gynecology* [New York : Harper and Row, 1966], pp. 532-33. この教則書は四十二人の男性と一人の女性によって書かれた。

＊(39) Leake, *op. cit.*, p. 49.

＊(40) Graham, *op. cit.*, p. 146.

＊(41) Elizabeth Nihell, *A Treatise on the Art of Midwifery : Setting Forth Various Abuses Therein, Especially as to the Practice with Instruments* (London : 1760), pp. viii–ix.

＊(42) 「鉗子は、男の産婆が母子ともに危険を与えないで重い出産を成功させる手段として、考案されたものだ。最初はこの新しい武器をただ考えもなく、乱暴にたびたび使う者が多かった……スメリーはごくたまにしか鉗子を使わなかった……スメリーの弟子たちのなかには、鉗子の使用にもっと慎重な者もいて、とくにウィリアム・ハンターは……〝鉗子が発明されて、かえすがえすも残念だ〟と教室で話したことで有名だ。せっかちで熱心な男の産婆ほど、すぐ道具に頼りがちであることはたしかで、この分野の先輩が、とくに鉗子については自制することを教えなくてはならなかった」(Walter Radcliffe, *Milestones in Midwifery*, [Bristol : Wright, 1967], pp. 48–49)

＊(43) *Ibid.*, pp. 91–99.

＊(44) *Ibid.*, p. 167 n.

*(45) ストーンは、その著書 *Complete Practice of Midwifery* (1737) のなかで、彼女が一年間に出産させた三百人のうち、道具を使用したのは四人だけだったと断言している。

*(46) カリフォルニアからデンマークにいたるまで、現代の産婆たちが自分の手を使うことにもっている誇りは、これを証明する、とスザンヌ・アームズは書いている。

*(47) Sheila Kitzinger, *The Experience of Childbirth* (Baltimore : Pelican, 1973), p. 12 ; Janet Brown *et al., Two Births* (New York : Random House, 1972) 参照。

*(48) Finney, *op. cit*., p. 238.

*(49) I. P. Semmelweis, "The Etiology, the Concept and the Prophylaxis of Childbed Fever" (1861), in *Medical Classics*, Vol. 5, No. 5 (January 1941), p. 357.

*(50) Finney, *op. cit*., pp. 191 ff.

*(51) *Ibid*., p. 218.

*(52) O. W. Holmes, "The Contagiousness of Puerperal Fever" (1843), in *Epoch-Making Contributions to Medicine, Surgery and the Allied Sciences* (Philadelphia : 1909).

*(53) Semmelweis, *op. cit*., pp. 369–75.

*(54) *Ibid*., p. 391.

*(55) *Ibid*., p. 395.

*(56) *Ibid*., p. 400. A. Janik and S. Toulmin, *Wittgenstein's Vienna* (New York : Simon and Schuster, 1973), p. 35. も参照。

*(57) Semmelweis, *op. cit*., p. 417.

*(58) Finney, *op. cit*., p. 223.

7 疎外される出産

*(1) タイムズ・チェインジ・プレスでつくられた。

*(2) Lawrence Freedman and Vera Ferguson, "The Question of 'Painless Childbirth' in Primitive Cultures," *American Journal of Orthopsychiatry*, Vol. 20 (1950), pp. 368, 370 ; Margaret Mead, *Male and Female : A Study of the Sexes in a Changing World* (New York : Morrow, 1975), p. 277.〔邦訳、前掲書〕

＊(3) Nancy Fuller and Brigitte Jordan, "Birth in a Hammock," *Women : A Journal of Liberation*, Vol. 4, No. 3, pp. 24–26.

＊(4) Freedman and Ferguson, *op. cit.*, p. 369.

＊(5) Robert Briffault, *The Mothers* (New York : Johnson Reprint, 1969), I : 458–59.

＊(6) Simone Weil, *Waiting for God* (New York : Putnam, 1951), pp. 117 ff. ; *Cahiers* (Paris : Librairie Plon, 1953), p. 9.

＊(7) Doris Lessing, *A Proper Marriage* (New York : New American Library, 1970), p. 274.

＊(8) Cora Sandel, *Alberta and Freedom*, trans. Elizabeth Rokkan (London : Peter Owen, 1963), pp. 231, 241 ; first published 1931.

＊(9) Margaret Mead and Niles Newton, "Pregnancy, Childbirth and Outcome : A Review of Patterns of Culture and Further Research Needs," in S. A. Richardson and A. F. Guttmacher, eds., *Childbearing : Its Social and Psychological Aspects* (Baltimore : Williams and Wilkins, 1967). Elsie Clews Parsons on pregnancy taboos in David Meltzer, ed., *Birth* (New York : Ballantine, 1973), pp. 34–38. も参照。

＊(10) 私自身、初めて妊娠していたとき、ニューイングランドの古い、有名な寄宿制私立男子校で詩を読むよう招待された。招待の責任者だった校長は、私が妊娠七ヵ月だと知って、招待をキャンセルした。私が妊娠していることを知った男子生徒たちに私の詩をきかせるよう集中させることは無理だ、というのが理由だった。一九五五年のことだ。

＊(11) Mead and Newton, *op. cit.*, p. 148.

＊(12) K・D・キールはこう指摘している。「原始の考えでは、痛みはからだに物か霊が侵入することと結びつけられる。痛みをともなう病気は、死んだ、あるいは生きている、他人の霊が新しいからだを求めるために起こると考えられることが多い。妊娠は、霊が再生を求めて女のからだに侵入することだとひろく考えられてきた」(*Anatomies of Pain* [Oxford : Blackwell, 1957], p. 2)

＊(13) *Ibid.*, pp. 170–75.

＊(14) Freedman and Ferguson, *op. cit.*, p. 367.

＊(15) Sheila Kitzinger, *The Experience of Childbirth* (Baltimore : Penguin, 1973), pp. 17–25.

＊(16) Leo Tolstoy, *Anna Karenina*, trans. Rosemary Edmonds (Baltimore : Penguin, 1954), pp. 747–48.〔邦訳『アンナ・カレーニナ』新潮文庫、一九九八年ほか〕

＊(17) Leo Tolstoy, *War and Peace*, trans. Louise and Aylmer Maude (New York : Simon and Schuster, 1942), p. 353.〔邦訳『戦争と平和』新潮文庫、一九七二年ほか〕

＊(18) Elizabeth Mann Borgese, *The Ascent of Woman* (New York : Braziller, 1963), p. 44.

＊(19) Walter Radcliffe, *Milestones in Midwifery* (Bristol : Wright, 1967), p. 81 ; R. P. Finney, *The Story of Motherhood* (New York : Liveright, 1937), pp. 169–75.

＊(20) Claire Tomalin, *The Life and Death of Mary Wollstonecraft* (New York : Harcourt, Brace Jovanovich. 1974), p. 226.

＊(21) オリーヴ・シュライナーは、一八八八年に、ハヴロック・エリスにこう書いた。「全能の神はかつてこう言われた。〝苦しみに耐え、自ら求めて働く、自動機械をこしらえよう。この世でもっとも多くの苦しみを負うことができるのだ〟。そして女をつくられた。しかし神は最高の完璧さを達成したことに満足されなかった。そこで才能ある男をつくられた。それでも満足されなかった。そこで神は両方を合わせて、才能ある女をつくられた。そして満足された。それが本当の論理だ――しかし最後に神は負けた。なぜなら、苦しみを耐えるためにつくられた機械は祝福を喜ぶこともできたから……」(*Letters of Olive Schreiner, 1826–1920*, S. C. Cronwright-Schreiner, ed. [London : T. Fisher Unwin, 1924])

＊(22) O. W. Holmes, "The Contagiousness of Puerperal Fever" (1843), in *Epoch-Making Contributions to Medicine, Surgery and the Allied Sciences* (Philadelphia : 1909).
もちろんこれはまったくの感傷だ。十九世紀でも、それ以前あるいは以降と同じように、女たちは牢獄や感化院で出産した。たとえばエンメリーヌ・パンクハーストが牢獄で、隣の房で出産した女の叫びを聞いているくだりを読むとよい。(Midge MacKenzie, ed., *Shoulder to Shoulder* [New York : Knopf, 1975], pp. 72, 91)

*(23) H. W. Haggard, *Devils, Drugs and Doctors* (New York and London : Harper and Bros., 1929), p. 116.

*(24) B. Ehrenreich and D. English, *Complaints and Disorders : The Sexual Politics of Sickness* (Old Westbury, N. Y. : Feminist Press, 1973), pp. 26–36.

*(25) Finney, *op. cit.*, pp. 186–90 ; Sylvia Plath, *The Bell Jar* (New York : Bantam, 1972), p. 53.〔邦訳『ベル・ジャー』晶文社、二〇二四年〕

*(26) H. Speert and A. Guttmacher, *Obstetric Practice* (New York : McGraw-Hill, 1956), p. 305.

*(27) 一九三〇年代のある医者が、アメリカの産科医の技術の完璧さについて記述している。

(病院に) 着くと……彼女は即座に最新の鎮痛剤を与えられる。まもなく彼女は夢ごこちになり、痛みの頂点ではなかば意識がなく、陣痛のときもぐっすり眠っている。子供が生まれるまで数時間かかるが、彼女は無意識のままだ。医者と自分のからだの反射作用にすっかりまかせておけばよい。彼女は一点のくもりもなく清潔な分娩室につれていかれることも、まったくわからず、殺菌したシーツにくるまれて、殺菌した台の上にのせられることも知らない……彼女を守るために殺菌した白衣と手袋をつけた医者や看護婦たちも見ない。また煮沸されてきらきら光る道具や、消毒液も見ない。彼女の赤ん坊が初めてこの冷たい世界の空気にふれたときにあげる声を耳にすることもなければ、裂傷ができた場合に医者が縫うのも知らない。私たちの多くがひどい痛みに接したときに願うように、彼女は眠っている。最後に目をさまし、微笑む——母親になった記憶のまったくない母親として。(R. P. Finney, *The Story of Motherhood* [New York : Liveright, 1937], pp. 6–7.)

*(28) Grantly Dick-Read, *Childbirth Without Fear : The Principles and Practice of Natural Childbirth* (New York : Harper and Row, 1970) ; first published 1944.

*(29) Pierre Vellay *et al.*, *Childbirth Without Pain* (New York : Dutton, 1968), pp. 18–21.

*(30) K. D. Keele, *Anatomies of Pain* (Oxford :

Blackwell, 1957), p. 182.

*(31) Suzanne Arms, *Immaculate Deception : A New Look at Women and Childbirth in America* (Boston : Houghton Mifflin, 1975), pp. 145–46.

*(32) Kitzinger, *op. cit.*, pp. 17–25.

*(33) Vellay, *op. cit.*, pp. 28, 151.

*(34) Shulamith Firestone, *The Dialectic of Sex* (New York : Bantam, 1972), pp. 198–99.〔邦訳、前掲書〕

*(35) Cora Sandel, *Alberta Alone*, trans. Elizabeth Rokkan (London : Women's Press Ltd., 1980), p. 94 ; first published 1939.

*(36) Brigitte Jordan, Department of Anthropology, Michigan State University, "The Cultural Production of Childbirth," 1974 (unpublished).

*(37) Arms, *op. cit.*, p. 83 ; Judith Brister, "Vertical Delivery : Childbirth Improved?" *Detroit News*, June 1971.

しかしブリジット・ジョーダンのレポートによると、現代のヨーロッパの分娩台でははるかに多種多様の姿勢がとれるようになっているという。まず「背もたれが動かせます（妊婦がなかばすわる姿勢でいられるよう、クランクを回転させて持ち上げられます。それがなければ夫か産婆が妊婦を支えていなければなりません）。つぎに真中の部分が動かせて、三番目に足の部分を傾斜もさせられるし、平らのままでも、取りさることも、あるいは仰臥の姿勢にしたいとき（たとえば会陰側切開が必要で）には真中の部分の下に入れることもできます。だから通常は、妊婦に手を腿の下に入れさせ、なかば起きあがっている姿勢で腹を押します。手すりがついている分娩台（手を縛りあげることなど決してありません）もあれば、足支えがついているのもあり、いずれにしても通常の出産で仰臥の姿勢をとることはありません」（私信、一九七四年十月）

*(38) 国立神経症研究所がおこなった生後一年未満の乳児五万人以上についての調査で、同じ一歳未満の黒人の子供たちよりも白人に神経損傷が多いという、皮肉な事実がわかった。また「あるニューヨークの病院では、一九七〇年に、外来患者よりも特別入院患者のほうに二倍の数の弱い子供がいた」「出産時の体重の軽さ、早産、栄養不足などは黒人にはるかに多く見られることだが、たいていは外来患者である黒人は伝

統的に、陣痛や分娩の際に薬を使うことが少ない」(Doris Haire, "The Cultural Warping of Childbirth," International Childbirth Education Association, 1972, 1974)

*(39) Roberto Caldeyro-Barcia, M. D., director of the Latin American Center for Perinatology and Human Deveolpment, and president of the International Federation of Gynecologists and Obstetricians, at a meeting of the American Foundation for Maternal and Child Health, April 9, 1975. (Jane Brody, "Some Obstetrical Methods Criticized," *New York Times*, April 10, 1975.)

*(40) Jordan, *op. cit.* ; Fuller and Jordan, *op. cit.* も参照。

*(41) Margaret Mead, *Male and Female*, p. 268. 〔邦訳、前掲書〕

*(42) Doris Haire, "The Cultural Warping of Childbirth," International Childbirth Education Association, 1974. このパンフレットは the International Childbirth Education Association Supplies Center, 1414 N. W. 85th St., Seattle, Wash. 98117. で入手できる。

*(43) Arms, *op. cit.*, p. 279.

スザンヌ・アームズの報告によれば、アメリカの女たちですら家での出産を要望しはじめているときに、アメリカの産科の機械設備がイギリス、オランダ、デンマークといった国々で売れているという。そういう国には産婆術、産科クリニック、家庭出産の長い伝統があり、それを救急医療センターが支えるという完全なシステムがあるというのに。西欧では幼児の死亡率がはるかに低いにもかかわらず、「早くて、簡単な」技術を約束する産科の道具が進出しつつある。一方、アメリカでは、「医者たちは出産を病院から家へ移すことにも、女の仕事にすることにも、絶対に反対している」(Suzanne Arms, *Immaculate Deception* [Boston : Houghton Mifflin, 1975], p. 160)

*(44) *Ibid.*, pp. 125–26.

*(45) *Ibid.*, p. 22.

*(46) Mary Jane Sherfey, *The Nature and Evolution of Female Sexuality* (New York : Vintage, 1973), pp. 100–101.

*(47) Niles Newton, "The Trebly Sensuous Wom-

an," *Psychology Today*, issue on "The Female Experience," 1973.

*(48) Alice Rossi, "Maternalism, Sexuality and the New Feminism," in *Contemporary Sexual Behavior : Critical Issues in the 1970's*, ed. J. Zubin and J. Money (Baltimore : Johns Hopkins University Press, 1973), pp. 145–71.

*(49) Kathy Linck, "Legalizing a Woman's Right to Choose," in *Proceedings of the First International Childbirth Conference*, 1973, New Moon Communications, Box 3488, Ridgeway Station, Stamford, Conn. 06905.

8 母親と息子、女と男

*(1) Alfred Kazin, *A Walker in the City*, quoted in Franz Kobler, ed., *Her Children Call Her Blessed : A Portrait of the Jewish Mother* (New York : Stephen Daye, 1953), p.234.

*(2) Sigmund Freud, *New Introductory Lectures on Psychoanalysis*, ed. and trans. James Strachey (New York : Norton, 1961), p. 133 ; *A General Introduction to Psychoanalysis*, trans. Joan Riviere (New York : Garden City Publishing, 1943), p. 183. 〔邦訳『精神分析入門』新潮社、一九七七年ほか〕

*(3) ルイ・マルの映画『心のつぶやき』は、この物語にもうひとつの見方があることを示す。「暗い語り伝え」とはうって変わって、息子と母親が互いに誘惑しあうことは、たんに気軽な家庭内のできごとだ。

*(4) Sherry Ortner, "Oedipal Father, Mother's Brother and the Penis : A Review of Juliet Mitchell's *Psycho-Analysis and Feminism*," *Feminist Studies*, Vol. 2, No. 2–3 (1975).

*(5) Robert Briffault, *The Mothers* (New York : Johnson Reprint, 1969), I : 259–64.

*(6) George Jackson, *Soledad Brother* (New York : Bantam, 1970), pp. 9–10.

*(7) Franz Kafka, *Letter to His Father* (New York : Schocken, 1966), pp. 45–47.

*(8) Frederick Leboyer, *Birth Without Violence* (New York : Knopf, 1975), pp. 26–27.

＊(9)　Duncan Emrich, *American Folk Poetry* (Boston : Little, Brown, 1974), p. 739.
もっと最近のことでは、「ボストン・ストラングラー（絞殺者）」が何人もの女性の性器を傷つけ、絞殺して、街じゅうをふるえあがらせた。

（a）精神医学会は、行きづまった警察の依頼をうけて、想像できる犯人像を細部にわたってまとめた。より正確にいえば、犯人の母親を想像して、そのプロフィールをまとめた。犠牲者の何人かはかなりの高齢で、ひとりは七十五歳だったことに注目して、医学会が仮定した殺人像は……きちんとした控えめの服装をした、おそらく中年の、性的に不能でもありうる、おそらくはホモ・セクシュアルの男で、自分の「優しい、規律をよく守る、きちんとした、強制的な、魅力のある、罰を与える、高圧的な」母親にたいする激しい憎しみで消耗しきっていたと思われる……母親への憎悪で疲れきっていた犯人は、「サディスティックでありながら愛情のある」やり方で高齢の女たちを殺し、傷つけたのだろうと、精神医学者たちは予測した……。

アルバート・デサルヴォは、その告白と非行歴とから、母親をひたすら愛していたことがわかった。そのうえ、母親はまだ生きていて、とくに優しいというわけでもなければ、きちんとしてもいず、高圧的でもなかった。デサルヴォをとらえていた激しい怒りは、いつも酔っぱらっていて残忍な父親に、容赦なく向けられていたものだった。父親はしょっちゅう彼や彼の母親やほかの年端もいかない子供たちを殴った……父親は子供たちの前で売春婦と性行為にふけり、息子たちに掏摸を教え、妻の手の指を一本残らず折り、歯を殴ってへし折り……アルバートが八歳のときに家族を捨てた。

(Susan Brownmiller, *Against Our Will : Men, Women and Rape* [New York : Simon and Schuster, 1975], pp. 203-4.)〔邦訳、前掲書〕

＊(10)　D. H. Lawrence, "The Symbolic Meaning," quoted in Tom Marshall, *The Psychic Mariner : A Reading of the Poems of D. H. Lawrence* (New York : Viking, 1970), p. 53.

＊(11)　娘も母親に「また取りこまれる」のを恐れることがあるかもしれない。しかし娘の場合は、潜在的に、自分が母親を継ぐことを知っている。自分も自分

のからだから生命を生むかもしれない。

*（12） G. Rachel Levy, *Religious Conceptions of the Stone Age* （New York : Harper Torchbooks, 1963）, pp. 53, 157 ; Erich Neumann, *The Great Mother* （Princeton, N. J. : Princeton University Press, 1972）, pp. 256–58.〔邦訳、前掲書〕

*（13） Leslie H. Farber, "He Said, She Said," *Commentary*, March 1972, p. 55.

*（14） Karen Horney, *Feminine Psychology* （New York : Norton, 1967）, pp. 113, 117, 138, 141.

*（15） Denis de Rougement, *Love in the Western World* （New York : Anchor Books, 1956）, pp. 1–45.〔邦訳、前掲書〕

*（16） Rainer Maria Rilke, *The Duino Elegies*. この英訳はリリー・イングラーによるもの。〔邦訳『ドゥイノの悲歌』岩波文庫、二〇一〇年ほか〕Rilke, *The Notebooks of Malte Laurids Brigge*, trans. M. D. Herter Norton （New York : Norton, 1949）, pp. 120–21.

*（17） *Letters of Rainer Maria Rilke*, trans. J. B. Greene and M. D. Herter Norton （New York : Norton, 1945）, I : 71–72.

*（18） Vern L. Bullogh, *The Subordinate Sex : A History of Attitudes Toward Women* （Baltimore : Penguin, 1974）, p. 29.

*（19） *Ibid.*, pp. 231–32.

*（20） *Ibid.*, pp. 173–74.

*（21） Mary Daly, *The Church and the Second Sex, with a New Post-Christian Introduction by the Author* （New York : Harper Colophon Books, 1975）, pp. 149–52.〔邦訳『教会と第二の性』未來社、二〇〇六年〕

*（22） Bullogh, *op. cit.*, pp. 225–26.

*（23） John S. Haller and Robin M. Haller, *The Physician and Sexuality in Victorian America* （Chicago : University of Illinois Press, 1974）, pp. 100–101.

*（24） Viola Klein, *The Feminine Character : History of an Ideology* （Chicago : University of Illinois Press, 1972）, p. 26.

*（25） Joseph C. Rheingold, M. D., *The Mother, Anxiety and Death : The Catastrophic Death Complex* （London : J. and A. Churchill, 1967）, p. 119.

＊(26) James Daugherty, *Abraham Lincoln* (New York: Viking, 1943), p. 160.

＊(27) Margaret Mead, ed., *An Anthropologist at Work: Writings of Ruth Benedict* (New York: Equinox Books, 1973), p. 123.〔邦訳『人類学者ルース・ベネディクト』社会思想社、一九七七年〕

＊(28) L. van Gelder and C. Carmichael, "But What About Our Sons?" MS., October 1975, pp. 52 ff.

＊(29) Karen Horney, *New Ways in Psychoanalysis* (New York: Norton, 1939).

＊(30) Sigmund Freud, *New Introductory Lectures on Psychoanalysis*, pp. 86–87, 129.

＊(31) Erich Neumann, *The Origins and History of Consciousness* (Princeton, N. J.: Princeton University Press, 1971), pp. 142–43〔邦訳、前掲書〕; Bruno Bettelheim, *Symbolic Wounds* (New York: Collier, 1962), pp. 118–19.

＊(32) Ortner, *op. cit.*, p. 180.
また国の指導者もほぼ絶対的に男だった。たとえばイスラエル、ソ連、キューバ、中国などはそうである。ゴルダ・メイアやインディラ・ガンディーが女であるということも、結局は男の制度を通じて、男の制度からでてきたもので、権威が男性的な性格をもつことは変わっていない。

＊(33) 科学と詩が同じものだと言うつもりはない。ただ決して正反対である必要はない。

＊(34) Juliet Mitchell, *Psycho-Analysis and Feminism* (New York: Vintage, 1975).

＊(35) Richard Gilman, "The Feminist Case Against Sigmund Freud," *New York Times Magazine*, January 31, 1971, p. 10.

＊(36) Jean Strouse, ed., *Women and Analysis: Dialogues on Psychoanalytic Views of Femininity* (New York: Grossman, 1974), p. 58.

＊(37) Charlotte Baum, Paula Hyman, and Sonya Michel, *The Jewish Woman in America* (New York: Dial, 1976).

＊(38) Pauline Bart, "Portnoy's Mother's Complaint: Depression in Middle-Aged Women," *Response: A Contemporary Jewish Review*, special issue on "The Jewish Woman," No. 18 (Summer

1973), pp. 129–41.

＊(39)「ユダヤの女たちが一族全員を集めておき、新世界への移住を楽にさせたことにみられる特色は、同化の過程が……悪魔を追いはらうときとまったく同じである。彼らのチキン・スープがアメリカでのほれ薬に変わっただけだ」(Charlotte Baum, Paula Hyman, and Sonya Michel, *The Jewish Woman in America* [New York : Dial Press, 1975], pp. 244–51).

＊(40) Mary Jane Sherfey, *The Nature and Evolution of Female Sexuality* (New York : Vintage, 1973) ; Niles Newton, "The Trebly Sensuous Woman," *Psychology Today*, issue on "The Female Experience," 1973 ; and Newton, "Interrelationships between sexual responsiveness, birth, and breast feeding," and Alice Rossi, "Maternalism, Sexuality, and the New Feminism," both in J. Zubin and J. Money, eds., *Contemporary Sexual Behavior* (Baltimore : Johns Hopkins University Press, 1973) 参照。

＊(41) Van Gelder and Carmichael, *op. cit.*

＊(42) Robert Reid, *Marie Curie* (New York : Dutton Saturday Review, 1974), p. 206.〔邦訳『キュリー夫人の素顔』共立出版、一九七五年〕

＊(43) Klein, *op. cit.*, p. 26.

＊(44) 息子のひとりテオドールは、妹と協力して、スタントンが書いたものを二巻に編集した。また彼自身の著書 *The Woman Question in Europe* もある。

＊(45) Theodore Stanton and Harriet Stanton Blatch, eds., *Elizabeth Cady Stanton as Revealed in Her Letters, Diary and Reminiscences* (New York : Arno, 1969), II : 38–42, 31, 130–31. この部分について示唆してくれたエリザベス・シャンクリンに感謝する。

＊(46) Sue Silvermarie, "The Motherbond," *Women : A Journal of Liberation*, Vol. 4. No. 1, pp. 26–27.

＊(47) Robin Morgan, "The Child," part IV of "The Network of the Imaginary Mother," in *Lady of the Beasts* (New York : Random House, 1976).

＊(48)〔一九八六年の追記――女装する男については、Judy Grahn, *Another Mother Tongue : Gay Words, Gay Worlds* (Boston : Beacon, 1984), pp. 95–96. ではるかに深く考察されている。「現代の女装したゲイの悩みは、彼が扮しているのが女神かあるいは

周囲の人々から軽蔑される女の姿かどちらかであることだ。女を馬鹿にしているとしか見られないこともあり、ときにはよりにもよってレズビアンの女たちから、そう思われる」〕

＊（49） Jane Lazarre, “On Being a Father in the Year of the Woman,” *Village Voice*, September 22, 1975.

＊（50） M. Esther Harding, *Woman's Mysteries* (New York : C. G. Jung Foundation, 1971), pp. 192–94.

＊（51） Mary Daly, *Beyond God The Father : Toward a Philosophy of Women's Liberation* (Boston : Beacon, 1973).

＊（52） Frantz Fanon, *The Wretched of the Earth* (New York : Grove, 1968), pp. 269–70.〔邦訳、前掲書〕

＊（53） Olive Schreiner, *Dreams* (Pacific Grove, Calif : Select Books, 1971), pp. 59–62 ; first published 1890.

9　母であること、娘であること

＊（1） “Mother and Child,” in *Like the Iris of an Eye*, by Susan Griffin (New York : Harper and Row, 1976). からの引用句。

＊（2） 繰りかえしになる危険を承知で、私はもう一度、社会的な報復、役割分担、「基準からはずれる」ことへの制裁などをふくむ異性愛という制度は、人間が自由に選び、生きていくべき経験とはちがうということを言いたい。

〔一九八六年の追記――私のエッセイ「強制的異性愛とレズビアン存在」をみてほしい。*Blood, Bread, and Poetry : Selected Prose* 1979–1985 (New York : Norton, 1986) 所収。邦訳、アドリエンヌ・リッチ『血、パン、詩。』晶文社、一九八九年、五三ページ。〕

＊（3） Alice Rossi, “Physiological and Social Rhythms : The Study of Human Cyclicity,” special lecture to the American Psychiatric Association, Detroit, Michigan, May 9, 1974 ; “Period Piece-Bloody but Unbowed,” Elizabeth Fenton, interview with Emily Culpeper, *The Real Paper*, June 12, 1974.

＊（4） Charles Strickland, "A Transcendentalist Father : The Child-Rearing Practices of Bronson Alcott," *History of Childhood Quarterly : The Journal of Psycho-History*, Vol. 1, No. 1（Summer 1973）, pp. 23, 32.

＊（5） Midge Mackenzie, ed., *Shoulder to Shoulder*（New York : Knopf, 1975）, p. 28.

＊（6） Margaret Mead, *Male and Female*（New York : Morrow, 1975）, p. 61.〔邦訳、前掲書〕

＊（7） David Meltzer, *Birth*（New York : Ballantine, 1973）, pp. 3, 5, 6–8.

＊（8） Lloyd deMause, "The Evolution of Childhood," in deMause, ed., *The History of Childhood*（New York : Harper and Row, 1974）, pp. 25–26, 120. 幼児殺しは一般に人口調整や優生学の見地からおこなわれ（双子、未熟児、奇形あるいはその他の異常な新生児は、性に関係なく処分された）、女は養育者として重視されていたのだから、幼女殺しも出産を制限する手段のひとつだったという反論がありうる。しかし暗黙のうちに女を低く見ていることを、女たちは決して見のがさなかった。

＊（9） Jane Lilienfeld, "Yes, the Lighthouse Looks Like That : Marriage Victorian Style," unpublished paper, presented at the Northeast Victorian Studies Association, Conference on the Victorian Family, April 18–20, 1975, Worcester, Mass.

＊（10） Virginia Woolf, *To the Lighthouse*（New York : Harcourt Brace, 1927）, pp. 58, 92, 126, 79, 294.〔邦訳『燈台へ』みすず書房、一九九九年ほか〕

＊（11） Cecil Woodham-Smith, *Florence Nightingale*（New York : Grosset and Dunlap, 1951）, p. 46.〔邦訳『フロレンス・ナイチンゲールの生涯』現代社、一九八一年〕

＊（12） Diaries and letters of Paula Modersohn-Becker, translated by Liselotte Erlager, unpublished manuscript, quoted by permission of the translator. Diane Radycki, ed., and trans., *The Letters and Journals of Paula Modersohn-Becker*（Metuchen, N. J., and London : The Scarecrow Press, 1980）参照。

＊（13） Thomas Johnson, ed., *The Letters of Emily*

Dickinson (Cambridge, Mass.：Harvard University Press, 1958), III：782.

＊(14)　出版にはシルヴィアの夫テッド・ヒューズの承諾が必要なので、まだ多くの削除や省略がある。

＊(15)　Sylvia Plath, *Letters Home*, ed. Aurelia Plath (New York：Harper and Row, 1975), pp. 32, 466.

〔一九八六年の追記――Alice Miller, "Sylvia Plath：An Example of Forbidden Suffering," in *For Your Own Good：Hidden Cruelty in Child-rearing and the Roots of Violence* (New York：Farrar, Straus & Giroux, 1983) 参照〕〔邦訳、前掲書〕

＊(16)　Virginia Woolf, *op. cit.*, p. 79.

＊(17)　Radclyffe Hall, *The Well of Loneliness* (New York：Pocket Books, 1974), p. 32；first published 1928.〔邦訳『さびしさの泉』新潮社、一九五二年〕

＊(18)　〔一九八六年の追記――この文章はレズビアンの娘の〝自己承認〟をあまりに重要視していて、彼女のホモフォビアについて母親の責任を否定しているところが安易に思える〕

＊(19)　Sue Silvermarie, "The Motherbond," *Women：A Journal of Liberation*, Vol. 4. No, 1. pp. 26–27.

＊(20)　Carroll Smith-Rosenberg, "The Female World of Love and Ritual：Relations between Women in Nineteenth-Century America," *Signs*, Vol. 1, No. 1, pp. 1–29.

＊(21)　Lillian Krueger, "Motherhood on the Wisconsin Frontier," *Wisconsin, A Magazine of History*, Vol. 29, No. 3, pp. 336–46.

＊(22)　私の母の世代のある女性が私に、彼女がある女性と親密な友情を深めていたところ、夫がその女性は絶対にレズビアンだと言って関係を断たせることに成功したと話した。百年前だったら彼女たちの友情は当然のことと思われ、夫も妻の女友だちが訪ねてきたら、昼といわず夜といわず、できるだけ長い時間二人の女性が一緒にいられるよう、夫婦のベッドをあけさえしただろう。

＊(23)　Lynn Sukenick, "Feeling and Reason in Doris Lessing's Fiction," *Contemporary Literature*, Vol. 14, No. 4, p. 519.

＊(24)　〔一九八六年の追記――説明はされていない

が、明らかに階級の一般化がすすんでいる例がここにある。十九、二十世紀の亡命した女や移民の多くの女たちにとっては、そのような役割からの撤退は命令もされず、可能でもなかった〕

*(25) Doris Lessing, *A Proper Marriage* (New York : New American Library, 1970), p. 111.

*(26) Kate Chopin, *The Awakening* (New York : Capricorn, 1964), p. 14 ; first published 1899.〔邦訳『目覚め』荒地出版社、一九九五年ほか〕

*(27) Cora Sandel, *Alberta Alone*, trans. Elizabeth Rokkan (London : Peter Owen, 1965), p. 51 ; first published 1939.

*(28) C. Kerenyi, *Eleusis* からとったもの。デメテルに捧げる全讃歌の英訳は、Thelma Sargent, *The Homeric Hymns* (New York : Norton, 1973), pp. 2-14. 参照。

*(29) C. Kerenyi, *Eleusis : Archetypal Image of Mother and Daughter* (New York : Pantheon, 1967), pp. 13-94.

*(30) *Ibid.*, pp. 127-28.

*(31) *Ibid.*, p. 130.

*(32) *Ibid.*, pp. 132-33.

*(33) Margaret Atwood, *Surfacing* (New York : Popular Library, 1972), pp. 213-14, 218-19, 222-23.〔邦訳『浮かびあがる』新水社、一九九三年〕

*(34) シモーヌ・ド・ボーヴォワールは彼女の母親について、こう言っている。「だいたいにおいて私は彼女に何も特別な感情はもっていなかった。でも夢のなかで（父はめったに出てこず、出てきても意味がなかった）彼女はよく、とても重要な役を果たした。彼女はサルトルとうまく気が合い、私たちはみな幸せだった。それからその夢が悪く変わっていく。どうして私はまた彼女と一緒に住んでいるのだろう？　なぜ私はまた彼女の力にとらわれてしまったのだろう？　つまり私が愛し、憎んでいた服従という昔の関係は、その二面性をもったまま私のなかに住みついていたのだ」（*A Very Easy Death* [New York : Warner Paperback, 1973], pp. 119-20.

*(35) Jean Mundy, Ph. D., "Rape——For Women Only," unpublished paper presented to the American Psychological Association, September 1, 1974, New Orleans, La.

＊(36)　Clara Thompson, "'Penis Envy' in Women," in Jean Baker Miller, ed., *Psychoanalysis and Women* (Baltimore : Penguin, 1973), p. 54.

＊(37)　Robert Seidenberg, "Is Anatomy Destiny ?" in Miller, *op. cit.*, pp. 310-11.

＊(38)　ナンシー・チョドロウは、インドのクシャトリヤとブラーミンの階級での例をあげている。そこでは息子のほうが好ましいにもかかわらず、母親たちは娘に特別の愛情を示す。「どちらの階級の人たちも、これは将来婚約して、生まれついた家を去って慣れない、通常は抑圧された結婚後の生活にはいらなければならない娘たちへの同情からだと言う」と彼女は解説する。("Family Structure and Feminine Personality" in M. Z. Rosaldo and L. Lamphère, eds., *Woman, Culture and Society* [Stanford, Calif. : Stanford University Press, 1974], p. 47)　しかしこの種の女の絆は、拒絶や無関心よりはるかに好ましいが、娘が将来、犠牲になることを認めたうえでのことだ。母親側に、娘の人生がまきこまれていく悪循環を変えようという試みはない。

＊(39)　Tillie Olsen, *Tell Me A Riddle* (New York : Delta Books, 1961), pp. 1-12.

＊(40)　ある女性が最近、私のアンケートに、彼女の友人の娘が建築学校で女として受けたハラスメントのために、もう少しで退学するところだった、と書いた。退学せず、性差別にたいして政治的に闘い、自分の望む資格を得るよう彼女にすすめたのは、母親だった。

＊(41)　Evelyn Reed, *Woman's Evolution : From Matriarchal Clan to Patriarchal Family* (New York : Pathfinder, 1975), pp. 12-14.

＊(42)　母親になることが女の社会的弱さを増すことにならないとしたら、もっとたくさんの「子供のない」女たちが自分の子供をもつことを選ぶだろう。独身の女が養子をとったり、結婚していない母親たちが自分の子供を養っている実例が少ないのはその現状を示すものだ。

＊(43)　彼女は後にイタリアで、自分より十歳若い男の子供を産み、彼女と子供とその子供の父親とでアメリカへもどる途中、船が難破して死んだ。

＊(44)　たとえばシモーヌ・ド・ボーヴォワールの『第二の性』について書いた、アルバート・メンミの批評を参照すること。メンミは、ボーヴォワールは子

供を産むという「女の権利」を実行しなかったので、信頼に値しないと述べている。（*Dominated Man* [Boston : Beacon, 1968], pp. 150–51).

＊(45) Adrienne Rich, "Jane Eyre : The Temptations of a Motherless Woman," in *On Lies, Secrets, and Silence : Selected Prose 1966–1978* (New York : Norton, 1980).（邦訳『嘘、秘密、沈黙。』晶文社、一九八九年、六章「ジェイン・エア――母のない女が出会う誘惑」）

＊(46) メアリ・デイリーは私に「生物学的でない母親」は、本当は「精神的姉妹」（彼女のそうでない部分よりも、彼女がそうである部分を認める言葉）だと示唆した。

＊(47) Lillian Smith, *Killers of the Dream* (New York : Norton, 1961), pp. 28–29.

＊(48)〔一九八六年の追記――ここに書いたことは私的にすぎて、いまにして思えば、白人の子供の世話をする黒人の家内労働者の実態が具体的に描かれていない。白人の子供がどんなに愛され、世話をされようと、黒人の女が極度の束縛のもとにあったことに変わりはない。トルディア・ハリスが要約しているように、「時間、賃金、仕事の支配権はいつも白人の女の手にあった」。黒人の女の家内労働者は労働市場に数としてあがることもなく、白人の家庭では目につかないようにふるまうことが要求されていて、人間としてではなく役割として存在した。「彼女はたくみにふるまわなければならない……いくらかでも尊厳を保つために、人格を奪われることに抵抗するために。……女主人はメイドが良い乳母になることを期待する、生まれつきそうなのだと信じて」（Trudier Harris, *From Mammies to Militants : Domestics in Black American Literature* [Philadelphia : Temple University Press, 1982], pp. 10, 13, 20. また Alice Childress, *Like One of the Family......Conversations from a Domestic's Life* [New York : Independence, 1956] も参照のこと）〕

10 暴力――闇をかかえる母性

＊(1) この牧師は新聞記者とのインタビューにまずこう言った。「私はキリストに仕える者です」。そして

インタビューはこう終わった。「私の妻と私は凶暴な犬を尊敬するように彼女を尊敬しました」

＊(2) ここにあげた話は実際にあったことだ。引用はすべて新聞記事にもとづく。プライバシーを守るために実名と地名は仮のものにかえてある。

＊(3) George H. Williams, "The Sacred Condominium," in John T. Noonan, Jr., ed., *The Morality of Abortion* (Cambridge, Mass.: Harvard University Press, 1970), p. 150.

＊(4) Oscar H. Werner, *The Unmarried Mother in German Literature* (New York : Columbia University Press, 1917), p. 21.

＊(5) *Ibid.*, pp. 24-25.

＊(6) *Ibid.*, p. 1.

ところでレイプが婚外の妊娠の原因として挙げられることはほとんどない。そういう場合に使われる言葉は「誘惑」で、父親となるべき男が結婚を約束しながら、母親を捨てることを意味する。しかしスーザン・ブラウンミラーが記録として書いているように、レイプは戦争につきものとされてきた。歴史的に戦場の外ではレイプがおこなわれていた。ブラウンミラーが指摘するように、「〝汝、姦淫するなかれ〟は十戒からはっきりと抜けていた」(*Against Our Will* [New York : Simon and Schuster, 1975], pp. 19, 30-113)〔邦訳、前掲書〕フレデリック大王ですら「結婚していない兵士」が十八世紀プロシャの幼児殺しに責任があった率が高いと認めた。ただレイプは鬱積した欲望のために起きると暗示していた。男のこの論理は今日ではしだいに絶えつつある。(Oscar Werner, *The Unmarried Mother in German Literature* [New York : Columbia University Press, 1917], pp. 36-37. 参照) ウェルナーはこうも記述している。中世では「公文書を見ても、誘惑者についてふれているものはめったにない。見つかれば厳罰を下された。めったに罰を受けていない理由は、裁判所はつねに女の非難よりも男の拒否を採用したという事実にある。未婚の父親にたいしてではなく未婚の母親にたいして罰がくだされた」。もちろんこれは女に性的な罪があるという仮定のほうが深いことを説明するものである。

＊(7) *Ibid.*, pp. 26-27, 96.

＊(8) *Ibid.*, pp. 1-4.

＊(9) 「母親の飢えが原因で賃金労働者の子供たち

が犠牲となった。母親は自分の食べる物を子供たちに与え、そのため乳もでなくなり、出産前の仕事にもどれないほど弱っていった」。そのような状態では赤ん坊も意識的に犠牲にされた。（Alice Clark, *The Working Life of Women in the Seventeenth Century* [London : Routledge & Sons, 1919], p. 87）.

＊（10） Ben Barker-Benfield, "Anne Hutchinson and the Puritan Attitude Towards Women," *Feminist Studies*, Vol. 1, No. 2（Fall 1972）.

＊（11） Edward Moor, ed., *Hindu Infanticide. An Account of the Measures Adopted for Suppressing the Practise of the Systematic Murder by Their Parents of Female Infants*（London : 1811）.

＊（12） *Ibid.*

＊（13） Lawrence Lader, *Abortion*（Boston : Beacon, 1967）, pp. 76–79.

＊（14） Elizabeth Cady Stanton, letter to *Woman's Journal, quoted in Alma Lutz, Created Equal*（New York : John Day, 1940）, p. 234. つぎの節もふくめてElizabeth Shanklin's unpublished paper, "Our Revolutionary Mother : Elizabeth Cady Stanton"（Women's Studies Program, Sarah Lawrence College）による。

＊（15） Lutz, *op. cit.*, pp. 162–63 ; Elizabeth Cady Stanton, Susan B. Anthony, and Matilda J. Gage, eds., *History of Woman Suffrage*（New York : Source Book Press, 1970）, I : 597–98.

＊（16） "Infanticide in Japan : Sign of the Times?" *New York Times*, December 8, 1973.

＊（17） May E. Fromm, M. D., "Psychoanalytic Considerations on Abortion," in Harold Rosen, ed., *Abortion in America*（Boston : Beacon, 1967）, p. 210.

＊（18） Henry J. Myers, M. D., "The Problem of Sterilization," in Rosen, *op. cit.*, p. 93.

＊（19） Milton H. Erickson, M. D., "The Psychological Significance of Vasectomy," in Rosen, *op. cit.*, pp. 57–58.

＊（20） こういう感覚を、小さな子供たちがすぐに散らかすとわかっていながら必死になって家を掃除することで表現する女もいる。逆にどんな秩序も絶望につながって感じられるため、家じゅうをめちゃめちゃに

してしまう女もいる。

＊(21)　Jane Brody, "Birth Control Devices : What Studies Show About Side Effects," *New York Times*, March 4, 1975 ; Harold Schmeck, "F. D. A. Warns Birth Pill Raises Heart Attack Risk," *New York Times*, August 27, 1975.

〔一九八六年の追記――アメリカで販売されているものには、いまは水銀化合物はふくまれていない。The Boston Women's Health Book Collective, "*The New Our Budies, Ourselves*〔New York : Simon and Schuster, 1984〕, p. 233. 参照〕〔邦訳『からだ・私たち自身』松香堂書店、一九八八年〕

＊(22)　Noonan, *op. cit.*, p. 4.

＊(23)　*Ibid.*, p. 16.

＊(24)　*Ibid.*, pp. 29–30.

＊(25)　Lader, *op. cit.*, pp. 76–79.

＊(26)　*Ibid.*, p. 17.

＊(27)　例えば、Garrett Hardin. *Mandatory Motherhood : The True Meaning of the Right to Life* (Boston : Beacon, 1974) ; Frances-Myrna Kamm, "Abortion ; A Philosophical Analysis," *Feminist Studies*, Vol. 1, No. 2 (Fall 1972) ; Judith Jarvis Thomson, "A Defense of Abortion,"〔邦訳『妊娠中絶の生命倫理』所収「妊娠中絶の擁護」勁草書房、二〇一一年〕in M. Cohen, T. Nagel, and T. Scanlon, eds., *The Rights and Wrongs of Abortion* (Princeton, N. J.: Princeton University Press, 1974), pp. 3–23 を参照するとよい。

＊(28)　Mary Daly, *Beyond God the Father : Toward a Philosophy of Women's Liberation* (Boston : Beacon, 1973), p. 112.

〔一九八六年の追記――ベヴァリー・ウィルドゥング・ハリソンは、数年前にクリスチャン・フェミニストの立場からこう書いている。「アメリカで中絶を必要とする数を本気で減らそうと思うなら、女の性欲について恐れたり疑ったりする毒気のようなものを払い、女の人生を具体的に分析することによって、女がたびたび中絶しなければならなくなる状況に立ち向かわなければならない。中絶をすっかりなくせるとか、なくすべきだと私が考えていないことははっきりさせておきたい。妊娠初期に安全な中絶手術を自ら選んでできるとして、それすらも憎悪するのは実際に生きている女たちの生命よりも潜在的な人の生命を評価する人間だけだ。もし中絶の数を減らそうと真面目に考えるのなら、女の生きていく状況や女の社会的現実を偏見なく十分に、真剣に、受けとめなければならない」〕(Beverly Wildung Harrison, *Our Right to Choose : Toward a New Ethic of Abortion* [Boston : Beacon, 1983], pp. 245-46)

＊(29) Susan Griffin, "Post-Abortion Interviews," *Scanlan's Monthly*, Vol. 1, No. 5 (July 1970).

＊(30) 〔一九八六年の追記——女性による最近の文学に非合法の中絶についてふれているものを探すなら、つぎを参照するとよい。Audre Lorde, *Zami : A New Spelling of My Name* (Trumansburg, N. Y.: Crossing Press, 1982) ; and Marge Piercy, *Braided Lives* (New York : Summit, 1982).〕〔邦訳『私の謎』所収「ザミ 私の名の新しい綴り」岩波書店、一九九七年〕

＊(31) Harold Rosen, M. D., "The Hysterectomized Patient and the Abortion Problem," in Rosen, *op. cit.*, p. 54 ; Joann Rogers, "Rush to Surgery," *New York Times Magazine*, September 21, 1975.
〔一九八六年の追記——ヘレン・ロドリゲス・トリアス医学博士、コニー・ウリ医学博士ほかフェミニストで医療にたずさわる人々が不妊手術の悪用をあばき、それに抗議する組織をつくった。とくにそれが有色人種や貧しい女たち、たとえば保留地の先住民とかプエルトリコ人、メキシコ系アメリカ人、南部の貧しい黒人などを対象としているためだ。一九七九年に不妊手術にかんする規定が法律となったが、それでもまだひろくおこなわれている。Rodriguez-Trias, "Sterilization Abuse," in Rita Arditti, Pat Brennan, and Steve Cavrak, eds., *Science and Liberation* (Boston : South End Press, 1980) 参照。また The Boston Women's Health Book Collective, "The New" *Our Bodies, Ourselves* (New York : Simon and Schuster, 1984), pp. 256-57. も参照〕〔邦訳、前掲書〕

＊(32) Flanders Dunbar, M. D., "A Psychosomatic Approach to Abortion and the Abortion Habit," in Rosen, *op. cit.*, p. 27 ; Lader, *op. cit.*, pp. 22-23.

＊(33) ボストンの女たちのグループのひとつCOPEは、もとは妊娠中の女や出産後に憂鬱症にかかった女たちを支えるグループとして出発したが、女たちの気持ちを抑えるよりも整理させるために、妊娠中絶後について考えるグループを二つつくった。「もっとも

大切なことは……中絶をして気持ちが動転している女が自分は狂っているとか、〝病気〟だとか考えてはならないことです。不愉快な経験をくぐりぬけたのだから、支えてもらう権利があるのです。(Karen Lindsay, "COPE-ing with ghe Aftermath of Abortion," *Boston Phoenix*, January 14, 1975).

＊(34) 「夫婦生活の義務を果たす」よう女が強制されることについては、レイプの歴史にそれだけの一章を設けてもいいくらいだ。第二章で引用した労働者の妻たちにみられるように、夫たちは妻のからだを利用するために乱暴をふるうなど、さまざまな圧力を加えてきた。そういう妻のひとりが書いている。「男たちが生殖機能の正しい使い方についてたくさんのことを学ぶまで、女のからだは女自身のものだということを理解するまで、結婚がもっと高い道徳観と本当の正義に支えられた関係になるまで、どんなに国が手をさしのべても女たちの苦しみは癒されません。そしてそういうことは社会の低い層にだけ見られるのではなく、まったく同じように高い層にもあるのです……父親の無知と干渉のために母親と子供はあまりに多くの傷を負い、苦しんでいます」(*Maternity : Letters from Working Women* [London : 1915], pp. 27-28).

＊(35) 〔一九八六年の追記——一九八四年十月七日、ニューヨーク・タイムズに、九十七人の代表的なカトリックの学者、宗教活動家、社会運動家たちが「多元論と妊娠中絶にかんするカトリック宣言」を発表した。そこで指摘されたのは、妊娠中絶を「いかなる場合にも道徳的にまちがっている」ものとして弾劾するカトリックの意識は、カトリック唯一の法的姿勢ではないこと、カトリックのなかにも「率直に敬意をもって討議」する信念があるということだった。そして「信仰や良心の自由を法的に束縛し、貧しい女たちを差別する立法」に反対した。そこに署名した人々の多くは、仕事を解雇されたりいやがらせをされるという報復を受けた。一九八六年三月二日のニューヨーク・タイムズには、自由に発言する権利を犯されたとしてこれらの報復に抗議する「団結宣言」と、数百人のカトリック信者の署名が掲載された〕

＊(36) 私が強い影響を受けた、同時期に公開された二本の映画のことをよく書くのだが、それはマルセル・オファルの「悲しみと憐れみ」とフランシス・フォード・コッポラの「ゴッドファーザー」である。片

方は第二次世界大戦中のナチズムへのフランスの協力と抵抗についてのドキュメンタリーで、もう一方はマフィアの家族を主人公とするベストセラー小説の映画化だが、どちらの映画でも、男たちは戦争を牛耳り、女たちは、まるで象徴のように、ドアのところで耳をすませ、黙って酒をつぎ食事の支度をして、不安と警戒心をみなぎらせながら男たちの顔を見つめている。そして人生に反逆してどんな罪を犯したとしても、最後に男や子供を腕に抱きしめるのは女たちである。

＊(37) Lader, *op. cit.*, pp. 121–22.

＊(38) Carl Djerassi, "Some Observations on Current Fertility Control in China," *China Quarterly*, No. 57 (January-March 1974), pp. 40 ff.

〔一九八六年の追記——（中国で）一九八〇年には、国家家族計画の「一夫婦一子」には、「優先的に住居、仕事、保育施設への加入が認められ、子供の教育と医療は無料」という利点があった。一九八二年には二人目の子供をもった家族には収入税にさらに科料が課された。家でも病院でも出産前後のケアは、いずれにしてもすべて無料である。（Robin Morgan, ed., *Sisterhood Is Global* [New York : Anchor Books/Doubleday, 1984], pp. 144–45.）Gwen Iver, "China's Population Policy," *off our backs*, Vol. 15, No. 3 [March 1985], p. 15.）も参照〕

＊(39) Rev. George W. Clarke, *Race Suicide——England's Peril*, pamphlet published by the Duty and Discipline Movement (London : 1917).

〔一九八六年の追記——最近、二人のアメリカのフェミニストが、国際婦人年のための東ベルリン世界大会の報告をしている。この男主導の集会で出されたどのレポートも、どの実情報告も、女の主要な価値は「将来の世代をつくる者」として「産み育てる母親としての二重の社会機能」にあるという考え方を示すものだったという。「大会を通じて、女はまず人間であり人間としてのみ権利をもつに値するという指摘はまったくなかった」(Laura McKinley, Diana Russell *et al.*, "The 'Old Left' Divided in Berlin over the 'Woman Question,'" *Majority Report*, March 6–20, 1976, pp. 10–12.

＊(40) Deborah S. Rosenfelt, ed., "Learning to Speak : Student Work," *Female Studies X* (Old Westbury, N. Y.: Feminist Press, 1975), p. 54.

*（41） Tillie Olsen, *Yonnondio : From the Thirties* (Boston : Delacorte, 1974), p. 9.

*（42） Alta, *Momma : A Start on All the Untold Stories* (New York : Times Change Press, 1974), pp. 72-73.

おわりに

*（1）〔一九八六年の追記――MOMMAはいまはもうない。かわりにニューヨークにSingle Parents' Clearing House, 1165 Broadway, New York, NY 10001がある〕

*（2）〔一九八六年の追記――現在、入手できる何より徹底的で最新の資料は、The Boston Women's Health Book Collective's *"The New" Our Bodies, Ourselves* (New York : Simon and Schuster, 1984)〔邦訳、前掲書〕。文献、団体一覧、出産にかんするあらゆる情報など、比較になるものがないほど、豊富な内容である〕

*（3） むしろ女たちが遺伝、クローニング、子宮外出産などについて、現在の研究段階をよく知ることのほうが大切だ。二方面からのアプローチが必要。まずもっと多くの女が医学の道に進み、一方、普通の女たちも保健や出産について勉強する。さまざまな機関のなかに女の科学者がふえ、一方で一般の女たちもそういう所でおこなわれている種々の決定や研究、調査を知識として受け入れ、互いに情報としてひろく伝える。〔一九八六年の追記――Ruth Hubbard with Wendy Sanford, "New Reproductive Technologies," in *"The New" Our Bodies, Ourselves*, pp. 317-24.〕〔邦訳、前掲書〕

*（4） "The Hidden Women," *in Women political Prisoners in the USSR*. Ukrainian National Women's League of America, New York, 1975, pp. 3-4.

*（5） メアリ・ウルストンクラフトですら、彼女の周辺の大多数の女たちがあまりに「受け身で、従順で」肉体的にも弱いのを見て心を痛め、「自分の性に与えられた範囲から極端な方向に飛びだした、ごく少数の異常な女たちは、まちがって女の枠に閉じこめられていた男だったのではないかと考えさせられて」しまったと述べている。（*A Vindication of the Rights*

of Woman, 1792 [New York : Norton, 1967], p. 70). 〔邦訳『女性の権利の擁護』未來社、一九八〇年〕この文はバーバラ・ゲルピに教えられた。

新版に寄せて

*(1) Audre Lorde, "There Are No Honest Poems about Dead Women," in *Our Dead Behind Us* (New York : Norton, 1986).

*(2) たとえば、Nancy Stoller Shaw, *Forced Labor* (New York : Pergamon, 1974) ; Barbara Ehrenreich and Deirdre English, *For Her Own Good : 150 Years of the Experts' Advice to Women* (New York : Anchor Books, 1979) ; Michelle Harrison, *Woman in Residence* (New York : Penguin, 1983) 参照のこと。

(3) 女たちのヘルス・ケアにかんする運動の歴史を詳細に記し、現在ある団体のリストをふくむものとして、"The New" Our Bodies, Ourselves* by the Boston Women's Health Book Collective (New York : Simon and Schuster, 1984)〔邦訳、前掲書〕, Jo Freeman, *The Politics of Women's Liberation* (New York : David McKay, 1975), p. 158.〔邦訳『女性解放の政治学』未來社、一九七八年〕を参照のこと。

*(4)「クリスチャン・ホームステディング・スクールには家庭出産の授業が二つある……出産はたいてい家庭ででき、両親は安全な家庭出産について必要なことをすべて学べると私たちは信じているし、経験からそう知っている……クリスチャン・ホームステディング・スクールにいるときに禁じられているのは……アルコール類、神の冒瀆、婚外性交、麻薬、それにトランジスター・ラジオとかレコーダー、カメラといった物の使用。また男は長ズボンを、女は踝まである服を身につけなくてはならない」(Janet Isaacs Ashford, ed., *The Whole Birth Catalogue : A Sourcebook for Choices in Childbirth* [Trumansburg, N. Y.: Crossing Press, 1983], p. 119).

*(5) Katherine Olsen, *In-Hospital Birth Centers in Perspective* (B. A. thesis, Board of Studies in Anthropology, University of California, Santa Cruz, 1981) 参照のこと。 一九八六年四月にカリフォルニアの立法府は、しろうとの助産婦を保健にたずさわ

らせるための免許制をしく法案を委員会で再審理することになっている。統計によれば助産婦につきそわれて家庭で出産するほうが難産や出産のために死亡する率がはるかに低いにもかかわらず、産婆の手で出産する運動は、医学界の激しい反対にあっている。しろうとの助産婦は現在、三十六の州で合法かあるいは規定がない。（ジャネット・アイザーク・アシュフォード「カリフォルニアはしろうとの助産婦を合法化するべきである」一九八六年三月三十一日付サンノゼ・マーキュリー紙）

＊（6） 一九八四年九月九日、ニューヨーク・タイムズ紙は「役割のモデルとしての働く母親」という記事を日曜版に掲載した。この場合の「働く母親」はブリーフケースをもつ若いプロフェッショナルな女だ。みな白人である。記事は子供を育てながら働く覚悟を紹介するものだったが、子供たちへの「精神的影響」があるのではないかという、お定まりの問題を出して苦言を呈していた。

＊（7） 一九八六年二月十六日付ニューヨーク・タイムズ紙、ジェームズ・レストン「われわれは本当に気にかけているのか？」参照のこと。

＊（8） Laura Boytz, "Incarcerated Mothers Kept from Children," *Plexus : West Coast Women's Press,* Vol. 11. No. 9 (December 1984), p. 1.

＊（9） Kristin Luker, *Abortion and the Politics of Motherhood* (Berkeley, Calif.: University of California Press, 1984), p. 173 参照のこと。ルカはつぎのように述べている。「このことは妊娠中絶合法化反対をとなえる人々が学校の無料給食や保育所、妊娠中の母親にたいする栄養の補給、児童虐待を訴える計画などに反対することがしばしばある事実を説明するものだ……必ずしもそういう計画の内容に反対だからではなく、国が家庭という不可侵の領域にふみこむ考え方に抵抗するためである」〝妊娠中絶合法化反対〟の運動は、また、産児制限を「堕胎させること」以外のなにものでもないとみなしている。もっと早い段階での〝リズム・システム〟を入念につくりあげた「自然家族計画」や禁欲だけを産児制限として認めている。

＊（10） *Ibid*., p. 5.

＊（11） *Our Right to Choose : Toward a New Ethic of Abortion* (Boston : Beacon, 1983) のなかでベヴァリー・ウィルドゥング・ハリスンは、「女を低く評

価すること」は「許されない精神的遺産で、正さなくてはならないもの」と言っている。「出産の選択が歴史的に望ましい可能性であり、すべての女の幸福に本質的につながっているものだということが理解されないかぎり、中絶にかんする議論はすべて発端からまちがっている。それなのに中絶の精神的評価をするときに、女が出産の選択をするべきかどうかという問題が何よりも無視されている」

＊(**12**) 能力的に普通とはちがう女たちの中絶にどういう姿勢をもつべきか、その議論についてはMichelle Fine and Adrienne Asch, *CARASA News*, Committee for Abortion Rights and against Sterilization Abuse (New York : June-Jury, 1984) 参照のこと。また "*The New*" *Our Bodies, Ourselves* "Abortion, Amniocentesis and Disability", p. 303〔邦訳、前掲書〕も参照。

＊(**13**) Karl Marx, *Capital* (Chicago : Charles H. Kerr & Co., 1906), I, pp. 255–330.〔邦訳『資本論』岩波文庫、一九六九年ほか〕

＊(**14**) Orlando Patterson, *Slavery and Social Death : A Comparative Study* (Cambridge : Harvard University Press, 1982), p. 133〔邦訳『世界奴隷制の歴史』明石書店、二〇〇一年〕; Angela Davis, *Women, Race and Class* (New York : Random House, 1981), p. 205 ; Michael Craton with Garry Greenland. *Searching for the Invisible Man : Slaves and Plantation Life in Jamaica* (Cambridge : Harvard University Press, 1982), p. 96 参照。また Linda Gordon, "The Folklore of Birth Control", in *Woman's Body, Woman's Right : A Social History of Birth Control in America* (New York : Grossman-Viking, 1976), pp. 26–46〔邦訳、前掲書〕も参照のこと。

＊(**15**) Davis, pp. 204–5.

＊(**16**) *Ibid*., pp. 202–21. また *Sterilization : Some Questions and Answers* (1982 ; Committee for Abortion Rights and against Sterilization Abuse, 17 Murray Street, Fifth Floor, New York, NY 10007) : Helen Rodriguez's comments on sterilization propaganda in Helen B. Holmes, Betty B. Hoskins, Michael Gross, eds., *Birth Control and Controlling Birth : Woman-centered Perspecives* (Clifton, N. J.: Humana Press, 1980), pp. 127–28 ; Adrienne Rich, *On*

Lies, Secrets, and Silence : Selected Prose 1966–1978（New York : Norton, 1979）; pp. 266–67〔邦訳、前掲書〕, Committee for Abortion Rights and against Sterilization Abuse, *Women under Attack : Abortion, Sterilization Abuse, and Reproductive Freedom*（New York : CARASA, 1979）も参照。

*（17）　*Sterilization : Some Questions and Answers*, p. 9.

*（18）　Thomas M. Shapiro, *Population Control Politics : Women, Sterilization, and Reproductive Choice*（Philadelphia : Temple University Press, 1985）, pp. 91–93.

*（19）　*Ibid*., p. 115.

*（20）　*Ibid*., pp. 137–42.

*（21）　Robert H. Blank, "Human Sterilization : Emerging Technologies and Re-emerging Social Issues," *Science, Technology and Human Values*, Vol. 9. No. 3（Summer 1984）, pp. 8–20. 参照。

*（22）　Shapiro, p. 139.

*（23）　一九八三年に書いたエッセイ「ナチス・ドイツにおける人種差別と性差別——母性、強制的不妊、国家」でギゼラ・ボックは、この問題がナチスの時代にどう現れたか追究している（また彼女のエッセイによれば、この問題はいままたドイツで浮上してきているという）。「とくにナチス的特徴のあるところで性差別と人種差別がある場合、女はすべてその両方にとりいれられ、二つの差別からそれぞれちがった経験を強いられる。女は、性差別的人種差別、あるいは人種差別的性差別（全体的なニュアンスにすぎないが）という両刃の剣をつきつけられ、二重に差別されて生きなければならない……女の出産する権利——またセクシュアリティー、子供、必要なお金を求める権利——にかんしてナチスの経験が教えたのは、闘いの目的は、女が子供をもつかもたないかを決めることができるように、権利と経済的手段との両方を獲得するものでなくてはならない、ということだ……シングル・マザーへの援助を断ったり、不妊手術をおこなったり、自由な中絶を非難することは、女たちを分裂させる攻撃の側面である。アメリカや第三世界における現在の人口政策、家族政策は、国家社会主義のもとにおけるドイツの経験ととくに似通っている」（Renate Bridenthal, Atina Grossman, Marion Kaplan, eds., *When Biology*

Became Destiny : Women in Weimar and Nazi Germany [New York : Monthly Review Press New Feminist Library, 1984], pp. 271–96)〔邦訳『生物学が運命を決めたとき』社会評論社、一九九二年〕.

＊(24) Shapiro, pp. 98–103.

＊(25) *Ibid.*, p. 189.

＊(26) Zillah Eisenstein, ed., *Capitalist Patriarchy and the Case for Socialist Feminism* (New York : Monthly Review Press, 1979). Gloria I. Joseph, "The Incompatible Ménage à Trois : Marxism, Feminism, and Racism," in Lydia Sargent, ed., *Women and Revolution* (Boston : South End Press, 1981)〔邦訳『マルクス主義とフェミニズムの不幸な結婚』勁草書房、一九九一年〕も参照。

＊(27) Alice Childress, *Florence*, in *Masses & Mainstream*, Vol. III (October 1950), pp. 34–47 ; Toni Morrison, *The Bluest Eye* (New York : Pocket Books, 1972, 1976)（邦訳『青い眼がほしい』朝日新聞社、一九八一年ほか）; Toni Cade Bambara, *The Sea Birds Are Still Alive* (New York : Random House, 1977) ; Paule Marshall, *Brown Girl, Brown Stones* (New York : Feminist Press, 1981) ; Toni Morrison, *Sula* (New York : Bantam, 1974)（邦訳『鳥を連れてきた女』早川書房、一九七九年）; Audre Lorde, *Zami : A New Spelling of My Name* (Trumansburg, N. Y.: Crossing Press, 1982)〔邦訳、前掲書〕. トニ・モリスンの小説に描かれた母親と娘を明確に分析したものとして Renita Weems, "'Artists without Art Form': A Look at One Black Woman's World of Unrevered Black Women," in Barbara Smith, ed., *Home Girls : A Black Feminist Anthology* (New York : Kitchen Table/Women of Color Press, 1983) を参照のこと。

＊(28) Joyce Ladner, *Labeling Black Children : Some Mental Health Implications*, V (Washington, D. C.: Institute for Urban Affairs and Research, Howard University, 1979), p. 3 ; quoted in Gloria I. Joseph, "Black Mothers and Daughters : Traditional and New Populations," *SAGE : A Scholarly Journal on Black Women*, Vol. 1, No. 2 (Fall 1984), p. 17.

＊(29) Gloria I. Joseph and Jill Lewis, *Common Differences : Conflicts in Black and White Feminist Perspectives* (New York : Anchor Books, 1981), pp.

75-186. ジョセフの作品はとくに「母の日」といった文化的な制度や様式の分析が豊富で、男や結婚について母親がどういう伝え方をしているか、その姿勢のとらえ方も興味深い。

＊（30） *Ibid*., p. 76. 一九八四年にSAGEに掲載した記事のなかで、ジョセフはレズビアンの母性とティーンエイジャーの母性を調査している。レズビアンの母親とその子供たちを受け入れる黒人のコミュニティを訪れたもの。子供をもつ以外にもさまざまな望みをいだく貧しく若い黒人の女が拒否される人種差別、貧困、性差別を分析している。

＊（31） Bea Medicine, "Ina 1979," in Beth Brant, ed., *A Gathering of Spirit : Writing and Art by North American Indian Women*（Montpelier, Vt.: Sinister Wisdom Books, 1984）, pp. 109–110.

＊（32） Alma Gomez, Cherríe Moraga, Mariana Romo-Camma, eds., *Cuentos : Stories by Latinas*（New York : Kitchen Table/Women of Color Press. 1983）, p. vii.

＊（33） Cherríe Moraga, "La Güera," in Gloria Anzaldua and Cherríe Moraga, eds., *This Bridge Called My Back : Writings by Radical Women of Color*（New York : Kitchen Table/Women of Color Press, 1981）, pp. 27–35.

＊（34） Nellie Wong, "On the Crevices of Anger," *Conditions*, Vol. 1, No. 3（Spring 1978）, pp. 52–57. "*Yow meng ah!*"（have mercy!）.

＊（35） Merle Woo, "Letter to Ma," in *This Bridge Called My Back*, *op. cit*., pp. 140–47 ; Joy Kogawa, *Obasan*（Boston : Godine, 1981, 1984）〔邦訳『失われた祖国』二見書房、一九八三年〕.

＊（36） Victoria Seggerman, "Navaho Women and the Resistance to Relocation," *off our backs*（March 1986）, pp. 8–10. Kate Shanley's "Thoughts on Indian Feminism," Beth Brant's "A Long Story," Lynn Randall's "Grandma's Story," in *A Gathering of Spirit*, *op. cit*., pp. 213–16, 100–7, 57–60 をそれぞれ参照。この原稿が印刷にかかっているあいだに、Paula Gunn Allen's *The Sacred Hoop : Recovering the Feminine in American Indian Traditions* が出版された（Boston : Beacon, 1986）。アレンはインディアンの母性や母親であることにたいする態度を深く研究して

いる。白人やキリスト教の影響を受けたものと非常にちがっているため、白人の見方で伝えられるとまったく曲がってしまうのがほとんど避けられなかったものだ。あるいは白人の考える女権制として非常に浅く見てしまうことになる。とくにつぎのエッセイを参照してほしい。「太陽の祖母」「女たちが包みを投げおろすとき」「わたしの生まれはこういう所」「あなたの母親は？　ホワイト・フェミニズムの赤いルーツ」

＊(37)　しかしサンドラ・ポラックは、主流を成している考え方ではレズビアンの母親はまだ「理論的に不可能な範疇にあって、一九七〇年代の初めに女たちの運動で活躍していた、レズビアンであることをオープンにしていた女たちも〝隔離された母親〟であることが多かった」と書いている。一九七六年には成人した女の一〇パーセントから二〇パーセントがレズビアンで、そのうち一三パーセントから二〇パーセントが母親だと推定されていた。(Sandra B. Pollack, "Lesbian Mothers : An Overview and Analysis of the Research, a Lesbian Feminist Perspective," to appear in a book on lesbian parenting, coedited by Sandra B. Pollack and Jeane Vaughan and published in 1987 by Firebrand Books, Ithaca, N. Y.). ポラックが引用している統計は Nan Hunter and Nancy Polikoff, "Custody Rights of Lesbian Mothers : Legal Theory and Litigation Strategy," *Buffalo Law Review*, Vol. 25, No. 691 (1976), p. 691 からとったもの。

＊(38)　Pollack, *op. cit.*

＊(39)　たとえばサンノゼ・マーキュリー・ニューズの一九八六年六月十日付「さかんな保育ビジネス」参照。

＊(40)　Jean Swallow, "Not So Far from Here to There," unpublished essay, 1986. Recent works on incest include Louise Armstrong, *Kiss Daddy Goodnight : A Speak-out on Incest* (New York : Pocket Books, 1979) ; Sandra Butler, *Conspiracy of Silence : The Trauma of Incest* (San Francisco : New Glide Publications, 1978) ; Judith Herman and Lisa Hirschman, *Father-Daughter Incest* (Cambridge : Harvard University Press, 1981)〔邦訳『父-娘 近親姦』誠信書房、二〇〇〇年〕; Toni McNaron and Yarrow Morgan, eds., *Voices in the Night : Women Speaking about Incest* (Minneapolis : Cleis Press,

1982)〔邦訳『記憶の底から』青弓社、一九九五年〕；Florence Rush's pioneering book *The Best-kept Secret* (New York : McGraw-Hill, 1980) 参照。また Wini Breines and Linda Gordon, "The New Scholarship on Family Violence," *Signs*, Vol. 8, No. 3 (Spring 1983), pp. 495–531. は「二つの性と異なる世代のあいだの激しい葛藤を歴史的にたどる、軌跡としての家族」を分析する重要なものだ。

アドリエンヌ・リッチ 著

1929-2012年。ボルティモア生まれ。現代アメリカを代表する詩人、フェミニスト批評家。ハーバード大学ラドクリフ・カレッジ在学中に、詩集『世界の変化』(イエール青年詩人賞受賞)で詩人としてデビュー。60年代初頭以降、母性、セクシュアリティ、人種差別、反ユダヤ主義、戦争などの問題を探求する詩や論考において、個人的なものと政治的なものを結びつけることにこだわった。ルース・リリー賞、全米図書賞、ラナン財団生涯功労賞、マッカーサー・フェローなど受賞多数。

高橋茅香子 訳

1938年生まれ。東京外国語大学卒。朝日新聞社国際本部を経て翻訳家。訳書にクローディア・テイト編『黒人として女として作家として』(晶文社)、アリス・ウォーカー『メリディアン』(ちくま文庫)、チャンネ・リー『最後の場所で』『空高く』(いずれも新潮クレスト・ブックス)。著書に『英語で人生を広げる本』(晶文社)、『英語となかよくなれる本』(文春文庫)など。

小川公代 解説

上智大学外国語学部教授。ケンブリッジ大学政治社会学部卒業。グラスゴー大学博士課程修了(Ph. D.)。専門は、ロマン主義文学、および医学史。著書に、『ケアの倫理とエンパワメント』『ケアする惑星』『翔ぶ女たち』(いずれも講談社)、『世界文学をケアで読み解く』(朝日新聞出版)、『ゴシックと身体――想像力と解放の英文学』(松柏社)、『感受性とジェンダー――〈共感〉の文化と近現代ヨーロッパ』(共編、水声社)、『ジェイン・オースティン研究の今』(共著、彩流社)など。

新版　女《おんな》から生《う》まれる

2025年3月20日　初版

著　者

アドリエンヌ・リッチ

訳　者

高橋茅香子

発行者

株式会社晶文社

東京都千代田区神田神保町1-11　〒101-0051

電話　03-3518-4940（代表）・4942（編集）

URL https://www.shobunsha.co.jp

印刷 株式会社堀内印刷所

製本 ナショナル製本協同組合

ISBN 978-4-7949-7464-8 Printed in Japan